연대기, 괴물

임철우 소설집
연대기, 괴물

초판 1쇄 발행 2017년 3월 6일
초판 2쇄 발행 2017년 12월 13일

지은이 임철우
펴낸이 이광호
펴낸곳 ㈜**문학과지성사**
등록번호 제1993-000098호
주소 04034 서울 마포구 잔다리로7길 18 (서교동 377-20)
전화 02)338-7224
팩스 02)323-4180(편집) 02)338-7221(영업)
전자우편 moonji@moonji.com
홈페이지 www.moonji.com

ⓒ 임철우, 2017. Printed in Seoul, Korea

ISBN 978-89-320-2995-5 03810

이 도서의 국립중앙도서관 출판예정도서목록(CIP)은 서지정보유통지원시스템 홈페이지
(http://seoji.nl.go.kr)와 국가자료공동목록시스템(http://www.nl.go.kr/kolisnet)에서
이용하실 수 있습니다. (CIP제어번호: CIP2017005065)

연대기, 괴물

임철우 소설집

문학과지성사

이상하지,

살아 있다는 건,

참 아슬아슬하게 아름다운 일이란다.

빈 벌판에서 차갑고도 따스한 비를 맞고 있는 것 같지.

— 최승자, 「20년 후에, 芝에게」에서

차례

흔적　9

연대기, 괴물　45

세상의 모든 저녁　101

간이역　153

이야기 집—단추눈아짐　205

남생이　257

물 위의 생　289

해설 임철우, 사도바울_김형중　364

작가의 말　380

혼
적

죽은 아내가 다시 집으로 돌아왔다. 공교롭게도 당신의 생일에, 그러니까 정확히 일흔한번째이자 마지막이 될 당신의 생일날 아침에 말이다.

새소리에 당신은 이제 막 선잠에서 깨어난 참이다. 창유리 밖세상은 청색 비닐을 덧씌워놓은 것처럼 아직 푸른 물감에 어슴푸레 젖어 있다. 까악까악. 뒷마당에서 산까치들이 아침부터 유난히 소란스럽다. 녀석들은 평소에도 네댓 마리씩 무리 지어 찾아와, 단풍나무들을 옮겨 다니며 한바탕 깍깍대다 떠나곤 했다. 인적 뜸한 산촌답게 산짐승들이 흔했다. 그 외딴집은 개울가에 위치한 데다 마당에 빙 둘러 심은 무성한 나무들 때문에 사철 온갖 새들이 모여들었다. 당신은 새소리를 좋아했다. 세상의 모든 아침은 새소리와 함께 시작하고, 또 새소리를 좇아 하루가 저문다는 사실을 당신은 이곳에 내려와서야 배웠다.

새들이 어디론가 한꺼번에 몰려간 모양이다. 사위가 다시 잠잠해졌다. 풀칠을 해놓은 듯 뻑뻑한 두 눈을 끔벅이며 당신은 소파에서 힘겹게 상체를 일으켜 세운다. 담요가 뱀 허물처럼 스르르 벗겨져 바닥으로 떨어진다. 밤새 거실 소파에 누워 있었음을 비로소 깨닫고 당신은 잠시 어리둥절해진다. 간밤에도 불면에 뒤척이다 담요를 뭉뚱그려 안고 침실을 빠져나왔을 터이다. 한데도 거짓말처럼 아무 기억이 없다.

아담한 넓이의 거실은 여전히 어두침침하고 선뜩한 냉기마저 감돈다. 몇 시쯤인지 잘 모르겠다. 벌써 몇 달째 시계가 초침 시침을 멈춘 채 벽에 걸려 있지만, 당신은 건전지 갈아 끼우는 일 따위는 아예 잊어버린 양 지내왔다. 입안이 소태처럼 쓰고 소변도 마렵다. 그만 일어나야 한다 생각하지만, 몸뚱이가 천근만근이다. 장작개비처럼 뻣뻣해진 팔다리엔 별다른 감각조차 없다. 그러다 왠지 이상한 느낌에 무심코 주방 쪽으로 고개를 돌리던 당신은 흠칫 놀란다. 저만치 어둑한 주방 한가운데 뭔가 희끄무레한 형체가 눈에 띈다. 손등으로 눈을 비비고 나서 두 눈에 힘을 주어본다. 분명 식탁 앞에 누군가 기척 없이 돌아앉아 있다. 눈에 익은 뒷모습이다.

"젠장맞을, 아침부터 또 헛것이 보이는 거야."

한숨과 함께 당신은 고개를 젓는다. 소파에 엉거주춤 앉아 천천히 심호흡을 해본다. 허벅지와 무릎을 주무르고 목, 어깻죽지, 팔뚝까지 고루 손바닥으로 투덕투덕 두들겨준다. 매일 아침 운신을 시작하기 전 습관처럼 반복해온 일종의 준비운동이다. 그래야만 밤새 죽어 있던 육신의 감각이 가까스로 되살아나고, 사지와 관절에도 피가 돌아오는 것이다.

끙, 소리를 내며 당신은 일어선다. 무심코 주방 전등 스위치를 켜려다 이번에야말로 움찔하고 놀란다. 식탁 앞에 오도카니 앉은 여자의 뒤태를 당신은 한눈에 알아본다. 단발머리 여고생 같은 머리채. 길고 가녀린 목. 살집 없이 빈약한 등과 어깨. 언젠가 본 것 같은 검은색 원피스. 잠시 멍한 표정으로 굳어 있던 당신은 조용히 스위치에서 손을 거두고 돌아선다. 전등을 켜면 아내가 연기처럼 사라져버릴 것만 같아서다. 화장실로 들어가 오줌을 눈 다음 세수까지 대충 마친다. 타월을 손에 쥔 채 거울을 물끄러미 들여다본다. 병색 완연한 얼굴. 숱이 듬성듬성한 백발에 움푹 꺼져 들어간 양 볼. 그 추레한 늙은이와 마주 선 채 당신은 한참 동안 탁한 눈알을 끔벅인다.

'저 사람이 왜 또 뜬금없이 돌아왔을까. 그러고 보니, 이게 얼마 만인가.'

순간 갑자기 현기증과 함께 눈앞이 깜깜해져온다. 무너지듯 바닥에 주저앉은 당신은 두 손으로 가슴을 움켜쥔 채 한동안 격한 호흡을 몰아쉰다. 모래 더미에 짓눌린 듯한 심장의 압박감. 넉 달 전 군청 앞 한길에서 의식을 잃고 쓰러졌을 때도, 두 달 전

마당에서 풀을 뽑다가 쓰러졌을 때도 꼭 이랬다. 아, 이게 마지막인가. 어차피 이렇게 끝나고 말 거였나. 눈앞으로 검은 차단막이 좍 펼쳐졌다 걷히는 그 찰나에 그런 생각이 뇌리를 스친다. 다행히 심장박동이 차츰 가라앉는 것 같다. 심장과 뇌의 녹슨 혈관들이 파열 직전의 아슬아슬한 고비를 또 한차례 용케 버텨내준 것이다. 거실로 돌아와 소파에 엎드리자마자 뒤늦게 심한 두통과 흉통이 동시에 덮쳐온다. 온몸은 이미 식은땀으로 축축하게 젖었다.

아내가 당신의 눈앞에 모습을 드러낸 건 이번이 두번째다. 3년 전, 아내는 병으로 세상을 떴다. 뇌 안에 숨은 자두알만 한 종양 덩어리를 발견했을 때는 이미 한참 늦은 뒤였다. 뼈와 거죽만 남은 아내는 여러 달 병상에서 고통에 시달리던 끝에 숨을 거두었다. 장례식 따윈 애초에 불필요한 절차였다. 어차피 알릴 만한 사람도, 거기까지 찾아와줄 이도 없었다. 이미 세상을 뜬 처남의 가족과는 연락이 끊긴 지 오래였다. 세상이 온통 지글지글 끓어오르던 여름 한낮, 아내의 시신은 도시 외곽에 위치한 연화장의 불구덩이 속으로 끌려 들어갔다. 당신은 한 줌밖에 안 되는 뼛가루를 구형 아반떼에 싣고 제부도를 찾아갔다. 아내는 아들과 함께 있고 싶어 했다. 아내의 바람대로, 당신은 이른 새벽 바다로 나가 뼛가루를 훌훌 뿌려주었다. 그리고 갈 때처럼 혼자 차를 몰아 먼 길을 돌아왔다.

바로 그 며칠 후, 읍내 대중탕 탈의실에서 쓰러진 당신은 구급

14

차에 실려 가까운 원주시 종합병원 중환자실로 옮겨졌다. 목욕을 마친 후 양말을 꿰신다가 돌연 의식을 잃고 벌렁 나자빠졌던 것이다. 첫번째로 접한 뇌졸중이었다. 어르신, 용궁 갔다 오신 겁니다. 이 정도로 그친 것만도 진짜 기적이라는 뜻이에요. 젊은 의사는 짐짓 눈을 둥그렇게 뜨고 놀랍다는 시늉을 해 보였다. 평소 어지럼증이 잦긴 했어도, 자신이 중증의 고혈압과 협심증을 앓고 있었다는 사실을 당신은 여태껏 모르고 있었다. 게다가 동맥경화까지 이미 진행 중이었다.

그날로 당장 심장 관상동맥 두 군데에 튜브를 삽입하는 수술을 받았고, 열흘간의 입원 치료가 이어졌다. 병상이 여섯 개인 그 병실 안에서 보호자 없는 환자는 당신 혼자뿐이었다. 아내가 홀연 모습을 나타낸 게 그즈음이었다. 한밤중 심한 갈증에 눈을 떠보니, 아내는 침대 머리맡에 오도카니 앉아 그림자처럼 조용히 지켜보고 있었던 것이다.

"특별한 이상은 아니니까, 너무 놀라지 마세요. 기력이 쇠약해지면 사람에 따라 간혹 헛것이 보일 수도 있습니다."

보호자도 없는 환자인 탓에 안 그래도 찜찜한 기색이던 의사는 아내를 보았다는 당신의 말에 금세 반색을 했다. 하지만 그게 바로 엊그제 세상을 떠난 사람이라는 얘기를 듣더니 기가 막힌다는 표정이었다. 그때부터 간호사들은 물론 한 병실의 사람들조차 아예 당신을 치매 환자 대하듯 했다.

오로지 당신 눈에만 아내의 모습이 보인다는 사실을 깨달은 당신은 이후 두 번 다시 그 얘기를 꺼내지 않았다. 대신 남몰래 아내와 낮은 소리로 중얼중얼 대화를 나누었다. 사실 그건 대화가 아니라 당신만의 혼잣말이나 마찬가지였다. 아내는 시종 아무 말이 없었다. 늘 저만치 떨어진 거리에서, 마치 모든 걸 훤히 알고 있다는 듯이 엷은 미소를 띤 채 당신을 조용히 바라보기만 했다. 당신은 그런 상황에 곧 익숙해졌다. 본시 망자는 산 자들의 말을 하지 않는 법이라지 않던가. 퇴원 하루 전날, 아침에 눈을 뜨니 아내의 모습이 보이지 않았다. 나타날 때 그러했듯, 아무런 예고도 기미도 없이 그림자처럼 홀연 사라져버렸던 것이다.

그사이 창밖 세상은 아까보다 훨씬 밝아져 있다. 으으으…… 우우우. 마당 쪽에서 얼핏 기이한 소리가 희미하게 들려오다가 뚝 그친다. 누군가의 잔뜩 목쉰 흐느낌 같기도 하고, 고통에 찬 단말마의 신음 같기도 하다. 물론 당신은 그 소리의 정체를 잘 알고 있다. 그 소리가 새삼스레 당신의 마음을 조급하게 만든다. 참, 그렇지. 오늘은 특별한 날이다. 해 지기 전까지 꼭 마무리해야 할 일들이 남아 있는 것이다. 소파에서 엉거주춤 몸을 일으킨 당신은 불편한 걸음으로 주방에 들어선다. 뜻밖에 식탁이 비어 있다. 주방과 거실 어디에도 아내의 모습은 보이지 않는다. 당신은 전등을 켠다. 아침이 오긴 했어도, 앞산 너머로 해가 모습을 나타내려면 한참을 더 기다려야 한다. 깊은 골짜기에 처박힌 마을이라, 해는 언제나 뒤늦게 떴다가 황급히 지곤 한다.

당신은 냉장고 문을 연다. 저장실 내부가 숫제 텅 비어 있다. 전날까지 이런저런 짐 정리를 마저 끝낸 다음, 아침 한 끼 몫만 남기고 깨끗이 치워냈기 때문이다. 당신은 어설픈 손놀림으로 먹다 남긴 밥 반 공기와 김치찌개, 장아찌 접시, 참치 통조림 그리고 우유갑을 식탁 위에 주섬주섬 늘어놓는다. 수년째 거의 변함이 없는 당신 혼자만의 아침 식단이다. 한 알 남은 날계란을 꺼내 들고 돌아서던 당신은 또 한 번 멈칫한다. 어느 틈에 아내가 돌아와 맞은편 의자에 앉아 있다. 당신은 잠자코 자리에 앉는다. 우유를 한 모금 마신 다음 젓가락을 집어 든다. 양쪽 어금니가 하나도 없어서 앞니로만 우물우물 씹어야 한다. 입맛이 전혀 없지만, 고개를 숙이고 당신은 한동안 먹는 데만 열중한다.

"또 어쩐 일로 불쑥 돌아온 거요? 내내 아무 기척도 없다가……"

당신은 푸슬푸슬한 밥 한술을 간신히 삼키고 나서 중얼거린다.

"옳아, 그러고 보니 오늘이 내 귀빠진 날이었네그려. 이 늙은 이가 미역국이라도 한 그릇 챙겨 먹고 있나 싶어, 걱정이 돼서 돌아온 거요?"

짐짓 헛웃음을 흘리며 당신은 비로소 고개를 든다. 바로 눈앞에 마주 앉은 아내의 모습을 보는 순간, 어쩔 수 없이 목 안이 울컥 차오른다. 이번에도 역시 아내는 말없이 이쪽을 바라보기만 할 뿐이다. 건강할 때보다는 다소 수척한 모습이긴 해도, 항암 치료 당시의 끔찍한 몰골이 아닌 것만도 고마운 일이다. 하지만 당신은 오늘 아내의 표정에 뭔가 달라진 점이 있음을 알아차린다. 눈빛이다. 지난번 병상을 지켜줄 때의 차분함 대신 어째선지 두 눈엔 슬픔과 애잔함이 가득 담겨 있는 듯하다. 그 어둡게 가라앉은 눈빛에서, 당신은 아내가 이미 모든 걸 빤히 알고 있으리라는 사실을 눈치챈다.

"여보. 행여 나를 만류할 생각으로 이렇게 찾아온 거라면, 그럴 필요는 없소. 어차피 이것 말고는 다른 길이 없다는 걸 당신도 아마 잘 알고 있을 거야. 내일 또 내일 하면서 우물쭈물하다간 그 일이 정작 어느 순간에 들이닥칠지 모르잖소. 내 말을 이해하겠소?"

당신은 설득하듯 차분한 어조로 중얼거린다. 뜻밖에 아내는 당신과 시선을 맞춘 채 잠자코 고개를 끄덕여 보인다. 여보, 알아요. 나도 이미 알고 있다고요. 아내의 눈은 그렇게 대답하고 있는 것 같다.

"고맙구려, 여보. 그리고 정말 잘 와주었소. 오늘 중으로 마저 마무리해야 할 일들이 아직 몇 가지 남아 있거든. 그걸 나 혼자 감당할 걸 생각하니 당최 막막하기만 하던 참이었는데, 마침 잘 왔네. 정말이야, 여보."

당신은 진심으로 말한다. 과묵하고 무심한 남편의 속마음을 생전에도 신통하리만치 빤히 읽어내던 여자였다. 당신은 새삼 회한에 젖어서 아내를 응시한다. 망막에 엷은 그늘막이 씌워진 듯 아내의 얼굴 윤곽은 희미하게 보인다. 그래도 두 눈에 담긴 슬픔과 입가에 묻어 있는 부드러운 미소를 당신은 읽어낼 수 있다. 병석에서도 오랫동안 잃지 않던 조용한 미소. 반복되는 항암 치료조차 투정 한 번 없이 묵묵히 받아들이던 아내. 그러던 아내도 결국 막바지엔 정신 줄을 놓고 말았다. 아랫도리엔 기저귀가 채워지고, 남편의 얼굴조차 알아보지 못했다.

"아, 안 돼. 이러지 마. 이러지 마. 안 돼."

반쯤 의식을 잃은 채 병상에 누워 있다가도 아내는 종종 다급하게 외치곤 했다. 묘하게도 해 질 녘이면 그랬다. 병원 창문에 드리운 노란색 커튼이 하오의 햇살에 흡사 불이 붙은 듯 환해질 때면 어김없이 그 느닷없는 외침이 튀어나왔다. 그럴 때 아내의 메마른 입술은 바들바들 떨리고 백지장 같은 얼굴은 공포와 절망으로 무섭게 일그러졌다. 그 짧은 발작이 멈추면 이내 혼곤한 잠에 떨어졌다. 그때마다 당신은 아내의 삭정이 같은 손을 잡아주며 뼈아픈 고통을 속으로 삭여내야 했다.

그날 경찰서로부터 전화 한 통을 받고 당신들은 허겁지겁 병원으로 달려갔다. 임시 안치된 시신의 신원을 확인해달라는 거였다. 안 돼. 형태야. 이러지 마. 이래선 안 돼. 흰 비닐 커버를 벗겨내자마자 아내는 외마디 비명과 함께 쓰러졌다. 아들의 시신은 처참했다. 폐기물을 만재한 덤프트럭이 짓이겨놓은 얼굴은 식별조차 불가능했다. 비가 억수같이 퍼붓는 밤, 서울역 앞 육교 밑에서 신문지를 깔고 함께 술을 마셨다는 노숙인 세 명이 증언을 했다. 아들은 평소처럼 말없이 곁에서 소주만 마셨다고 했다. 그러다 돌연 벌떡 일어나 혼자 미친 사람처럼 고함을 지르며 8차선 도로로 뛰어들었다는 거였다. 지하철 공사장을 막 벗어나 빠른 속도로 좌회전하던 덤프트럭은 사고 지점으로부터 수십 미터를 더 가서야 정지했다. 한밤중, 퍼붓는 빗속이라 기사는 아무것도 보지 못했다. 아들은 1년 가까이 행방불명 상태였다. 어디서건 괴로운 심사를 혼자 추스르고 나면 다시 집으로 돌아오겠지 여기며, 당신은 안절부절못하는 아내를 달래기도 하고 호통을 치기도 하면서 기다리던 참이었다. 노숙자가 되어 거리를 떠돌고 있었다니! 집에서 그 역까지는 그다지 멀지도 않은 거리였다. 버스를 타고 역 앞을 수없이 지나다니면서도 왜 미처 거기엔 생각이 미치지 못했을까. 왜 한 번이라도 눈여겨보지 않았을까. 뒤늦게야 당신들은 가슴을 쳤다.

공원묘지에 묻어주자는 아내의 만류를 한사코 뿌리치고 당신은 아들의 주검을 화장한 다음, 제부도 부근 바닷가에 뼛가루를 뿌려주었다.

"절대로 땅에 묻을 수는 없어, 여보. 우리 두 사람이 떠나고 나면, 그때부터는 누가 이 아이의 무덤을 돌봐준단 말이오? 당신도 나도 마찬가지가 아닌가. 어차피 우리에겐 피붙이라곤 이 아이 하나뿐이잖소."

당신의 말에 결국 아내도 더 이상 가로막지 못했다. 그로부터 오랫동안 아내는 극심한 우울증에서 헤어나지 못했다. 실어증에 걸린 사람처럼 약에만 의지해 간신히 하루하루를 버티는 아내 앞에서 당신은 한숨조차 맘대로 쉬지 못했다. 그럴수록 당신은 일에 미친 사람처럼 분주하게 뛰어다녔다. 그래야만 숨을 쉬고 살 수 있었다. 그러다 보니 생채기에 차츰 딱지가 내려앉는 것도 같았다. 이윽고 아내도 조금씩 말을 되찾기 시작했다. 전보다 밝아진 듯한 아내를 지켜보며 당신은 비로소 가슴을 쓸어내렸다. 하지만 그건 당신 혼자만의 생각이었다. 당신이 집을 비운 시간엔 아내 혼자 줄곧 방 안에 들어박힌 채 퀭한 눈으로 허공을 더듬고 있다는 사실을 당신은 알지 못했다. 아니, 알면서도 모르는 척했다. 아내의 유골함을 그러안은 채 당신은 갯바위 끝에 퍼질러 앉아 오래 슬피 울었다. 아내의 뇌 속에 그 끔찍한 종양 덩어리를 키워낸 것은 다름 아닌 당신의 비정함과 어리석음이라고 믿었다.

식사를 대충 때우고 나서 당신은 오늘따라 꼼꼼히 설거지를 한다. 전날 청소를 마친 찬장 내부와 집기들의 정돈 상태까지 재차 확인하고 휴지통도 일일이 비워낸다. 이제 당신이 그것들을 다시 사용할 기회는 없을 터이다. 약봉지를 뜯어 한 움큼 되는 알약을 입안에 털어 넣은 다음, 당신은 거실 구석에 쌓아둔 짐들을 하나씩 현관 바깥으로 옮기기 시작한다. 서너 달 전부터 틈틈이 정리해온 터라 남은 짐이라야 얼마 되지 않는다. 노끈으로 묶은 책 꾸러미가 네댓 개, 낡은 액자들이 한 묶음, 그리고 양곡 부대는 각종 영수증과 서류, 문구류 따위가 뒤죽박죽으로 채워져 있다.

"이것으로 불필요한 짐은 얼추 다 꾸린 셈이군. 집주인의 책이랑 세간 일체는 원래 자리에 그대로 남겨둘 거요. 그 친구가 워낙 꼼꼼한 성격이라, 아무래도 신경이 쓰여서 말이오. 옷장에 있는 내 옷가지며 이불 따위 구질구질한 것들은 일찌감치 치워버렸지. 요즘엔 쓰레기 처리가 무척 수월해졌다오. 비닐봉지에 담아 마을 입구에 내놓으면 하루 걸러서 군청 차량이 나와 수거해가거든."

짐들을 마당 한쪽에 옮겨놓은 다음 당신은 가쁜 숨을 내쉰다. 이따가 읍내 나갈 때 차로 실어낼 생각이다. 그것들을 마저 치워내고 나자 마음이 한결 가벼워진다. 친구인 K는 당신의 편지를 받고서 조만간 집을 둘러보기 위해 찾아올 것이다. 집주인인 K가 집 안에 들어섰을 때 당신의 흔적을 거의 느낄 수 없도록, 당신은 최대한 말끔히 지워놓고 떠나고 싶다. 손을 털고 돌아서려는데, 문득 책 뭉치 틈에서 낡은 검정색 비닐 커버가 눈에 들어온다. 당신은 무심코 그 두툼한 사진첩을 뽑아 든다. 어찌 된 셈인가. 어째서 이것이 여태까지 남아 있었을까. 해묵은 사진첩을 쥔 손끝이 바르르 떨린다. 집 안에 남은 사진이란 사진은 하나도 빠짐없이 불에 태워버렸노라 믿었다. 아내의 뼛가루를 바다에 뿌려주고는 그길로 집에 돌아오자마자 맨 먼저 한 일이 그것이었다.

당신은 라이터와 신문지 몇 장을 찾아 들고나온다. 마당에 붙

은 텃밭 가장자리에 쪼그려 앉아 사진첩을 한 장씩 뜯어내기 시
작한다. 종이가 두꺼워 쉽게 불이 붙지 않더니, 신문지를 집어
넣자 금세 불꽃이 일어난다. 당신은 애써 사진 속 얼굴들을 외면
한 채 실눈을 뜨고 불길을 주시한다. 산간 지역에선 가장 무서
운 게 불이다. 민가에서 함부로 쓰레기를 태우지 못하도록 산불
감시 차량들이 가을부터 봄까지 수시로 순찰을 돈다. 크기도 연
대도 다른 수많은 사진 중엔 아버지가 세상에 남긴 단 두 장뿐인
사진도 섞여 있다. 어머니, 아내, 아들, 친지들 그리고 이름도 기
억나지 않는 수많은 사람들의 얼굴도 차례차례 재로 변하고 있
다. 불현듯 그것들이 당신 육신의 일부처럼 느껴진다. 아니, 당
신의 전 생애가 눈앞에서 송두리째 연기가 되어 사라지고 있는
것만 같다.

당신에게 인생은 처음부터 끝까지 굴곡과 요철로만 이어진
비포장 길, 그나마도 출구 없는 막다른 길이었다. 험난한 운명
은 손금에조차 예시되어 있었던 모양이다. 원, 이렇게 박복한 손
금은 보다가 또 처음일세. 초년 고생에다 말년 고생까지 참 골고
루 빡세게도 들어섰구먼. 어릴 적 동네 어귀에서 우연히 마주친
늙은 떠돌이 사주쟁이의 말을 당신은 아직도 기억한다. 출생부
터 고단한 처지였다. 아버지가 나이 서른다섯에야 얻은 천금 같
은 외동아들이 당신이었다. 중학교 교사였던 아버지는 전쟁 통
에 끌려가 모진 매를 맞고 시름시름 골병을 앓다가 세상을 떠났

다. 당신이 아홉 살 때였다. 마실 나갈 때면 어린 당신을 등에 업거나 어깨에 태우고 다니며 싱글벙글하던 아버지. 무릎에 앉혀놓고 손수 밥을 떠먹여주던 아버지. 비 오는 날 교실 밖에서 우산을 들고 기다리던 아버지. 당신이 가진 거라곤 그런 몇 가지 기억뿐, 아버지의 빈자리는 평생 메울 수 없는 깊고 어두운 구멍으로 남겨졌다. 홀로된 어머니에게 당신은 유일한 핏줄이자 생의 의미였고 목적이었다. 억척스럽고 냉정한 어머니의 울타리 안에서 당신은 더없이 양순하고 고분고분한 아들로 자랐다. 고학으로 서울의 전문대학을 졸업하고, 취직을 하자마자 어머니가 골라준 이웃 마을 처녀를 신부로 맞아들였다. 중학교를 마치고 면사무소 직원으로 일하다 시집온 아내는 천성이 조용하고 심덕이 고왔다. 본시 무덤덤한 성격의 당신은 아내에게 각별한 정도 없었지만 그렇다고 별다른 불만도 없었다. 괴팍한 시어머니 밑에서 묵묵히 순종하며 탈 없이 살림을 꾸려가는 아내가 그저 고마울 뿐이었다. 돈 벌 욕심에 중동 지역 공사 현장에 3년간 해외 파견을 나간 것 말고는, 당신은 어머니가 세상을 뜰 때까지 곁에서 극진히 모셨다.

　손이 귀한 혈통답게 당신도 역시 어렵사리 아들 하나만을 얻을 수 있었다. 몸은 다소 약했지만 내내 착하고 모범생으로 커준 아들은 부부의 유일한 자랑거리였다. 아들은 비교적 늦은 나이에 결혼을 했는데, 그래선지 아이가 쉬이 들어서지 않았다. 그한 가지 말고는 모든 것이 순조롭게 풀려가는 듯싶었다. 그러다가 외환위기가 들이닥쳤다. 아들은 직장에서 나오자마자 친구의 꾐에 빠져 잘 알지도 못하는 유통업에 덥석 손을 댔다. 그때부터 모든 게 파국으로 치달았다. 동업한 회사는 도산했고, 어수룩한 아들은 해외로 달아난 친구의 빚까지 통째로 떠안았다. 아들의 불행은 고스란히 부모의 몫으로 넘겨져, 살고 있던 아파트까지 한꺼번에 날아갔다. 그것으로도 모자랐는지, 아들은 끝내 처참한 죽음으로 그 모든 불운의 정점을 찍고 말았다. 그리고 다시 아내마저 떠났다. 이젠 당신 혼자만 이렇게 덩그러니 남겨져 있을 뿐이다.

애당초 어디서 길을 잘못 들어섰던 것일까. 어리석은 아들이 친구의 꾐에 빠지지만 않았더라면 모든 게 달라졌을까. 그랬더라면 송두리째 파산을 당하지도 않았을 터이고, 아들의 이혼도 없었을 터이고, 며느리가 아이를 지우는 일도, 아아, 끔찍한 죽음도 없었을 터이지. 아니야. 애초에 녀석을 그렇듯 턱없이 유약하고 선량하기만 한 놈으로 키우지 않았다면, 공대가 아니라 제 소원대로 미술대학에 보냈더라면…… 아니야. 그날 밤 내 눈앞에서 술 취해 울고불고 못난 꼴을 보였을 때, 그때 내가 조금만 참았더라면, 못난 놈이라고 고함을 지르며 뺨을 때리지만 않았더라면…… 그랬더라면, 이 모든 것이 달라졌을까.

매운 연기도 그쳤는데, 당신은 눈물이 훅 솟구친다. 건너편 숲이며 골짜기가 물기에 어룽져 희미해 보인다.

으으…… 으으으. 문득 흐느낌 섞인 고통스러운 신음이 다시
희미하게 들려온다. 늙고 병든 개가 당신을 부르고 있다. 당신은
일어나 뒷마당으로 걸음을 옮긴다. 창고 옆에 놓인 어설픈 모양
의 개집 한 채. 그것은 오래전 당신이 손수 판자를 구해 짜 만든
작품이다. 주위에선 온통 끔찍한 지린내가 진동한다. 약에 찌든
만성 질환자의 오줌 냄새하고 똑같은 지독한 악취. 머루야. 머루
야. 당신은 허리를 엉거주춤 숙이고 작은 소리로 불러본다. 잠시
후에 피골이 상접한 개가 허깨비처럼 기어 나온다. 전신의 뼈와
관절을 고스란히 드러낸 몰골이 차마 보기 힘들 만큼 참혹하다.
젓가락 같은 뒷다리를 바들바들 떨다가 개는 푹 주저앉더니, 당
신의 발등에 코를 묻고 끙끙댄다. 이 불쌍한 녀석아. 낮은 탄식
을 삼키며 당신은 개의 머리를 두 손으로 감싸 쥔다.

'우리 머루, 어쩌다가……'

아내의 음성에 놀라 당신은 고개를 든다. 어느 틈엔가 아내는
저만치 떨어져 그림자처럼 서 있다. 잘못 들었나 싶어 당신은 아
내를 올려다본다. 아내는 안타까움 가득한 눈빛으로 개를 묵묵
히 내려다볼 뿐이다. 눈꺼풀에 들러붙은 고름을 손가락으로 떼
어주자 개가 가까스로 눈을 뜬다. 양쪽 눈은 얼마 전부터 완전히
실명한 상태다. 머루. 유난히 눈빛이 초롱초롱해서 아내가 붙여
준 이름. 하지만 지금 개의 양쪽 동공은 동전 크기의 희멀건 막
으로 덮여 있다.

"머루가 몹쓸 병에 걸렸소. 작년 겨울부터라오. 약으로 근근

이 버텨왔는데, 이젠 명이 거의 다했나 봐. 눈이 안 뵈니까 마당을 돌아다니지도 못해. 이젠 내가 와도 제대로 일어나지도 못하는군. 차라리 그냥……"

당신은 나머지 말은 삼켜버린다. 더 고생하지 말고, 차라리 얼른 갔으면 좋겠는데. 만삭 무렵부터 개는 눈에 띄게 마르기 시작했다. 별안간 엄청난 양의 물을 마셔대고 걸신들린 듯 사료를 먹어대는 걸 보고도, 새끼를 배서 그런 줄로만 여겼다. 애초에 늙은 나이에 새끼를 밴 것부터가 잘못이었다. 강아지는 세 마리였다. 한 마리는 사산이었고 나머지도 이틀을 채 넘기지 못했다. 어미를 읍내 가축병원에 데려갔더니 혈청검사부터 했다. 당뇨병입니다. 수치가 엄청 높게 나왔네요. 원래 이만한 나이 때가 발병률이 가장 높지요. 수의사의 말에 당신은 어리둥절했다. 그런 병은 사람한테만 있는 줄 알았다. 평생 인슐린 약과 식이요법을 병행해야 한다고, 그 외 특별한 치료책은 없다고, 당연히 돈깨나 들어간다고, 원래 이게 귀족병이라고 수의사는 설명해주었다.

"솔직히 말해서 이게 완치되는 병은 아니거든요. 그만했다가 또다시 나빠지고 그래요. 차라리 일찍 편하게 보내주는 편이 피차를 위해서 좋은 선택일 수도 있고요. 값비싼 애완견도 아니고 어차피 잡종견인데요 뭐."

자기 깐에는 솔직한 충고라는 투로, 중년의 수의사는 은근히 안락사를 권유했다. 당신은 잠시 흔들렸다. 생시에 아내가 자식처럼 끔찍이도 아껴주던 개였다. 그리고 저 또한 그런 아내에게 특별한 교감과 절대적인 애정을 바치던 개였다. 개는 아직도 아내를 기억하고 또 못내 그리워하고 있을지도 몰랐다. 아마도 분명 그럴 터였다. 아니라고, 일단 치료를 해보겠노라고 당신은 대답했다. 그때부터 매달 한 차례 병원을 다니며 주사를 맞히고 하루 세 차례씩 약을 먹였다. 병은 느린 속도로 꾸준히 깊어갔다. 개는 매일 엄청난 양의 물을 마셔대고 엄청난 양의 오줌을 빼냈다. 점차 시력을 잃어가더니 끝내 실명까지 했다. 이제는 식욕도 잃은 채 뼈와 가죽만 남아 있는 것이다.

'머루가 태어났을 때 일, 기억하세요?'

문득 나지막이 가라앉은 음성이 당신 귓전에 숨결처럼 와 닿는다. 분명 아내의 목소리다. 한순간 당신은 차마 눈을 뜨지 못한 채 가슴을 졸인다.

"기억하다마다. 우리 둘이서 그때 얼마나 애를 태웠는지 몰라."

'석 달 동안 우리 손으로 안아서 젖을 먹였어요.'

"맞아, 그랬지. 내가 읍내 약국에서 젖꼭지하고 젖병을 사 왔잖소."

눈을 뜨면 아내가 사라질까 두려워하며 당신은 중얼거린다. 이 집으로 옮겨 오고 나서도 아내의 얼굴은 여전히 어두웠다. 애완동물이 우울증 치료에 좋다는 얘기를 듣고, 당신은 읍내 장에서 강아지 한 마리를 사 왔다. 그 덕분인지 차츰 밝아지는 아내의 표정에 당신은 모처럼 안도의 숨을 내쉬었다. 백구는 이듬해 강아지를 세 마리 낳았지만, 출산 직후부터 앓아눕고 말았다. 심한 장염이었다. 어미가 입원해 있는 동안, 당신과 아내는 아직 눈도 못 뜨는 강아지들을 밤낮으로 돌봐야 했다. 유아용 젖병에 분유를 타서 번갈아가며 입에 젖꼭지를 물렸다. 그렇게 살려낸 녀석들 중 하나가 바로 머루였다. 어미 백구는 얼마 안 있어 결국 병사하고 말았다.

찰찰찰, 무심코 당신은 눈을 뜬다. 머루가 뒷다리로 엉거주춤 몸을 지탱한 채 굉장한 양의 오줌을 누고 있다. 주위를 둘러보지만 아내의 모습은 보이지 않는다. 배설을 마친 개가 이번엔 물통에 머리를 집어넣고 꿀럭꿀럭 마시기 시작한다.

비칠비칠 기어 나오는 개를 들어 올려 당신은 품에 안는다. 지푸라기같이 헐거운 무게에 당신은 새삼 놀란다. 원 세상에, 이렇듯 무섭게 말라버릴 수가 있을까. 그리도 힘차고 생명력 넘치던 녀석이었는데. 으으으. 두 눈을 감은 개는 주인의 품에 안겨 희미하게 앓는 소리를 낸다. 신음과 울음이 뒤섞인 기이한 소리. 말 못하는 짐승의 고통이 당신에게 고스란히 전해져온다. 어차피 이리될 거였으면, 차라리 그때 수의사 말을 따를 걸 그랬을까. 치료한답시고 공연히 고통만 연장시킨 셈이 된 것 같아 당신은 뒤늦게 후회스럽다.

당신은 승용차 뒷좌석 바닥에 신문지를 깔고 그 위에 개를 내려놓는다. 보이지도 않는 퀭한 눈으로 두리번대다가 개는 바닥에 힘없이 드러눕는다. 당신은 차 트렁크를 열고 내다 버릴 책꾸러미와 쓰레기 자루를 실은 다음 운전석에 오른다. 어느 사이 아내가 조수석에 기척도 없이 앉아 있다. 하도 낡은 엔진이라 당신은 시동을 걸 때마다 늘 불안하다. 과연 오늘도 세번째 시도만에 털털털 소리를 내며 용케 깨어난다. 집주인 K가 넘겨주고 간 그 고물 소형차를 당신은 평소엔 줄곧 세워두다시피 했다. 연료비가 무서워서, 특별한 일 말고는 하루 네 차례 운행하는 군내버스를 이용했다.

　당신이 아내와 함께 이 집으로 이사한 것은 10년 전, 아들을 잃고 나서였다. 아내의 우울증 때문에라도 한시바삐 서울을 뜰 결심이었는데, 때마침 대학 동창인 K가 시골에 있는 자신의 작업실을 선뜻 내주었던 것이다. 방 한 칸에 거실과 주방뿐인 스무 평짜리 소박한 목조 주택. 다소 낡긴 했어도 당신으로서야 감지덕지였다. 사진작가인 K는 아내의 만성 관절염 때문에 기온이 따뜻한 제주도에 새집을 마련해놓았다고 했다. 처음엔 2, 3년 지나고 돌아올 계획이라더니, 그는 여태 제주도에 그대로 머물러 살고 있다. K는 애초에도 낮은 액수였던 전세금을 그동안 단한 번도 올린 적이 없다. 아끼는 집이어서 남에게 팔아넘길 수는 없고, 자칫 빈집으로 버려둘 뻔했던 것을 대신 관리해주는 셈 아니냐며 K는 당신에게 되레 고마워했다. 그동안 K는 딱 한 차례이 집을 잠깐 둘러보고 갔을 뿐이다.

좁고 구불구불한 소로를 따라 5백 미터쯤 가니 비로소 민가가 나타난다. 여섯 가구가 오밀조밀 모여 사는 작고 가난한 마을. 한 집 빼고는 죄다 노인네만 사는 집들이다. 마을 어귀, 도로 초입에 있는 쓰레기 수거함 앞에 차를 세워놓고 당신은 짐 꾸러미들을 끌어 내린다. 마침 경운기를 몰고 오는 박 씨를 당신은 불러 세운다.

　　"어제 부탁한 일, 잊지 말게나."

　　"아, 그러믄요. 지금 개 데리고 나가는 길이세요?"

　　"그래. 두 시간 안에는 돌아올 걸세. 이따가 보자고."

　　"먼저 가서 구덩이는 파놓을게요. 얼른 다녀오세요."

　　박 씨가 언제나처럼 사람 좋은 웃음을 흘리며 경운기를 몰고 사라진다. 늙은이만 남은 동네에서 박 씨네 집만 식구가 여럿이다. 하지만 정신과 육신이 다 온전한 이는 칠순 넘은 노모 혼자뿐이다. 박 씨는 소아마비로 다리를 약간 절고, 박 씨의 아내와 서른 살 넘은 두 아들은 모두가 정신지체 장애인이다. 당신은 다시 차에 올라 국도를 천천히 달리기 시작한다. 개울 건너 산기슭, 독립가옥이 있던 자리를 아내가 뚫어져라 바라본다. 집터 마당엔 무너진 건물의 잔해가 제멋대로 쌓여 있다.

　　'저기, 집이 있었는데…… 그 안흥댁 아주머니 말예요.'

　　아내가 당신을 돌아보며 눈빛으로 그렇게 묻는다.

　　"작년 여름에 아들이 내려와서 아예 철거해버렸다고 하더군. 참, 노인은 그보다 앞서 겨울에 세상을 떠났다오."

그러나 당신은 노인의 참혹한 죽음에 관해선 입을 다물기로
한다. 80 넘은 노인의 시신은 두어 달이 지나서야 사냥꾼들에 의
해 우연히 발견되었다. 느닷없이 사냥개들이 그 외딴집을 에워
싸고 야단법석을 부리더라고 했다. 부패한 시신 곁엔 농약병이
놓여 있었다. 주민들은 노인이 그사이 도시의 아들네 집에 가 있
겠거니 여겼다. 허리가 기역 자로 굽은 안홍댁 노인은 당신 부부
에겐 특별한 기억으로 남아 있다. 노인이 기르던 암탉 다섯 마리
를 머루가 한꺼번에 물어 죽인 사건 때문이다. 당신 부부가 진심
으로 사죄하며 배상하려 하자, 말 못하는 짐승이 한 일이라며 노
인은 한사코 마다했다. 억지로 돈을 마루에 던져놓고 도망치듯
돌아왔는데, 그 인연으로 아내는 홀로 사는 노인의 집을 이따금
들르곤 했었다.

　가을이 오긴 한 모양이다. 도로 양편으로 코스모스가 제법 꽃
을 피웠다. 마을마다 경쟁하듯 꽃길 가꾸기 운동을 벌여 조성한
꽃밭이다. 은행나무 가로수들도 노란 물이 들기 시작한 참이다.
당신은 슬쩍 아내의 기색을 살펴본다. 아내는 그림자처럼 조용
히 앉아 창밖만 내다보고 있다. 으으. 개의 신음 소리가 희미하
게 흘러나온다.

　사실 안홍댁 노인의 죽음 따위는 새삼 특별할 것도 없다. 노
인만 남은 시골이니, 죽어나가는 것도 당연히 노인들이다. 자살
이건 홀로 방치된 주검이건 간에, 노인의 죽음은 더 이상 특별한
애깃거리도 되지 못한다. 당신이 기억하는 것만 해도, 요 몇 년

사이 이웃한 몇몇 마을에서 그 비슷한 죽음이 대여섯 차례나 있었다. 바로 이웃 마을 팔순 노파의 시신은 자기 집 바로 뒤, 농업용수용 우물에서 열흘 만에 발견되었다. 나이 50 되도록 결혼을 못 한 외아들 앞길을 자신이 막고 있다는 소리를 입에 달고 살던 노파였다. 면 소재지 폐쇄된 공장의 컨테이너 창고에선 백골 주검이 발견되었다. 외지에서 흘러든 알코올중독자 노인이었다. 빈 창고엔 수많은 소주병과 함께 노인이 데리고 다니던 잡종견 세 마리가 아직 산 채로 남아 있었다. 반년 넘게 방치되었던 시신은 무엇에겐가 살점과 뇌수까지 파먹힌 채 뼈만 남아 있었지만, 입 주위에 똑같이 붉은 얼룩을 묻힌 채로 세 마리 개는 살이 제법 통통하게 올라 있었다. 그 외에도 누구는 한겨울 방 안에서 혼자 자다가 동사했고, 누구는 소나무에 목을 맸고, 또 누구는 안홍댁 경우처럼 제초제를 들이마시고 죽었다. 혼자 죽은 사람들에게도 대부분 가족이 있었다. 버젓한 자식이 있음에도, 노인들은 헌 집을 혼자 지키다 홀로 죽어갔다.

빠아앙. 돌연 귀청을 찢는 굉음. 당신은 황급히 갓길에 차를 붙이고 브레이크를 밟는다. 순간 거대한 덤프트럭이 엄청난 속도로 아슬아슬하게 스쳐 지나간다. 핸들에 머리를 묻고서 당신은 한동안 격한 숨을 몰아쉰다. 까닭 모를 증오와 절망, 슬픔이 한순간 당신을 해일처럼 덮쳐누르고 지나간다. 세상이 무섭다, 목숨이, 산다는 일이 정말이지 끔찍하고 지긋지긋하다. 불현듯 당신의 눈앞에 검푸른 바다가 스크린처럼 좍 펼쳐진다. 칠흑 같은 어둠 속의 바다. 무섭게 일렁이는 파도. 그리고 바다 밑바닥 심연을 향해 까마득히 가라앉아가는 누군가의 모습이 환영처럼 당신의 눈앞을 가로막는다.

잠시 자리를 비웠던 수의사가 진료실로 돌아왔다. 오물로 더러워진 가운을 새걸로 갈아입은 모양이다.

"지난번에는 15만 원이라고 하지 않았소?"

"원래 사체 처리까지 우리에게 일괄로 맡기는 경우엔 그렇게 받고 있습니다. 이번처럼 손님께서 손수 처리하실 경우, 8만 원만 주시면 됩니다."

당신은 지갑에서 돈을 건네며 고맙다고 말한다. 저야 뭐, 어차피 이것이 직업인데 어쩌겠습니까. 개하고 정이 들었을 텐데, 어르신께서 속이 많이 상하시겠습니다. 수의사는 전에 없이 그런 말까지 덧붙인다.

모든 과정을 마치기까지 15분도 채 걸리지 않았다. 병원 옆 골목에 주차한 다음, 당신은 개를 안아 내렸다. 병원 유리문을 막 들어서려는데, 품 안에서 개가 갑자기 끙끙대며 안 들어가겠다는 듯이 발버둥을 쳤다. 지금껏 수차례 드나들었음에도 그런 반응은 처음이었다. 뭔가 육감으로 눈치를 챘던 것일까. 마침 대기실은 비어 있었다. 수의사를 따라 곧장 진료실로 들어갔다. 진찰대 앞에서 개는 또 한 번 끙끙대며 거부하는 시늉을 보였다. 그 역시 전에 없던 일이었다. 막상 진찰대 위에 오르자 개는 바닥에 꼼짝 않고 엎드려 있었다. 못 움직이게 단단히 잡고 계셔야 합니다. 수의사가 말했다. 당신은 두 손과 어깨로 개의 앙상한 몸뚱이를 바짝 감싸 안았다. 퀭한 눈으로 개는 바들바들 떨고 있었다. 미안하다 머루야. 내가 곁에 있으마. 무서워하지 마. 개의 앙상한 뼈대와 부석한 털을 연신 쓰다듬으며 당신은 중얼거렸다.

수의사는 익숙한 솜씨로 혈관에 바늘을 꽂고 약물을 투입했다. 곧 엄청난 경련이 엄습했다. 전신의 뼈, 근육, 신경 들이 수천 개의 미세한 용수철처럼 한꺼번에 발작을 일으켰다. 괜찮아. 금방 지나갈 거야. 괜찮아. 당신은 속으로 외쳐댔다. 불과 3, 4초의 시간이 한없이 길었다. 마침내 경련이 뚝 그쳤고, 이내 개의 몸 안에서 오물이 한꺼번에 왈칵 쏟아져 내렸다. 그것으로 모두가 끝이었다. 팔을 풀어 내리는 순간 짧은 전율이 당신을 훑고 지나갔다. 눈물이 핑 돌았다. 당신의 눈앞에 머루는 없었다. 한 찰나에, 생명의 빛 하나가 사라졌다. 생명이 빠져나간 그 자리엔 추한 털가죽과 뼈의 잔해, 혐오스러운 오물 덩어리만 남아 있었다. 당신은 아들과 아내의 주검이 안겨주던 그 섬뜩한 낯섦과 이물감을 생생히 기억했다. 모든 죽음의 풍경은 동일했고, 죽음이 남긴 껍데기 또한 모두 다르지 않았다.

당신은 갑자기 훨씬 더 무거워져버린 개를 그러안고 가축병원을 나선다. 아까처럼 뒷좌석 바닥에 눕힌 다음 신문지를 씌워준다. 아내의 모습은 보이지 않는다. 몹쓸 광경을 보지 않게 되

어 그나마 다행이다 싶다. 읍내를 벗어나 국도로 접어들 때까지
당신은 묵묵히 핸들만 쥐고 있다. 불현듯 검푸른 바다가 또다시
당신의 눈앞에 보인다. 칠흑의 밤. 그 얼음장 같은 수면으로 까
마득히 내리꽂히는 한순간의 통증을 당신은 상상한다. 천 길 해
저의 심연으로 뱅글뱅글 맴을 돌며 까마득히 가라앉는 몸뚱이.
당신은 황황히 고개를 내젓는다.

　당신은 땅바닥에서 빈 우유갑과 빵 봉지를 주섬주섬 그러모
아 비닐봉지에 챙겨 넣는다. 조금 전 박 씨와 둘이서 나눠 먹은
간식거리의 흔적들이다. 당신은 개가 묻힌 자리를 다시금 두 발
로 골고루 밟아준다. 순전히 박 씨가 도와준 덕분에 일을 수월하
게 마쳤다. 처음엔 봉분처럼 흙을 도톰하게 쌓아줄 생각이었는
데, 박 씨 말을 듣고 그냥 지면과 평평하도록 만들었다. 풀포기
몇 삽을 떠다가 덮어준 덕분에 땅을 파낸 흔적도 대충 가려진 것
같다. 개는 담요에 곱게 싸서 묻어주었다. 구덩이가 조금만 더
깊었으면 좋았겠지만, 원체 돌이 많이 박힌 토질이라 박 씨가 힘
들어하는 눈치였다. 조금 전 박 씨는 바쁜 일이 기다리고 있다며
서둘러 경운기를 타고 사라졌다.
　당신은 바위에 걸터앉아 수건으로 이마의 땀을 훔친다. 바로
눈앞으로 당신의 집과 마당이 빤히 내려다보인다. 역시나 집 가
까운 자리에 묻어주기를 잘한 성싶다. 머루는 제가 뛰놀던 마당
을 여기 누워서 실컷 내려다볼 수 있을 것이다. 돌이켜보니, 저

집에서 제법 오래 살았구나. 가만있자, 10년째든가 9년째든가. 당신은 불현듯 회한에 젖은 눈빛을 하고 새삼스레 주변을 휘둘러본다. 길지도 짧지도 않은 그 기간 중에서 아내와 함께 보낸 시간은 7년이 채 안 된다. 아내와 함께한 그 시절이 인생에서 가장 애틋하고 소중한 시간이었음을, 당신은 홀로 남게 되어서야 비로소 깨달았다.

아내와 단둘이 그 산촌 외딴집에서 보낸 7년 동안 당신은 참으로 많은 것들을 배웠다. 햇살과 바람, 안개와 숲, 나무와 풀, 개울 물소리를 만났고, 새벽달과 노을을, 비와 천둥, 진눈깨비 그리고 밤하늘 뭇별과 조우했다. 봄 겨울 가을 여름을 지켜보면서 탄생과 성장과 소멸의 순환을 배웠다. 헤아릴 수 없이 많은 그들 하나하나가 모여 우주의 숨결을 이루고, 세상은 그 우주의 숨결로 온통 가득 차 있다는 사실을 알게 되었다. 난생처음 그 많은 것들에 눈이 열리고 귀가 터지는 경험은 새롭고 경이롭기까지 했다. 그것은 당신의 메마르고 밋밋한 생애에서 처음이자 마지막으로 누려본 특별한 시간이었다. 그러나 그 모든 것은 아내의 죽음과 함께 끝나버렸다. 우주에 가득했던 빛은 꺼지고 세상은 한순간에 잿빛의 푸석한 황무지로 변했다. 아내의 숨이 멎는 순간, 당신 영혼의 한 부분도 함께 빠져나갔음을 당신은 깨달았다. 그날 이후 당신은 산골짜기 외딴집 그 굴속같이 어두운 방 안에 들어박혀, 등허리 휜 늙은 초식동물처럼 과거의 기억들만 되새김질하며 지내왔다.

언젠가부터 당신은 죽음이라는 문제에 점점 더 몰두하기 시작했다. 당장 세상에 홀로 남겨졌다는 절망감이 당신의 숨통을 짓눌렀다. 당신은 철저하게 혼자였다. 원래도 대인 관계가 서툴렀지만, 가족의 죽음과 궁핍은 당신 스스로를 더욱 고립으로 내몰았다. 노년인 데다 공간적으로 고립된 처지인 당신 곁엔 어느 사이 아무도 남아 있지 않았다. 이제 당신에게 유일하게 남은 것은 과거의 기억뿐이었다. 거기엔 당신이 잃어버린 모든 것들이 담겨 있었다. 당신이 잃어버린 사람들, 이름, 얼굴, 목소리, 숨결, 체취, 살의 온기와 감촉. 그리고 당신이 잃어버린 풍경과 소리와 색깔 들…… 오로지 그것들만이 진정한 당신의 몫, 당신의 유일한 재산이었다. 당신은 그것들과 함께 살다가 그것들과 함께 죽게 될 터였다.

당신에게 죽음 그 자체는 두렵지 않았다. 어차피 당신이 마주치게 될 죽음의 형식은 정해져 있는 셈이었다. 고장 난 심장과 굳어 딱딱해진 혈관은 언제 어디서 터질지 모르는 시한폭탄이었다. 최근엔 두 차례나 쓰러졌다. 이제 마지막 순간이 임박했음을 당신은 또렷이 예감하고 있었다. 길 위에서, 아니면 방 안에서. 어차피 당신이 죽음과 조우하는 형식은 그 둘 중 하나일 터였다. 그러나 무심히 걷다가 불시에 길바닥에 쓰러져 개처럼 죽고 싶지는 않았다. 그렇다고 아무도 없는 집에서, 끔찍한 악취와 함께 부패한 시신으로 뒤늦게 발견되는 것은 더 참을 수가 없었다. 당신 몫의 육신, 그것은 바로 당신 자신이기 때문이었다. 당신의 육신을 추악하고 끔찍한 오물 덩어리로 만들어 비정한 타인들의 조롱과 구역질과 가래침을 뒤집어쓰게 할 수는 없었다. 하지만 당신에겐 그 외의 선택은 존재하지 않았다. 당신은 철저히 혼자였다. 이제 당신을 두렵게 하는 것은 죽음이 아니었다. 어떻게 죽을 것인가. 어떻게 죽어야 이 초라한 흔적을 지상에 남기지 않을 것인가. 바로 그것이 당신을 두렵게 했다.

가을 햇살이 유리알처럼 투명하게 쏟아지고 있다. 고추잠자리 한 놈이 당신의 무릎에 잠시 앉았다가 휙 사라진다. 어디선가 새가 울고, 개울물 소리도 들려온다. 맞은편 산등성이는 그새 단풍 물이 들었다. 단풍은 점차 아래쪽으로 내려와서, 얼마 후면 계곡마다 온통 불이 붙은 듯 발갛게 타오를 터이다. 하지만 그 풍경 속에 당신은 결코 존재하지 않을 것이다. 당신은 끙 소리를 내며 일어선다. 사방을 두리번거려도 아내의 모습은 보이지 않는다. 아까 병원을 나왔을 때부터 줄곧 안 보인다. 잘 있어라 머루야. 당신은 나지막이 소리 내어 작별 인사를 하고는 집을 향해 천천히 걸음을 옮긴다.

개찰구 위에 걸린 디지털 시계는 오후 9시 반을 가리키고 있다. 열차 도착 시각까지는 50분이 남았다. 당신은 아까부터 대합실 의자 한쪽에 혼자 우두커니 앉아 있다. 챙 달린 검정 모자에 등산용 갈색 점퍼 차림. 그나마 여행객 같아 뵈라고 일부러 그렇게 차리고 나선 참이다. 소지품이라야 곁에 놓인 작은 손가방 한 개뿐.

당신이 원주역에 들어선 것은 세 시간 전이다. 고물 차는 역에서 한참 떨어진 천변 무료 주차장 맨 구석진 자리에 세워두고, 거기서부터 역까지는 걸어왔다. 역에 도착하자마자 부산행 열차표를 구입한 다음, 역전 식당에서 칼국수 한 그릇을 시켜 먹었다. 그러고 나서는 근처 다방에 들어가 편지를 썼다. K에게 쓴 그 편지는 지금 손가방 안에 들어 있다. 당신은 편지에 아까 그 주차장의 약도를 자세히 그려 넣은 다음, 집 현관 키는 주방 창문 아래 엘피지 가스통 밑에 있다는 것도 적었다. 또 이참에 멀리 외국으로 나가 살게 되었다고, 그러니 집을 오래 비워두지 말고 세를 주거나 하는 편이 좋겠다는 말도 썼다. 마지막으로 그동안 감사했다고, 좋은 친구 덕분에 말년을 평안하게 보낼 수 있었으며 은혜를 잊지 않겠노라는 말로 끝을 맺었다. 당신은 그 편지를 내일 아침 부산에 도착하면, 자동차 키와 함께 우체국 등기로 부칠 터였다. 개찰구 주위가 별안간 소란해진 것 같다. 서울행 새마을호를 타고 갈 승객들이 줄지어 서 있다. 금요일 저녁이어선지 대학생으로 뵈는 젊은이들이 대부분이다. 당신은 전면에 걸린 대형 텔레비전 화면으로 무심히 시선을 돌린다. 마침 화면 가득 파란 바다가 펼쳐진다. 한 무리의 해녀들이 뒤웅박을 안은 채 물속으로 텀벙텀벙 뛰어들고 있다.

바다로 가자,라고 당신이 결심을 굳힌 것은 두 달 전이었다. 마당에서 풀을 뽑다가 잠시 의식을 잃고 쓰러졌던 바로 그다음 날, 당신은 읍내 병원을 찾아갔다. 대기실에서 차례를 기다리며 앉아 있는데, 우연히 텔레비전에서 그 뉴스가 흘러나왔다. 심야의 여객선에 오른 노부부가 항해 도중 선상에서 행방불명되었다. 탑승객 카드에 인적 사항을 허위로 기입한 점, 소지품 안에도 신원을 파악할 만한 단서를 남기지 않은 점 등, 계획적인 투신자살로 추정된다. 기자의 설명이 이어지는 동안, 선내 시시티브이 자료가 화면에 비쳤다. 한밤인 듯 어둡고 흐릿한 앵글 상단에 언뜻 뭔가가 떠올랐다 사라졌다. 두 사람. 칠십대 노부부. 둘 다 왜소한 체구. 흰색 티셔츠에 운동모를 쓴 남자. 후줄근한 치마에 허리가 엉거주춤한 여자. 한눈에도 평범한 농촌 노부부였다. 갑판 쪽으로 나가는 그들의 동작은 다급해 보였다. 남편이 쫓기듯 앞장을 서고, 아내는 남편에게 한 손을 잡힌 채 황황히 뒤따라갔다. 불과 2, 3초의 순간에 찍힌 피사체의 모습은 그것이 전부였다. 그와 함께 승객들로 보이는 중년 여자 몇이 갑판 위에서 발을 동동 구르며 뭐라 뭐라 안타깝게 외치는 모습이 이어졌다.

그날 밤, 당신은 한밤중에 잠을 깼다. 이상한 꿈이었다. 북극 같았다. 온통 백색으로만 채워진 끝없는 빙원. 그 한가운데 당신 혼자 서 있었다. 눈밭 저편 어디선가 기이한 소리가 들려왔다. 아아아아아. 울음소리였다. 남자인지 여자인지, 사람인지 짐승인지조차도 모호한 그 통곡 소리가 천지를 가득히 채우며 끝도 없이 이어지고 있었다. 꿈에서 깨어난 당신은 까닭 모를 두려움에 몸을 떨었다. 밤새도록 당신은 어둠 속에 웅크려 앉아서 그 울음소리에 대해 생각했다. 생각하고 또 생각하다 보니, 어쩌면 그것의 정체를 알 것도 같았다. 그랬다. 그 울음은 목숨을 가진 지상의 모든 것들에게서 흘러나오는 소리였다. 그 순간 당신의 뇌리에 뉴스 속 노부부의 모습이 떠올랐다. 당신은 부디 그들이 다시 떠오르지 않기를 바랐다. 바다 밑 깜깜한 심연으로 영원히 가라앉기를 간절히 기원했다. 그리고 새벽 동이 희미하게 터올 무렵, 당신은 그동안 고민해왔던 해답을 마침내 찾아냈다.

밤 10시 20분. 열차는 거의 정시에 도착했다. 승강장에 서서 당신은 연신 사방을 두리번거린다. 역시나 아내의 모습은 보이지 않는다. 당신은 한쪽 창가 자리를 찾아 앉는다. 좌석이 절반 넘게 비어 있다. 어느 틈에 잠이 들었던 모양이다. 퍼뜩 눈을 뜨자마자 당신은 옆자리를 확인해본다. 곁엔 아무도 없다. 주위를 두리번거리다 말고 당신은 힘없이 한숨을 푹 내쉰다. 아마도 아내는 다시 오지 않을 모양이다. 열차는 시종 몸체를 좌우로 열심히 흔들어대면서 쿵쾅쿵쾅 달려간다. 청량리역을 오늘 저녁 9시 정각에 출발한 그 열차는 내일 오전 6시 30분쯤 종점인 부전역에 도착할 것이다. 당신은 내일 밤, 부산항에서 제주로 가는 여객선을 탈 계획이다. 출항 시각은 저녁 7시. 그때까지는 시내에서 대충 시간을 보내며 기다려야 한다. 식사를 하고 목욕탕에 가거나, 공원이나 시장을 돌아볼 수도 있으리라. 배에 오르기 전,

독한 술을 한 병 사가지고 가야 하지 않을까. 까마득히 높은 갑판 위에 홀로 서서 누군가 발아래 검은 바다를 응시하고 있는 모습이 홀연 당신의 눈앞에 떠오른다⋯⋯

　이런저런 생각에 빠져 있던 당신은 한순간 멈칫하고 놀란다. 아아, 당신이구려. 난 또 이제 다시는 돌아오지 않을 줄로만 알았다오. 두 눈을 감은 채 당신은 혼자 빙긋이 웃는다. 아내는 대답이 없다. 그러나 당신은 아내가 거기 있다는 걸 또렷이 느낄 수 있다. 다리 위를 지나는 참인지, 바퀴 소리가 한바탕 커졌다가 잦아진다. 한동안 쿵쾅거리는 바퀴 소리에 귀를 기울이고 있다가 당신은 오른손을 가만히 옆으로 가져간다. 아아, 여리고 가느다란 아내의 손가락이 당신의 손안에 오롯이 들어와 잡힌다. 순간 당신의 눈에 핑그르르 물기가 번진다.

　"여보, 나는 다음 세상에선 절대로 사람으로는 태어나지 않을 테요. 나무로, 풀 한 포기로, 꽃 하나로 그렇게 피어났다 사라지고 싶소. 이 세상의 어느 후미진 들판이나 골짜기에 한 알 풀씨로 아무렇게나 떨어져서, 아무런 흔적도 남기지 않고, 햇빛과 바람, 비와 눈보라를 맞으며 그렇게 잠시 피었다가 사라지고 싶소. 당신도⋯⋯ 나는, 당신도 그랬으면 좋겠소."

　여전히 아내는 대답이 없다.

　"고맙소, 여보. 이렇게 곁에 함께 있어줘서⋯⋯ 고맙소. 정말 고맙소."

　마치 꿈이라도 꾸는 듯, 당신은 한없이 행복한 얼굴로 연신 중

얼거린다. 쿵쾅쿵쾅. 그동안에도 열차는 저 혼자서 어둠을 헤치
며 쉬지 않고 달려가고 있다.

연대기, 괴물

육십대 노숙자 지하철 투신자살. 2015년 10월 24일 자 조간신문에 우표딱지만 한 기사가 실렸다. 23일 오후 6시. 지하철 4호선 정부과천청사역. 이 사고로 전철 운행이 30분간 중단된 바람에 퇴근길 시민들이 큰 불편을 겪었다. 그게 내용의 전부였다. 어쩌면 지면 편집 과정에서 생긴 자투리 공간을 땜질하느라 억지로 끼워 넣은 기사였는지도 모른다. 자살자의 신원에 관해선 노숙자라는 한마디뿐, 초점은 당연히 불특정 다수가 겪은 불편함에 맞춰져 있었다. 지하철 투신자살쯤이야 서울에선 이미 흔하디흔한 사고였다. 그런 기사를 눈여겨볼 사람도 없겠지만, 설사 읽었다고 해도 그저 무심히, 그런 험한 꼴을 언제고 제 눈으로 직접 목격하게 되지 않기만을 바랐을 터이다.

이날 전철 운행 중단 시간이 길어진 것은 사고 수습의 어려움 때문이었다. 시신의 훼손 상태가 그만큼 심각했다. 해당 차량의 기관사는 경력 1년에 불과한 삼십대 초반의 사내였다. 조사하러 나온 형사에게 그는 허옇게 질린 얼굴로 대답했다. 제동장치를 작동할 겨를이 없었습니다. 순간적인 돌발 사태라 애초에 불가항력이었다고요. 그 사람을 누가 등 뒤에서 떼밀었는지 어쨌는지, 내가 어찌 알겠습니까. 그냥 진방에서 총알같이 후다닥 뛰어나왔다니까요. 그 불운한 기관사는 충격에서 미처 덜 깨어난 듯 허둥거렸다.

역구내 폐회로텔레비전의 영상을 확인한 경찰은 곧 단순 자살 사건으로 단정했다. 기관사 과실은 없었다. 역 승강장엔 스크린 도어가 설치되어 있었으나 하필 이날따라 고장으로 작동이 멈춘 상태였다. 시시티브이에 찍힌 노인은 처음부터 혼자였다. 모습이 카메라에 처음 잡힌 시각은 사고 발생 30분 전. 철 이른 두툼한 파카에 야구 모자를 쓴 행색부터가 전형적인 노숙자 같았다. 큼직한 가방을 어깨에 메고 느린 걸음으로 계단을 내려온 노인은 벽 가까운 나무 의자에 혼자 엉거주춤 주저앉았다. 그때부터 열차 석 대가 지나갈 때까지 꼼짝 않고 그 자세 그대로였다. 졸았거나 아니면 무슨 생각에 골똘해 있는 듯했다. 네번째 열차가 빠르게 진입해 들어오기 시작했을 때, 노인은 돌연 고개를 세우고 자리에서 발딱 일어났다. 그리고 맞은편 터널 쪽을 잠시 뚫어져라 노려보는가 싶더니, 갑자기 미친 듯 고함을 지르며 철길을 향해 돌진했다.

노인의 몸엔 신분증 따위 없었다. 벤치에서 수거한 큼직한 가방 안에는 더러운 옷가지와 세면도구뿐이었다. 뒤늦게 사고 지점으로부터 10여 미터 떨어진 철길 바닥에서 칼 한 자루가 발견되었다. 폐회로텔레비전 영상을 재차 점검해본 담당 형사는 노인이 철길로 돌진할 때 오른손에 칼을 쥐고 있었다는 사실을 뒤늦게 확인했다. 날 길이 15센티미터의 그것은 시장에서 쉽게 구입할 수 있는 평범한 주방용 칼이었다. 지문 감식 결과 신원이 밝혀졌다. 송달규. 1949년생. 주소 불명. 파월 장병으로 1년간 복무. 그러나 정작 베트남참전전우회의 회원 명단엔 송 씨 이름이 없었다. 애당초 가입한 기록 자체가 없다는 답변이었다. 본적지인 남해안의 작은 섬에 조회했더니, 수십 년 전 섬을 떠난 이후로 연락이 끊긴 상태라고 했다.

도리 없이 무연고자로 분류되어 시신이 관할 화장장으로 넘겨지기 직전에 단서 하나가 불거졌다. 임마누엘 기도원. 가방 외피에 찍힌 흐릿한 글자를 찾아낸 형사는 혹시나 하고 전화를 걸었다. 계룡산 인근에 위치한다는 그 오래된 기도원은 실제로는 정신장애인 집단 수용 시설이었다. 직함이 총무라는 남자는 용케 잡역부 송 씨의 본명이 진태가 아닌 달규라는 사실을 기억해냈다. 최근까지 송 씨는 진태라는 이름으로 20년 넘게 기도원에서 기거해왔다고 했다. 애초엔 환자 신분으로 들어왔었는데, 증세가 호전된 후에도 퇴원하지 않고 허드렛일을 해주며 아예 눌러앉은 모양이었다.

"그게 그러니까 두 달 전쯤이구먼. 이른 아침에 느닷없이 가방을 싸 들고 횡하니 산을 내려가더니만 여태 깜깜무소식인 거라. 어딜 가느냐, 언제 올 거냐는 물음에도 가타부타 무슨 얘기가 없었어. 여태 한 번도 그런 적 없던 사람이라 별일이다 싶더라니까. 휴대폰 같은 거, 원래 안 가지고 있었어. 그나저나 뜬금없이 자살이라니, 이건 또 뭔 일이래요?"

총무라는 늙은이의 어투는 한껏 무덤덤했다. 송 씨의 가족이나 혈연 따위에 관해선 전혀 아는 바 없다. 늘 본인 입으로 혈혈단신이라 말했고, 수십 년 동안 누구 하나 면회 온 적조차 없다. 겉보기로야 멀쩡한 사람 같아도, 어차피 한번 망가졌던 정신이 아주 온전하게 되돌아오기야 하겠는가. 직원 중에 송 씨와 특별히 가깝게 지낸 사람도 없고, 평소 말수가 적어 외톨이로 지냈다. 형사가 얻어낸 정보는 대충 그 정도였다.

혹시나 싶어 기도원 측에서 시신을 인수해 갈 의향은 없느냐 물었더니, 저쪽에선 무슨 미친 소리를 하느냐는 투로 단호하게 전화를 끊어버렸다. 담당 형사는 그쯤에서 사건을 마무리하기로 했다. 병원 냉동고에 임시 보관 중이던 사체는 며칠 후 화장되었고, 타고 남은 재는 봉투에 밀봉된 상태로 관할 무연고자 유골 임시 보관소로 옮겨졌다. 그곳에서 일정한 시일이 지난 뒤엔 다시 수많은 무연고자 유골들에 한데 섞여 땅에 완전히 묻히게 될 터였다. 형사는 '사건 종결'이라 기입한 다음, 서류철을 접고 자리에서 일어났다.

*

자, 이제부터 그 남자의 생애 마지막 날로 돌아가보기로 하자.

송달규. 그는 이날 아침을 서울역 앞 지하도에서 맞이했다. 종이 박스를 바닥에 깔고 신문지로 얼굴과 상체를 덮은 채, 웅크린 새우처럼 그 마지막 밤을 보낸 것이다. 사흘 전 구호단체가 운영하는 재활용 가게에서 구해 입은 검정색 겨울 파카 덕분에 그나마 한기를 조금은 덜 수 있었다. 눈을 뜨는 순간, 이날이 자신에게 뭔가 특별한 날이 되리라는 사실을 그는 어렴풋이 알아차렸다. 뭐랄까. 직각으로 꺾인 골목 모퉁이 저편에 뭔가가 숨어 자신을 기다리고 있는 듯한, 그런 모종의 운명적인 예감 말이다. 정체는 알 수 없으나 매우 생생하고 또렷한 느낌이었다. 물론 이때만 해도 그는 상상조차 못 했다. 불과 몇 시간 후 자신의 육신이 걸레쪽처럼 갈가리 찢겨 철길 바닥에 흩어지리라는 사실을.

지하보도의 흐린 불빛 아래서 그는 무거운 육신을 힘겹게 일으켜 세웠다. 전신의 관절들이 녹슨 철물처럼 우두둑 소리를 냈다. 오래된 지하도 내부는 무덤 속같이 눅눅하고 어두침침했다. 대략 7, 8명의 노숙자들이 쓰레기 뭉치처럼 아무렇게나 바닥에 드러누워 있었다. 그는 가방을 어깨에 들쳐 메고 계단을 올라 역 광장으로 나섰다. 밖은 아직 새벽이었다. 휑한 역 광장에 늘어선 수십 개의 가로등은 환히 켜져 있었고, 맞은편 드넓은 차도를 따라 차량들이 빠르게 지나갔다. 그는 작동이 임시 중단된 자동 승강기 계단을 힘겹게 천천히 걸어 올랐다. 대형 유리문 앞에서 야간 경비원과 마주쳤지만, 저쪽은 슬쩍 곁눈질만 하곤 지나쳐 갔다. 이 시각이면 그들도 굳이 호루라기를 삑삑대며 사납게 쫓아내려고 하진 않았다. 어차피 자신들의 야간 근무도 끝날 무렵이고 곧 새로운 하루가 시작될 터였다.

널찍한 2층 화장실 내부는 예상대로 텅 비어 있었다. 얼마 전부터 그는 이 시각을 택해 다른 사람보다 한발 앞서 이곳을 찾아들었다. 이용객 없는 틈을 타 대충이나마 몸을 씻고 양말이나 팬티 따위를 간단히 세탁할 수도 있었다. 그는 세면대 한쪽에 가방을 내려놓고 칫솔질부터 시작했다. 비록 한뎃잠을 잘지라도 하루 두 차례 양치질만은 절대로 거르는 법이 없었다. 기도원 생활부터 몸에 밴 습관이었다. 점퍼를 벗어놓고 얼굴이며 목덜미까지, 오늘따라 꼼꼼하게 비누칠을 해가며 씻었다. 발을 마저 씻으려던 그는 흠칫 놀라며 허리를 곧추세웠다. 끄륵끄륵…… 끌끌끌끌. 묵직한 쇠사슬이 땅바닥에 끌리는 것 같은 기이하고 섬뜩한 소리. 그는 소스라치게 놀라 뒤를 돌아보았다. 순간 맞은편 천장과 벽을 훑으며 거대한 그림자가 휙 하고 빠르게 지나갔다. 그놈이다! 놈이 또 나타났어! 그는 신음하듯 부르짖으며 부리나케 신발부터 발에 꿰었다. 속옷과 점퍼를 입는 둥 마는 둥 가방을 집어 들고 복도로 튀어나왔다. 넓은 복도는 텅 비어 있었다. 잠시 고개를 두리번대는데, 반대편 계단 쪽에서 다시 소리가 들렸다. 허겁지겁 계단으로 달려갔지만, 그림자는 대합실의 흰 벽을 타고 중앙 현관문 밖으로 감쪽같이 사라져버렸다.

그는 다급하게 중앙 계단을 통해 역사 밖으로 나섰다. 광장 어디에도 놈의 흔적은 남아 있지 않았다. 이제 막 청소 작업에 나선 미화원과 새벽 기차를 타려는 사람들만 드문드문 눈에 띌 뿐이었다. 그는 양 무릎을 후들후들 떨며 광장 한가운데 서서 두리번거렸다. 거대한 원형의 역 건물 유리창 내부는 불야성같이 환했다. 놈은 어디로 사라졌을까. 틀림없이 어딘가에 숨어서 나를 지켜보고 있겠지. 놈의 꼬리를 이번처럼 또렷하게 목격한 건 처음이었다. 놈의 머리통이나 몸통은 아직 단 한 번도 명확히 본 적이 없었다. 그 거대한 꼬리는 끝이 뭉툭했고 검은 털이 부숭숭하게 박혀 있었다. 갑자기 가슴이 답답해오고 목덜미에 식은땀이 돋았다. 눈앞이 깜깜해지면서 광장 바닥과 건물들이 일시에 와르르 가라앉았다. 그는 두 눈을 질끈 감고 땅바닥에 주저앉았다. 그놈과 마주칠 때마다 어김없이 경험하는 증상이었다. 눈앞으로 점점 다가오는 동굴의 검은 입구를 지켜보며 그는 숨을 헐떡였다. 그 검은 구멍은 어느새 괴물의 거대한 아가리로 변했다.

괴물과 처음 맞닥뜨렸던 날을 그는 생생히 기억하고 있었다. 일곱 살, 아니 여덟 살이었던가. 아마 여름방학이었을 것이다. 머리 위로 땡볕이 폭포처럼 쏟아지는 한낮. 외가의 툇마루에 걸터앉아 뒤란의 작은 대숲을 그는 멍하니 건너다보고 있었다. 집

안은 물밑처럼 조용했다. 여느 때처럼 그는 혼자였다. 얼음 조각을 어금니에 물고 있는 것 같은 그 지독한 외로움에 그는 이미 익숙했다. 그에겐 부모에 대한 기억이 전무했다. 세 살 때 헤어졌다는 생모는 얼굴 윤곽조차 지워진 채 아슴푸레한 체취로만 남았고, 생부는 아예 그 존재 자체가 비밀에 묻혀 있었다. 덥고 바람 한 점 없는 날씨였다. 뒤란 대나무 숲은 미동도 없이 정적에 싸여 있었다.

피 묻은 쇠갈고리를 쥔 사내. 바다 위를 떠다니는 수많은 시체들. 수면 위에 해파리처럼 풀어져 너울거리는 여자들의 치렁한 머리채…… 간밤 어른들의 이야기 속 장면들이 어지럽게 머릿속을 떠다녔다. 어느 순간, 그는 문득 맞은편 대숲에 시선을 집중했다. 빛이었다. 뭔가 조그맣고 날카로운 백색의 발광체. 저게 뭘까. 그는 홀리듯 대숲 안으로 들어섰다. 대숲 맨 안쪽, 검은 바위 앞에서 걸음을 멈추었다. 그것은 깨진 사금파리였다. 무심코 그걸 집어 올리려는데, 썩은 나무와 풀 더미 틈으로 움푹한 구덩이가 얼핏 눈에 띄었다. 바위 밑동에 뚫린 작은 토굴이었다. 어두워서 내부는 보이지 않았지만, 입구는 한 사람이 간신히 기어 들어갈 수 있을 정도였다. 순간 어른들의 이야기가 퍼뜩 뇌리를 스쳤다. 결혼한 지 채 1년도 되지 않은 새신랑. 한밤중에 배를 타고 이웃 섬에서 건너와 처갓집 뒤란에 숨어 있다가, 몽둥이 패에 끌려가 수중고혼이 된 그 청년은 어머니의 첫 남편이었다. 눈앞의 것이 바로 그 토굴이었다.

그는 무릎을 꿇고 썩은 잡목 더미 틈새에 얼굴을 바짝 붙였다. 구멍 속은 캄캄한 어둠이었다. 두 눈을 크게 뜨고 숨을 멈춘 채 그는 암흑 속을 끈질기게 응시했다. 얼마나 그렇게 엎드려 있었을까. 뭔가가 있었다. 음습한 구멍 속, 어둠 저편에 어떤 정체 모를 존재가 도사리고 있음을 그는 본능적으로 퍼뜩 알아차렸다. 낮고 거친 숨소리, 은밀한 기척, 벌떡이는 심장의 박동…… 한순간 그는 헉, 숨을 삼켰다. 칠흑의 암흑 한가운데서 두 개의 발광체가 이쪽을 조용히 쏘아보고 있었다. 눈이었다. 붉은 발광체처럼 번들거리는 두 개의 눈알. 으악, 비명을 내지르며 그는 벌떡 일어났다. 미친 듯 대숲을 뛰쳐나오다가 뭔가에 발이 걸려 나동그라지면서 그는 의식을 잃었다. 눈을 떴을 때는 안방이었다. 외조부가 어두운 얼굴로 그를 지켜보고 있었다.

*

그의 생애는 처음부터 모든 게 뒤죽박죽이었다. 태생부터가 그는 허깨비와 같은 존재였다. 호적상으로 1949년생이지만 실제로는 1951년생. 그러니까 나이 두 살은 공짜로 먹은 거였다. 실제로 달규라는 본명은 그가 태어나기 몇 달 전에 사망한 어떤 사내아이의 이름이었다. 때문에 호적상 본명인 달규가 아니라 진태라는 이름을 그는 자신의 진짜 이름으로 여겼다. 고향에선 진태로 내내 불렸고, 그를 달규라고 불러준 곳은 학교와 군대뿐이었다. 부모 역시 가짜였다. 호적상의 아버지인 송칠수는 자신과는 피 한 방울 섞이지 않은 사람이었고, 호적상의 어머니는 얼굴조차 본 적이 없었다. 외조부모의 추정대로라면 그의 성은 필경 김씨라야 했다. 하지만 그나마도 심증일 뿐 명백한 증거 따윈 없었다. 비밀의 열쇠를 쥔 당사자인 그의 생모가 명확한 언급 없이 오래전에 어디론가 증발해버렸기 때문이다.

그가 자신의 출생 내력에 관해 구체적으로 알게 된 건 사춘기 무렵이었다. 그제야 지금껏 자신을 둘러싸고 있던 온갖 모호하고 불투명한 조각들이 비로소 퍼즐 맞추기처럼 일목요연해졌다. 그는 그때까지 자신이 그 섬마을에서 태어났고 줄곧 외조부모 슬하에서 자란 걸로 믿었다. 하지만 그는 외조부의 불행한 작은딸이 친정집에 버리다시피 맡겨놓고 가버린 두 살 난 사생아였다. 전쟁 통에 그 악마 같은 놈한테 끌려간 건지 아니면 제 발로 따라나선 건지 몰라도, 내내 종적 묘연하던 작은딸이 눈앞에 불쑥 나타났을 때 부모는 반가움보다는 차라리 딸아이가 진작 죽었더라면 싶은 마음이었다. 마을 사람들 이목을 피해 저녁 어스름을 틈타 마당으로 스며든 딸에게, 부모는 차마 아이가 그 악마 같은 놈의 씨앗이 아니냐고 물어볼 수가 없었다. 딸을 걱정해서가 아니라 그 입에서 나올 대답이 너무도 무섭고 끔찍해서였다. 그저 피치 못할 사정 때문이니 한동안만 아이를 맡아달라는 말만 우물쭈물 남긴 채, 딸은 바로 이튿날 새벽에 도망치듯 사립문을 빠져나갔다.

물론 세 살 때의 일이었으므로 그는 전혀 기억하지 못했다. 그의 생애 초반의 기억들이란 모두 외조부모와 함께 지낸 시간에 한정되어 있었다. 외조부모는 가난하지만 심성이 고운 사람들이었다. 아들 하나 딸 둘을 얻었으나 외아들은 전쟁 통에 비명횡사했고 둘째 딸마저 그 지경이 된 터여서, 그들은 죽을 때까지 자나 깨나 눈물과 한숨을 그러안고 지냈다. 그런 외조부모의 보살핌 속에서 그는 일견 순탄하고 평범하게 자라났다. 외조부모한테 달리 냉대를 받은 적도, 그렇다고 특별한 애정을 누린 기억도 없었다. 그럼에도 그들의 눈빛과 표정과 음성은 이따금 어린 그를 몹시 혼란스럽고 불안하게 만들었다. 그들은 여느 노인들처럼 자상하게 손자를 대하다가도, 어느 순간 돌연 냉랭한 표정으로 입을 다물어버리곤 했다. 그때마다 외조부모의 눈빛에서 그는 특유의 기묘한 그림자를 어김없이 확인하곤 했다. 두려움과 안타까움, 혐오와 불안이 뒤섞인 그 어둡고 꺼림칙한 그림자는 어린 그에겐 종내 풀리지 않는 수수께끼였다.

　그곳은 남쪽 바다의 작은 섬이었다. 그 섬에서 가장 가까운 육지의 포구까지는 매일 한 차례 왕복하는 소형 여객선으로 두 시간 남짓 걸렸다. 좁고 옹색한 땅에 물은 귀하고 토질마저 척박해서 밭농사만 가능한 섬이었다. 주민들은 너나없이 김이나 해초 따위를 채취해 모은 돈으로, 육지에서 쌀을 사다가 한껏 아껴가며 보리에 섞어 먹었다. 전기도 들어오지 않고 자동차는커녕 바퀴 달린 자전거 한 대 없는 궁벽지고 고립된 섬이었다.

다 합쳐 30호 남짓한 마을. 동네 단 하나뿐인 공동 우물 터 뒤편에 자리한 네 칸짜리 초가집이 그의 외가였다. 마당 옆엔 감나무 한 그루가 서 있고, 장독대, 해묵은 디딜방아 그리고 돌담장과 넝쿨장미가 있는 작은 집. 식구라곤 외조부모와 어린 달규, 그렇게 세 사람이었다. 전기가 없는 마을은 해가 지면 순식간에 암흑 세상으로 변했다. 저녁 밥상을 서둘러 치우고 나면 사위는 완연히 깜깜해졌고, 외조부는 그제야 일어나 방 안 석유 등잔에 불을 붙였다. 그때부터 한동안은 세 식구만의 단출한 시간이 되기도 했지만, 대개는 일찌감치 저녁을 먹고 나온 이웃 어른들이 외조부의 방으로 하나둘 찾아들어 이야기판을 벌이곤 했다.

어린 그는 내심 그런 자리가 기다려졌다. 외조부의 무릎에 머리를 베고 누워 어른들의 잡다한 이야기에 귀를 기울이노라면, 온갖 장면과 소리가 진짜처럼 눈앞에서 생생히 펼쳐지곤 했다. 거개가 뜻 모를 얘기였지만, 그렇게 두 귀를 활짝 열어놓은 채로 천장에 너울거리는 흐린 호롱불 그림자를 눈으로 좇다 보면 어느 결에 밤이 이슥해져 있었다.

서른이 뭐여. 얼추 따져봐도 우리들 손으로 직접 거둔 시신만 해도 그 갑절은 되었을 것이네. 언젠가 동네 사람들이 하루 동안 배로 건져낸 것만 해도 일곱 구나 되었잖은가. 읍내에서 그 난리가 터진 뒤로 한 달 넘도록 어느 누구도 숫제 바다에 나가볼 엄두를 못 냈지. 아이고, 물 위에 떠다니는 그 시신들 때문에…… 어디, 그때만 그랬었나? 인민군 들어와서 한바탕 죽어나갔지, 그놈들 빠져나간 담에는 또 경찰이 들어와가꼬 그랬지…… 으마마, 진짜 지옥이 따로 없었제. 사람 목숨이 파리 목숨이었어. 거, 말도 말어. 그때 그놈들, 서북청년단인가 뭔가 하는 몽둥이패 말이여. 나는 시방까지도 몸서리가 다 쳐진다고.

어른들의 화제는 주로 전쟁에 관한 것들이었다. 어린 그에겐 그런 얘기가 유독 기억에 생생하게 남았다. 하나같이 놀랍고 무섭고 끔찍하고 기이한 얘기들이었다. 당시는 전쟁이 끝난 지 10년도 채 지나지 않은 때였다. 육지에서 멀리 떨어진 섬. 신문은 고사하고 동네를 통틀어 라디오 한 대 놓고 사는 집조차 드물었다. 고립된 섬 주민들에게 육지는 한참 멀었고, 당연히 세상 돌아가는 소식엔 깜깜했다. 마치 시간이 멈춰버린 것처럼 그들은 여전히 전쟁의 기억과 그 끔찍한 체험을 바로 어제 일인 양 생생하게 되새김질하고 있었다.

그들에게 전쟁은 읍내에서 벌어진 보도연맹 사건으로부터 시작되었다. 서해와 남해의 접점에 위치한 그 지역은 수십 개의 섬으로 이루어져 있었다. 군 소재지인 읍내는 그중 육지에 인접한 가장 큰 섬이었다. 전쟁이 터지고 한 달 반쯤 지난 8월 초, 육지에서 후퇴해 온 대규모 경찰 부대가 읍내에 처음 진입했다. 이어 관내 전역의 경찰지서를 통해 전체 보도연맹원에 대한 소집 명령이 하달되었다. 명목상으로는 사상 재교육을 위한 정기적인 소집이었다. 관내 수많은 섬에서 수백 명의 연맹원들이 각기 배를 타고 속속 읍내로 모여들었다. 그중엔 달규의 외삼촌 경만도 있었다. 경만은 장마에 허물어져 내린 돌담을 손보다 말고, 같은 마을 두 사람과 함께 면지서의 순경을 허둥지둥 따라나섰다.

"육지에선 전쟁이 터졌다는디, 해필 이럴 때 무슨 일로 다들 불러들인다냐?"

"무어, 별일이야 있을랍디까? 정기적으로 실시하는 교육 소집이라네요."

아들은 애써 무심히 소매를 털며 돌아섰는데, 결국 그게 영영 마지막이었다. 사흘 뒤, 불려 나간 연맹원들이 한꺼번에 떼죽음을 당했다는 소문이 들려왔다. 경찰이 수백 명을 배에 싣고 나가 총살한 다음 바닷물에 수장해버린 거였다. 그 수가 4백 명이라고도 하고 5백 명이라고도 했다. 당장 읍내로 건너가려고 외조부 일행은 허겁지겁 포구로 나갔다. 선착장엔 그들과 똑같이 가족의 생사를 확인하려고 길을 나선 섬사람들로 바글거렸다. 아무리 기다려도 연락선은 나타나지 않고, 급기야 놀라운 소식이 전해졌다. 읍내는 이미 인민군이 점령해버린 상태이고, 경찰 부대는 남쪽의 또 다른 섬으로 철수했다는 거였다. 외조부는 오도 가도 못하고 선창에 퍼질러 앉아 울기만 했다.

당시만 해도 외조부는 눈앞의 상황 자체를 이해할 능력이 없었다. 그놈의 보도연맹이 뭔지, 어쩌다 아들이 가입되었는지조차 아리송했다. 면 지서를 찾아갔지만 빨갱이 가족이라고 무섭게 겁박만 당한 채 쫓겨났다. 그 후부터는 부역자 가족으로 낙인

찍혀 아예 숨조차 제대로 쉬지 못하고 살아야 했다. 훨씬 훗날, 눈을 감기 얼마 전에야 그는 전직 경찰인 먼 친척의 입을 통해 자초지종을 대충이나마 이해하게 되었다.

보도연맹은 사상 전향자들을 통제, 관리할 목적으로 국가가 만들어낸 일종의 올가미였다. 좌익 활동을 했거나 남로당 등에 가입한 전력이 있는 사람을 가입 대상으로 규정해놓고, 전국 경찰서마다 할당된 인원수만큼 연맹원을 가입시키도록 지시했다. 도시의 경우 연맹 가입자의 대다수가 지식인이었다. 하지만 농어촌은 사정이 많이 달랐다. 사상입네 정치 활동입네 따위가 뭔지도 모르는 무지렁이들까지 대거 들어 있었다. 지역 경찰관들이 할당받은 인원을 채우기 위해 강제적인 수단과 방법을 동원한 결과였다. 연맹원 태반이 문맹을 겨우 면한 수준이어서, 연맹의 성격에 대해 대부분 무지했다. 양식 배급을 준다, 비료 배급 시 특별 대우를 해준다는 말에, 혹은 평소 안면 있는 순경의 부탁에 멋모르고 도장을 찍어주기도 했다.

"예전에 경만이가 술자리 시비 끝에 주먹질을 해서 지서에 불려 간 적이 한 번 있었다면서요?"

전직 경찰인 친척의 물음에 외조부는 기억을 더듬어냈다. 얻어맞은 쪽이 경만이었고 대수롭지 않은 상처여서 별 탈 없이 끝난 일이었다. 친척은 혀를 챘다.

"그게 문제였구만. 지서에 한 번이라도 불려 간 기록이 있으면, 사상적으로 문제가 있는 인물로 취급해버렸지. 할당 인원을 채우려면 어떻게든 빌미를 만들어야 했으니까."

그즈음 바다에서 시신들이 하나둘 떠다니기 시작했다. 시신들은 해류를 따라 인근 섬들 사이를 돌아 꾸준히 이동해 왔다. 앞바다에 놓아둔 멸치잡이 그물에 시체 두 구가 걸렸다는 소리에 외조부는 쟁기를 내던지고 정신없이 갯가로 뛰어 내려갔다. 그것은 경만이가 아니었다. 점차 더 많은 시신들이 물결을 따라 떠내려왔다. 총 맞은 시신도 있었고 멀쩡한 시신도 있었다. 철사나 밧줄로 양손을 묶인 채 굴비처럼 한 두름이 되어 서너 명씩 나란히 떠내려오기도 했다. 젊은 남자들만은 아니었다. 노인과 여자 들도 있었다. 머리에 총을 맞았거나 내장이 쏟아져 나온 시신, 상처 하나 없이 말끔한 경우도 있었다. 여자들의 치렁한 머리채가 수면에 풀어져 해파리처럼 흐늘거렸다. 시간이 갈수록 퉁퉁 불어터지고 물고기에 참혹하게 뜯겨나간 시신들이 늘어났다. 밤사이 개펄 바닥으로 떠밀려 온 시신엔 뻘게 떼와 고둥들이 새까맣게 구물구물 들러붙어 있었다.

마을 사람들은 쪽배를 타고 나가 시체들을 건져 올렸다. 주인 잃은 주검을 모른 체해선 안 된다는 게 섬사람들의 오랜 윤리관이었다. 따지고 보면 죽은 이들은 한 지역 주민이었고, 그중엔 자신들의 일가친척과 이웃 들도 있을 터였다. 하지만 외조부의 아들 경만은 끝내 나타나지 않았다. 건져내어진 시신들은 일단 마을에서 빤히 내려다뵈는 갯가 모래밭에 가매장되었다. 소문을 듣고 이웃 여러 섬들로부터 낯선 사람들이 마을로 끊임없이 찾아들었다. 너나없이 졸지에 혈육을 잃어버린 이들이었다. 신원을 확인하기 위해 모래밭을 헤집을 때마다 엄청난 악취와 애끓는 울음소리가 이쪽 마을까지 건너왔다.

*

경찰이 철수하자마자 인민군이 섬을 점령했다. 읍내에서 차출한 민간 소형 선박을 타고 들어온 그들은 의외로 소규모 병력이었다. 그들의 출현과 함께 한차례 피바람이 몰려왔다. 관내 유지들인 면장, 우체국장, 협동조합장이 처형되었고, 평소 평판이 좋지 않았던 지주 두 명과 경찰 가족 여럿이 죽임을 당했다. 면사무소 앞마당에 불려 나온 주민들은 끔찍한 총살 광경을 강제로 지켜보아야 했다. 그걸로 끝이 아니었다. 주민들 중 인민군에 합세한 젊은이들이 앞장서서 주민들에게 폭력을 휘둘렀다. 불순분자니 반혁명분자니 해서 끌려간 사람들은 예외 없이 혹독한 구타와 고문을 당했다. 반송장 몰골로 풀려난 사람도 있었지만, 한밤중 배를 타고 나가 산 채로 바닷물에 버려진 사람도 적지 않았다.

한 달이 조금 지난 어느 날. 인민군은 돌연 섬을 버리고 퇴각하기 시작했다. 연합군의 인천 상륙 작전 직후였다. 인민군에 합세했던 무리도 함께 육지로 허둥지둥 빠져나갔다. 도망치는 인민군과 인근 섬에 철수해 있던 경찰 부대 간에 한바탕 격렬한 전투가 벌어졌고, 마침내 경찰이 섬을 탈환했다. 섬에 상륙한 그들에게선 처음부터 피냄새가 풍겼다. 교전 중에 동료 여럿을 잃은 그들의 눈빛은 극도의 분노와 복수심으로 무섭게 번들거렸다. 그들의 눈에 비친 섬은 조금 전까지 인민군이 점령했던 적성 지역이자 아군이 재탈환한 수복 지역에 지나지 않았다. 당장 부역 혐의자 색출 작업에 착수했다. 적에게 합세한 자, 적에게 도움을 준 자, 적과 함께 도주하려다 붙잡힌 자들부터 가장 먼저 처형되었다. 그다음으로, 인민군과 함께 도주한 자의 가족과 보도연맹원 가족이 주로 화를 입었다. 경찰에 평소 밉보였거나, 적에게 호의적인 태도를 보였거나, 평소 평판이 좋지 않았던 이들도 마찬가지였다. 여기에 주민끼리의 은밀한 고자질과 밀고도 한몫을 했다.

거의 매일같이 무수한 연행, 고문, 처형이 이어졌다. 섬사람들은 두려움에 떨었다. 언제 느닷없이 면 지서로 호출당할지 몰라 전전긍긍했다. 일단 불려 나가면 멀쩡한 걸음으로는 돌아오지 못했다. 반송장 꼴이 되어 나오거나 흔적도 없이 물고기 밥이 되기도 했다. 사람 목숨이 파리 모기만큼의 가치도 없어 보였다. 평생 함께 살아온 이웃도 일가친척도 믿을 수 없었다. 법도 재판도 없는 전시 상황, 오직 총을 쥔 자의 의도와 판단과 명령이 지상의 법이었다. 그러는 동안에도 밤이면 섬 인근 바다에선 이름 없는 시신들이 끊임없이 생겨났다. 참혹한 몰골의 시신들은 물

살을 타고 먼바다로 영영 흘러가거나 혹은 요행히 섬 갯가로 소
리 없이 떠밀려 왔다.

사람들은 저만치 경찰 제복만 어른거려도 가슴이 내려앉았
다. 하지만 경찰보다 진짜 더 무서운 존재는 따로 있었다. 몽둥
이패. 사람들은 육지에서 내려온 정체불명의 사내들을 그렇게
불렀다. 그 수십 명의 사내들은 경찰 병력보다 사나흘 뒤늦게 육
지에서 배를 타고 들어왔다. 전투복 차림이긴 했지만 그들은 경
찰이 아닌 서북청년단이었다. 대부분 더벅머리 이십대인 그들
은 처음 듣는 투박한 이북 사투리를 썼다. 주로 평안도와 함경도
출신들로, 빨갱이한테 부모, 형제, 재산을 다 잃고 이북에서 도
망쳐 왔으며 스스로를 '빨갱이 사냥꾼'이라 부른다고 했다. 읍
내에서 보도연맹원들이 떼죽음을 당할 당시 그자들이 저질렀다
는 온갖 무서운 소행에 대해 섬사람들도 소문을 통해 이미 알고
있었다. 과연 듣던 대로 그들은 경찰의 충성스러운 사냥개였다.
손에 피를 묻히는 일은 모두 도맡아 해치웠다. 그들은 10여 명씩
패거리를 지어 몽둥이를 휘두르며 무시로 마을들을 휩쓸고 다
녔다. 무리의 대장은 이십대 초반의 김종확이란 인물이었다. 평
안도 대지주의 외아들로, 빨갱이한테 부모 형제를 다 잃고 혈혈
단신 월남했다는 소문이었다. 의외로 왜소한 체구, 패들 중에서
유일한 빡빡머리에 소년 같은 앳된 얼굴을 한 그의 별명은 '갈고
리'였다. 그의 손엔 항상 길이 1미터쯤 되는 쇠갈고리가 들려 있
었다. 양곡 출하장에서 검수원들이 사용하는 그 갈고리를 장소

와 대상을 가리지 않고 휘둘렀다. 날카로운 갈고리에 찍히면 머리통이 빠개지고 눈알이 튀어나왔지만, 그는 눈 하나 깜짝하지 않았다.

달규의 외조부도 지서로 붙들려 갔다. 어느 날 아침 이장이 동네 사람 모두를 공회당 마당으로 급히 소집했다. 순경 하나와 몽둥이패가 눈앞에 버티고 서 있었다. 마을 사람 예닐곱이 그길로 지서까지 끌려갔다. 그나마 대낮에 끌려가게 된 게 다행이라면 다행이었다. 밤사이 소리 없이 몽둥이패한테 붙들려 가면 십중팔구 물고기 밥이 되곤 했다. 지서에 도착하자마자 달규 외조부는 서북청년단원들한테 다짜고짜 몽둥이찜질을 당했다. 순경은 뻔히 알면서도 경만의 행방에 대해 물었다. 교육 소집을 받아 읍내로 떠난 뒤 생사를 모른다고, 나야말로 알고 싶으니 알려달라고 그는 하소연했다. 잠시 빤한 형식적인 조사를 받은 다음, 뜻밖에 외조부는 풀려났다.

그즈음 1년 전에 이웃 섬으로 출가해 보낸 둘째 딸 옥례가 불쑥 친정으로 돌아왔다. 그리고 바로 다음 날 한밤중, 바닷물에 쫄딱 젖은 사위가 집 안으로 숨어들었다. 여수에서 전문학교에 다니던 사위는 고향 집에 숨어 있다가, 밤을 틈타서 쪽배를 타고 이제 막 이웃 섬에서 건너온 참이었다. 집 뒤란 텃밭 한쪽은 작은 대나무밭이었다. 대밭과 잇닿은 언덕 기슭, 큼지막한 바위 밑 움푹한 구덩이에 가마니를 깔고 사위를 숨겼다. 전부터 쌓아둔 땔감이며 풀 더미에 가려져 감쪽같았다. 그러나 사흘도 못 가 몽둥이패가 들이닥쳤다. 달규의 외조부는 사위와 함께 지서로 끌려가 곧바로 빈 창고에 갇혔다. 양곡 저장 창고인 그곳엔 이미 수많은 사람들이 갇혀 있었다. 비좁고 깜깜한 그 안에서는 매일 밤낮으로 지옥의 풍경이 펼쳐졌다. 창문 하나 없는 창고는 대낮에도 캄캄했고, 문은 이따금 몽둥이패가 나타나 사람들을 끌고 나갈 때만 잠시 열렸다가 닫힐 뿐이었다.

창고 뒤편 낡은 부속 건물에선 온종일 끔찍한 비명 소리가 끊임없이 터져 나왔다. 한번 끌려가면 몇 시간씩 무서운 고문을 당하고 반송장이 되어 돌아왔다. 무시무시한 몽둥이찜질, 철봉에 거꾸로 매달기, 코와 입에 고춧가루나 인분을 탄 물을 퍼붓기, 장도리로 손가락 내려치기. 실로 고문 종류도 다양했다. 그중 가장 끔찍한 게 '칠성판 태우기'였다. 송판으로 관을 짜고 여섯 개의 면마다 손가락 길이의 대못 수십 개를 탕탕 박아 넣었다. 몽둥이패는 못 날이 고슴도치처럼 무수히 튀어나온 그 관 속에 사람을 우겨 넣은 다음, 그것을 통째 바닥에 데굴데굴 굴렸다. 달규의 외조부는 그사이 두 차례나 불려 나가, 초주검이 되어 돌아왔다. 며칠 뒤, 그는 한밤중에 또다시 불려 나갔다. 뒷마당엔 대형 발동기가 밤새 통통통통, 요란하게 돌고 있었다. 거기서 얻은 전력으로 부속 건물과 사무실에는 백열등이 들어와 있었다. 건물 안으로 들어서니, 귀신 같은 처참한 몰골로 사위가 철봉에 매달려 있었다.

이봐. 당신이 옥례의 아비 된다는 작자로구만. 갈고리를 쥐고 위아래로 흔들면서 이죽거리는 그 빡빡머리 청년의 얼굴을 외조부는 간신히 올려다보았다. 그자의 입에서 어떻게 해서 딸 이름이 흘러나오는지 모를 일이었다. 저 간나 새끼, 칠성판에 집어넣으라우. 갈고리의 명령에 사내들은 반쯤 의식을 잃은 사위의 몸뚱이를 관 속에 욱여넣었다. 순간 사타구니에서 오줌을 왈칵 쏟아내며 외조부는 혼절해버렸다.

자정이 넘은 시각, 외조부는 사위를 포함한 다섯 명의 죄수와 함께 선착장으로 끌려 나갔다. 양쪽 팔목이 철사로 단단히 묶인 채로 그들은 목선에 태워졌다. 갈고리 대장하고 몽둥이패 두 놈이 동행했다. 그런데 갑자기 더벅머리 하나가 외조부의 손목에서 철사를 풀어내기 시작했다. 이봐. 이제부터는 당신이 노를 젓는 게야. 갈고리 청년의 말에 그는 허겁지겁 노를 집어 들었다. 달도 별도 없는 밤. 하늘도 바다도 먹장같이 캄캄했다. 얼마나 나아갔을까. 사내들이 한 명씩 일으켜 세우자 절망에 찬 울음이 일제히 터져 나왔다.

이 썅간나 새끼들! 이런다고 살려줄 거 같나? 나, 김종확이 누군지 모르는구만. 4·3 폭동 때 이 갈고리로 즉결 처단한 뿔갱이 숫자가 얼마나 되는 줄 알간?

이내 빡빡머리가 갈고리를 힘껏 내려찍자 퍽, 소리와 함께 몸뚱이 하나가 바다로 빨려 들어갔다. 풍덩, 풍덩, 풍덩. 마지막으로 사위도 사라졌다. 자신의 차례를 기다리며 외조부는 눈을 질끈 감았다. 이봐, 그만 뱃머리 돌리라우. 갈고리의 말에 외조부는 귀를 의심했다. 몽둥이패는 바닥에 주저앉아 담배를 피워 물었다. 예예. 외조부는 바들바들 떨며 일어나 노를 간신히 움켜잡았다.

그날 달규의 외조부는 그렇게 거짓말처럼 지옥의 문턱에서 풀려났다. 집으로 돌아와서야 그는 비로소 사태의 전말을 알아차렸다. 그사이 악마는 밤마다 집으로 들이닥쳐 둘째 딸을 겁탈하곤 했다. 열아홉 살 새색시인 둘째 딸은 예쁘장한 얼굴에 살결이 유난히 하얬다. 두 달 후, 서북청년단은 육지로 철수했다. 섬에서 임무를 마친 그들은 새로 배당받은 또 다른 사냥터를 찾아갈 터였다. 갈고리가 떠난 그다음 날, 딸아이도 소리 없이 집을 떠났다. 이른 아침 보퉁이를 안고 연락선에 오르는 그 애의 모습을 본 사람이 있었다. 그 후 오랫동안 기별이 끊어졌던 딸은 몇 년 만에 불쑥 나타나, 두 살짜리 사내아이를 훌쩍 내려놓고 간 후로 영영 돌아오지 않았다. 군산인가 의정부에 있다는 미군 부대로 흘러들었다는 소문을 얼핏 들은 적이 있을 뿐이었다.

딸이 떨궈놓은 아이가 그 악마 놈의 핏줄임을 외조부는 알고 있었다. 아이에게는 당장 호적상 부모가 필요했다. 때마침 육촌뻘인 아랫마을 칠수가 머리에 떠올랐다. 날 때부터 지능이 약간 모자란 칠수는 한때 그의 집 머슴으로 일한 적도 있었다. 칠수는 몇 해 전 마을로 흘러든 떠돌이 여자를 만나 살림을 차렸다. 그러나 갓난아이를 홍역으로 잃게 되자 여자는 말도 없이 종적을 감춰버렸고, 칠수는 다시금 혼자 지내고 있었다. 칠수가 외조부를 찾아와서는, 면사무소에 대신 들러 제 아들의 사망신고를 처리해주십사 하고 부탁을 해왔을 때, 외조부는 묘안이 퍼뜩 떠올랐다. 호적상으로나마 난데없는 양아들이 생겼다고 칠수는 되레 싱글벙글했다. 그때부터 그의 호적상 이름은 달규가 되었다.

*

오전 10시. 북적이는 대합실 안이 부쩍 더 소란해졌다. 한 무리의 단체 여행객이 깃발을 든 가이드의 뒤를 따라서 몰려들어왔다. 주변 소음 때문에 텔레비전 소리에 집중하기가 힘들었으므로 그는 모니터 바로 앞자리로 옮겨 앉았다. 광고. 광고. 광고. 역구내 텔레비전은 온종일 한두 개의 종편 채널에만 고정되어 있었다. 이윽고 뉴스가 끝나고 기다리던 시사 좌담 프로그램이 이어졌다. 마, 정확한 지적을 하셨네요. 솔직한 얘기로 인자 쫌 그만할 때도 충분히 됐다 아입니까. 벌써 몇 달이 지났는데도 세월호 유가족들은 일상으로 복귀를 안 하고 무리한 요구를 앞세워 지금 국가를 흔들어대고 있잖습니까…… 그는 자막과 함께 이어지는 사고 관련 자료 화면에 시선을 집중했다. 역시 이번에도 그자의 모습은 비치지 않았고, 서북청년단 어쩌고 하는 문제 따윈 언급조차 없이 좌담이 끝났다. 그는 엉거주춤 가방을 둘러메고 대합실을 빠져나왔다. 계단 맨 꼭대기에 멈춰 서서 그는 역광장을 에워싸고 있는 빌딩 숲을 멀거니 바라보았다. 빌딩으로 들어찬 도시는 끝도 가도 없는 사막처럼 황량하기만 했다.

문득 모래 더미가 덮쳐누르듯 극심한 피로와 무력감이 전신으로 몰려왔다. 그는 계단 위에 맥없이 주저앉았다. 이젠 그만 기도원으로 돌아가고 말까. 불현듯 내면에서 누군가 은밀히 속삭였다. 그는 극도로 지쳐 있었다. 더 이상 버텨낼 최소한의 기력도 의욕도 남아 있지 않았다. 그렇지만 그는 이내 고개를 저었다. 안 돼. 두 번 다시 그 끔찍한 늪으로 되돌아갈 수는 없어. 정신과 영혼이 망가진 병자들의 하치장. 세상으로부터 버림받은 그 은폐된 수용 시설에서 그는 25년의 세월을 보냈다. 그곳은 시간의 흐름조차 정지된 늪, 지상의 지도에서 삭제되어버린 추한 맨홀이었다. 두 달 전 그날 아침 산에서 내려올 때, 그는 두 번 다시 그 길을 되밟지 않을 작정이었다. 그렇다고 장차 그자를 찾아내서 뭘 어찌하겠다는 계획 따윈 미처 없었다. 그저 감당할 수 없는 어떤 충동에 이끌려 산을 내려왔고, 단 한 번이라도 그자와 마주치기를 바라며 미친 듯 서울 거리를 헤맸으며, 그러다가 덜컥 칼 한 자루를 샀던 것이다. 그 칼은 지금 신문지에 둘둘 말려 가방 안에 담겨 있었다. 머잖아 겨울이 닥쳐올 터였고, 길바닥에서 얼어 죽기 전에 그에겐 반드시 끝마쳐야 할 일 한 가지가 남아 있었다. 그자를 찾아야 했다. 더 늦기 전에 기어코 만나야 했다.

역 광장 주변엔 여느 때처럼 노숙자들이 삼삼오오 어슬렁대고 있었다. 그들의 퀭한 시선을 애써 피하며 그는 광장을 가로질렀다. 그는 아직까지 그들에게 낯선 존재였다. 그들 중 누구와

도 대화를 해본 적이 없었다. 더러 말을 걸어오기도 했으나 그는
아예 귀머거리 행세를 했다. 편의점에서 빵 한 개와 우유를 사서
그는 벤치에 앉아 먹기 시작했다. 이제 수중에 남은 거라곤 기껏
몇만 원 정도였다. 기도원을 나올 때 그에겐 2백만 원 남짓한 돈
이 있었다. 기도원에서 받는 고정 월급 따윈 없었고, 어쩌다 조
금씩 생기는 푼돈을 모아둔 거였다. 그걸 서울에 오자마자 찜질
방에서 도둑맞았다. 그나마 가방 안에 따로 감춰둔 비상금으로
지금껏 근근이 버텨온 참이었다. 더운밥은 하루 한 끼로 족했다.
역 인근의 무료 급식소에 가면 매일 저녁밥이 나왔다. 아침과 점
심은 굶기도 하고 빵이나 컵라면으로 때웠다. 하지만 그는 설사
굶어 죽을지언정 길바닥에서 구걸 따윈 절대로 하지 않을 터였
다. 그건 그의 마지막 자존심이었다.

　그는 역 광장을 벗어나 광화문으로 향했다. 지난 두 달 동안
하루도 거르지 않고 반복해온 일정이었다. 덕수궁을 지나 네거
리에서 그는 걸음을 멈추었다. 확성기와 플래카드를 동원한 사
람들 한 무리가 인도를 따라 행진해 왔다. 불순 세력 물러가라.
종북 세력은 북한으로. 확성기의 선창에 늙수그레한 남자들이
일제히 복창했다. 그는 주위를 맴돌며 그들의 얼굴을 유심히 살
폈다. 역시 그곳에도 그자는 없었다. 다시금 광화문 쪽으로 불편
한 걸음을 옮기기 시작했다. 잔뜩 우중충한 하늘이 머리 위에 낮
게 걸려 있었다. 금세 비라도 한 줄기 뿌릴 기미였다. 청계광장
을 거쳐 광화문 광장까지 그는 두리번대며 느리게 걸었다. 인공

천변 방책에 빽빽하게 매달린 수천 개의 노란 리본들이 바람에 흔들리고 있었다. 미안하다. 사랑한다. 꼭 돌아와줘. 보고 싶다. 리본을 하나씩 들여다보고 있는 사람들 사이를 그는 절뚝이며 지나갔다. 영은, 은지, 민재, 제훈, 미지, 주희, 성복. 친구야 돌아와. 아들아 사랑해. 이것밖에 못 해줘서 미안하다. 바람이 불어올 때마다 노랑나비 떼가 일제히 날아오를 듯 호르르 날개를 떨었다. 드넓은 광화문 네거리를 따라 자동차들이 질주하고, 무심한 행인들이 보도를 바삐 오가고 있었다. 며칠 전만 해도 집회 인파로 붐비던 거리가 오늘은 휑하니 비어 있었다.

광장으로 들어서자 또 다른 낯익은 풍경이 그의 눈에 들어왔다. 장벽처럼 외곽을 빙 둘러싸고 진을 친 경찰들. 보도 한쪽엔 몇 달째 여전히 늘어서 있는 흰색 천막 10여 개. 그 안에서 비닐을 깔고 삼삼오오 앉았거나 드러누운 사람들. 서명을 받고, 유인물을 배포하고, 노래를 부르고, 차를 끓이고, 물컵을 서로 나누는 사람들. 목쉰 음성으로 누군가와 열띤 대화를 나누다 쿨쩍쿨쩍 우는 사람. 그 모습을 카메라로 찰칵찰칵 찍는 사람. 미안합니다. 잊지 않겠습니다. 안전한 나라를 만들겠습니다. 손에 팻말을 들고 서 있는 젊은이들.

그리고 바로 길 건너편, 수십 미터 저쪽 인도엔 또 한 무리의 사람들이 진을 치고 있었다. 어버이연합. 나라사랑실천운동본부. 납북자가족모임. 색색의 플래카드마다 각종 단체의 이름들이 적혀 있었다. 그들 중 상당수는 군복 차림의 오륙십대 노인들이었다. 세월호 참사 악용 세력 물러가라. 종북 좌파 몰아내자. 아이들의 죽음을 팔아먹지 마라. 그들은 확성기 선창에 맞춰 줄곧 어수선하게 구호와 고함을 질러댔다. 국론 분열 조장하는 저 길 건너 쓰레기들을 몰아내자. 종북 좌파 세력은 북한으로 꺼져라. 꺼져라. 꺼져라. 그의 눈에 비치는 모든 것들은 어제도 그제도 한 달 전에도 똑같았던 풍경들이었다.

　그는 일부러 멀찍이 우회해서 한길을 건넜다. 그리고 가로수 둥치 뒤에 몸을 가린 채 그 늙수그레한 무리의 얼굴들을 하나씩 유심히 살폈다. 필시 단체로 구입해 입었음 직한 군복 가슴께에 더러는 낡아빠진 훈장을 주렁주렁 매단 노인들도 있었다. 벗겨진 이마, 듬성한 머리숱, 구부정한 등과 어깨, 그리고 쪼글쪼글한 얼굴마다 굵게 팬 주름살. 그들은 대부분 피곤과 궁기에 절은 모습이었다. 어쩌면 하루분의 생계비를 얻어내기 위해 누군가에게 불려 나온 것인지도 모른다고 그는 생각했다. 이번에도 역시 그가 찾는 인물은 보이지 않았다. 극심한 피곤과 어지럼증이 한꺼번에 몰려왔다. 그는 문득 자신이 지금 괴이한 환각을 마주하고 있는 것만 같았다. 한낮의 광장에 몰려나와 쉰 목청으로 고함을 질러대는 모습들이 흡사 유령처럼 느껴졌다. 필시 그 자신 또한 유령들 가운데 하나일 터였다.

*

　그 사건이 일어난 날 아침, 그는 취사장에서 부지런히 걸레질을 하고 있었다. 이틀 후 행정관청에서 정기적인 위생 점검을 나올 예정이라서, 아침 배식을 마치자마자 대청소에 들어갔던 것이다. 소독액을 골고루 뿌린 다음 바닥을 걸레로 닦아내고 있는데 텔레비전에서 긴급 뉴스가 흘러나왔다. 야, 저 큰 배가 우째 저리 됐노. 총무 박 씨의 말에 고개를 들어보니, 거대한 선박의 몸체가 물구나무서기 하듯 수면에 기우뚱하니 처박혀 있었다. 처음엔 영화의 한 장면인 줄 알았다. 제주행 여객선 해상 조난 사고. 자막을 읽고도 그는 현장 생중계 화면의 상황을 얼른 알아차리지 못했다. 아나운서는 승객이 5백 명 가까운 숫자이고 현재 해경과 인근 민간 선박이 총출동해 구조 작업 중이라고 전했다. 탑승객 대부분은 수학여행길 아이들이라고 했다. 과연 여러 척의 배들이 기울어진 여객선 주위에 모여 있는 참이었다. 그는 비로소 마음이 놓였다. 무척 놀라긴 했겠지만 당연히 그들은 곧 전원 무사히 구조될 터였다. 총무 박 씨의 지청구에 그는 다시 청소 일에 몰입했다. 바깥 복도까지 마치고 들어왔더니, 다행히 '학생 전원 구조'라는 자막이 떠 있었다.

　그 이후 그는 사고에 관해선 한동안 잊어버렸다. 이날은 유난히 번잡한 일이 많았다. 픽업트럭 앞바퀴가 펑크 났고, B동 2층 남자 숙소에서 환자끼리 싸움이 벌어져 그중 한 사람의 앞니가 부러졌으며, 사무실 옆 화장실의 낡은 수도관이 기어코 터졌다. 평소보다 늦게 일과를 마친 그는 혼자 식당에서 저녁을 먹으면서 뉴스를 지켜보았다. 실종 284명 구조 174명. 놀랍게도 오전 발표는 집계 오류였다고 했다. 모니터에 뜬 형상이 참으로 기묘했다. 수면 위로 반쯤 모습을 드러낸 청색 타원형의 물체. 처음엔 돌고래의 머리라고 생각했다. 그게 사실은 벌렁 뒤집힌 배의 밑바닥이며 그 안에 아직도 3백 명 넘는 사람이 고스란히 들어 있다는 사실을 알았을 때, 그는 멍하니 입을 벌린 채 화면에서 눈을 떼지 못했다. 그럼 그 많은 아이들이 지금…… 순간, 그는 제 눈을 의심했다. 거꾸로 처박힌 선체 주변의 수면 밑에서 거대한 검은 그림자가 어른거리고 있었다. 바로 그놈이었다. 공룡을 닮은 몸통, 뱀처럼 긴 꼬리, 네 개의 거대한 다리를 가진 정체불명의 괴물. 그놈은 흐릿한 수면 밑에서 검은 지느러미를 부챗살처럼 펼친 채 뒤집힌 선체 주위를 유유히 헤엄치고 있었다.

그날 밤 그는 놀랍게도 아주 깊은 잠을 잤다. 그것은 매우 이상한 일이었다. 평소 만성 불면증 탓에 그는 수면량이 절대적으로 부족했다. 온몸에 발진이 재발한 날은 말할 것도 없고, 가려움증이 잠잠해진 때에도 평균 수면 시간은 하루 서너 시간도 채 되지 않았던 것이다.

이튿날 그는 식당에서 아침 식사 중 뉴스를 보았다. 뒤집힌 배 밑창은 전날과 똑같았다. 거대한 해군 구난함과 전투함도 새로 도착해 있었고, 잠수부들은 물밑에서 선체 수색 중이라고 했다. 그는 이날도 몹시 바빴다. 봄 농사 준비로 비닐하우스를 손봐야 했고, 면 농협 지소에서 비료를 사 오느라 트럭을 몰고 기도원까지 세 차례나 왕복했다. 차 안에선 줄곧 라디오를 켜두었다. 사고 전후 과정을 놓고 충격적인 보도가 잇달아 쏟아져 나왔다.

　침몰하는 배에서 가장 먼저 탈출한 사람은 선장과 선원들이었다. 가라앉는 배를 눈앞에 두고도 해경의 구조는 도저히 믿기지 않을 만큼 시종 소극적이고 수동적이었다. 그들은 이전에 구조 훈련조차 받은 적이 없었다. 왜 자신들이 그곳에 왔는지 전혀 모르는 사람들 같았다. 배 주위를 빙빙 돌기만 할 뿐, 선실 내부로 진입하기는커녕 안에 누가 있는지조차 확인해보지 않았다. 딱 한 척이 사고 선박에 접안하긴 했지만, 주로 선원들만 태우고 얼른 되돌아 나왔다. 수십 개의 비상용 구명정은 한 대를 제외하곤 아예 작동하지 않았다. 생존자 대다수는 급히 배를 타고 달려온 인근 섬 주민들의 손에 구조된 사람들이었다. 사고 상황을 지휘하고 통제할 책임자와 시스템 자체가 아예 부재했다. 안심하라. 가만히 선내에 있어라. 아이들은 선내 안내 방송을 믿고 마지막까지 배 안에서 대기했다. 선장과 선원들은 물론 해경조차 그들에게 단 한 번도 탈출 지시를 하지 않았다. 아이들이 선내에서 창문을 두드리며 살려달라 외치는 동안 그들은 그저 멀거니 지켜보기만 했고, 그렇게 골든 타임 두 시간 반이 흘렀다. 그리고 마침내 배는 완전히 가라앉았다.

방에 돌아와 자리에 누운 그의 눈앞에 화면의 잔상이 줄줄이 떠올랐다. 사고의 첫 상황부터 완전 침몰 상황까지가 그대로 고스란히 생생한 현장 중계였다. 그 배 안에 지금 이 순간에도 수백 명의 목숨이, 아이들이 갇혀 있었다. 어디선가 무슨 소리가 끊임없이 귀에 웅웅 들려왔다. 그는 이불을 뒤집어쓴 채 눈을 질끈 감고 두 손바닥으로 귀를 덮었다. 그날 밤에도 역시 그는 아주 깊은 잠에 빠졌다. 몇 차례 깨긴 했는데, 방 안 전체가 물속에 까무룩 잠긴 것처럼 호흡이 답답해서였다. 다시 몇 날이 더 흘러갔다. 텔레비전 화면은 하루도 빠짐없이 팽목항 부두에 주저앉아 울고 있는 유가족들의 모습을 비춰주었다. 나라 전체가 상중이었다. 이즈음, 제자들을 인솔해 함께 배에 올랐다가 구조된 교감 선생이 죄책감을 못 이겨 근처 소나무에 목을 매 자살했다. 대통령은 텔레비전 앞에서 우는 모습을 고스란히 보여주었다. 석고 마스크처럼 표정 없는 그 여자의 얼굴에서 거짓말처럼 눈물이 톡 튀어나와 주르륵 굴러떨어졌다.

또 다른 날들이 자꾸 지나갔다. 봄철이라 요양원의 나날은 한층 더 바쁘고 분주해졌다. 안팎으로 그의 손을 필요로 하는 일들이 널려 있었다. 채소밭을 갈아 봄 파종을 하고 종묘도 옮겨 심었다. 총무가 마을에서 일꾼을 모아 오면 그들을 이끌고 땀을 흘리는 일은 온전히 그의 몫이었다. 그즈음에도 그는 매일 밤 전에 없이 아주 깊은 잠에 빠졌다. 초저녁부터 아침까지 완전히 곯아떨어졌다. 낮이면 평소보다 그는 더 말이 없어졌다. 그동안에도 진도에서 서울까지 온 나라가 바다 밑 가라앉은 배 때문에 가마솥처럼 들끓고 있었다. 여름이 오고 선거철이 코앞으로 다가왔다. 여당 정치인들은 카메라 앞에서 무릎을 꿇고 징징 울었다. 대통령의 눈물을 닦아주십시오. 뼈를 깎는 마음으로 국가 개조에 나서겠습니다. 그런데 선거가 예상과 달리 여당의 승리로 끝나자마자 그들의 태도가 돌변했다. 세월호 때문에 경제가 위험하다. 유가족이 나라의 발목을 잡으려 한다. 세월호 때문에 나라 분위기가 말이 아니다. 세월호가 대통령의 국정 운영을 가로막고 있다……

유가족 수백 명이 청원서를 들고 청와대를 향해 행진을 시작했다. 대규모 경찰 병력과 버스가 앞을 가로막았다. 우리는 다만 진실이 밝혀지기를 바랄 뿐입니다. 사건의 책임이 누구에게 있는지 밝혀주십시오. 어린 자식을 잃은 수백 명의 사람들이 아스팔트 바닥에 드러누워 울부짖었다. 시민들의 촛불집회가 잇달아 열렸다. 희생된 한 학생의 아버지는 천막 안에 홀로 들어앉아 죽음을 각오한 단식을 시작했다. 권력을 쥔 사람들의 입에서는 갈수록 무서운 말들이 터져 나왔다. 세월호는 사고다. 단순한 사고를 정치적으로 이용하려는 세력이 있다. 시체 장사 한두 번 해봤나? 종북 세력에게 끌려다니면 안 된다……

그가 텔레비전에서 그자의 얼굴을 처음 목격한 게 바로 그즈음이었다.

여느 때처럼 점심 식사를 마치고 담배 한 모금 빨던 참이었다.

묵묵히 화면에 시선을 주고 있던 그는 돌연 숨이 턱 멎었다. 국내 정치와 북한 관련 뉴스만 주야장천 틀어대는 한 종편 방송의 시사 좌담 프로였다.

"서북청년단 재건 준비 위원회 출범?"

자막과 함께 최근 시청 앞 광장에서 벌어진 몸싸움 자료 화면이 비쳐졌다. 가슴에 태극기를 단 검은 조끼 차림의 남녀 10여 명. 광장에 걸린 세월호 참사 추모 노란 리본을 제거하겠다고 나선 이들이었다. 검은 조끼 차림의 중년 남자가 한껏 고양된 모습으로 말했다. 서북청년단은 해방 직후 공산주의와 맞서 자유 대한민국을 지켜낸 구국의 용사들입니다. 오늘 9월 28일 역사적인 서울 수복 일을 맞아 우리는 위기에 빠진 대한민국을 구하고자…… 그는 화면에서 시선을 떼지 못했다. 한순간 눈앞이 하얘지면서 머릿속에서 뭔가 펑 하고 터지는 소리가 났다. 그의 시선이 날아가 꽂힌 대상은 검정 조끼가 아니었다. 그자의 바로 등 뒤에 선 회색 정장 차림의 팔십대 노인. 등뼈 꼿꼿한 군대식 차려 자세, 성성한 백발, 다소 왜소한 체구, 섬뜩하고 예리한 눈빛의 그 노인…… 일찍이 박정희 대통령께서는 미친개에는 몽둥이가 약이라고 하셨다. 청계천과 광화문 그리고 전국의 미친개들을 때려잡을 제2의 서북청년단의 활동이 절실하게 요망된다…… 서북청년단처럼 몽둥이를 들자. 이는 우리에게 주어진 역사적 사명이다. 마, 이 정도로 이분들의 주장을 요약할 수 있겠습니다. 마.

설마, 저자가! 그의 심장이 터질 듯 맹렬히 튀어 올랐다. 이름도 얼굴도 모르지만 그는 자신의 육감을 확신했다. 인터뷰는 기껏해야 2, 30초 정도였다. 그 짧은 동안 카메라에 담긴 노인의 얼굴. 무엇보다 그자의 송곳처럼 날카롭고 기이한 광채로 번뜩이던 눈빛. 틀림없었다. 섬사람들이 한결같이 치를 떨며 악마라고 칭하던 사내. 훗날 경찰에 투신하여 대구라던가 마산에서 경찰서장 직위까지 올랐다고 하는 자. 그랬다. 그 노인은 갈고리였다. 다름 아닌 송달규 자신의 생부이기도 한.

그날 밤 그는 방에 들어서자마자 잠에 곯아떨어졌다. 흡사 죽음처럼 깊고 무거운 잠이었다. 꼭두새벽에 문득 눈을 떴다. 깜깜한 방 안에 웬 수많은 사람들이 빼곡하게 들어차 있었다. 주위를 둘러보니 그곳은 물밑이었다. 방 안은 물로 가득 차 있었고 자신의 몸뚱이 역시 물에 완전히 잠겨 있었다. 깜깜한 물밑에서 사람들은 다 같이 등을 돌린 채 묵묵히 앉아 있었다. 얼굴은 보이지 않았지만 그는 그 사람들이 누구인지 알 것 같았다. 그는 두려움에 온몸을 부들부들 떨다가 다시 혼곤한 잠에 빠져들었다. 다시 눈을 떴을 때, 어찌 된 셈인지 이번엔 숙소 마당에 혼자 우두커니 서 있는 자신을 발견했다. 맨발에 얇은 잠옷 바지 차림이었다. 춥고 발이 몹시 시렸다. 한동안 잠잠하던 그 증세가 도졌구나. 한밤중 혼을 빼둔 채로 사방을 헤매고 다니는 병.

그만 돌아서려던 그는 한순간 두 발이 얼어붙어버렸다. *끄끄끄끽…… 끌끌끌끌끌.* 거대한 검은 그림자가 저만치 숲 언저리에서 순식간에 휙 스쳐 갔다. 그놈이었다. 평생 동안 그의 곁을 떠나지 않는 그 정체불명의 괴물. 공포에 질려 턱을 덜덜 떨면서도 그는 맨발인 채로 서둘러 놈을 뒤쫓기 시작했다. 놈의 새까맣고 기다란 꼬리가 끌끌끌끌, 숲속을 지나 저수지 방향으로 사라졌다. 일본인들이 만들었다는 저수지. 수심이 대단히 깊고 수온이 차서 한여름에도 수영이 금지된 곳이었다. 이윽고 그는 물가에 닿았다. 그 순간 놈은 거대한 몸뚱이를 이끌고 이제 막 물속으로 사라지는 참이었다. 서쪽 산등성이에 반달이 비스듬히 걸린 신새벽, 이번에도 그는 괴물의 흐릿한 형체만 얼핏 보았을 뿐이었다. 괴물이 사라진 수면은 금세 고요해졌다. 그는 물가에 오랫동안 말뚝처럼 서 있었다. 이윽고 새벽하늘이 부옇게 터왔을 때, 그는 평생 동안 풀지 못한 숙제 하나가 마침내 자명해졌음을 깨달았다. 우선 날이 잘 드는 칼 한 자루부터 사야겠다고 그는 생각했다. 숙소로 돌아온 그는 가방만 하나 달랑 꾸려 그길로 혼자 기도원을 터벅터벅 내려왔다. 그게 두 달 전이었다.

*

열일곱 살 되던 해, 그는 섬을 떠났다. 외조부모가 모두 세상을 뜬 뒤였다. 외가 쪽에 남은 혈육이라곤 이모 혼자뿐, 그나마 평소 왕래가 적어 그와는 서먹한 사이였다. 중학교 졸업식을 며칠 앞둔 어느 날, 그는 가방 하나만 들고 육지로 나왔다. 목포를 거쳐 광주역에 도착했을 땐 수중에 돈 한 푼 남아 있지 않았다. 그때 그를 구해준 사람이 양삼식 씨였다. 종일 쫄쫄 굶은 채 역 대합실에 쪼그려 앉아 있는 그를 양 씨가 집으로 데려갔다. 남광 주시장 골목에 위치한 작은 세탁소. 양 씨의 가게이자 집이었다. 그는 그곳에서 3년 가까이 잡일을 해주면서 다림질이며 간단한 옷 수선 기술까지 익혔다. 양 씨는 술에 취하면 자신이 혈혈단신 입네, 고단한 인생입네 소리를 자주 했다. 원산 철수 때 아버지 와 단둘이 흥남부두에서 배를 탔다는 그는 이북에 남은 어머니 와 동생들 얘기만 나오면 눈자위가 벌게졌다. 양 씨의 외동딸 미 옥은 곱상한 얼굴과 달리 말괄량이였다. 엄마를 일찍 여읜 탓에, 미옥은 낮에는 집안일을 하고 야간에 학교를 다녔다. 동갑내기 임에도 숫기 없는 그에게 미옥은 곧잘 짓궂은 장난을 걸어오곤 했다. 그러던 어느 날 덜컥 군 입대 영장이 날아들었다.

실제 나이보다 2년 앞서 입대한 데다가 체격까지 왜소해서, 그는 동기들 사이에서조차 막내 취급을 받았다. 입대한 지 6개 월 만에 그의 부대에 베트남 파병 근무 명령이 떨어졌다. 아군 사상자 수가 치솟는 즈음이었지만, 부산항을 출발할 때만 해도 그는 내심 뭐든 될 대로 되겠지 싶었다. 주둔지는 베트남 중부의 평야 지역이었다. 겉보기엔 평화로운 농촌이었으나 적 출몰이 잦고 큰 전투가 많이 발생한 대표적인 취약 지역 중 하나였다. 과연 도착하자마자 크고 작은 작전이 일주일에 한두 번꼴로 이 어졌다. 베트콩 빨갱이는 얼마든지 죽여도 좋다. 빨갱이를 죽이지 않으면 내가 죽는다. 살아서 돌아가고 싶으면 명심해라. 첫날 전투 작전에 투입되기 직전, 중대장은 병사들 앞에서 비장한 표정으로 훈시를 했다. 부리부리한 눈에 사무라이처럼 바짝 치켜 올라간 눈꼬리, 불같이 급하고 포악한 성격의 중대장을 병사들은 '미친개'라고 불렀다.

야간 작전이 있던 날, 그는 처음으로 사람을 죽였다. 야간 방어지에 도착하기 전에 중대는 인접 부락부터 수색했다. 바짝 긴장했으나 저항은 전혀 없었다. 남자들은 미리 알고 피신한 눈치였다. 중대는 마을에 남아 있던 노인과 부녀자, 아이 들을 이끌고 야트막한 마을 뒷산 기슭에다가 한데 모아놓았다. 예상되는 야간 전투 시 베트콩과 격리시킨다는 명목이었다. 야간 방어지에 도착해 텐트를 치고 있는데 돌연 총성이 터졌다. 바로 그의 눈앞에서 동료 세 명이 퍽퍽 쓰러졌다. 한 명은 가슴을 맞아 첫눈에도 가망이 없어 보였다. 대원들은 순식간에 공황 상태에 빠져버렸다. 출동한 헬기에 부상자들을 태워 보낸 뒤 텐트로 돌아오자, 고참병이 상기된 얼굴로 그를 불렀다. 야, 막내. 당장 수류탄 열 발 가져와. 탄창도, 충분하게! 그가 탄약 상자를 끌고 오는 사이, 대원들이 민간인 스물댓 명을 끌고 올라왔다. 아까 마을에서 데려온 사람들이었다. 저 안으로 몽땅 몰아넣어. 중대장 미친개가 손가락으로 가리켰다. 좁은 골짜기가 구덩이처럼 깊고 움푹했다. 구덩이 안으로 떠밀려 들어간 사람들이 일제히 울음을 터뜨렸다. 노인, 여자, 아이 들이 뒤엉켜 미친 듯 아우성쳤다. 타타타타. 한순간 자동화기가 미친 듯 불을 뿜었다. 총성이 멎자마자 고참병이 안전핀을 뽑고 수류탄을 차례로 던져 넣었다. 쾅, 쾅,쾅. 연거푸 몇 발의 폭음이 터졌다.

잠시 조용해지더니, 문득 구덩이 안에서 희미한 울음소리가 들려왔다. 그는 풀 더미에 묻었던 얼굴을 들었다. 치렁한 머리채의 젊은 여자였다. 시체 더미 속에서 전신에 피 칠을 한 여자는 완전히 넋이 나간 상태였다. 어린아이를 품에 안고 으아아, 모깃소리 같은 비명만 연신 질러대고 있었다. 야, 쪼다 새끼야. 벌벌 떨기는. 저건 네가 해치워. 고참병이 군홧발로 그의 옆구리를 걷어찼다. 고참병이 건네는 수류탄을 얼결에 그는 받아 쥐었다. 야, 개새끼야. 핀 뽑아! 던지란 말이야! 중대장의 다급한 고함소리가 들렸고, 이내 엄청난 폭음이 쾅 하고 터져 나왔다. 사위가 고요해졌다. 구덩이 안에선 아무 소리도 흘러나오지 않았다. 수류탄이 들렸던 그의 손은 어느새 비어 있었다. 그는 눈을 뜨지 못했다. 어쭈, 제법인데. 고참병이 철모를 툭 치며 일어났다. 미친개가 잔뜩 인상을 쓰고 쏘아보며 말했다. 새꺄. 이걸로 딱지는 뗐고, 앞으론 똑바로 해.

다음 날 아침, 그는 침상에서 몸을 아예 일으켜 세우지도 못했다. 다시 눈을 떠보니, 의무대 병상이었다. 자그마치 서른여섯 시간을 원인 모를 수면에서 깨어나지 못한 거였다. 혼수상태인가 싶어 말을 붙여보면 반응을 보이더라고, 살다 보니 참 희한한 케이스를 다 보았노라고 의무관은 말했다. 의무대에 입원해 있는 동안, 그는 마침내 그 괴물과 또 한 번 마주쳤다. 한밤중 화장실에서 돌아오는데, 퀀셋 막사 창문 밖으로 그놈의 그림자가 어른거렸다. 급히 문을 열고 밖으로 튀어 나가봤지만, 놈은 눈 깜짝할 새에 연병장을 가로질러 사라져버렸다. 끌끌끌끌. 기괴한 소리와 함께 철조망 너머 검은 열대우림 속으로 사라지는 거대한 괴물의 그림자를 그는 어둠 속에서 몸을 떨며 지켜보았다.

최초 전투에서 받은 충격과 공포는 작전 횟수를 거듭할수록 점차 무뎌지고 익숙해져갔다. 깨끗이 죽이고, 깨끗이 불태우고, 깨끗이 파괴한다. 땅굴이 있는 집은 모두 베트콩이다. 어린이도 첩자다. 보이는 것은 모두 베트콩이다. 실제로 그것이 군 지휘부의 전술 지침이었다. 그도 이젠 전처럼 양민인지 적인지 구분을 못 해 총 쏘기를 두려워하거나 머뭇거리지 않게 되었다. 언제부턴가 옆의 동료가 쓰러지는 걸 보면 어느 순간 악이 받쳐 미친 듯이 총을 난사하고 있는 자신을 발견했다. 취약 지역 촌락에 대한 공격 작전 중엔 으레 민간인의 피해가 클 수밖에 없었다. 평화로운 촌가 마당엔 비밀 아지트와 지하 땅굴이 숱하게 은폐되어 있었다. 풀 더미나 널빤지로 위장된 땅굴에 매복했다가 언제 총격을 가해올지 알 수 없었다. 땅굴 입구를 발견해 수류탄으로 제압한 다음 확인해보면 일가족 몇 명씩, 심지어 주민 수십 명까지도 들어 있었다. 주간이라 남자들은 피신해서 없고 대부분 노인과 여자, 아이 들이었다. 피와 살점과 뼈가 한 덩이로 엉켜 있는 광경은 지옥이 따로 없었다. 그때마다 그는 끊임없이 스스로에게 주문을 걸듯 되뇌었다. 저들은 베트콩이다. 최소한 베트콩 동조자들이다. 베트콩의 가족들이다…… 그래야만 그는 미치지 않고, 죽지 않고 견딜 수 있었다. 일단 공격 작전이 개시되어 주민들을 체포한 다음엔 그냥 철수하는 경우는 거의 없었다. 한둘에서 많게는 10여 명씩 중대 본부로 끌려오면 그걸로 끝장이었다. 중대장은 입을 봉하고 모르는 척할 뿐, 각자 알아서 처리하라는 눈짓을 했다. 끌려온 사람들은 대부분 현장에서 사살되었다.

참혹한 전투를 마치고 돌아오는 날이면 그는 어김없이 혼곤한 잠 속에 빠져들었다. 더는 의무대로 실려 가는 일이 없었으나, 중대원들은 은연중 꺼림칙한 시선으로 그를 대했다. 우기가 닥쳐오자 전투는 더 빈번해졌고 죽음은 아예 일상사가 되다시피했다. 폭포처럼 퍼붓는 빗속, 허벅지까지 푹푹 빠지는 늪지대와 진흙탕 속에서의 전투는 지옥이 따로 없었다. 피아가 어차피 똑같은 파리 목숨이었다. 그러나 그 지옥 속에서도 포상 제도는 놀라운 위력을 발휘했다. 장교와 하사관은 훈장과 특진을 꿈꾸었고, 병사들은 포상 휴가의 유혹에 매달렸다. 적을 많이 사살할수록 전과가 올라가고 또 그만큼의 포상도 뒤따랐다.

1년간의 파병 근무가 끝나기 전 마지막 한 달을 그는 사이공의 후송병원에서 보냈다. 극심한 신경불안증과 불면 증세 때문이었다. 밤낮없이 계속되는 환각과 환청 때문에 약물의 도움 없이는 견디지 못할 정도였다. 고국으로 향하는 배에서 그는 전우들과 함께 미친 듯 술을 퍼마셨다. 갑판 위에서 난간을 뛰어넘기 직전에 동료들이 아슬아슬하게 그를 붙잡아 끌어내렸다. 모두들 장난인 줄 여겼지만 그는 정말로 바다로 뛰어내릴 작정이었다.

군에서 제대하자마자 그는 맨 먼저 광주로 내려갔다. 양 씨의 세탁소는 그대로였고, 미옥은 그사이 약혼을 해서 몇 달 후면 식을 올릴 예정이라고 했다. 양 씨는 예전처럼 세탁소 일을 도와주기를 바랐지만, 그는 이젠 더 이상 그럴 마음이 없었다. 작별 인사를 나누고 나왔으나 막상 갈 곳이 없었다. 그렇다고 섬으로 돌아갈 수도 없었다. 무작정 서울행 고속버스를 타고 가면서 그는 마음속에서 미옥을 깨끗이 지워버렸다. 그 후 오랜 유랑 생활이 시작되었다. 인천 부두에서 처음 고깃배에 오른 뒤로 10여 년 세월을 줄곧 바다에서 떠돌았다. 서해에서 동해, 남지나해에서 오호츠크해까지. 끊임없이 떠돌지 않으면 견디지 못했다. 내면의 무서운 혼란은 종종 그를 지옥으로 끌고 들어갔다. 잠시라도 틈새를 열어주면 수많은 시신들이 당장 눈앞을 까맣게 막아섰다. 밤낮없이 피와 비명, 총성과 폭음이 고막을 갉아먹었다. 그때마다 술을 마시고 수면제와 안정제를 삼켜야 했다. 산더미 같은 파도와 미쳐 날뛰는 폭풍우 속에서는 오히려 마음이 편안했다. 어쩌다 한번 뭍에 오르면 내면의 광기가 어김없이 그를 집어삼켰다. 반년 치 급료가 며칠 만에 술과 마약과 여자 밑으로 증발해버렸다.

어느 날, 사할린 근해 어디선가 그는 뜬소문처럼 그 얘기를 들었다. 광주에서 굉장한 난리가 났다고 했다. 1980년이었다. 그해 겨울, 그는 부두에 내리자마자 고속버스에 몸을 실었다. 남광주역 골목의 뉴욕세탁소는 용케도 그 자리에 있었다. 눈에 띄게 퇴락한 가게 문을 밀고 들어서니, 다림질하던 낯선 사내가 그를 맞았다. 미옥의 남편이었다. 미옥이 차려준 저녁을 얻어먹은 뒤 그는 근처 여관에서 하룻밤을 묵었다. 다음 날 그는 미옥과 함께 양 씨를 면회하러 갔다. 시 외곽에 위치한 국립정신병원까지는 시외버스를 타야 했다. 양 씨는 그를 알아보긴 했으나, 예전의 양 씨가 아니었다. 나비야 나비야. 노랑나비 흰나비 꽃을 찾아오너라. 무슨 말을 붙여봐도 대꾸를 하는 둥 마는 둥, 양 씨는 아이처럼 명랑하게 노래를 불렀다. 꽃밭에는 꽃들이 없어요. 나비도 없어요. 나는 몰라요. 나도 몰라요. 병실 친구들과 나눠 먹겠노라며 양 씨는 빵 봉지를 안고 천진스러운 얼굴로 방을 나갔다. 돌아오는 차 안에서 미옥은 한동안 흐느꼈다. 세탁소 안으로 느닷없이 도망쳐 들어온 청년 두 명을 세탁실 안으로 숨게 해준 것뿐이었다. 공수부대 병사의 진압봉에 머리를 맞고 쓰러진 양 씨는 병원에서 이틀 만에 눈을 떴다. 대수술 끝에 기적적으로 목숨을 건지긴 했지만 정신은 완전히 망가진 뒤였다. 아직도 뇌가 풍선처럼 부풀어 올라 주기적으로 병원에 가서 물을 뽑아내는 처치를 받아야 했다. 가게를 나오기 전, 그는 미옥이네 식구들 모르게 안방 책상 서랍 안에 봉투 하나를 남겨놓았다. 그가 선불로 받은 반년 치 급료였다.

*

　그는 서울역 광장으로 어정어정 되돌아왔다. 종로5가 쪽으로
건너가면 어느 교회에서 운영한다는 무료 급식소에서 점심을
때울 수도 있을 테지만, 오늘은 그만두었다. 입안이 깔깔해서 전
혀 생각이 없었다. 지하 서울역에서 안산으로 가는 4호선 전철
에 올랐다. 평일 낮이라 열차 안은 그리 붐비지 않았다. 노약자
석의 빈자리에 무거운 몸을 앉혔다. 옆자리의 늙수그레한 여자
가 금세 코를 킁킁거리더니, 발딱 일어나 맞은편 자리로 옮겨 앉
았다. 그는 눈을 감고 모르는 척했다. 매일 몸을 씻긴 하지만, 옷
에 밴 노숙의 불쾌한 기미는 어쩔 수 없을 터였다.

　삼각지역에서 승객이 부쩍 불어났다. 모임이라도 있는지 한
무리의 젊은이들이 왁자지껄하니 몰려 들어왔다. 얀마, 내년이
면 삼수라구. 집에선 직장 알아보라고 쌩난리야. 너, 올해 9급행
정직 경쟁률이 얼만지나 알아? 340 대 1이란다. 야, 우리 조상
중에는 어째 광주 사태 때 죽은 사람도 하나 없나 몰라. 걔네들
은 유공자 자녀라고 첨부터 가산점 5퍼센트를 거저먹고 들어간
다고. 젠장, 그 점수 그게 얼만데. 이런 불공평한 게임이 또 어디
있냐? 어수선하게 주고받던 그들은 사당역에서 한꺼번에 우르
르 내렸다.

　금정역부터는 전동차가 땅속을 벗어나 지상 철길로만 죽 내

달렸다. 그는 한결 조용해진 실내를 무심히 둘러보았다. 좌석마다 빼곡히 들어찬 사람들의 손엔 예외 없이 스마트폰이 들려 있었다. 남녀노소 똑같이 고개를 앞으로 꺾고, 귀엔 이어폰을 꽂은 채 화투짝만 한 모니터에 코를 박고 있었다. 어딜 가나 똑같은 모습, 똑같은 풍경이었다. 열차는 탁 트인 들녘이며 단풍 든 야산을 지나고 있었다. 엷은 가을 햇살이 차창 너머로 기웃거리며 스쳐 갔다. 하지만 아무도 고개를 들거나 눈길을 돌리지 않았다.

　그는 어금니를 지그시 물었다. 또 고질병이 도지고 있었다. 사타구니와 허벅지에 불개미 떼가 들러붙은 듯 가렵기 시작했다. 한번 긁기 시작하면 검붉은 반점은 걷잡을 수 없이 전신으로 퍼졌다. 첫 발병은 베트남에서 귀국한 지 10년이 지나서였다. 그어떤 약도 의사도 소용없었다. 검붉은 물사마귀 같은 반점은 무시로 도지곤 했다. 진물이 나면서 가렵고, 긁으면 속옷이 피고름으로 금세 물들었다. 일단 병이 도졌다 하면 그는 굵은 소금으로 온몸을 피가 나도록 북북 문질러대곤 했다. 뒤늦게 그것이 고엽제와 화학 가스 후유증이라는 사실을 알았다. 미군 새끼들이 그때 헬기에서 고엽젠가 다이옥신인가 진짜 억수로 뿌려댔잖아. 작전 중 머리 위에서 가랑비처럼 쏟아져 내리면, 우린 그게 시원하다고 웃통까지 훌렁 벗고 샤워를 하다시피 했으니 참 환장할 노릇이지. 언젠가 명태잡이 어선에서 만난 군대 동기 녀석 역시 후유증에 시달리고 있었다. 그의 딸아이는 태어날 때부터 척추가 휘어 있었다.

안산 초지역에 내리자마자 그는 역구내의 벤치에 앉아 몸 여기저기를 한바탕 마구 긁어댔다. 손톱 밑에 금세 핏물이 빨갛게 묻어났다. 역에서 10여 분 걸으면 화랑공원이었다. 곡마단의 거대한 천막을 연상시키는 백색 타원형 건물이 그의 눈앞을 가로막았다. 그것은 얼핏 고래의 몸통 혹은 대형 여객선처럼 보였다. 임시 분향소는 그 안에 있었다. 날이 갈수록 추모객이 줄어들어서인지, 주변은 눈에 띄게 한산했다. 앞마당에 설치된 천막들도 드문드문 비어 있었다. 지금껏 그는 사흘에 한 번꼴로 혼자 이곳을 찾아왔다. 달리 특별한 이유 같은 건 없었다. 가만히 있다가도, 어째선지 자꾸만 이곳이 눈앞에 선연히 떠오르곤 해서였다. 추모객들은 하나같이 꽃과 향을 바치며 손수건으로 눈물을 훔쳤다. 소리 죽여 오열하거나 통곡하기도 했다. 그렇지만 그는 지금껏 단 한 번도 울지 않았다. 그저 무심히, 아무런 표정 없이 한참을 우두커니 서 있다가 돌아 나오곤 했다.

건물 안으로 들어서는 순간, 그는 오늘도 반사적으로 두 눈을 감았다. 축구장 절반 규모의 이쪽 끝에서 저쪽 끝까지 펼쳐진 대형 추모 제단. 수천수만 송이의 꽃무더기 속에 수백 개의 영정들이 빽빽이 들어찬 그 제단과 마주할 때마다 그는 도저히 눈을 뜰 수가 없었다. 불길 때문이었다. 불의 바다. 그것은 무시무시한 화염을 토해내며 활활 타오르고 있는 거대한 불꽃의 바다였다.

여느 날처럼 그는 서명을 하고 분향을 마친 다음, 분향소 안을 느린 걸음으로 한 바퀴 돌았다. 마지막으로 제단 오른쪽에 비치된 비디오 모니터와 사진들을 그는 오늘도 하나하나 들여다보았다. 비디오 모니터에선 사고 당시 학생들이 직접 휴대폰으로 전송한 동영상이 흘러나오고 있었다. 〈하늘로 간 수학여행〉. 이제 막 글을 익힌 어린아이처럼 그는 사진 아래 적힌 글씨들을 혼자 작은 소리로 중얼중얼 읽어 내려갔다. 4월 15일. 안산 단원고 학생 325명, 교사 14명이 수학여행을 떠났다. 4월 16일. 학생 75명과 교사 3명만이 수학여행에서 돌아왔다…… 그는 그 문장들을 이제는 눈을 감고도 줄줄 외울 수 있을 정도였다.

    …… 학생들은 몇 시간 뒤에 닥칠 재앙을 전혀 예견하지 못하고 수학여행의 첫날 밤을 맘껏 즐긴다. 배 안을 돌아다니며 친구끼리 사진을 찍느라 바쁘다……

    4월 16일 오전 8시 48분, 세월호는 좌현으로 서서히, 그러다가 급격히 기운다. 아직 상황을 잘 모르는 학생들은 기울어지는 배에서 웃고 장난을 친다……

    배가 점점 기울고, 학생들은 당황한다. 구조를 기다리며 친구, 부모님에게 문자를 보내거나 자기들의 상황을 영상으로 찍기도 한다……

    "내가 왜 수학여행을 와서, 나는 꿈이 있는데, 나는 살고 싶은데, 나 울 것 같은데. 나 무섭다고…… 욕도 나오는데, 어른들한테 보여줄 거라 욕도 못 하고 진짜 무섭고 숨이 턱 끝까지 차오르는데, 난 살고 싶습니다. 나는 하고 싶은 게 많은데……"

5백여 명이 탄 배가 넘어가는데, 해경은 최초 단 한 척의 소형선만 출동시킨다. 9시 38분, 해경은 대기 중인 선장과 선원만을 구출하고, 승객에 대해선 묻지 않았다……

학생들은 헬기 소리를 들으며 곧 구조될 거라고 희망을 품었다. 물이 차오르자 학생들은 죽기 살기로 탈출을 시도한다. 선실은 이미 기어오를 수 없을 정도로 기울었다. 어떤 학생은 무너지는 캐비닛에 깔렸다. 어떤 학생은 잠수해서 출구를 찾았다.

"빨리 나가라고 방송만 했어도 대부분 살았을 겁니다."

10시 17분, 세월호에서 학생의 마지막 문자가 발송된다.

"기다리래."

10시 18분, 선수만 남기고 배는 완전히 침몰한다. 최초 신고로부터 90분 동안 해경은 배 안의 사람을 '단 한 사람도' 구해내지 못했다……

출구를 나서기 전, 그는 잠시 돌아서서 어슴푸레한 분향소 내부를 둘러보았다. 까마득한 높이에 걸린 반투명 천장의 자연 채광창에서 흐린 빛이 스며들고 있었다. 추모객이라곤 10여 명뿐, 넓은 분향소 안이 더없이 크고 휑댕그렁해 보였다. 실내는 희붐한 빛과 짙은 향 내음이 뒤섞여 운무처럼 감돌고 있었다. 무거운 정적이 가라앉은 분향소 한가운데서, 그는 문득 어떤 기시감에 흠칫 몸을 떨었다. 그곳은 까마득히 물밑에 가라앉아 있는 거대한 여객선 내부였다. 이 순간 그는 함께 있었다. 수백 명의 아이들과 함께. 그리고 객실과 식당, 복도와 휴게실, 화장실과 함께. 그는 조용히 출구를 빠져나왔다. 까르르르. 한순간 그는 멈칫했다. 등 뒤에서 뭔지 희미한 소리가 들려오고 있었다. 장난기 섞인 여럿의 웃음소리. 하나같이 맑고 둥글고 투명한 웃음소리였다.

절룩이는 걸음으로 광장을 나서려는데, 난데없이 허공에서 물방울 하나가 정수리에 툭 하고 떨어졌다. 올려다보니, 물먹은 담요처럼 하늘은 습기로 한껏 팽창해 있었다. 그는 광장 초입의 나무 벤치에 불편한 몸을 주저앉혔다. 벚나무 한 그루가 머리 위로 길게 가지를 드리웠다. 그새 가을이 지나가고 있었다. 가지마다 듬성한 잎들은 때깔이 바래 있었다. 근래 조성된 공원인 듯, 나무들은 다들 키가 작았다. 끔찍한 가려움증이 또 고개를 쳐들었다. 한사코 긁지 않으려고, 그는 기도하듯 양손을 모아 쥔 채 몸을 떨었다. 용케 증세는 다소 누그러졌으나, 온몸에서 힘이 쭉 빠져나갔다. 그는 가방을 베개 삼아 벤치 위에 모로 웅크려 누웠다.

홀연 그의 눈앞에 깊고 검은 구멍 하나가 떠올랐다. 고향 마을의 우물이었다. 사내아이 하나가 고개를 꺾고 까마득 깊은 우물 속을 들여다보고 있었다. 아무도 없는 가을 한낮이었다. 엄마…… 아이는 작은 소리로 불러보았다. 검은 우물이 금방 되받아서 엄마, 하고 대답했다. 엄마. 그것은 아이에겐 애초부터 존재하지 않는 의미와 감정의 이름이었다. 아니, 우주의 모든 감정과 의미가 담긴 유일한 이름이었다.

엄마, 나 없으면 어떡해요. 그게 무슨 소리야? 엄마, 배가 미쳤나 봐. 물이 들어오고, 컨테이너도 막 떨어지고…… 불안하게 흔들리는 동영상 화면 속에서 남학생 아이들이 키득거리고 있었다. 야, 너 지금 방송 못 들었어? 구명복 입으랜다. 햐, 신난다. 근데 나는 없는데? 내 꺼, 니가 입어라. 그럼 넌? 뭐, 하나 가져와야지……

머리 위로 땡볕이 쏟아지는 한낮. 대숲 속 검은 바위 밑에 엎드려, 한 아이가 잡목과 풀 더미에 얼굴을 묻은 채 땅 밑 구덩이 속을 들여다보고 있었다. 결혼한 지 1년도 안 된 새신랑. 몽둥이 패에 끌려가 수중고혼이 된 그 젊은 사내가 최후로 숨어 있었다는 자리. 어째선지 아이는 얼굴조차 본 적 없는 그 새신랑이 자신의 진짜 아비였더라면, 하고 내심 바란 적이 많았다.

말할 시간이 없을지 몰라서 문자 적어놓을게. 사랑해요 엄마. 사랑해 아빠. 그런데 내 동생은 이제 누가 자전거 태워주지?

그런데…… 그날 그 뒤란 대밭의 검은 구멍 속에서 아이는 무엇을 보았던 것일까. 피 묻은 쇠갈고리를 움켜쥔 사내. 해류를 따라 소리 없이 무리 지어 떠다니는 시신들. 수면 위에 해파리처럼 풀어져 너울거리는 여자들의 치렁한 머리채…… 야, 개새끼야. 핀 뽑아! 던지란 말이얏! 콰쾅! 엄청난 폭음과 함께 느닷없이 그의 얼굴 위로 뭔가가 우수수 쏟아져 내렸다.

그는 소스라치며 눈을 떴다. 나뭇잎이었다. 머리 위 벚나무가 바람결에 마른 잎을 털어내고 있었다. 어, 그런데 얘는 또 누구지? 모로 누운 채로 그는 엉거주춤 고개를 들었다. 웬 사내아이 하나가 눈앞에 서 있었다. 대여섯 살짜리였다. 마른버짐 핀 누런 얼굴. 박박 깎은 머리통이며 추레한 입성. 엄지손가락을 입에 넣고 빨면서 이쪽을 빤히 올려다보는 아이의 모습이 어딘지 낯익었다. 그랬다. 바로 어린 시절 그 자신의 모습이었다. 깜짝 놀라 그는 후다닥 일어나 앉았다. 아이는 감쪽같이 사라지고 없었다.

애초엔 4호선 전철로 서울역까지 갈 생각이었다. 그러나 열차가 인덕원에 접근할 즈음, 그는 이날 아침 눈을 떴을 때의 그 특별한 예감을 문득 떠올렸다. 바로 다음이 정부과천청사역이었다. 지금까진 번번이 헛걸음을 했지만, 어쩌면 오늘은 그자가 거기에 나와 있을지도 모른다. 그는 서둘러 가방을 어깨에 메고 전철을 빠져나왔다. 이따금씩 시청이나 정부 청사 정문 앞에 출현해 저 혼자 기이한 사열식을 벌인다는, 그 정체불명 늙은이의 소문을 우연히 알게 된 건 한 달 전이었다. 그는 단번에 그자가 갈고리라는 확신을 하고서 그동안 이곳을 서너 차례 찾아왔던 것이다.

그는 청사 입구로 나가는 8번 출구 계단을 힘겹게 오르기 시작했다. 출구로 나와 50미터가량 곧장 직진하면 정부 청사 정문이었다. 출구 마지막 계단을 막 올라섰을 때, 그는 눈을 크게 떴다. 저만치 인도 중앙에서, 한 남자가 정문을 향해 부동자세로 버티고 서 있었다. 그자다! 마침내 찾아냈어! 그는 신음처럼 낮게 부르짖었다. 아직도 성성한 백발, 허리를 곧추세운 부동자세, 두툼한 국방색 야전잠바. 등을 돌리고 있었지만, 분명 그자였다. 손을 넣어 가방 안의 칼을 재차 확인한 다음, 그는 잠시 심호흡을 했다. 서두를 필요는 없다. 은밀히 뒤를 밟으면 기회가 올 터였다. 그는 지하도 입구 난간에 기대어 서서 한동안 사내를 주시했다.

"열중쉬어엇!"

부동자세로 꼿꼿이 서 있는 사내의 입에서 느닷없이 구령 소리가 터져 나왔다. 건너편 인도에서 짝을 지어 순찰을 돌던 의경들이 돌아다보며 킥킥 웃었다. "대대, 차려엇!" 또 한 차례 구령이 흘러나왔다. 목청이 놀랍도록 크고 우렁찼다. 그는 천천히 다리를 끌며 사내 옆으로 다가갔다. 사내는 몸을 꼿꼿이 세운 채로 그를 곁눈질로 힐금 쳐다보았다. 한쪽 가슴엔 장난감 같은 훈장이 주렁주렁 매달려 있었다. 순간 그는 온몸의 맥이 풀렸다. 그자, 갈고리가 아니었다. 그러고 보니, 큰 키에 체격이 훨씬 건장했다. 부리부리한 눈, 사무라이처럼 치켜 올라간 눈꼬리, 걸걸한 목청…… 퍼뜩, 어딘가 눈에 익었다.

"이봐, 귀관은 누군가? 관등 성명을 대라구."

노인이 물었지만, 그는 잠자코 뒤돌아 걷기 시작했다. 국기에 대해 경례엣! 또다시 등 뒤에서 힘찬 구령이 터져 나왔다. 나는 자랑스러운 태극기 앞에 조국과 민족의 무궁한 영광을 위해 몸과 마음을 바쳐 충성을 다할 것을…… 한껏 열에 들뜬 그 목소리. 틀림없었다. 중대장이었다. 불같이 급하고 포악한 성격 때문에 사병들이 '미친개'라는 별명을 붙여주었던 사내. 대령까지 진급했으나 무슨 뇌물인가를 잘못 먹고 결국 옷을 벗었다는 얘기를 들려준 사람은 고깃배에서 만난 동기였을 것이다.

그는 다시 승강장으로 걸어 내려왔다. 평소에도 그다지 붐비지 않는 역이었다. 그는 승강장 맨 앞쪽까지 걸어가 의자에 걸터앉았다. 바로 눈앞에서 터널이 검은 아가리를 커다랗게 벌린 채 버티고 선 지점이었다. 그는 기도하듯 양손을 가슴에 모으고 조용히 두 눈을 감았다. 눈앞에 무엇인가 불쑥 떠올랐다. 아이들이 매달려 있었다. 여객선 창틀에, 아이들이 매달려 있었다. 까마득히 물구나무를 선 선실 안에서 아이들의 손가락이, 수백 수천 개의 흰 손가락들이 창틀마다 필사적으로 매달려 있었다…… 열차가 도착했다가 곧 떠났다. 그는 움직이지 않았다. 두번째 열차도 그냥 보냈다. 세번째 열차가 멎었을 때도 역시 그대로였다.
다시 네번째 열차가 오기 전까지, 그는 여전히 눈을 감고 그대로 앉아 있었다. 그 길지 않은 사이에, 그는 자신의 전 생애의 시간이 눈앞에서 강물처럼 아득히 흘러가는 광경을 오롯이 지켜보았다. 불현듯 몸 안에 차 있던 모든 것들이 일시에 썰물처럼 좍 빠져나가고, 그 자리에 텅 빈 개펄이 끝도 가도 없이 펼쳐지는 느낌이었다. 투툭, 투툭…… 그는 지금 그 텅 빈 개펄 위에

서서 자신의 심장 소리를 듣고 있었다. 그것이 아직도 살아 뛰고 있다는 사실이 놀랍고 기이했다. 그 긴 시간을, 그토록 끔찍한 굴욕을, 아직도 이렇게 견디고 있다니! 승객 여러분, 열차가 들어오고 있습니다. 그는 조용히 눈을 떴다. 눈앞에 터널의 거대한 아가리가 버티고 서 있었다.

내가 왜, 여기 있지? 나는…… 살아 있는 건가. 환각을…… 헛것을 보고 있는 건가…… 순간 그는 자리에서 벌떡 일어섰다. 터널 속, 검은 구멍 속에서 누군가 그를 줄곧 지켜보고 있었다. 마침내 터널 속에서 거대한 그림자가 불쑥 모습을 드러냈다. 그놈이었다. 전신을 뒤덮은 검은 털, 핏발 선 두 눈알, 나팔 모양의 귀, 늑대의 이빨, 옆으로 죽 찢어진 입…… 아아, 마침내 그는 놈의 정체를 알아차렸다. 그것은 그의 아비였고, 또한 바로 그 자신이었다. 온몸으로 피냄새를 풍기는, 세상 모든 악의 형상이었다. ㄲㄲㄲ, 끌끌끌끌. 뱀처럼 길고 시뻘건 혓바닥을 널름거리며 놈이 그를 손짓해 부르고 있었다. 그는 칼을 힘껏 움켜쥐었다. 그리고 으아아, 미친 듯 고함을 지르며 놈을 향해 뛰어 나갔다.

세상의 모든 저녁

지금 당신의 눈앞에 풍경이 하나 보인다. 방 안이다. 고작해야 네 평 남짓한 쪽방. 그 비좁은 직사각형 공간은 어둡고 눅눅한 공기로 가득 차 있어, 얼핏 감옥의 독방 같은 느낌마저 준다. 방 안 풍경은 수도권 도시 뒷골목의 다세대주택 쪽방들이 다 그러하듯 몹시 궁상맞고 초라하다. 한쪽 벽면엔 복도로 이어진 출입문, 그 맞은편으로 철제 새시로 된 창문이 하나 나 있다. 나머지 두 벽면은 반 평짜리 화장실 그리고 비닐 옷장과 간이 싱크대, 소형 냉장고, 세탁기, 전기밥솥이 빈틈없이 다닥다닥 붙어 있다. 그런 볼품없는 가구들은 첫눈에도 하나같이 폐품이나 다름없는 고물들임을 알 수 있다.

9월 하순 어느 날 오전 7시. 벽시계의 초침이 저 혼자 안간힘을 쓰며 재깍대고 있다. 날이 밝은 지 한참 지났지만 방 안은 여전히 물밑처럼 어슴푸레하다. 3층 건물 2층 맨 구석 자리에 처박힌 방. 신문지 딱 절반 크기의 유일한 창문은 북서향인 데다가 사면을 포위한 건물들에 가려 종일토록 환한 햇볕 한 오라기불러들이지 못한다. 창밖 골목에선 자동차의 소음이 이어진다.여느 아침과 똑같이 밤새 빼곡하니 들어찼던 화물 차량들이 서둘러 빠져나가는 참이다. 인근에 들어선 화물 운송 회사와 재래시장 때문에 주변 골목은 늘 불법 주차 차량들로 붐빈다. 이윽고 창틈으로 흘러든 흐린 빛이 방 안 풍경을 점차 드러내기 시작한다.

잿빛 담요를 둘둘 말고 허리는 기역 자로 접은 채 누워 있는한 남자. 두 손을 무릎 새에 묻고 곤히 잠들어 있다. 헐렁한 파자마 바지에 어깨 없는 러닝셔츠 차림. 축 늘어진 셔츠 겨드랑이주위엔 동전만 한 구멍들이 숭숭 뚫려 있다. 작은 키에 깡마른체구를 가진 이 남자의 이름은 허만석, 올해 일흔세 살이다. 나이에 비해 그런대로 숱이 남아 있는 머리털은 완전한 백발이어서, 어둑한 방 안에서도 머리께만 유독 희게 빛나고 있다. 추레한 잠옷 사이로 드러난 팔다리는 가늘고 앙상하다. 그럼에도 평생을 노동으로 버텨온 사람답게 전체적인 골격은 희미하게나마예전의 탄탄했던 흔적이 엿보인다.

으으. 문득 그의 마른 입술 사이로 바람 빠지듯 희미한 신음이 흘러나온다. 틀니를 제거한 입안이 동굴처럼 거멓게 열려 있다. 그는 지금 막 꿈에서 깨어났음에도 짐짓 눈을 뜨지 않고 있다. 꿈에서 현실로 넘어오는 그 몽롱한 다리 중간쯤에서 그의 의식은 자꾸만 멈칫대고 있다. 풀꽃 향기 때문이다. 그의 눈꺼풀엔 꿈의 잔상이 아직 묻어 있다. 눈을 감은 채 그는 지금 들녘을 보고 있다. 이른 봄 들녘에 지천으로 돋아나는 여린 풀잎의 냄새가 그를 붙잡고 놓아주지 않는다. 아니, 기실 그것에 한사코 매달리는 쪽은 그 자신이다. 꿈인 줄 이미 알면서도 그 영상이 지워지지 않기를, 그 환상 안에 조금만 더 머물러 있기를 그는 갈망한다. 그 갈망이 뜨거운 덩어리가 되어 목젖까지 차오름을 그는 고통스럽게 느끼고 있다.

입안에 고이는 비릿한 풀잎 냄새와 함께 그의 눈앞에 또 다른 낯익은 풍경이 스크린처럼 떠오른다. 고향 집 툇마루에 앉으면 돌담 너머 저만치 올려다보이던 낮은 언덕. 그 바로 아래 묵정밭 한쪽엔 조부모의 무덤이 나란히 자리하고 있었다. 물려받은 그 척박한 땅에 어머니는 철마다 씨를 뿌리고 잡초를 뽑고 돌멩이를 골라냈다. 밭고랑에 엎디어 홀로 하염없는 호미질을 계속하는 어머니의 모습은 한 마리 누에 같았다.

'맞아. 삘기 맛이었구나.'

아이처럼 입맛을 다시며 그는 눈을 감고 중얼거린다. 그러자 이번엔 이른 봄 언덕에서 삘기를 뽑느라 옹송그리고 있는 두 아이의 모습이 홀연 겹쳐진다. 네 살 위인 누나, 그리고 까까머리에 콧물을 훌쩍이고 있는 자신의 모습이다. 그때가 언제였을까. 어머니가 밭일을 하는 동안 남매는 한나절 내내 삘기를 뽑았다.

보드랍고 여린 풀잎을 아껴가며 한 오라기씩 씹노라면 입안 가득 배릿하고 달콤한 풋내가 돌았다. 긴긴 봄날, 입술이 까매지도록 아무리 씹어도 채워지지 않던 그 끝없는 허기…… 어느새 입안에 배릿한 풋내가 고이고 눈곱 짓무른 눈자위엔 물기가 힘없이 차오른다. 눈물은 구적하니 흘러내리다 그의 마른 뺨 위에서 이내 말라붙는다.

이윽고 더는 어쩔 수 없이 눈을 뜬 그는 머리맡을 더듬어 안경을 찾아 쓴다. 아침마다 그를 기다리는 똑같은 풍경들. 녹슨 형광등, 곰팡이로 얼룩진 천장, 언제 도배했는지조차 알 수 없는 벽지가 오늘따라 더욱 칙칙해 보인다. 방에 들어찬 잡동사니들은 한결 더하다. 비닐로 된 간이 옷장, 두 칸짜리 싱크대, 14인치 브라운관 텔레비전. 그중 간이 옷장은 재작년 이사를 간 아래층 늙은이에게서 얻었고, 텔레비전은 동네 고물상에서 그가 3만 원을 주고 구해 온 것이다. 가뜩이나 좁은 공간을 물건들과 나누고 보니, 드러누워 팔을 벌리면 양쪽 벽에 손끝이 닿을 만치 자리가 옹색해졌다. 하지만 그에겐 마지막 남은 필수 생활용품들이다.

그는 고개를 돌려 창문을 유심히 살펴본다. 반쯤 열어둔 창문엔 방충망이 달려 있다. 작년 여름 그가 시장에서 틀과 망을 사다가 새로 갈아 끼워놓은 것이다. 그러면 그렇지. 무슨 수로 새가 방 안으로 들어올 수 있겠는가. 그것도 한밤중에. 그는 흐린 눈을 껌벅이며 간밤의 일을 되살려본다. 새벽 2시쯤이었던가. 삐잇삐잇. 난데없는 새 울음소리에 소스라쳐 그는 잠을 깼다. 창

유리에 골목 어귀의 가로등 빛이 흐릿하니 드리웠을 뿐 방 안은 먹통처럼 깜깜했다. 얼결에 벌떡 일어난 그는 품으로 날아드는 새를 안으려는 시늉으로 팔을 벌려 허공을 휘젓기까지 했다. 맑은 정신이 돌아온 후에도 그는 눈을 껌벅이며 한참을 멍하니 앉아 있었다. 분명 새 울음소리였다. 고막에 전해진 진동이 생생할 정도로 그 소리는 바로 귓가에서 울렸다. 종내에는 일어나서 창밖 어둠을 내다보며 귀를 종그려보기까지 했다. 그러다 어느 결엔가 잠이 들었는데, 이번엔 또 꿈에 유년의 고향 집과 마주친 거였다.

'별일이 다 있구먼. 한밤중에 헛소리까지 들리다니.'

늙어가면서 밤잠은 절반으로 줄어들었다. 대신에 졸음은 시도 때도 없이 찾아왔다. 바깥출입을 않고 방 안에서 보내는 시간이 많아져서만은 아닐 터이다. 숟가락 놓기가 무섭게 찾아오는 식곤증이야 그렇다 치고, 텔레비전 앞에 잠깐 앉았다가 혹은 벽에 등을 대고 멍하니 앉은 자세 그대로 까무룩 선잠에 떨어지곤 했다. 그런 토막잠에도 부질없는 개꿈은 줄곧 이어졌다. 하지만 간밤 꿈은 아무래도 별스러웠다. 전에 없이 어머니와 누이의 모습이 비친 것도 이상하고, 무엇보다 뜬금없는 새 울음소리가 마음에 걸린다. 무슨 좋지 않은 일이 생길 징조는 아닌가. 여러 해 전 브라질 어딘가로 떠난 며느리와 손자 놈의 얼굴이 어른거리자 그는 쓴웃음을 지으며 고개를 젓는다. 그까짓 징조 따위가 무슨 소용이란 말인가. 오늘 당장 죽어도 나를 알아볼 사람 하나

없는 처지에.

그는 담요를 반듯이 접어 한쪽으로 밀어놓고 불편한 몸을 힘 겹게 일으켜 세운다. 마흔두 살 때던가. 옹기 가마 한쪽이 무너 지는 바람에 왼쪽 무릎이 벽돌 더미에 깔렸다. 그럭저럭 아문 줄 여기고 지냈는데, 환갑 넘어서 그게 결국 탈이 났다. 그때만이라 도 제대로 손을 썼으면 좋았으련만, 때마침 아파트 경비 일을 막 시작한 처지여서 병원 나다닐 틈이 없었다. 싱크대 위의 유리컵 을 내려, 물에 담가두었던 틀니를 건져낸다. 손끝이 가늘게 흔들 린다. 한동안 잠잠하던 수전증이 다시 도질 모양이다. 입을 우물 거려 틀니에 자리를 찾아주고는 수돗물로 입안을 헹구어낸다. 헐거워진 틀니는 잇몸에 제대로 붙질 못하고 덜그럭거린 지 한 참 되었지만, 돈이 무서워 새로 살 엄두도 못 내고 그냥 견디는 참이다.

그는 담배와 라이터를 찾아 쥐고 화장실로 들어선다. 몸을 돌 려세우기조차 힘든 공간. 변기에 걸터앉으면 양쪽 허벅지가 벽 에 닿는다. 담배를 쥐고 한동안 망설이던 그는 결국 방 안에다 담배와 라이터를 도로 훌쩍 던져 넣는다. 최소한 용변을 볼 때만 은 참기로 했다. 알코올중독자인 양아들이 죽었을 때도, 며느리 가 손자를 데리고 이국으로 떠났을 때도 용케 이겨낸 담배를 다 시 시작한 건 지난봄이다. 아래층 황 씨의 시신을 맨 처음 발견 한 사람이 하필 그였던 것이다.

변기에 걸터앉은 자세 그대로, 천장을 향해 고개를 쳐든 채 빳빳하게 굳어 있던 황 씨. 그보다 두 살 아래인 황 씨는 반벙어리가 아닌가 싶게 입이 무거운 위인이었다. 한때는 대전에서 전구 공장을 운영한 적도 있는 전문대학 출신이며, 충청도가 고향이라는 정도만 알 뿐이었다. 서울에 아내와 두 아들까지 있는 눈치였는데, 왜 늘그막에 부랑자처럼 쪽방촌을 전전하며 사느냐는 질문은 아예 꺼내보지 못했다. 쪽방촌 인심이란 게 원래 그렇다. 여기까지 굴러들어오기까지 저마다 사연 없고 내력 없는 사람이 없을 터이다. 이름도 고향도 나이도 저쪽에서 먼저 입을 열지 않으면 그만이다. 피차 눈앞에 있는 듯 없는 듯, 질문도 해명도 할 필요 없이 그림자 보듯 지내는 게 속이 편하다. 손바닥같이 얇은 벽을 사이에 두고 몇 해를 서로 지구 반대쪽 사람들인 양 지낸다 해도 특별히 이상할 것 없는 동네이다.

황 씨야말로 그림자 같은 존재였다. 7년 전 그가 처음 이리로 흘러들어 왔을 때, 황 씨는 바로 옆방에 살고 있었다. 그러다 3년 전 황 씨가 반지하 방으로 옮겨 갔는데, 그때까진 이쪽에서 당최 인사말조차 건네볼 수 없도록 냉랭했다. 그런 황 씨가 왜 자신에게 먼저 다가왔는지, 그는 아직도 까닭을 모른다. 재작년 어느 겨울날 건물 앞 좁은 골목 어귀에서 서로 우연히 마주쳤다. 알은 척을 할까 말까 주저하다 고갤 꺾고 멀거니 하늘에서 쏟아지는 눈만 올려다보는데, 황 씨가 먼저 혼잣말처럼 중얼거렸다. "거, 첫눈치고는 한바탕 푸지게 쏟아지네요." 그날 이후 둘은 가끔씩

장기를 두는 사이가 되었다. 그럼에도 황 씨가 2층으로 올라온 적은 거의 없었다. 매번 이쪽에서 황 씨의 반지하 방을 찾아 내려갔다. 퀴퀴한 곰팡내 가득한 방에 마주 앉아 뚜덕뚜덕 장기를 두면서도 정작 오가는 대화는 별로 없었다.

그날 오후 황 씨의 방문은 안에서 잠겨 있었다. 그가 독감으로 오래 누웠다가 보름 만에 반지하 방을 찾아갔을 때였다. 관리인이 자물쇠를 따주면서 찡그린 얼굴로 그에게 혼자 들어가보라고 말했다. 그는 황 씨가 변기에 걸터앉은 채 잠이 든 줄만 알았다. 이미 부패가 진행 중이었다. 방 안이 온통 코피가 터질 것 같은 악취로 가득 차 있음을 그는 한참 뒤에도 깨닫지 못했다. 열흘 전쯤 뇌출혈로 사망한 걸로 경찰은 추정했다. 그 시각 그는 감기약에 취해 이불을 둘러쓰고 잠들어 있었을 것이다. 뒤늦게 황 씨의 아들이 병원에서 시신을 인수해 갔다는 얘기를 들었다.

그는 한 달 가까이 밤잠을 이루지 못했다. 황 씨의 무릎에 걸려 있던 후줄근한 팬티와 앙상한 종아리가 눈앞에 어른거렸다. 그렇듯 오랫동안 홀로 내버려진 채 변기 위에 걸터앉아 썩어가다니. 황 씨가 더없이 측은하고 불쌍했다. 그는 누구를 향한 것인지도 모를 분노에 사로잡혔다. 그날 이후 그는 부쩍 죽음에 대한 생각이 많아졌다. 이 나이에 새삼 죽음 자체가 두려운 건 아니다. 어떤 모습으로 죽을 것인가. 죽고 난 이후 추한 육신을 어떤 식으로 처리해야 좋을까. 최소한 그건 자신이 지상에서 져야할 마지막 의무라고 그는 믿고 있다. 하지만 어디서부터 어떻게 준비해야 할지 아직 막연하고 혼란스러울 뿐이다. 최소한 황 씨처럼 비참한 최후를 맞을 순 없다는 생각만은 절실하다. 사는 일이야 잘못 살았지만, 죽는 일만은 남들처럼 평범하게 죽고 싶다. 그러자면 우선 병들지 않아야 한다고 그는 생각한다. 조금 전 담배와 라이터를 방 안에 도로 던져 넣은 것도 그 때문이다.

삐이삐잇. 그는 퍼뜩 놀라서 두리번거린다. 또 새 울음소리다. 별일이네. 오늘은 자꾸 왜 이럴까. 고막에 구멍이 뚫린 모양이구먼. 관 속같이 좁고 네모난 화장실 벽 틈에 쪼그려 앉아 그는 혼자 구시렁댄다. 혹시 그때 그 새가 아닐까. 머리와 날갯죽지에 노란색 깃이 박혀 있던 그 노랑할미새. 설마…… 이내 그의 흐린 눈빛은 시간의 저편 어딘가로 아득히 풀어지기 시작한다. 그는 두 눈을 감는다. 그리고 검불처럼 엉겨드는 어두운 생각들을 떨쳐내려 애를 쓴다.

물을 내리고 막 일어서려는 순간, 피잉 현기증이 인다. 동시에 눈앞이 까매지면서 심장을 쥐어짜는 듯한 통증이 엄습한다. 그는 변기 위에 도로 주저앉아 두 손으로 가슴을 움켜쥔 채 숨을 헐떡인다. 온몸이 돌처럼 굳어 손가락 하나 움직일 수가 없다. 얼마나 지났을까. 풍선처럼 부풀어 올라 터질 듯 요동치던 심장이 용케 차츰 가라앉는다. 개처럼 무릎으로 북북 기어 나오자마자 그는 방바닥에 나동그라진다. 우물에서 기어 나온 사람처럼 온몸이 땀으로 질척하다. 그는 혼곤한 잠 속으로 까무룩 굴러떨어진다.

눈을 떠보니, 10시가 넘었다. 가슴 통증은 사라졌지만 몸은 모래 더미처럼 무겁다. 여름 들어서 벌써 몇 번째던가. 유난스러운 한여름 무더위 탓이겠지 하고 애써 무심히 넘겨왔는데, 이즈음은 더위도 가신 초가을이다. 고혈압 약을 복용해온 지는 10년이 넘는다. 언제부턴가 미세한 가슴 통증을 더러 느끼곤 했지만, 근래 와서 부쩍 잦아지고 통증도 심해진 것 같다. 약을 타러 석 달에 한 번씩 보건소를 다녀오면서도, 그는 아직 의사에게 그 얘길 해보지 못했다. 설사 문제가 있다고 한들 나 같은 처지에 무슨 뾰족한 수가 있겠는가. 차라리 모르는 게 약이라고 그는 생각한다. 시장기를 느낀 그는 냉장고를 열어본다. 마침 우유와 단팥빵이 한 개씩 남아 있다. 대접에 우유를 붓고, 빵을 찢어 우유에 적셔 우물우물 씹어본다.

"할아버지. 요 앞 시장에서 방금 구워낸 거라 보들보들해요. 지난번처럼 곰팡이 필 때까지 아껴놓지 말고 얼른 드시라고요."

빵과 우유는 어제 오후 복순 씨가 놓고 간 것이다. 노인복지관에서 보내주는 가정봉사원인 그녀는 매주 한 차례 방문해서 두 시간 동안 청소와 밀린 빨래 같은 일을 해준다. 이 건물 내에만 그를 포함해 모두 세 명의 노인을 복순 씨는 맡고 있다. 쾌활한 성격의 그녀는 두 시간 내내 목청 크게 웃음을 터뜨리고, 수다를 떨고, 또 밉지 않게 그를 야단치기도 하다가 돌아간다. 대학생 아들을 둔 그녀는 몸집은 뚱뚱해도 힘이 넘치고 손놀림도 잽싸다. 덕분에 그녀가 방문하는 날은 관 속처럼 가라앉았던 방이 모처럼 사람 사는 집답게 떠들썩하니 되살아난다.

어제 복순 씨는 정해진 방문 시각보다 두 시간이나 늦게 나타났다. 표정이 몹시 심란해 보였다. 평소와 달리 웃지도 않고, 일도 건성으로 해치우는 눈치였다. 돌아가기 전 그녀는 신발 끈을 묶다 말고 묻지도 않은 얘기까지 풀어놓았다. 간밤에 전화가 왔는데, 이혼한 전남편이 시골집에서 농약병을 쥐고 뛰쳐나간 뒤 행방불명이라는 거였다. 노름꾼인 그 사내는 부모가 살고 있는 집마저 저당을 잡혀놓고 강원도 태백의 카지노로 달려가서는 달포 만에 알거지가 되어 돌아왔다고 했다.

"경찰이랑 동네 사람들이 뒷산을 뒤지고 있나 봐요. 그 인간 죽었대도 나야 눈 하나 꿈쩍 안 해요. 그렇지만 명색이 애 아빤데, 늙은 시부모까지 아직 살아 있는데 어쩌겠어요. 맘이랑은 달리 영 몰라라 할 수가 없네요. 죄송하지만 오늘은 대충 이래놓고 돌아갈래요. 진짜로 아무 정신이 없네요."

복순 씨는 아침도 못 먹은 눈치였다. 필시 함께 나눠 먹으려고 사 왔을 빵과 우유를 그의 손에 쥐여주고 허둥지둥 사라지던 모습이 새삼 눈에 밟힌다. 그는 틀니를 수돗물에 꼼꼼히 헹군 뒤 입안에 넣고 우물거린다. 생긴 건 여장부 틀을 해가지고, 남편 하나 잘못 만나 저 고생이구먼. 혼자 웅얼거리다가 그는 제풀에 뜨끔해진다. 고생에 찌든 주름투성이 아내의 검은 얼굴이 석상처럼 눈앞을 턱 막아선다. 비록 나이 들어서 오다가다 만나긴 했

어도, 20년 가까이 남편과 자식 뒤치다꺼리만 해주다 병으로 흙
에 묻힌 여편네. 낡은 고리짝처럼 표정도 감정도 없는 양 노상
무심하고 무덤덤하기만 하던 사람. 돌이켜보면 가엾은 여자였
다. 남편으로서든 한 인간으로서든 그는 그 여자한테 각별한 애
정을 느껴본 적이 없었다. 궂은일 마다 않고 묵묵히 자리를 지켜
주는 게 그저 고맙고 미안했을 뿐. 친척의 중매로 나이 마흔 초
반에 만나서부터 죽는 날까지 죽 그랬다.

　싱크대 배수구 틈에서 좁쌀만 한 벌레가 꿈틀거린다. 엊그제
화장실에서도 구더기를 쓸어냈었는데, 소독약을 사 온다는 걸
잊고 있었다. 그는 외출 준비를 한다. 일주일 있으면 추석이라
붐비기 전에 미리 목욕탕에도 다녀올 참이다. 오랜만에 뜨끈한
탕 안에서 몸을 녹이고 나면 기분도 한결 나아질 것이다. 추리닝
바지에 점퍼를 주워 입고 그는 방을 나선다. 때마침 옆방 문이
열리며 청년 둘이 나온다. 파키스탄에서 온 노동자들이라는데,
반년 전에 왔지만 아직 제대로 인사를 나눈 적은 없다. 둘 다 작
달막한 키에 짙은 눈썹이며 얼굴빛까지 검어서 늘 봐도 분간이
쉽지 않다. 평일인데도 오늘은 일터에 나가지 않아도 되는 모양
이다. 둘은 눈이 마주치자 고개만 한 번 까딱하고는 서둘러 사라
진다. 그들의 검고 깊은 눈빛에서 그는 음울한 슬픔과 억눌린 분
노를 읽어낸다. 말도 풍습도 다른 땅에서 이방인으로 살아가는
일이 지치고 힘든 탓일 거라고 그는 짐작한다. 엊그제도 인근 가
구 공단에서 방화와 살인 사건이 일어났다는 뉴스를 들었다. 이

주민 노동자들에게 평소 폭행을 일삼던 주인은 급료마저 제대로 주지 않았다고 했다.

대낮인데도 복도는 항상 어둡고 침침하다. 좁은 복도 양쪽으로 방들이 일자로 늘어선 구조에 천장까지 낮은 탓이다. 이 '무궁화주택'은 지어진 지 30년도 더 된 건물이다. 원래는 시내버스 회사가 종점 차고지에 세운 사무실 겸 직원 기숙사였다고 한다. 현재는 3층짜리 건물을 다가구주택으로 개조해, 반지하층까지 합쳐 25개의 원룸이 들어차 있다. 애초엔 층마다 공동변소를 둔 구조였다는데, 말이 좋아 리모델링이지 순전히 대충 눈가림으로 해치운 티가 역력한 까닭에 인근에서는 세가 그나마 싼 편이다. 이곳 입주자의 대부분은 고령자와 거동이 불편한 이들이다.

그는 요즘 들어 마음이 가시방석이다. 머잖아 건물이 팔리게 될 거라는 소문 때문이다. 오랫동안 변두리로 남아 있던 인근 일대에 최근 중소기업 공장 단지가 들어선다고 해서 너나없이 불안해하는 참이다. 요즘엔 어딜 가도 이 정도 액수로 월세방을 구하기란 쉽지 않을 터이다. 여기서 밀려나면 또 어디로 가야 하나. 저절로 한숨이 흘러나온다.

1층 현관이 어쩌 사람들로 어수선하다. 입구에 용달차가 한 대 세워져 있고, 낯선 사내 둘이 짐을 옮겨 내놓느라 부산하다. 이부자리며 보따리, 솥단지, 양은그릇 따위가 줄줄이 들려 나오는 것을 주민 네댓이 나와서 구경하고 있다.

"거, 누가 이살 나가는 모양이오?"

"고물상에서 나와서 짐을 처분하는 거래요. 107호 엘에이 아주머니 방이 여태 그대로 잠겨 있었잖아요."

1층 오 씨의 대답에 그는 고개를 끄덕인다. 진한 화장, 갈색으로 물들인 파마머리, 일흔 나이에 과하다 싶게 치장하기를 좋아하던 여자. 미국에 산다는 두 딸년 얘기를 입에 달고 사는 까닭에 그런 별명이 붙었다. 언제부턴가 비 오는 날만 되면 술에 취해 속옷 바람으로 빨간 양산을 쓰고 복도와 마당을 오락가락하더니, 지난봄 한밤중에 구급차로 실려 나갔다. 약을 먹기 전 조카에게 전화를 했던지, 요행으로 병원에서 깨어났다고 했다. 하지만 정신은 영 돌아올 기미가 없어서 결국 요양원인가 어디에 맡겨졌다는 소문이다.

"강원도 어디 있는 요양원이래?"

"요양원 좋아허네. 거기는 감옥소여. 창문은 철창을 쳐놓고, 침대에 종일 묶여갖고서는 옴짝달싹 못 하고 죽어가는 곳이랑께."

"보증금을 조카가 찾아갔다더라고. 물론 밀린 월세는 깠겠지."

"이번에도 조카가 왔어? 아니, 미국에 있다는 딸들은 뭣을 허고?"

"딸은 무슨. 그 할망구, 애초에 자식도 낳아보질 못했대. 고아원에서 데려온 애들인데, 둘 다 미군을 따라 건너간 거라잖어."

"으마, 전에 양공주였다는 말이 진짜였구먼."

늙은 여자들의 수군거림을 귓전으로 흘리며 그는 마당으로 내려선다. 문득 고양이 생각이 나서 화단 주변을 돌아다본다. 엘

116

에이 할멈이 키우던 늙은 암고양이. 주인이 사라진 후에도 줄곧
주변을 배회하던 녀석은 한동안 안 보이더니, 엊그제 화단 쥐똥
나무 틈에서 새끼 두 마리와 함께 있었다. 골목으로 접어들기 전
그는 무심코 돌아서서 현관 쪽으로 시선을 모은다. 불현듯 뒷덜
미를 휙 잡아채는 것 같은 기이한 예감 때문이다. 인부 하나가
뭔가를 안고 나오더니, 계단 옆에 내려놓고 안으로 사라진다. 그
의 눈이 번쩍 뜨인다. 옹기로구나. 술병 같은데…… 바로 그 순
간 뒤에서 빠빠앙, 귀청을 터뜨릴 듯 엄청난 경적이 터져 나온
다. 깜짝 놀라서 그는 재빨리 비켜선다. 택배 회사의 소형 화물
차 한 대가 거침없이 마당으로 진입하고 있다. 그는 가슴을 쓸어
내리며 서둘러 골목으로 접어든다.

목욕을 마친 그는 구멍가게에 들러 주방용 소독제 한 병과 삼
양라면 세 봉지를 산다. 여느 때 같으면 사거리의 좀더 큰 가게
까지 나갔을 터이다. 동네 상점에 비해 몇 푼이라도 더 아낄 수
있기 때문이다. 하지만 오늘은 서둘러 집으로 돌아가기로 한다.
꼭 누가 집으로 찾아오기라도 할 것처럼 줄곧 마음이 이상스레
싱숭생숭하다. 한 손에 봉지를 들고 '무궁화주택' 앞마당으로
들어서니, 아까와 달리 현관 부근이 휑하다. 빗자루로 바닥을 쓸
고 있는 오 씨 옆을 지나치려는데, 문득 무엇인가 그의 시선을
잡아챈다. 재활용품 수거함 옆에 작은 옹기그릇 하나가 놓여 있
다. 눈에 익은 잘록한 목이며 오종종한 주둥이. 남녘에서 구워진

술병임을 그는 대번에 알아본다. 급히 다가가 그것에 손을 대는 순간 그는 흠칫 놀란다. 옹기에서 파르르 전해오는 기이한 파동 때문이다. 그는 쪼그려 앉아서 옹기를 무릎에 올려놓고 이리저리 살펴본다. 주둥이와 목을 어루만지고, 풍성하게 부푼 허리를 손바닥으로 쓸어본다. 거꾸로 뒤집어보니, 밑바닥 표면에 먼지가 허옇게 눌어붙어 있다. 그는 화단의 쥐똥나무 가지를 끊어내어 먼지를 긁어낸다. 한순간 손놀림이 뚝 정지하더니 그의 입에서 들뜬 탄식이 흘러나온다.

"아이구, 이럴 수가……"

부르르 떨리는 그의 손가락 밑에 희미한 형체 하나가 가만히 웅크리고 있다. 새다. 한 마리 작은 새의 문양. 실낱같은 선이지만 분명 그것은 한 마리 새의 모습이다.

"왜 그러세요, 영감님. 어디가 불편하세요?"

1층 오 씨가 다가와서 어깨를 부축해준다. 그는 양쪽 무릎으로 옹기를 감싸 안은 채 땅바닥에 힘없이 주저앉는다.

"이 술병 말이오. 이것이 어째 여기에 나와 있소?"

"오라, 그게 술병입니까? 그거 엘에이 아주머니 방에서 나온 건데, 못 쓸 거라며 인부들이 거기다 내려놓고 갔네요."

"못 쓰다니?"

"여기 깨진 자릴 보세요. 금이 좍 나가 있잖습니까."

과연 오 씨가 손으로 짚은 자리에 손톱만 한 구멍과 함께 가는 금이 길게 나 있다. 그는 옹기를 가슴에 그러안고 일어선다.

"이것은 내가 안으로 가져가야겠소. 쓸 데가 있어서."

"영감님도 참. 그렇게 다 깨진 걸 어디다 쓰시게요? 공연히 쓰레기만 늘어날 텐데."

오 씨가 한심하다는 듯 등 뒤에서 혀를 찬다.

방 안에 들어오자마자 그는 전등을 켠다. 옹기를 이리저리 쓰다듬고 들여다보기를 되풀이한다. 이따금 한숨과 함께 탄식인지 혼잣말인지 모를 웅얼거림도 흘러나온다.

그 옹기는 술병이다. 한 되짜리, 흔히 막걸리나 청주를 담는데 사용했다. 옆구리에 술 따르는 주둥이가 달린 것을 귀웃박지라고 부르는데, 이것은 귀가 없는 보통 술병으로 예전에 전라도 쪽에서 주로 만들어지던 것이다. 양은 주전자가 나오기 전까지는 술집에서건 민가에서건 모두 이걸 썼었다. 원래 독이나 투가리에 비해 술병이나 식초병은 만들기가 훨씬 까다롭다. 오종종한 몸통에 모가지를 붙이고 주둥이를 좁게 뽑아내려면 손 맵시가 좋아야 했다. 서투른 사람은 시간만 잡아먹을 뿐 제대로 때깔을 내지 못한다. 그는 남달리 날렵하고 섬세한 손을 갖고 있었다. 큰 독은 물론이고 술병, 식초병, 약단지, 양념 단지 같은 작고 오밀조밀한 그릇들을 누구보다 빠르고 솜씨 있게 빚어냈다. 당연히 여염집 부인네들이 먼저 그의 솜씨를 알아보았다. 장터에 두어 지게씩 져 날라 물건을 풀어놓기가 무섭게 부인네들은 기다렸다는 듯 다투어 골라가곤 했다. 여인들의 찬탄 섞인 눈빛과 떠들썩한 수다 앞에서 그는 절로 우쭐해지고 기분이 들떴다.

그런 재미에 날마다 흙과 유약 냄새에 묻혀 지낼 수 있었는지도 모른다. 아직은 피와 살이 뜨겁던 시절, 그렇게 곡성, 구례, 순천, 낙안, 화순, 보성 일대를 그는 거품처럼 떠돌기도 했다.

그는 옹기를 가슴에 품어 안고 가만히 눈을 감는다. 저만의 부피와 무게를 지닌, 작고 부서지기 쉬운 생명체 하나가 이 순간 그의 품에 안겨 있다. 그것의 희미한 체온과 숨결이 파장처럼 그의 몸속으로 천천히 흘러들기 시작한다. 아아. 그는 뜨거운 탄식을 터뜨린다. 서로의 체온이 섞이는 순간, 그는 그것이 자신의 혈육임을 확신한다. 그랬다. 그는 그 작은 질그릇의 아비였다.

*

전라남도 승주군 송광면 낙수리. 그의 고향이었다. 보성강 지류를 옆구리에 끼고 조계산 자락에 아늑히 묻힌 마을. 하지만 오래전 댐이 들어서면서 수몰되어 이제는 흔적조차 없어져버린 마을. 그의 집안은 조부 때부터 옹기장이였다. 아버지가 나이 마흔넷에야 얻은 막내아들인 그에겐 열두 살 많은 형과 네 살 위누이가 있었다. 코흘리개 때부터 그는 아버지의 옹기점을 보며 자랐다. 옹기 일이란 본디 온 식솔이 함께 들러붙어야만 하는 가업이었다. 그릇 빚는 일이야 아버지와 일꾼들 몫이지만 많은 식구의 끼니를 준비하고, 물을 퍼 나르고, 장작을 준비하고, 가마의 불을 지키는 일은 가족 모두 나서서 거들어야 했다. 봄가을 두 철로 가마를 구워내고 나면, 나머지 기간엔 완성된 옹기들을 내다 파는 게 일이었다. 아버지가 장터 한쪽에 자리를 편 사이, 어머니는 자잘한 옹기들을 함지에 쟁여 머리에 이고 집집을 돌아다녔다. 서너 살 때부터 그는 자주 어머니의 치맛자락을 잡고 낯선 마을들을 따라다녔다.

어린 그는 옹기점을 좋아했다. 그곳에서 벌어지는 모든 일들이 신기하고 근사해 보였다. 정작 가업을 물려받게 될 형은 옹기 일을 싫어해 아버지에게 자주 혼이 났다. 막내마저 옹기장이가 되는 걸 원치 않았던 아버지는 그를 재 너머 면 소재지의 소학교에 넣었다. 바로 이듬해 여름, 어머니가 병으로 세상을 떠났다. 관을 묻고 나서 봉분에 잔디를 입히고 있을 때, 마을에서 아이들이 난데없이 만세를 부르며 달려왔다. 그날로 해방이 되었다고 했다. 어머니와의 사별은 그에겐 평생 지워지지 않는 상실과 결핍으로 남았다. 어머니는 제대로 된 사진 한 장 남기지 못했다. 그렇다고 해도, 그가 어머니 얼굴을 정확히 기억해내지 못한다는 건 이상한 일이다. 어른이 되어서도 기억 속 어머니는 늘 옹기를 머리에 이고 집집을 돌아다니던 모습, 혹은 밭고랑에 엎디어 호미질을 하던 모습으로 남아 있었다. 그럼에도 정작 그런 기억 속 어머니 얼굴은 어째선지 이목구비도 없이 종내 흐릿할 뿐이었다.

그는 열여섯 살 때부터 옹기 일을 배우기 시작했다. 전쟁이 끝나갈 무렵이었다. 산사람들을 따라 올라간 형이 지리산 골짝에서 시신으로 발견된 이후, 아버지는 아예 일손을 놓아버렸다. 두 명의 일꾼 옆에서 그는 순전히 타고난 눈썰미로 일을 익혔다. 남들은 빨라도 4, 5년은 걸려야 한다는데, 불과 1년 만에 제법 매끈하게 독을 빚어내는 걸 본 아버지는 "어허, 타고난 팔자인 걸 어쩌겠느냐" 하고 탄식을 했다. 군에 불려 갈 무렵, 그는 이미 아버지 못지않은 옹기장이가 되어 있었다.

제대를 하고 돌아와보니, 늙은 아버지는 병석에 누워 있었다. 집에 온 다음 날, 그는 오래 방치되었던 옹기점의 문짝부터 당장 고쳐 달았다. 가마를 보수하고, 지붕을 고치고, 흩어진 일꾼들을 다시 불러 모았다. 3, 4년 만에 옹기점 규모는 예전의 갑절로 커졌다. 전쟁 후 사람들 생활이 차츰 자리를 잡아가면서 옹기 수요도 부쩍 늘던 시기였다. 가마를 넓혀 새로 짓고 일꾼 숫자도 예닐곱 명까지 불어났다. 옹기는 구워내는 족족 팔려 나갔다. 한창 바쁠 때는 밥 먹고 담배 한 대 피우는 시간조차 아까울 정도였다.

그즈음 누이의 부음이 날아들었다. 결혼해서 여수에서 살고 있던 누이는 밑창에 구멍이 뚫린 거문도행 여객선과 함께 바다 밑으로 사라졌다. 시신은 영영 찾지 못했다. 두 달 후, 병석의 아버지는 누이의 죽음도 알지 못한 채 눈을 감았다. 졸지에 그는 혈육 하나 없는 처지가 되고 말았다. 눈앞이 아득해져 아무 일도 할 수가 없었다. 힘도 의욕도 사라진 그는 속절없이 술에 빠져들었다. 작부집이 있는 순천을 들락거리고, 그중 한 여자와 잠시 살림을 차리기도 했다. 그의 옹기점은 눈에 띄게 활기를 잃어갔다. 때마침 외국에서 들어온 양은그릇이 국내에 퍼지면서 옹기 수요도 점차 줄고 있었다. 마지막까지 혼자 남았던 일꾼마저 떠나고 나자 그는 미련 없이 옹기점을 닫았다.

그는 빈집을 남겨둔 채 고향을 떠났다. 그는 집이 싫었다. 어디에나 혈육의 음성과 체온과 손때가 밴 그곳에 혼자 남겨진 채 유령처럼 과거의 흔적과 기억을 더듬고 있는 자신이 무섭고 끔찍했다. 오랜 떠돌이 생활이 시작되었다. 이삿짐도 연장도 필요 없었다. 그래도 아직은 옹기를 찾는 사람들이 많았던 시절이라 두 손만 있으면 어디서든 밥벌이는 충분했다. 그의 남다른 솜씨를 한번 본 주인들은 다들 그를 붙잡아 눌러앉히려고 했다. 곡성, 구례, 벌교, 보성, 승주, 고흥, 순천, 화순, 이서, 능주, 옥과……20여 년 동안 그는 남녘 곳곳의 옹기점을 찾아 일품을 팔며 거품처럼 떠돌아다녔다. 마음에 맞으면 한두 해씩 머물기도 하고, 내키지 않는다 싶으면 한 철만 마무리해주고 홀쩍 떠나왔다.

초심이. 유난히 길고 가는 목이 고라니를 닮은 계집아이. 바로 그 거품 같은 유랑의 시기에 그는 어쩌다 그 아이를 만났다. 광주 외곽의 금당산 아래 옹기점. 일제 때부터 그 자리에 있었다는 옹기점엔 그가 전엔 한 번도 본 적 없는 커다란 가마가 셋이나 되었다. 옹기장이만도 열두어 명, 잡부까지 합쳐 스무 명 남짓한 인원이 함께 일을 했다. 그 애를 처음 본 건 초겨울이었다. 그는 그해 봄부터 들어와 일을 시작해, 가을에 세번째 가마에 불을 넣고 있는 중이었다. 며칠 후 그 가마의 불이 꺼지고 완성품이 나오면 제법 두둑한 품삯이 손에 들어올 것이고, 이듬해 춘삼월 전까지는 느긋한 휴식이 주어질 터였다.

어느 날, 아침 일찍부터 작업장 부근이 소란했다. 가마 뒤쪽에 누군가 웅크린 채 죽어 있었던 것이다. 가마를 지피는 기간엔 으레 반갑지 않은 손님이 종종 찾아들었다. 기온이 차가워지는 봄가을이면 거지들이 일꾼들 눈을 피해 작업장으로 숨어들어 와 밤을 지내고 가곤 했다. 가마 뒤쪽, 열기가 새어 나오는 연통 주변이 난로처럼 따뜻한 까닭이었다. 거지들은 어디나 흔했다. 세끼 밥을 걱정 없이 챙겨 먹을 수만 있어도 부러움의 대상이 될 수 있던 시절이었다. 잠잘 처소가 있어도 먹을 양식이 떨어지면 길거리로 나올 수밖에 없었다. 숫제 일가족이 함께 동냥을 나서는 경우도 드물지 않았다. 추위를 피해 옹기굴로 숨어드는 이들 역시 남녀노소가 따로 없었다. 그들도 어차피 그곳에 옹기점이 있는 줄 알고 찾아든 이웃 주민들일 터였다. 때문에 일꾼들은 뻔히 알면서도 못 본 척했고, 주인 역시 차마 독하게 내쫓지는 못했다.

죽은 이는 철길 옆 오두막집에서 딸과 단둘이 사는 주정뱅이 사내였다. 자신이 잡역부로 일하는 제재소에서 늦게까지 술을 마신 뒤, 지름길을 택한답시고 산을 오르다가 무슨 생각에선지 옹기굴을 보고 찾아들었던 모양이었다. 필시 연통 옆에서 한뎃

잠을 자다 술병으로 급사한 듯했다. 낯빛이 하얘져서 쫓아 올라온 계집아이는 홀로 아비를 그러안고 슬피 울었다. 마을 사람들이 가마니에 덮인 시신을 수레에 싣고 내려갔다. 수레 꽁무니를 두 손으로 부여잡고 내내 울며 따라가던 계집아이의 모습이 한동안 그의 기억에서 지워지지 않았다.

어느 날 저녁이었다. 그는 모처럼 광주 시내로 나가 이발도 하고 동시 상영 영화까지 본 다음 혼자 돌아오는 길이었다. 숙소로 터덜터덜 들어오는데, 누군가 일꾼들 방 아궁이에 쭈그려 앉아 군불을 넣어주고 있었다. 일전에 죽은 그 주정뱅이 사내의 딸이었다. 그 아이가 얼마 전부터 들어와 주인집 부엌일을 돕고 있는 줄은 알고 있었지만, 방에 군불을 때러 온 것은 처음이었다. 그 아이는 수줍게 고개만 까딱해 보이고는 다시 엎드려 아궁이만 들여다보았다.

그는 방에 들어오자마자 벌렁 드러누웠다. 가을철 일이 끝나자 다른 일꾼들은 모두 집으로 돌아가고, 숙소엔 그와 청년 하나만 남아 있었다. 그날은 마침 그 청년도 사나흘 어딜 다녀온다고 자리를 비운 참이었다. 장지문 밖에선 타닥타닥 군불 타는 소리와 함께 간간이 계집아이의 잔기침 소리가 들려왔다. 불현듯 그의 가슴이 빠르게 뛰기 시작했다. 방금 본 가냘픈 목덜미며 수줍은 웃음이 눈앞에 어른거렸다. 헐렁한 몸뻬 바지에 검정 고무신, 갈라지고 불어터진 손, 정강이 밑으로 삐져나온 낡아빠진 내복, 그리고 그날 아침 슬피 울며 수레 뒤를 따르던 아이의 허깨비 같은 모습도 떠올랐다. 아까 밖에서 두어 잔 걸친 막걸리에 마음도 새삼 울적하던 참이었다. 그는 슬그머니 방문을 열었다. 어느새 어둠이 짙게 내려앉아 있었다.

"날도 추운디, 군불은 그만 넣고 돌아가지 그러냐."

"눈이 많이 오는디, 방바닥이 따뜻해야지라우."

"눈이 와?"

고개를 젖혀보니, 정말 눈이 내리고 있었다. 희고 탐스러운 함박눈이었다. 그는 어느 사이 계집아이 옆에 나란히 앉아 아궁이 안을 들여다보고 있었다. 노란 불빛이 아랫도리를 따스하게 어루만져주었다. 계집아이는 내내 눈을 내리깔고 불길을 살피면서도 도란도란 잘도 이야기를 풀어놓았다. 크고 동그란 눈은 어린 나이에 벌써 슬픔과 외로움에 지쳐 있었다. 초심이. 열여섯 살짜리 그 아이도 그와 똑같이 지상에 피붙이 하나 없는 고단한 처지였다. 그 아이가 태어난 곳은 일본 오사카라고 했다. 징용으로 끌려갔던 아비는 해방 후에도 한동안 거기 주저앉아 잡역부로 일했다. 그러다가 뜨내기 일본 여자를 만나 살림을 차리고 딸 하나를 얻었다. 하지만 몇 해 만에 어미가 병으로 죽자 딸아이만 데리고 한국으로 돌아온 거였다.

"이상하지라우. 엄니 얼굴은 암만해도 기억이 안 나요. 그런디 엄니 죽을 때 입가에 묻어 있던 그 핏덩어리는 이, 잊히지가 않아요."

그의 어깨에 얼굴을 묻고 계집아이는 흐느꼈다.

"이따가 식구들 모르게 내 방으로 오거라이. 잠 안 자고 기다리고 있을랑께."

주인집으로 내려가는 그 아이의 등에 대고 그는 떨리는 음성으로 말했다. 아이는 말없이 눈밭 속으로 횡하니 달려가버렸다. 그날 한밤중 아이는 기척도 없이 그의 방 안으로 스며들었다. 그의 품 안에서 초심은 비 맞은 참새 새끼처럼 내내 온몸을 떨었다.

그야말로 얼떨결에 그는 초심과 살림을 차리게 되었다. 낌새를 알아챈 주인 내외와 일꾼들이 담합해서 함께 바람을 잡고 얼러대는 통에 그로서는 거의 등 떠밀리듯 하여 벌어진 일이었다. 주인 내외의 배려로 옹기점 마당에서 사모관대에 족두리까지 쓰고 조촐한 혼인식도 올렸다. 그것은 그의 생애 처음이자 마지막인 혼례식으로 남았다. 옹기점 가는 길 초입의 외딴 초가에 방을 얻어서 어설프기 그지없는 신혼살림을 시작했다. 평생 식솔 따윈 절대로 만들지 않을 작정이던 그로서는 그 모든 것이 그저 어리둥절할 뿐이었다. 그것이 서른 살 때였다.

젊고 솜씨 좋은 옹기장이를 이참에 자기 옆에 확실히 눌러앉히게 되었노라 여긴 주인은 내심 흡족한 기색이었다. 그는 옹기점에서 계속 일했고 초심도 전과 다름없이 주인집 부엌일을 거들었다. 변변한 세간조차 없이 시작한 궁색하고 어설픈 살림이었지만, 어린 색시는 소꿉장난이라도 하듯 하루하루 즐겁고 행복해서 어쩔 줄 몰라 했다. 그 모습을 훔쳐보며 흐뭇한 웃음을 지으면서도 그는 왠지 마음 한쪽이 불안하고 어두웠다. 뭔가를 얻으면 또 다른 무엇인가를 잃게 된다는 걸 그는 이미 체득하고 있었다. 애초에 인연을 만들지 말아야 한다는 강박관념은 실은 소중한 그 무엇을 상실하는 게 두려워서였다. 가난하지만 따스한 아랫목과 자신을 기다려주는 이가 있어 그는 좋았다. 그런 한편으로는 무엇에건 묶이지 않고 바람처럼 훌훌 떠돌고 싶어 하는 천성 때문에 마음이 무겁고 답답했다.

시간이 지나다 보면 이 뜬구름 같은 마음도 잦아들겠지. 그는 밤이면 초심의 아담한 젖가슴에 볼을 비비며 그런 생각들을 지우려 애썼다. 열여섯 살 초심의 몸에선 싱그러운 풀냄새가 났다. 이른 봄 낙수리 강변에 돋아나는 삘기 풀, 그 연하고 보드라운 연두색 향기가 그는 좋았다. 그 옛날 어머니의 품에서 맡았던 향기 같기도 했다. 그 향기와 함께라면 그냥 남들처럼 한세상 그리저리 살다 죽어도 좋으리라는 생각도 들었다. 얼마 안 있어 초심은 아기를 가졌다. 그 얘길 듣는 순간 그는 어째선지 반가움보다 먼저 가슴이 철렁했다. 배가 점차 불러오는데도 그 알 수 없는 초조함과 불안감은 사라지지 않았다. 골목 모퉁이 저편에 뭔가 무서운 것이 숨어 기다리고 있을 것만 같은 불길한 예감. 그럴 때면 초심을 데려온 게 후회스럽고, 어디론가 혼자 멀리 도망쳐버리고 싶었다.

아이는 한겨울에 태어났다. 그즈음 연일 엄청난 폭설이 쏟아졌다. 하필이면 눈보라 치는 날 한밤중, 산통은 예정보다 달포나 앞서 찾아왔다. 하도 급작스레 닥친 터라 아무 준비도 없이 잠에서 깬 그는 어쩔 줄 몰라 허둥거렸다. 외딴집이어서 마을은 멀고, 칠흑 같은 한밤중에 눈은 무릎까지 차올라 마당에서 고샅까지 나서기조차 어려웠다. 안집 노파 말고는 달리 도움을 청할 데가 없었다. 심한 수전증에 치매 기미마저 있는 노파를 억지로 깨워내 방 안으로 밀어 넣고는 부랴부랴 물을 끓이고 군불을 뜨겁게 지폈다. 그는 노파가 옆에서 손을 떨며 중얼중얼 읊어주는 말에 따라 땀을 뻘뻘 흘리며 엉겁결에 아이를 받아냈다. 딸이었다. 손수 가위로 탯줄을 자르고 그 끝을 실로 묶고 났을 때 그는 까닭 모를 눈물이 울컥 쏟아졌다.

그는 또 얼결에 아비가 되어 있었다. 구슬처럼 예쁘고 총명하라고 이름을 옥주로 지었다. 아이를 품에 안는 순간 그는 가슴이 뭉클하고 콧등이 시큰해왔다. 젖을 물린 채 행복해하는 초심의 표정을 볼 때, 아이가 얼굴을 알아보고 방긋방긋 웃을 때, 사람들이 아범이라 부르며 덕담을 건넬 때 그는 진짜 아비가 되었음을 실감했다. 그 1년여 동안 그의 마음은 내내 따뜻하게 젖어 있었다. 그것은 그의 생애 처음이자 마지막이 될 행복한 시간이었다.

5월 어느 날이었다. 일을 마치고 돌아오니, 초심이 아이를 안고 장독대 옆에 서서 감나무를 올려다보며 혼자 뭐라 두런거리고 있었다. 잠시 등 뒤에 숨어 지켜보니, 나무에 앉은 새를 향해 말을 걸고 있었다. 혼잣말이 아니라 마치 대화를 주고받는 시늉이었다. 묘하게도 새는 날아가질 않고 초심에게 응답하듯 연신 삐잇삐잇 소리를 냈다.

"이제 보니, 넌 새하고 애기도 할 줄 아는구나."

"으마, 놀래라. 새들이 오늘 저기다가 둥지를 틀었어라우, 아저씨."

둘만 있을 때 초심은 아직도 그를 아저씨라 불렀다. 초심이 이끄는 대로 가보니, 부엌문 바로 옆 선반 위에 바늘 쌈지 같은 조그만 짚 무더기가 눈에 띄었다. 그날 저녁부터 노랑할미새 한 쌍이 둥지에 알을 품고 들어앉았다. 안집 노파는 길조라며 담뱃대를 문 채 흐물흐물 웃었다. 초심은 틈만 나면 아이를 안고 둥지 앞에 앉아, 새와 함께 두런두런 애길 주고받았다.

"엄니는 새를 파는 상점에서 일을 했었다대요. 물이랑 모이를 주고, 알도 받고, 키워서 파는 상점 말이라우. 한번은 빨간 앵무새가 도망쳐 나왔는디, 아부지가 그걸 잡아서 엄니한테 갖다주었다대요. 새가 두 분 인연을 맺어준 셈이지라우."

언젠가 초심이 새 둥지 앞에서 들려준 애기였다. 알을 깐 지보름 만에 어미는 솜털 같은 새끼 다섯 마리를 이끌고 둥지를 나섰다. 땅바닥으로 훌쩍훌쩍 내려앉은 새끼들은 잠시 뒤뚱뒤뚱 달리는가 싶더니, 용케 차례로 위태롭게 날아올랐다. 잘들 가거라이. 우리 집에 종종 놀러 와야 돼. 초심은 아이의 손을 잡아 함께 빠이빠이 흔들며 허공을 향해 외쳤다. 말을 알아듣기라도 한양, 새들은 그날 이후 종종 찾아와 마당이며 초가지붕에 앉아 재잘대곤 했다. 옳아, 너희들이로구나. 오늘은 어째 넷이서만 왔네? 새소리가 들리면, 초심은 아이를 일으켜 안고 밖으로 종종걸음을 쳤다.

어느 날 그는 손수 따로 만든 옹기 반찬통을 가져와 초심의 손에 건네주었다. 옹기 표면엔 할미새 한 쌍이 새겨져 있었다.

"오메, 이쁜 거! 아저씨가 그린 그림이지요?"

초심의 입이 딱 벌어졌다. 그 뒤로 그는 매번 초심과 아이를 위해 올망졸망한 옹기며 노리갯감 따월 만들어 가져왔다. 거기엔 어김없이 엄마와 아이 그리고 새의 그림이 들어 있었다.

딸아이는 돌을 불과 며칠 앞두고 숨이 멎었다. 홍역이었다. 뜬눈으로 밤을 새운 그는 새벽녘 혼자서 아이를 뒷산에 묻고 돌아왔다. 넋이 나가 송장처럼 누워 있는 초심을 남겨두고 그는 묵묵히 일터로 나갔다. 여러 달 동안 그는 옹기 빚는 일에만 몰두했다. 갑자기 벙어리가 된 듯 집에서도 일터에서도 아예 말문을 닫았다. 입을 꾹 닫고 물레만 돌리고 있는 그의 두 눈은 광채를 잃은 채 먹물처럼 희미하게 풀려 있었다. 얼굴에선 그 어떤 표정도 느낌도 읽을 수가 없었다. 그런 모습에 기가 질려 누구도 섣불리 말을 걸지 못했다.

봄철 작업이 얼추 마무리된 어느 날, 그는 점심밥을 먹자마자 별안간 언덕길을 혼자 성큼성큼 걸어 내려갔다. 가방에 옷가지만 대충 꾸려 들고 사립을 나서려고 할 때, 헐레벌떡 뒤따라 달려온 초심과 맞닥뜨렸다. 그의 손에 들린 가방을 보고 초심은 금세 낯빛이 허옇게 변했다. 말없이 돌아서는 그의 어깨를 초심이 와락 움켜잡았다.

"이거 놔라. 혼자 며칠 바람 좀 쐬고 돌아올 거여."

컥 하고 울음을 터뜨리는 초심을 남겨둔 채 그는 뒤도 돌아보지 않고 신작로를 질러갔다.

애초엔 정말로 한동안 바람이나 쐴 생각이었다. 그러나 한 달, 두 달, 반년이 흐른 뒤에도 그는 돌아가지 않았다. 차라리 저한테도 잘된 일인지 몰라. 어차피 혼인신고도 없이 소꿉장난처럼 벌인 일이잖은가. 젊디젊은 나이이니 어디서든 새로 시작할 수 있겠지. 그렇게 생각하자 마음이 다소 가벼워졌다. 그리고 아예 초심의 생각을 끊어버렸다.

그랬는데, 바로 이듬해 그는 금당산 기슭 그 외딴 초가집을 불쑥 다시 찾아갔다. 애당초 생각조차 없던 일이었다. 호남선 기차를 타고 무안에서 장성으로 새 일터를 찾아가던 길이었다. 기차가 남평역을 지나 광주로 향할 즈음, 차창으로 낯익은 풍경이 툭 튀어나왔다. 철둑길 옆 잡초 우거진 터에 반쯤 허물어진 오막살이집 한 채. 초심이 아버지와 단둘이 살던 옛집이었다. 그는 차창 너머 들녘으로 하염없이 쏟아지는 5월의 햇살을 한참이나 말없이 바라보았다. 불현듯 가슴속에서 뭔가 뜨거운 덩어리가 불끈 치밀어 올랐다. 그는 남광주역에 닿자마자 기차에서 내렸다.

금당산 아래 외딴 초가집 굴뚝에선 실낱같은 연기가 피어오

132

르고 있었다. 장죽을 물고 마루에 나와 앉아 있던 노파는 그를 얼른 알아보지 못했다. 초심은 손에 바가지를 쥔 채 부엌문에 기대어 한동안 오들오들 떨기만 했다. 초심은 변한 게 없었다. 양쪽 눈자위는 퀭하니 패고, 작고 야윈 체구는 되레 허하게 졸아든 것 같았다. 그는 말없이 가방을 내려놓고 마루 끝에 걸터앉았다. 새 지저귀는 소리에 돌아보니, 부엌문 옆 선반에 새가 둥지를 틀고 있었다. 노랑할미새였다. 녀석들은 매년 똑같은 자리에서 새끼를 칠 모양이었다. 한동안 부엌에서 혼자 소리 죽여 울고 난 초심이 마당으로 나왔다.

"방에 들어가서 잠시만 쉬고 계셔요. 점방에 가서 돼지고기 한 근 끊어갖고 얼릉 오께라우."

초심은 바구니도 없이 허둥지둥 사립을 달려나갔다. 고라니같이 가는 목이 그의 눈을 시리게 했다. 그는 마루에 앉아 담배만 연거푸 피워 물었다. 또다시 가슴속에서 뜨거운 덩어리가 울컥 솟구쳤다. 그때 그는 그 불덩이를 한사코 눌러 껐어야만 했다. 하지만 그는 그렇게 하지 못했다. 목구멍의 불덩이는 훅 치솟아 머릿속에서 펑 하고 폭발했다. 순간 그는 눈앞에 아무것도 보이지 않았다. 그는 부엌문 앞으로 성큼성큼 다가가자마자 주먹으로 선반을 우지끈 내리쳤다. 어미 새가 미친 듯 소리를 지르며 허공에서 날뛰었다. 그는 바닥에 흩어진 새알을 구둣발로 북북 짓이겨놓고는 가방을 들고 사립을 빠져나와버렸다.

그걸로 모든 게 끝이었다. 그는 두 번 다시 초심을 보지 못했다. 훗날 그는 그날의 일을 천 번 만 번 곱씹어보았다. 하지만 그 순간 왜 그런 짓을 해놓고 뛰쳐나왔는지 도무지 알 수가 없었다. 필시 미쳐 있었을 것이다. 뭔가 헛것에 씌어 완전히 정신 줄을 놓아버리고 말았던 게지.

그 이후로 그의 삶은 줄곧 내리막이었다. 세상은 빠르게 변해갔다. 옹기 수요는 하루가 다르게 줄어들었다. 양은그릇에 이어 마침내 플라스틱 용기마저 등장하자 옹기는 더 이상 설 자리가 없게 되었다. 주전자가 나오면서 술집의 귀옹박지가 사라졌고, 옹기 솥단지며 떡시루조차도 양은 제품에 밀려났다. 뚝배기는 냄비로, 김치 버무릴 때나 물을 담아 쓰던 소래는 고무 대야로, 소주독은 유리병으로 바뀌었다. 마침내 냉장고가 대중화되면서 김장독마저 자취를 감추었다. 도회지의 주부들은 더 이상 집 안에서 간장과 고추장을 담그려들지 않았다. 그사이 수많은 옹기장이들이 가마를 버리고 흩어졌다. 옹기 일로는 더 이상 생계를 꾸려갈 수가 없었다. 그 많던 옹기점들이 불과 10여 년 사이에 거의 모두 자취를 감추어버렸다. 그는 맨 마지막까지 가마 앞을 떠나지 못하고 남아 있던 옹기장이들 중 한 사람이었다. 이젠 목돈을 바라기는커녕 끼니를 때울 수 있는 것만으로도 다행으로 여겨야 했다. 결국은 그마저도 불가능하게 되었을 때, 그는 고향으로 돌아갔다.

20여 년 만에 빈손으로 찾아든 고향 마을은 피난민촌처럼 황량했다. 조만간 엄청난 규모의 댐이 들어선다고 했다. 마을은 수

몰 지역으로 지정되어 졸지에 너나없이 한꺼번에 이주해야 할 운명이었다. 대대로 터를 박고 살아온 땅을 포기하는 대가로 받은 보상 금액은 턱없이 적었다. 그걸 손에 쥐고 도시로 올라가봐야 변두리에 전셋집을 얻고 나면 그만일 터였다. 평생 할 줄 아는 거라곤 농사뿐인데, 땅을 빼앗긴 사람들은 아무 대책도 없이 각자 먹고살 길을 찾아 뿔뿔이 흩어져 갔다. 그는 혼자서 목포로 내려갔다. 부둣가에 방 한 칸을 얻어놓고 손수레 한 대를 사서 건어물을 받아다가 팔았다. 그리 시작한 일이 환갑 무렵에까지 이어졌다. 그사이 그의 나이 마흔 초반에, 어찌어찌하다 아이 하나 딸린 여자를 만나 함께 살게 되었다. 어째선지 그에겐 끝내 자식이 생기지 않았다. 차라리 잘된 일이라고 자위하며, 그는 여자가 데리고 들어온 아이를 자신의 호적에 올려주었다.

한동안은 초심을 잊을 수 있을 것 같았다. 지금껏 그를 거쳐 간 여자는 많았다. 술집 작부에서부터 잠시나마 속정을 나눈 여자들까지 얼추 예닐곱은 되었다. 어쨌거나 혼인식도 하고 소꿉장난 같은 살림 끝에 아이까지 낳은 적 있는 초심이니, 분명 남다를 수밖에 없긴 했다. 하지만 애당초 모든 게 얼떨결에 벌어진 일이었고, 어차피 이젠 끝장난 일이잖은가. 새삼스레 손톱으로 피딱지 후벼 파듯 자꾸 떠올려본들 무엇하랴. 그렇게 영 잊어버리자고 마음을 먹으니, 과연 옛일인 듯 차츰 무심해졌다.

장성 갈재 아래 옹기점에서 머물 때였다. 어느 날 옹기 운반

트럭이 들어왔는데, 하필 운전수가 이전에 금당산에서 함께 일하던 박 씨였다. 그한테서 초심의 소식을 들었다.

"솔직히 자네가 사람으로서 못할 짓거리를 한 것이제. 속사정이사 모르겠지마는, 모두들 자네 욕을 얼마나 했는지 알어?"

박 씨의 뒤늦은 힐난을 그는 묵묵히 듣고만 있었다. 초심은 곰소항에서 제법 큰 젓갈집을 한다는 사십대 남자를 따라갔다고 했다. 주인댁의 먼 친척인 그 홀아비는 딸만 다섯이라 아들을 낳아줄 젊은 여자를 구하던 참이었다. 박 씨는 트럭에 옹기를 가득 싣고 그날로 떠났다.

며칠 후 한밤중, 그는 난데없는 새소리에 잠을 깼다. 바로 귓가에서처럼 또렷한 울음이었다. 동료들은 곤히 자고 있었다. 그는 홀로 조용히 방을 빠져나와 뒤뜰로 내려섰다. 가을밤 하늘이 유난히도 맑았다. 흰 눈썹달이 머리 위에 걸려 있었다. 늙은 벽오동나무가 이따금 생각난 듯 큼지막한 잎을 발치로 뚝뚝 떨어뜨리곤 했다. 그는 마당 가운데 우두커니 서서 오래도록 달을 바라보았다. 문득 그의 가슴 한복판에 뚫린 커다란 구멍을 통해 서늘한 바람이 휘잉 지나갔다. 그는 오동나무 아름드리 둥치를 두 팔로 힘껏 그러안았다. 별안간 눈물이 핏물처럼 쏟아져 나왔다. 그는 나무 둥치에 이빨을 박아 넣은 채 울음을 참기 위해 끅끅거렸다.

그는 자신이 얼마나 초심을 사랑했는지 뒤늦게 깨달았다. 그리고 그 여자에게 얼마나 무서운 짓을 저질렀는지도. 그는 그 가

없은 여자에겐 지상에 남은 마지막 사람이었으리라. 그녀 또한 그에게 남은 지상의 마지막 사람이었듯이. 그는 바로 그걸 몰랐다. 그 캄캄한 새벽, 아이를 골짜기에 손수 묻고 혼자 골짜기를 내려올 때 그는 제 몫의 생의 끝을 마침내 보고 말았노라 믿었다. 하지만 어미인 초심이야말로 더 깊고 큰 어둠 속에 갇혀버렸다는 사실은 미처 헤아리지 못했다. 그는 오로지 자신만의 어둠에 눈이 멀어버렸다. 그리하여 초심을 어둠의 진구렁 속으로 대신 밀어 넣고, 저만의 이기심과 욕망을 좇아 허둥지둥 도망쳐버린 거였다. 그는 모든 걸 옛날로 돌려놓고 싶었다. 당장 초심에게 돌아가고 싶었다. 그러나 이미 강을 건너온 후였다. 영원히 돌아갈 길은 없었다. 돼지고기 한 근을 손에 쥐고 종종걸음으로 사립을 들어서는 얼굴, 짓이겨진 새 둥지를 발견하고는 마당에 풀썩 허물어지는 초심의 모습이 그의 눈앞을 천길 절벽처럼 까맣게 가로막았다.

그 후 언제부턴가 그는 남몰래 옹기 어딘가에 새를 그려 넣는 버릇이 생겼다. 고통과 후회로 뼈가 녹아내리는 것 같은 시간들. 때론 숨도 제대로 쉬지 못하고 가슴을 부둥켜안은 채 방바닥을 데굴데굴 굴러다녔다. 한밤중에 오두막에 앉아 미친놈처럼 밤새도록 물레를 돌리기도 했다. 그런 순간마다 그의 손끝으로부터 새가 한 마리씩 태어났다. 아직 유약을 칠하지 않은 맨 옹기의 밑동이나 주둥이 안쪽 오목한 홈 같은, 쉽사리 눈에 띄지 않는 자리에 그 작은 새들은 은밀한 부적처럼 숨어들었다. 뜨거운 인두를 제 살에 박듯이 그는 그것들을 새겨 넣었다. 뒤늦은 후회와 어리석음의 죄 갚음이길 바랐는지도 모른다. 어쩌면 그런 새들 중 한 마리가 초심의 눈에 우연히 띌 수도 있으리라는 헛된 기대도 있었으리라. 그러고 나서 한참 훗날, 그는 초심의 마지막 소식을 우연히 전해 들었다. 딸만 둘을 낳은 초심은 마흔 살을 다 채우지 못하고 병으로 세상을 떴다고 했다. 초심을 데려간 남자는 아직도 곰소항에서 젓갈집을 하는 모양이었다.

*

그는 옹기 바닥의 작은 새를 가만히 어루만져본다. 이 녀석은 어느 마을 어떤 오두막에서 태어났을까. 가랑비 흩뿌리는 늦봄의 섬진강 기슭이었을까. 송정리 그 느티나무 아래 초막이었을까. 아니면 단풍이 곱게 물든 태안사 골짝 산막의 막막한 밤이었을까. 불현듯 눈시울이 뜨뜻해져온다. 그의 가슴 밑바닥에 박혀 있던 얼음 한 조각이 소리 없이 녹아내리기 시작한다. 그래, 이 녀석도 그리 태어났겠지. 그 막막한 어둠의 시간, 어느 이름 모를 눅눅한 황토 오두막에서 내 손끝을 빌려 세상에 나왔을 테지. 그는 두 눈을 질끈 감는다. 켜켜이 뭉친 시간의 결들이 한꺼번에 되살아나 새삼스레 가슴을 후벼 파기 시작한다.

이윽고 그는 벽에 기대앉아 담배를 피워 문다. 그나저나 엘에 이 할멈은 어째서 여태까지 저걸 가지고 있었을까. 벌써 금이 나가서 아무 쓸모가 없는 것을. 그는 한참 좋았던 시절을 떠올려본다. 장터 어귀에 전을 벌여놓으면 삼삼오오 찾아주던 부인네들. 장독 말고도 자잘한 양념 그릇, 술병, 기름병 따위를 집어 들고 요모조모 살피며 욕심을 내던 표정들. 혹 그 시절 그 부인네들 가운데 노랑머리 할멈도 끼어 있었을까. 그의 입가에 잠시 엷은 웃음기가 번진다.

문득 심한 시장기가 몰려온다. 벌써 4시 반. 아침을 빵 한 개와 우유로 때운 뒤 내내 아무것도 먹지 못했다. 몸을 일으켜 세우려는데 다시 현기증이 찾아온다. 속이 빈 탓이겠지. 그는 냉장고에서 랩으로 싸둔 찬밥 한 덩이를 꺼낸다. 밥알 씹는 것조차 힘들어져서, 그는 요즘은 밥을 조금씩 나누어 냉동 칸에 보관해둔다. 필요할 때마다 꺼내어 다시 물을 붓고 끓이면 쌀죽처럼 걸쭉한 게 한결 먹기가 수월하다. 가만있자, 그 작은 냄비를 내가 어디다 두었더라. 고개를 갸웃거리던 그는 이틀 전 그것을 손수 내다 버렸음을 기억해낸다. 불 위에 올려놓고 담배를 사러 나간 사이에 손잡이까지 타버렸던 것이다. 새걸 하나 사 온다 해놓고 아까 또 깜박했다.

대신에 그는 커다란 양은 냄비를 꺼내 든다. 찬밥 한 덩이 데우기엔 터무니없이 크지만, 할 수 없다. 그 냄비는 지난번 복순 씨가 묵은 김치를 담아 가져왔던 것이다. 여름철 밥맛 없을 땐 이것만 한 게 없어요, 할아버지. 그는 잠시 복순 씨의 일이 궁금해진다. 남편이란 자는 어찌 되었을까. 물이 끓어오를 동안 그는 겉옷을 벗고 파자마로 갈아입은 다음 텔레비전을 켠다. 그리고 밥상을 펴놓고 냉장고에서 단무지와 오징어젓 접시를 꺼낸다. 텔레비전에선 그가 즐겨 보는 「동물의 왕국」이 막 시작되는 참이다. 화면에 타이틀 '바다의 신비'가 떠오른다.

"참, 오늘부터는 저걸 틀어준다고 그랬지. 제법 볼만하겠는디."

그의 표정이 금세 아이처럼 환해지는 사이, 냄비가 물 끓는 소리를 낸다. 그는 서둘러 일어나 가스 불을 끈 다음 냄비를 통째들고 와 밥상 위에 내려놓는다. 시선은 화면에 둔 채 첫술을 막 입에 가져가려는 순간, 그의 손에서 숟가락이 툭, 밥상 위로 떨어진다. 으,으,어,어…… 그의 눈이 휘둥그레지고 입이 벌어진다. 돌연 어디선가 북소리가 들려온다. 쿵쿵쿵쿵. 가슴속에서 풍선 하나가 빠르게 부풀어 오르더니, 마침내 뇌 속에서 뭔가 펑하고 터진다. 순간 상체가 앞으로 꺾이면서 그의 얼굴이 냄비 속에 픽, 하고 처박힌다.

*

그는 한참을 어리둥절해 있다. 한없이 깊은 잠에서 막 깨어난 것 같은 느낌. 도대체 여기가 어디일까. 조심스레 주위를 살펴본다. 기이하리만치 투명해진 시야 안으로 사물의 윤곽이 차츰 선명해진다. 소형 냉장고, 싱크대, 밥솥, 간이 옷장…… 그리고 음악 소리와 함께 아나운서의 음성이 들린다. 텔레비전이 켜져 있다. 화면에선 수백 마리의 돌고래 떼가 힘차게 헤엄치고 있다. 눈에 익숙한 그것들을 보니 비로소 마음이 놓인다. 여긴 내 방이로구나. 그런데, 뭔가 좀 이상하다. 자신의 손때가 묻은 그 사물들과 풍경이 터무니없이 낯설고 생경하게만 느껴진다. 방 한쪽에 놓여 있는 작은 옹기 술병 하나가 문득 눈에 띈다. 가만, 언제부터 저런 것이 여기 있었지? 무심코 두리번거리던 그는 깜짝 놀란다.

'아니, 저건 누구야. 웬 늙은이가 남의 방에 멋대로 들어와 앉아 있어?'

그는 혼란에 빠져 허둥거린다. 지금 그의 눈앞에 한 사내가 앉아 있다. 팔을 뻗으면 닿을, 바로 코앞이다. 사내의 기이한 모습 때문에 그는 재차 놀란다. 그자는 밥상 위에 놓인 큼지막한 냄비 속에다 머리통을 거꾸로 집어넣은 채 양반다리를 하고 앉아 있다. 무슨 짓이라냐. 거참, 누군지 별난 꼬락서닐 다 하고서 밥을 먹고 있구먼. 어이가 없어 그는 피식 웃는다. 그런데 이상하게도 사내는 움직임이 없다. 혹시 죽은 건가. 사내의 모습이 어딘지 눈에 익숙하다. 헐렁한 파자마 바지와 누런 러닝셔츠, 앙상한 어깨가 영락없이 누군가를 닮았다. 마침내 그는 냄비 가장자리로 비죽이 나와 있는 뒷머리의 백발을 알아본다.

'설마! 저, 저 늙은이가 나라는 말이여?'

그는 경악해서 부르짖는다. 비로소 그는 자신이 처한 상황을 어렴풋이 깨닫기 시작한다. 하지만 지금 맞은편 괴상한 모습의 노인은 더 이상 그 자신이 아니다. 그건 빈껍데기 육신이다. 조금 전까지 그가 담겨 있었던 가죽 포대기, 텅 빈 자루일 뿐이다. 뭐라고? 그렇다면 지금 여기에 있는 나는 무엇이란 말인가. 그는 손으로 몸을 더듬어보다가 기겁을 한다. 이게 어찌 된 영문인가. 손이 없다. 양쪽 팔도 없다. 다리도, 몸통도, 머리통마저 사라진 것이다. 그는 형체 없이 허공에 아지랑이처럼 푸르스름하니 떠 있는 자신을 뒤늦게 발견한다. 오호, 콜롬비아 커피의 신비롭고 감미로운 향. 이제는 연인과 단둘이 즐기세요. 텔레비전에서 음악과 함께 광고가 흘러나온다.

그는 힘없이 바닥에 주저앉는다. 이젠 모든 것이 자명해졌다. 그는 이미 죽었다. 그리고 혼이 되어 몸에서 빠져나온 것이다. 눈앞의 저것은 이젠 껍데기에 지나지 않는다. 아까 밥상에 앉아 첫 숟갈을 막 뜨려는 찰나, 돌연 풍선처럼 팽창한 심장이 그의 뇌혈관 피막을 찢어버렸다. 그 순간 눈앞으로 검은 차단막이 덜컥 내려졌고, 동시에 모든 것은 정지해버렸다. 그랬구나. 결국 난 그렇게 죽음을 맞은 거로구나.

'아니, 그럴 리가 없어. 저건 내가 아니여!'

그는 벌떡 일어나 노인에게 다가간다. 얼굴을 확인해볼 작정이다. 냄비를 움켜잡고 힘껏 벗겨내려던 그는 일순 당혹한다. 아차, 이제 나한테는 손이 없지. 팔다리도, 몸통도, 머리조차도 이젠 없어. 아아, 이걸 벗겨내야겠는데, 무슨 방법이 없을까. 초조해진 그는 방 안을 어지럽게 떠다닌다. 노인의 주위를 맴돌고,

허공을 풍선처럼 떠서 오락가락하고, 창문에 붙어 바깥을 내다보고 또 본다. 마침내 기진맥진해진 그는 처음 자리로 돌아와 주저앉는다. 무거운 한숨을 내쉬며 그는 맞은편 늙은이를 망연히 바라본다.

하필이면 저런 험한 꼴로 죽었을까. 그는 안타까이 혀를 찬다. 머리통은 냄비 속에 처박고 양반다리를 미처 풀지도 못한 채 숨이 끊어지다니. 머리 무게 탓인지 냄비 밑바닥 한쪽은 허공을 향해 비스듬히 떠 있고, 다른 한쪽은 플라스틱 밥상 바닥에 날을 세우고 멈춰 있다. 흡사 활주로를 박차고 막 이륙하는 찰나의 비행기처럼 아슬아슬하다. 얼굴이 완전히 가려진 탓에 냄비가 진짜 머리통 같아 보인다.

'그러고 보니, 그것이 냄비 바닥이었구나.'

그는 아까 의식이 끊어지기 직전, 픽 소리와 함께 펼쳐지던 그 검은 차단막의 정체를 뒤늦게 알아차린다. 기막힌 일이지 뭔가. 내 두 눈에 비친 세상의 마지막 풍경이 하필이면 저 빌어먹을 양은 냄비 밑바닥이었다니. 쯔쯔쯧. 그는 연신 혀를 찬다. 한평생 내내 참 지지리도 박복하더니, 갈 때조차도 요 모양이로구나. 그는 73년을 함께해온 그 몸뚱이를 새삼스레 안쓰러운 눈길로 바라본다. 밥상 위에 놓인 볼품없는 두 손. 평생 수많은 옹기를 빚어 그의 목숨을 지탱해준 그 손한테 그는 새삼스레 미안하고 고맙다. 가랑잎처럼 천지 사방을 함께 떠돌아다녀준 두 발에게도 고맙고 미안하다. 냄비 속에 갇혀 있는 눈, 코, 입, 얼굴한테는 더더욱 그렇다. 어떻게 해서든 그것들을 냄비 속에서 꺼내줘야 한다. 어찌 육신을 이런 험한 꼴로 세상에 버려둔 채 훌쩍 떠날 수 있겠는가. 그는 변기에 걸터앉아 죽은 황 씨가 오히려 부러워진다. 와그르르. 깔깔깔깔. 구경꾼들의 웃음소리가 또렷하게 들려오는 것만 같다.

삐이삐잇. 문득 새 울음소리가 들린다. 그는 흠칫 놀라 창문 쪽을 두리번거린다. 그를 부르는 소리다. 이젠 떠나야 할 때라고, 어서 서두르라고 재촉하는 소리. 그는 고개를 절레절레 흔든다. 방 안이 성큼 어두워지고 있다. 그는 벽에 등을 기대고 힘없이 중얼거린다.

'기다려봐. 곧 누군가 나타날 거여.'

이틀이 지나고, 사흘이 지났다. 오늘은 올 거여. 틀림없이 누구라도 들여다보겠지. 밥상 너머 늙은이를 바라보며 그는 초조하게 뇌까린다. 벌써 저녁이 가까워온다. 하지만 누가 온단 말인가. 그는 이제는 자신이 없다. 사흘 동안 사람은커녕 쥐새끼 한 마리 얼씬하지 않았다. 그의 방엔 전화기조차 없다. 정작 기다리는 사람도 없고 얘길 나눌 만한 상대조차 없는데 매양 쓸데없는 전화만 걸려온다고, 오래전 그가 아예 없애버렸다. 쉬파리 떼 윙윙대는 소리가 굉장하다. 전날 한두 마리가 처음 눈에 띄더니, 이젠 수십 마리로 불어났다. 창문에 방충망을 쳤음에도 어떻게 들어왔을까.

그는 연신 방바닥을 살핀다. 노인의 하체를 중심으로 방바닥에 불그죽죽한 액체가 흥건히 고여 있다. 노인의 배설물과 몸에서 흘러나온 정체불명의 체액이 뒤섞여 있다. 아까보다 그 면적이 눈에 띄게 넓어졌다. 시간이 갈수록 부패가 빠르게 진행 중이라는 증거다. 노인의 파자마 바지는 완전히 점액질로 덮였다. 팽팽히 부어오른 러닝셔츠 복부 부분에도 쉬파리들이 건포도처럼 점점이 들러붙었다. 또 다른 쉬파리 한 무리는 아까부터 냄비 속을 분주히 들락날락하는 중이다. 필시 노인의 입과 콧구멍 속에 엄청난 양의 알을 까놓았을 것이다. 조금 있으면 그것들이 한꺼번에 부화해서 기어 나오기 시작할 텐데…… 아, 이걸 어쩌면 좋은가. 참다못해 그는 현관문 틈새로 방을 빠져나온다.

어두침침한 복도엔 아무도 없다. 그는 허둥대며 복도 이쪽과 저쪽 끝을 왔다 갔다 한다. 이보시오들, 사람이 죽었소. 저쪽 방에 가보란 말이오. 그의 다급한 외침은 소리가 되지 못한다. 그는 문틈을 통해 이 방 저 방 함부로 드나들기 시작한다. 바로 옆방엔 아무도 없다. 검은 피부의 청년들은 밤이 되어야 돌아올 것이다. 205호에선 칠십 노모가 마흔이 넘은 아들의 발을 씻겨주고 있다. 교통사고로 척추를 상한 아들은 하반신을 쓰지 못해 노모가 대소변까지 받아낸다. 맞은편 206호에선 혼자 사는 주정뱅이 영감이「울려고 내가 왔나」를 혼자 흥얼대고 있다. 3층의 두 노파와 마찬가지로 틈만 나면 폐지며 종이 박스를 주우러 나가는데, 오늘은 어디서 한잔 걸친 모양이다. 그 영감의 목숨이 올

겨울을 넘기지 못할 것임을 그는 이미 알고 있다. 만취해서 자다
가 토사물이 기도를 틀어막는 바람에 숨겨 있는 것을 사흘 뒤 우
연히 찾아온 조카가 발견하게 될 터이다. 204호 양 씨 방 현관문
이 빠끔 열려 있다. 삼겹살 태운 연기가 솔솔 흘러나온다. 퇴직
금을 경마에 홀라당 털어먹고 집에서 쫓겨난 그는 지금 방바닥
에 신문지를 펴놓고 혼자 삼겹살에 소주를 마시고 있다. 정확히
3년 후, 이 남자는 입안에 약을 한 줌 털어 넣고 어느 여관방에
서 생을 마치게 될 운명이다. 202호 여자는 마침 혼자서 팔뚝에
인슐린 주사를 놓고 있는 참이다. 비구니 출신인 이 늙은 독신녀
는 오랫동안 심한 우울증과 당뇨병에 시달리고 있다. 그녀 역시
5년 후, 수원시 어느 쪽방촌의 옥탑방에서 약물 과용에 영양실
조가 겹쳐 혼자 쓸쓸히 죽음을 맞게 될 터이다. 무연고인 그녀의
몸은 당사자의 유언에 따라 한 대학병원의 해부실습용으로 제
공될 것이고…… 201호 노파는 혼자 누룽지를 뜯어 먹으며 텔
레비전에 열중해 있다. 지난봄 영감이 죽고 난 후부터 슬슬 치매
기를 보이는데, 의지할 자식도 없는 처지이다. 그들 대부분은 국
민기초생활대상자로 매월 국가에서 지급하는 생계 지원금을 받
아 근근이 살아간다. 그나마 아직은 젊은 203호의 노가다 김 씨
는 예외이다. 그도 오늘은 일자리를 얻지 못해 빈손으로 돌아온
모양이다. 텔레비전 볼륨을 한껏 올려놓고서, 식당 일을 나가야
하는 아내를 붙잡아놓고 부부 싸움을 한바탕 벌이는 중이다. 그
는 3층으로 올라간다. 거기도 2층과 별다를 게 없다. 1층도, 반

지하도 역시 마찬가지이다. 여느 때처럼 건물 현관 복도엔 늙은 여자들 서넛이 의자를 내놓고 잡담 중이고, 마당에선 조무래기들이 공을 쫓아 이리저리 몰려다닌다. 모두가 매일 똑같이 되풀이되는 진부한 풍경들이다. 그중 누구도 2층 맨 구석진 방에 홀로 사는 그 음울하고 조용한 노인네의 안부 따윌 궁금해할 사람은 없다. 그는 잔뜩 풀이 죽은 채 방으로 되돌아온다.

닷새째 되는 날, 드디어 누군가 문을 쿵쿵쿵 두드린다. 새벽녘 술에 떡이 된 대리운전 기사가 방을 잘못 찾아온 것이다. 하지만 그는 용케 자신의 실수를 깨닫고 곧 3층 자기 방으로 비칠비칠 올라간다. 그뿐, 아무 일도 일어나지 않았다. 방 안에선 여전히 텔레비전 저 혼자 온종일 떠들고 웃고 울고 노래하고 춤을 추고 있다.

엿새째 되는 날, 또 누군가 나타난다. 똑똑똑. 무척 조심스레 문을 두드린다. 202호의 비구니 여자다. 저, 사장님. 망치 있으면 잠시 빌릴까 해서요. 안에 계신가요? 그녀는 문에 입을 바짝 대고 말한다. 잠시 기다려보다가 이번엔 한쪽 귀를 문에 가져다 댄다. 텔레비전 소리만 들려올 뿐 끝내 응답이 없자 그녀는 이마를 찡그리며 돌아선다. 잠시 후 204호에서 망치를 빌린 그녀는 제 방으로 돌아간다. 그러곤 더는 아무 일도 없었다.

정확히 일주일째 되는 날이다. 아무려면 이렇게도 모를 수가 있을까. 분명 복도에까지 냄새가 퍼지기 시작했을 텐데…… 그래도 오늘 그는 다소나마 느긋해진 기분이다. 오늘은 화요일, 복순 씨가 정기적으로 방문하는 날이다. 복순 씨에겐 더없이 미안한 일이지만, 차라리 복순 씨의 눈에 띄는 편이 나을지도 모른다. 최소한 복순 씨만은 슬퍼해줄 테니까. 으하하하하. 텔레비전에서 청년들이 일제히 폭소를 터뜨린다. 2박 3일인가 뭔가 하는 예능 프로그램. 그들의 입에 큼직한 찐빵이 한 개씩 물려 있다. 젊은 연예인 예닐곱 명이 자동차를 타고 시골집에 몰려가서 시종 시끌벅적 노닥거리는 내용이다. 만날 실없는 소리만 지껄이는데도 뭐가 그리들 재미있는지, 화면에선 호들갑스러운 웃음소리가 끊임없이 터져 나온다.

방 안은 완전히 거대한 벌집으로 변해 있다. 붕붕부웅붕. 엄청난 수의 쉬파리 떼가 편대를 지어 미친 듯이 날고 있다. 엄지손톱만 하게 큰 놈들이 배가 잔뜩 불러 올라서 잠시도 쉬지 않고 붕붕거린다. 맞은편 노인은 이미 거의 형체를 잃었다. 햇볕 아래 눈사람처럼 소리도 없이 흐물흐물 뭉개져 흘러내리고 있다. 피부는 시루떡처럼 검붉게 부풀어 오르고, 극도로 팽창한 복부의 압력에 러닝셔츠는 터지기 직전이다. 방바닥 어디에나 희멀겋게 살진 벌레들이 구물구물 기어 다닌다. 모두 곧 쉬파리로 변신할 놈들이다.

오후 5시가 넘었다. 어찌 된 셈일까. 매번 어김없이 오전 10시에 나타나던 사람인데. 그는 안절부절, 또 복도로 빠져나간다.

아침부터 벌써 수십번째 들락날락하는 참이다. 3층부터 반지하까지 빙 돌아본 다음, 오늘은 마당을 지나 큰길 버스 정류장까지 나가 복순 씨를 기다린다. 한참을 기다리던 그는 혹시 다른 길로 올지도 모른다는 생각에 서둘러 방으로 되돌아온다. 삐잇삐잇삐잇. 또 새 울음소리가 들린다. 한층 더 다급하고 날카로운 소리.

그는 창문 쪽을 연신 초조하게 돌아다본다. 방 안이 점점 어두워지고 있다. 밤이 성큼 다가오고 있는 것이다. 텔레비전은 저 혼자 쉬지 않고 일주일 내내 변함없이 떠들어대고 있다. 워우워우, 키스 미 나우. 키스키스키스미미미미미…… 오예에. 인형처럼 생긴 소녀들이 현란한 무대 위를 깡충깡충 뛰어다니며 춤추고 노래한다. 그는 방바닥에 맥없이 쭈그려 앉는다. 맞은편 노인의 키가 눈에 띄게 낮아졌다. 밥상 위엔 커다란 냄비 하나가 여전히 보름달처럼 떠 있다.

'저 늙은이, 냄비 안에 뭐가 있다고 저리 뚫어져라 들여다보고 있을꼬.'

그는 쓴웃음을 흘린다. 고향 집 뒷마당에 작은 우물이 있었다. 유년의 그는 유난히도 우물 속을 들여다보길 좋아했다. 깊고 캄캄한 구멍 속에 언제나 고여 있던 그 축축하고 음습한 공기와 신비로운 정적. 눈앞의 노인이 영락없이 우물을 들여다보는 아이와 닮았음을 그는 문득 깨닫는다.

'그래, 어쩌면 나는 평생을 그 좁고 어두운 구멍만 들여다보며

살아온 것인지도 몰라.'

　방 안이 완전히 어두워졌다. 텔레비전이 갑자기 현란한 빛 무더기를 한꺼번에 벌컥벌컥 토해낸다. 쇼 프로그램이 시작되는 참이다. 이제 그는 안다. 오늘, 복순 씨는 오지 않을 것이다. 내일, 모레, 아니 그보다 한참 더 늦어질지도 모른다. 하지만 복순 씨는 꼭 나를 찾아올 것이다. 그래서 찬장 서랍 안에 넣어둔 봉투를 발견하고 열어볼 것이다. 그 안엔 예금통장 두 개와 복순 씨 앞으로 써놓은 편지 한 장이 들어 있다. 통장 하나엔 기초생활수급대상자에게 매달 지급되는 급여 명세표가 빠짐없이 기록되어 있다. 다른 하나는 288만 원의 잔고가 찍힌 그의 비밀 통장이다. 목포를 떠나올 때, 집을 팔고 받은 돈에서 약간만을 제하고 며느리에게 모두 넘겨주었다. 친정 오빠가 있는 브라질로 아이와 함께 살러 간다면서, 그녀는 아이 몫의 유산을 미리 정리해달라고 말했다. 그때 떼어둔 돈에서 쪽방 보증금만 빼놓고, 나머지는 지금껏 통장에 꼭꼭 묻어두었다.

　"복순 아줌마. 만약에 내가 급작스레 죽든지 하게 되면 이 돈을 장례 비용에 써주시기 바라오. 혹여 잔돈푼이나마 남게 되거든 복순 씨 속옷 한 벌 사 입도록 하시오. 화장하고 나온 뼛가루는 어디 한적한 바다에 뿌려주시오. 진정 미안하오만 나한테는 복순 씨 말고는 달리 부탁할 사람이 없구려. 그동안 고마웠소. 행복하게 오래오래 사시오. 허만석 씀."

그는 방을 빠져나온다. 복도를 지나 건물 옥상으로 올라가, 급수 탱크 꼭대기에 걸터앉아 거리를 내려다본다. 거대한 도시 위로 어둠이 먹물처럼 스멀스멀 내려앉고 있다. 가로등이 하나둘 켜지고 상가엔 벌써 불빛이 환하다. 미등을 밝힌 채 차도에 길게 늘어선 자동차의 행렬이 붉은 강을 이루며 천천히 흘러가고 있다. 맞은편 산동네 가난한 집 창문들도 이제 곧 차례로 불을 밝힐 것이다.

그는 발아래 펼쳐진 세상의 거리를 물끄러미 바라본다. 수많은 인간의 집들이 어둠 속에 저마다 쓸쓸한 얼굴로 모여 앉아 있다. 저물녘의 집들은 다들 어딘지 순해빠진 가축들의 얼굴을 닮았다. 목에 고삐를 걸고 엎드려 앉아, 저마다 먼 어딘가를 물끄러미 응시하며 조용히 되새김질을 하고 있는 초식동물들. 그는 지금 그것들의 나지막한 숨소리를 듣고 있다. 그리고 그 낮은 지붕들마다 깃들어 살고 있을 무수한 사람들을 생각한다. 머잖아 저들도 모두 이 세상을 떠나 흔적 없이 사라지리라. 오늘 지상에서 숨 쉬고 있는 것들이 차례로 떠나고 나면, 내일은 또 모르는 얼굴들이 찾아와 저 창문마다 새로운 불빛을 켜놓겠지.

그는 방으로 돌아온다. 삐이삐잇. 창밖에서 다급하게 새가 울어댄다. 이제는 마침내 떠나야 한다는 걸 그는 알고 있다. 까르르르. 화면에선 금방 숨넘어갈 듯 요란한 웃음소리가 연신 터져나온다. 불 꺼진 방 안에 텔레비전만 혼자, 영원히 죽지 않는 괴물의 눈알처럼 싱싱하게 살아 있다. 냄비는 아직도 밥상 위에 비스듬히 서 있고, 노인은 이젠 뭉툭하고 검은 실루엣으로만 남아 있다.

　자, 그만 일어서야 한다. 작별 인사를 하듯 그는 맞은편 실루엣을 잠시 응시한다. 거기 시간의 덩어리 하나, 세월의 불룩한 자루 하나가 홀로 방치된 채 소리 없이 녹아내리고 있다. 그 누추한 자루 속에 담긴 한 생애의 모든 시간, 추억, 풍경 들 그리고 이야기들도 함께 지워지고 있다. 그렇다. 아무도 모르는 사이, 작고 이름 없는 세계 하나가 지상에서 영원히 사라진 것이다. 흡, 그의 입에서 가느다란 흐느낌이 흘러나온다. 삐잇삐잇. 창밖에서 다시 새가 울기 시작한다. 이제야말로 일어서야 한다. 더는 머뭇거릴 수 없음을 그는 잘 알고 있다. 그럼에도 그는 쭈그려 앉아 울기만 한다. 이 일을 어쩌사 쓸꼬. 저걸 얼른 머리에서 벗겨줘야 할 텐데. 저대로 두고 그냥 갈 수는 없는데…… 그는 자꾸만 운다.

＊ 남도 옹기와 제작 과정에 관한 자료는 주로 『나 죽으믄 이걸로 끄쳐 버리지―남도 전통 "옹기쟁이" 박나섭의 한평생』(민중자서전 7, 뿌리깊은나무, 1990)에서 도움을 얻었다. 소설의 주인공은 실존 인물과 무관한 허구적 인물임을 밝혀둔다.

간이역

청량리 역사는 낯설었다. 오래전 기억 속의 그 작고 허름한 건물이 아니었다. 밋밋하기 짝이 없는 화물 컨테이너 모양의 현대식 대형 건물 앞에서 그는 무심코 쓴웃음을 짓는다. 군 입대할 적에 와보고 처음이니, 자그마치 20년도 훨씬 넘는다. 그동안 서울에 살면서도 그 역을 단 한 번도 이용해본 적이 없었다는 사실이 스스로도 잘 믿어지지 않는다. 2층 대합실로 오르는 가파른 계단이 절벽처럼 까마득히 올려다보인다. 몇 발짝 오르기도 전에 아내는 벌써 숨을 헐떡이고 있다.

"왜, 힘들어?"

"아니에요. 무릎이 조금 팍팍해서…… 천천히 올라가면 괜찮을 거예요."

"괜찮기는. 공연히 무리하지 말고 지금이라도 되돌아가는 게 어때?"

그는 사뭇 걱정스러운 시선으로, 그새 낯빛이 하얘져 숨을 몰아쉬고 있는 아내를 바라본다. 정말 괜찮다니까 그래요. 봐요. 애써 웃음을 지어 보이며, 아내는 다시 걸음을 옮기기 시작한다. 하지만 숫제 암벽을 타는 듯한, 절박하고 안간힘이 담긴 걸음이다. 어깨를 부축하려는 그의 손을 그녀는 가볍게 밀어냈다.

"오늘은 웬일이에요. 생전 안 하던 행동을 다 하시고."

그녀는 수줍게 피식 웃으며 그를 돌아본다. 서글픔과 안타까움에 그는 아내의 눈길을 슬며시 피하고 만다. 아내의 푸석푸석한 낯빛과 흐린 눈빛이 그의 가슴에 아프게 박힌다. 목구멍에서 뭔가 불쑥 솟구침을 느끼며 그는 어금니를 악문다. 한심한 인간들. 이렇게 턱없이 가파르고 높은 계단에다 에스컬레이터조차 설치해놓지 않다니. 그는 짐짓 혼자 소리 내어 투덜대며 아내의 뒤를 따라 오르기 시작한다.

절반도 채 오르지 않았는데, 그도 역시 숨이 턱밑까지 차오른다. 계단 한쪽에 주저앉아 모자를 뒤집어놓고 구걸을 하는 늙은 여자가 멍한 표정으로 그들 부부를 올려다본다. 희멀겋게 물크러진 작고 추한 눈알이 흡사 움푹 팬 두 개의 구멍처럼 불길해 보인다. 그것이 함부로 파헤쳐진 무덤 자리 같다는 생각이 왜 느닷없이 떠올랐을까. 그는 이마를 찌푸린 채 얼른 노파를 지나쳤다.

평일인데도 대합실 안은 제법 사람이 많다. 뒤늦게 단풍놀이에 나선 중년의 단체 여행객 한 무리가 대기실 의자 대부분을 점령한 채 웅성대고, 다른 쪽엔 대학생으로 보이는 젊은이들이 모여 있다. 그가 사람들 틈에서 두리번거리는 사이 아내는 벌써 매표구 앞에 가 있다. 아우라지역까지, 두 장요. 아내가 칸막이 유리의 동그랗게 뚫린 구멍에 대고 말했다.

"어디시라고요, 고객님?"

"아우라지요. 강원도 정선에 있는……"

"고객님. 아우라지행 표는 여기서 판매하지 않습니다."

"팔지 않다니요?"

"그쪽의 정규 노선은 오래전 폐지되었습니다. 대신에 일단 증산역까지 가셨다가, 거기서 아우라지행 관광 열차로 갈아타실 순 있어요. 증산역까지만 끊으시겠습니까?"

창구 바깥쪽에 설치된 스피커를 통해 매표원 여자의 빠르고 건조한 음성이 울려 나온다. 뭐, 뭐라고 하는 건지 도통 알 수가 없네. 관광 열차라니. 아내는 당황한 표정으로 그를 돌아다보며 중얼거렸다.

"일단 증산역까지만 표를 끊으면 될 거 아냐. 관광 열찬지 뭔지는 거기 가서 따로 표를 끊어야 한다는 얘기잖아."

아내의 등 뒤에서 그는 무심코 짜증을 낸다. 그리고 금세 후회한다. 조급하고 참을성 없는 자신의 성격을 그는 새삼스레 증오한다. 아무려면 오늘 같은 날, 이런 한심한 꼴이라니. 그는 아내에게 죄스러운 마음이 들었고, 그래서 더욱 자신에게 화가 치민다. 무심코 호주머니에 손을 집어넣던 그는 담뱃갑을 집에 놓고 왔음을 깨닫는다. 맞은편 구내매점으로 가서 한 갑을 샀다. 하지만 실내엔 피울 자리가 없다. 그는 좀 전의 자리로 돌아와 심호흡을 하며 마음을 가라앉힌다.

내가 자꾸 왜 이러는 건가. 한심하고 못난 인간 같으니라고. 자책감이 그의 가슴을 후벼 판다. 나흘 전 병원에 다녀온 이후부터 그는 극심한 충격과 혼란에 빠져 있는 참이다. 모든 게 뒤죽박죽이었다. 극도로 신경이 예민해져, 아무 때고 엉뚱한 대상한테 화풀이를 해댔다. 출근길에 함부로 앞지르는 차를 향해 마구 경적을 울려대고, 수업 중 잡담하는 학생들을 전에 없이 혹독하게 나무라기도 했다. 눈에 비치는 모든 것들이 별안간 하나같이 불쾌하고 눈에 거슬렸다. 낯선 행인들의 웃음, 지하철 안에서 대화하는 목소리들, 심지어 텔레비전 뉴스 진행자의 말투와 의상까지도 공연히 못마땅하고 꼴 보기 싫었다. 억울함과 분노 때문일까. 알 수 없는 과격한 절망감과 파괴적 욕구가 유독한 기포처럼 시도 때도 없이 불쑥불쑥 솟구쳐 올라 그의 목구멍을 틀어막곤 했다.

주위가 갑자기 소란해진다. 의자를 점령하고 있던 단체 관광객이 한꺼번에 자리에서 우우 일어나고 있다. 울긋불긋한 옷차림에 똑같이 배낭을 진 그들은 일제히 맞은편 개찰구로 와자지껄 몰려간다. 춘천행 무궁화호. 개찰구 뒤편 전광판의 글자가 깜박거리고 있다. 그의 뇌리에 불현듯 혜주의 환히 웃는 얼굴이 떠오른다. 춘천 호숫가 둑길에 흐드러지게 피어 있던 들국화와 키 작은 단풍나무들의 모습도. 연애 시절 어느 해인가, 그는 혜주와 둘이서 경춘선 열차를 타고 춘천에 갔었다는 사실을 기억해낸다.

"이쪽으로 와서 좀 앉으세요. 시간이 아직 남았는데."

아내가 차표를 건네주며 말했다. 그는 말없이 아내 옆자리에 앉는다. 합성수지로 만든 조잡하고 볼품없는 의자다. 티켓에 인쇄된 발차 시각은 30분 뒤인 9시 정각이다.

"증산까지 두 시간 반쯤 걸린대요. 거기 내리자마자 아우라지 가는 관광 열차로 갈아탈 수 있을 거라는군요. 그나마 다행이지 뭐예요. 증산과 아우라지를 왕복하는 관광 열차는 하루 딱 세 차례뿐이라는데……"

아내가 주저주저하는 기색으로 말했다. 좀 전에 그가 짜증을 부린 탓에 그녀는 불안해하고 있는 것이다. 그는 다시금 스스로에게 화가 치민다.

"기차 노선이 아예 없어지다니…… 그런 일도 다 있나 보네요."

"집 나서기 전에 인터넷으로 확인해봤어야 하는데. 쯧, 느닷없이 동강인지 아우라지인지 얘길 불쑥 꺼내는 통에, 그럴 여유가 있었어야 말이지."

무심코 내뱉고 나서 그는 또 아차 싶다. 이번에도 아내 탓을 하고 만 셈이다. 얼른 분위기를 바꾸려고 그는 짐짓 쾌활한 목소리로 말한다.

"뭐, 되레 잘된 일인지도 모르겠어. 빤히 정해진 대로 따라가는 것보다는, 이편이 스릴도 있고 좋잖아? 그 관광 열차란 게 아주 조그만 미니 열차라지 아마. 조그만 간이역들이며 강줄기를 따라 내려가는 길이 제법 아기자기하다더군."

"당신은 알고 계셨어요?"

"언젠가 여행 잡지에서 한번 읽어본 기억이 나. 적자 노선이라고 여러 해 전 폐지되었던 것인데, 지자체에서 대신 관광 열차를 운행하기로 한 모양이야."

"난 그런 줄도 모르고……"

무슨 까닭인지 아내가 쓸쓸한 눈빛으로 혼잣말처럼 뇌까린다.

"괜찮다니깐 그래. 안 그래도 그 기살 읽으면서, 언제고 한번 찾아가봐야지 생각했었어. 이즈음 강원도 산골 풍경이 꽤 근사할 거야. 단풍철 막 지나고 초겨울 문턱으로 들어서는 요맘때야말로 특별한 운치가 있거든. 찾는 사람도 뜸해서 한결 한적할 테고."

전에 없이 그는 말이 많아지고 있다. 그런 자신의 음성과 표정이 턱없이 어색하게만 느껴져, 그는 아내의 옆얼굴을 흘깃 훔쳐본다. 며칠 사이 몰라보게 야위고 왜소해진 것 같아, 그는 마음이 아프다.

'여보. 다음 주말엔 애들 수학여행 땜에 내가 마침 수업이 없거든? 이번엔 종혁이도 함께 데리고 내려올 테니까, 우리 세 식구 모처럼 바닷가에 가서 회 먹어요. 가까운 땅끝마을로 가든지, 아니면 지난번 갔던 완도항 선착장 그 횟집도 괜찮고. 아, 난 벌써부터 생선회 먹고 싶어 죽겠어. 배 속에 든 요 녀석이 벌써 회 맛을 아나 보지?'

그날 오후, 절 입구 정류장에서 군내 버스에 오르기 직전 혜주는 그를 돌아보며 아이처럼 깔깔거렸다. 그때 그는 자판기에서 빼낸 캔커피 하나를 혜주의 손에 급히 쥐여주고는 길가에 엉거주춤 서 있었을 것이다. 문이 닫히고, 부르릉 검은 매연 한 줌을 남긴 채 버스는 모퉁이를 돌아 빠르게 사라졌다. 그리고, 그것이 영원히 마지막이었다.

왜 그때 나는 혜주를 불러 세우지 않았을까. 꿈자리가 너무 뒤숭숭해서 그러니, 제발 내일 하루만 학교를 쉬라고. 아니, 최소한 저녁 9시 서울행 마지막 고속버스를 타고 가라고 붙잡아두었어야 했다. 그랬으면 혜주는 그날 그 택시를 타지 않았을 텐데. 지난 10년 동안 그 똑같은 후회를 그는 수천수만 번 되풀이했다. 그런데, 이젠 이 사람마저 내 곁에서 훌쩍 떠나가려고 하는 것인가. 왜 하필이면 나한테만 이런 일들이…… 뼈대가 앙상히 드러난 아내의 여윈 목덜미를 바라보면서 그는 입술을 깨문다. 얼음이 박힌 듯 또 가슴이 시려온다.

덜컹. 가벼운 진동과 함께 기차가 움직였다. 공사 중인 플랫폼의 어수선한 풍경이 커튼을 젖히듯 서서히 뒤로 밀려나기 시작한다. 차내 안내 방송이 흘러나오고, 승무원이 실내를 점검하느라 한동안 바쁘게 오갔다. 그들 부부의 좌석은 중간쯤이다. 뒤쪽 좌석을 점거한 열댓 명의 대학생들 외엔 승객이 뜸한 편이다. 자리에 앉자마자 아내는 등받이에 머리를 기댄 채 눈을 감고 있다. 핏기 없는 얼굴이 벌써부터 지쳐 보인다. 아무래도 여행은 처음부터 무리였노라고, 그는 다시금 후회한다.

간밤에도 그는 잠을 제대로 이루지 못했다. 병원을 다녀온 그 날부터 꼬박 나흘째였다. 퇴근해서도 급한 원고가 있다는 핑계로 그는 서재에 들어가 줄담배만 피워댔다. 그러면서도 음주 욕구만은 필사적으로 이겨냈다. 술을 입에 대는 순간 걷잡을 수 없이 무너질까 봐 두려웠다. 취기를 빌려 횡설수설, 아내한테 무슨 말을 토해놓을지 모를 일이었다. 도망칠 수도 외면할 수도 없다. 눈앞에 닥친 현실을 인정하고 최대한 냉정하게 대처하자. 밤새도록 머리를 쥐어뜯으며 도달한 결론은 매양 그 한 가지였다. 어차피 이젠 더 이상 시간 여유가 없었다. 학회 참석차 일본에 간 정 박사는 내일 귀국할 터이다. 모레 오전까진 이쪽에서 전화를 걸어 입원 여부를 알려줘야 했다. 내일은 기어이 얘기를 꺼내리라 다짐하면서, 자정 넘어서야 겨우 눈을 붙였다.

"당신, 알고 계시죠?"

아침 식탁에서 그 말을 듣는 순간 그는 지레 가슴이 철렁했다. 아내는 알 듯 말 듯한 웃음을 머금은 채 달력을 눈짓으로 가리켰다.

"다음 주 토요일이 우리 결혼기념일인데……"

"아참, 어느새 그렇게 됐나."

"그러실 줄 알았어요. 하지만 이번엔 저도 뭔가 선물을 받고 싶은데, 뭘 해주실 건가요?"

선물? 글쎄. 내심 의아해하며 그는 아내의 웃음 띤 얼굴을 바라보았다. 결혼기념일이니 선물이니 하는 말이 그녀 입에서 그렇듯 스스럼없이 흘러나온 적은 거의 없었다. 결혼 후 처음 한두 번은 함께 외식을 하거나 아내에게 소박한 선물 따윌 건넨 적도 있었으나, 곧 흐지부지해졌다. 무심하고 무덤덤한 그의 성격 탓만은 아니었다. 아내 쪽에서 되레 그가 기념일 따윌 일일이 챙겨주는 걸 쑥스럽고 어색해하는 기색이었으니까. 그로서는 선뜻 이해되지 않는 반응이었지만, 그저 워낙 남다른 그녀의 성격 탓이려니 하고 여겼을 뿐이다.

"그럼 제가 선물을 정할게요. 오늘 기차 타고 둘이서 바람 쐬러 나가요."

"오늘?"

아내는 여전히 미묘한 웃음을 입가에 머금은 채 고개를 끄덕였다.

"느닷없이 기차 여행이라니. 아무 준비도 없이?"

"정선 아우라지까지만 갔다가 오후에 곧장 돌아올 건데요, 뭐."

"그런데, 왜 하필 아우라지야?"

"그냥요…… 오래전부터, 그저 꼭 한번 가보고 싶었어요."

그러고 보니, 아내는 이미 간편한 등산복 차림이었다.

"실은 혼자만 살짝 다녀올까 했는데, 문득 당신하고 함께 가보고 싶어졌어요. 오늘은 당신 강의가 없는 날이잖아요. 혹시 약속이라도……"

"아니 뭐, 약속은 없어. 하도 뜬금없는 일이라서 그렇지."

아무래도 그 모든 게 평소의 아내와는 어딘가 어울리지 않았다. 평소 지나치다 싶게 말수가 적은 여자였다. 다들 박장대소할 때도 혼자 소리 없이 입가에 웃음기를 떠올리다 말 정도로 감정 표현이 없었다. 그런데 이날 아침 별안간 밝은 표정으로 마주 앉아 있는 아내가 그는 낯설기만 했다. 혹시 이미 사태를 짐작하고 있는 게 아닌가. 그는 내심 불안감을 억누르며 아내의 기색을 유심히 살펴보았다. 아내는 나들이를 앞둔 소녀처럼 사뭇 행복한 표정이었다. 결국 그는 서둘러 옷을 챙겨 입고 함께 아파트를 나섰다. 생각해보니, 차라리 집 바깥에서 그 얘길 꺼내는 편이 나을 듯싶기도 했다. 하지만 무엇보다 아내의 그 간곡한 청을 모른 체할 수가 없었다.

기차는 도시 외곽의 주택 밀집 지역을 느린 속도로 쿵쾅쿵쾅 통과하고 있다. 변두리 주택가의 풍경은 전반적으로 어둡고 칙칙한 빛깔이다. 낮고 추레하게 삭은 지붕과 건물 외벽, 얼기설기 뒤엉킨 전신주와 전선 들, 그늘진 좁은 골목길, 균일한 사과 궤짝 형태의 연립주택들이 창밖으로 잇달아 휙휙 지나간다. 철길 옆 높은 블록 담장 위엔 말라붙은 호박 넝쿨과 나팔꽃 줄기가 아직 남아 있다.

그는 말없이 아내를 돌아다본다. 창 쪽으로 머리를 비스듬히 기댄 채 아내는 눈을 감고 있다. 안 그래도 작은 체구가 유난히 더 조그맣게 졸아든 느낌이다. 힘없이 약간 열려 있는 입술, 가냘픈 콧날, 인중의 작은 점, 이마로 흘러내린 머리카락. 그는 병색이 완연한 아내의 얼굴을, 사진이라도 찍듯 새삼스럽게 하나하나 눈여겨본다. 차라리 애초에 만나지 않았더라면…… 정말, 그랬더라면 좋았을 것을. 재혼 따윈 애당초 하지 말았어야 했다고, 그는 뒤늦은 후회를 혼자 되새김질한다. 여자 나이 서른일곱은 아직 너무도 젊고 아름다운 나이잖은가…… 그는 치밀어 오르는 격한 감정을 참느라 이마를 찡그린다. 아내의 불행은 실은 그 자신으로 말미암은 것인지도 모른다고, 그는 생각한다. 자신을 만난 그 순간부터, 이 바보같이 선량하고 착해빠진 여자는 불행의 굴레를 함께 뒤집어쓰고 만 것이라고.

"이 지지리도 못난 인간. 너 때문이야. 네가 우리 혜주를 죽게 한 거야. 처자식 팽개쳐두고 저 혼자 밖으로만 싸돌아다니더니, 이제야 무슨 낯짝을 들고 나타나. 아이고."

병원 영안실 복도에서 마주치자마자 장모는 그의 가슴을 손바닥으로 치며 울부짖었다. 사고 소식을 처음 전해준 건 큰 절의 행자였다. 전화를 받자마자 한밤중에 산길을 뛰어 올라와, 잠든 그를 다급하게 흔들어 깨웠다. 그길로 그는 산을 뛰어 내려가 택시를 불러 타고 서울로 달려갔다. 영안실 안에서 그는 차마 울지도 못했다. 담당 직원이 천에 덮인 참혹한 시신을 직접 보여주었지만, 그는 그것이 혜주라는 사실을 도저히 받아들일 수 없었다. 불과 몇 시간 전 산사 입구 정류소에서 버스에 태워 보냈는데, 어떻게 여기 이런 모습으로 누워 있을 수 있단 말인가. 그날 밤 늦게 서울에 도착한 혜주는 터미널에서 택시를 타고 집으로 돌아가는 길이었다. 이태원 C호텔 앞에서, 맞은편 주행선의 술 취한 화물 트럭이 중앙선을 넘어 정면으로 덮쳤다고 했다. 응급차가 도착했을 때, 혜주는 이미 숨이 멎은 뒤였다. 배 속에 4개월 된 둘째 아이를 담은 채였다.

그 무렵 그는 남녘의 한 작은 암자에서 1년 남짓 혼자 처박혀 지내던 참이었다. 5년 동안 근무해온 회사에 사표를 낸 뒤, 이제야말로 본격적으로 시를 써보겠노라고 그는 간단히 책 짐만 꾸려서 그 산사로 내려갔다. 아내 혜주도 반대하지 않았다. 대학 시절 문학 동아리에서 처음 만나 함께 시를 썼던 혜주는 졸업 후 중학교 국어 교사가 되었다.

"난 이제 시인이 되긴 영 글렀고, 그 대신 한국 최고 시인의 아내라도 되어야겠어. 당신이 날 꼭 그렇게 만들어줘야 해. 생계는 내가 책임질 테니까. 물론 당분간만이야."

혜주는 주말을 이용해 매달 한 번꼴로 내려왔다가, 밀린 빨랫감을 잔뜩 챙겨 들고 다음 날 서울로 돌아갔다. 버스로 무려 여섯 시간이나 걸리는 거리였다. 같은 아파트 단지에 처가가 있어

아들 종혁을 돌보아주긴 했지만, 혜주로서도 무척 힘든 생활일 수밖에 없었다. 마지막으로 함께 보낸 그 이틀간은 그도 혜주도 한없이 들떠 있었다. 몇 번의 낙방 끝에 마침내 한 문예지로부터 당선 통지가 집으로 왔고, 그 소식을 전하려 혜주는 수업마저 다른 이에게 맡긴 채 날듯이 해남으로 달려왔던 것이다. 혜주의 삼우제를 마치고 집으로 돌아오니, 당선작이 실린 책이 와 있었다. 그의 데뷔작이었다.

아, 하는 아내의 낮은 탄성에 그는 눈을 뜬다. 강이야. 강이 나왔네. 차창에 이마를 붙인 채 그녀가 놀라 중얼거린다. 정말, 어느 참에 강이 나타났을까. 그도 역시 고개를 세워 창밖을 내다본다. 팔당댐 부근이다. 도시 외곽을 빠져나온 기차는 강변 암벽 위의 경사면을 통과하는 중이다. 널따란 강폭 사이로 수량이 많이 준 강물이 느릿느릿 흘러가고 있다. 진한 군청색을 띤 수면 위에는 맞은편 산의 흐릿한 그림자가 액자처럼 조용히 누워 있다. 짧은 터널을 통과한 기차는 이내 오밀조밀한 강변 마을과 가을색 깊어가는 숲 사이를 달리기 시작한다.

"아버지가……"

그녀가 혼자 중얼거렸다. 얼핏 잘못 들었나 하고, 그는 고개를 돌린다. 하지만 창 너머로 시선을 던져둔 채 아내는 더는 말이 없다. 강변을 따라 아담한 들판이 한참 이어진다. 군데군데 수로 가장자리에 억새가 하얗게 무리 지어 피어 있을 뿐, 추수를 막

끝낸 들판은 휑하니 비어 있다. 야구 모자를 쓴 노인 하나가 농로를 따라 자전거를 타고 천천히 지나갔다.

"저 논들을 보니까, 생각나요. 우리 아버지 생각…… 집 마당가에서 빤히 내려다뵈는 들녘 한가운데 우리 논이 있었어요. 아버진 이른 새벽 논을 돌아보러 나가면서, 가끔씩 곤히 잠든 나를 흔들어 깨우곤 했어요. 아이고, 우리 꽃님이. 논에 나락들이 얼마나 컸는지, 아버지랑 보러 가야지. 그러시면서요. 미순이라는 이름은 놔두고, 아버진 만날 꽃님이, 우리 꽃님이 하고 불렀지요. 날 등에 덥석 업고서 아버지는 사립문을 성큼성큼 나섰어요. 삽자루는 내 엉덩이 밑에 두 손으로 받쳐 잡고서요. 지금 생각하니까, 아버진 장난을 무척 좋아하셨어요. 등에 찰싹 들러붙은 나를 별안간 땅바닥에 떨어뜨리는 시늉을 해서, 그때마다 난 아버지의 굵은 목을 다급하게 그러안아야 했지요. 집 앞 큰 신작로를 건너 들판에 들어서면, 그제야 졸음기가 물러나면서 갑자기 이른 새벽의 냄새가 화악 코로 스며들었어요……"

창밖에 시선을 둔 채로 그녀는 잠시 말을 멈춘다. 철커덩철커덩. 레일 위를 구르는 바퀴 소리가 다시 아득히 되살아났다. 그는 숨을 죽인 채 조용히 기다리고 있다. 혼잣말처럼 낮게 띄엄띄엄 이어질 아내의 그다음 이야기를. 이 순간 그는 아주 미묘한 충격과 긴장감에 휩싸여 있다. 아내에게 이런 면도 숨어 있었던가. 그는 새삼스레 그녀의 옆모습을 찬찬히 바라본다.

재혼해서 함께 살아온 지난 5년 동안 그는 이 순간의 아내와 같은 모습을 단 한 번도 본 적이 없다. 자신의 유년기와 가족사에 관한 한, 아내는 지금껏 철저히 함구해왔다. 어쩌다 무심코 그 비슷한 화제라도 나오면 금세 어두운 얼굴이 되곤 해서, 언제부턴가 그도 아예 입에 올리지 않았다. 남달리 불우한 처지로 줄곧 혼자 힘겹게 살아왔음을 대충은 알고 있었으므로, 혼자만의 상처 또한 그만큼 크고 깊을 수밖에 없다는 것을 그는 이해하려 했다. 실은 그 자신도 마찬가지 입장이었으니까. 자신 역시 혜주에 관한 이야기는 아내 앞에서 절대로 입에 올리지 않았다. 그럴 수도, 그래야 할 필요도 없다고 그는 믿었다. 그리고 그것은 둘 사이의 암묵적인 약속 같은 것으로 지금까지 온전히 지켜져왔다.

"이상하기도 해라. 지금도 난 그 이른 새벽 들녘의 냄새가 아주 또렷하게 맡아져요. 축축하게 젖은 흙냄새, 풀과 나무의 냄새, 물냄새, 벼냄새, 이슬 냄새, 매콤한 안개 냄새까지, 새벽 들녘 대기엔 온갖 향기들이 가득 차 있어요. 아버지의 목과 등에 묻은 살냄새랑 담배 냄새, 그리고 꺼끌꺼끌한 턱수염의 감촉까지…… 아, 이렇게 생생하고 또렷하게 맡아지는걸요…… 그런데, 가끔씩은 혹시 그 모두가 실은 훗날 나 혼자 상상해낸 가짜 기억이 아닐까, 그런 의심이 들 때가 있어요. 그 무렵 나는 기껏해야 서너 살이었을 텐데, 어떻게 그처럼 생생하게 기억할 수가 있을까, 싶어서 말예요. 아버진, 내가 네 살 되던 해 돌아가셨으니까요……"

아내가 입을 다물었다. 철커덩철커덩. 바퀴 소리가 되살아났다.

"무슨 병환으로 돌아가셨다고 그랬지?"

잠시 침묵하던 그녀의 입이 무겁게 열린다.

"뺑소니 자동차 사고였어요. 새벽에 논에 나가시다가, 집 앞 신작로에서……"

순간 그의 가슴속에서 뭔가 쿵 하고 내려앉는다.

"자동차 사고라니. 그 얘긴 처음 듣는데?"

"당신께는 말씀드리고 싶지 않았어요."

"그건 또 왜?"

"다른 누구한테도 얘기한 적 없어요. 한 번도요."

그는 등받이에 머리를 기댄 채 눈을 감는다. 어린 종혁에게 유별나다 싶게 각별한 관심과 애정을 보이던 그녀의 모습을 그는 새삼스럽게 하나하나 더듬어낸다. 어미를 잃은 뒤 급작스레 거칠고 반항적으로 변해가던 아이가 그 말수 적은 가정교사를 만나면서부터 몰라보게 안정감을 찾아가는 걸 보고 얼마나 그녀가 고마웠는지 모른다. 그녀 역시 아버지를 교통사고로 잃었다니…… 그래, 그랬었구나.

그는 아내의 가족에 관해 구체적으로 알고 있는 게 거의 없다. 그녀가 어렸을 때 아버지는 세상을 떴다는 것. 몇 년 후 아이를 큰댁에 맡겨놓고 도시로 간 어머니마저 소식이 아주 끊어지고 말았다는 것. 고등학교 졸업할 때까지 줄곧 큰댁에 얹혀 자랐고, 서울에 올라와선 혼자 힘으로 학비를 벌어가며 전문대학에 다녔다는 것. 휴복학이 잦았던 탓에 2년제 전문대학 보육학과를 꼬박 5년 반 만에야 마칠 수 있었다는 것. 그리고 졸업 후 유치원 교사를 몇 년 했으나 적응하지 못해 그만두었다는 것. 아내의 과거에 관해 그가 아는 내용은 기껏 그 정도뿐이다.

"미안해요, 여보."

"아냐, 당신 마음 이해해. 하지만 굳이 그럴 필요까진 없지 않았을까. 최소한 나도 알 권리는 있잖아."

"……"

아내는 고개를 숙인 채 잠자코 제 발끝만 내려다본다. 그는 천장을 올려다보며 문득 쓴웃음을 짓는다. 알 권리라니, 스스로 생각해도 낯 뜨거운 말이다. 사실 언제 내가 아내에게 그런 얘길 한 번이라도 진지하게 물어본 적이 있었던가. 왜 난 물어볼 생각을 못 했을까. 과연 이 사람에 대해서 난 얼마나 알고 있는 것일까.

올해 그의 나이 마흔다섯, 아내는 서른일곱이다. 여덟 살이나 어린 여자, 그것도 순진해터진 노처녀를 재혼 상대로 맞은 그를 친구들은 요즘도 술자리에서 걸핏하면 '날도둑놈'이라고 부른다. 자식까지 하나 딸린 홀아비 나무꾼이 '선녀'를 만났다고도 하고.

혜주가 세상을 떠난 후, 그는 당장 입시 학원 강사 생활을 시작했다. 강북 외곽 지역에 위치한 학원이라 수업량은 많고 보수는 박했다. 그는 휴일도 없이 밤낮으로 정신없이 뛰어야 했다. 때로는 차라리 그게 나았다. 혜주를, 혜주와의 기억을 잠시라도 잊을 수 있었으니까. 일단 생계 문제는 해결되었지만, 아이 키우는 일이 가장 큰 문제였다. 졸지에 엄마를 잃은 아이는 오래도록 충격을 이겨내지 못했다. 아이의 외조부모마저 장남이 부산 집으로 모셔가는 바람에, 그는 부득이 파트타임으로 아이를 돌봐줄 사람을 구해야 했다. 그러나 만만찮은 급료를 지불하고 어렵게 구한 가정부들은 하나같이 두어 달을 넘기지 못했다. 아이와의 싸움 때문이었다. 날이 갈수록 엇나가기만 하는 아이와 숨 돌릴 겨를 없는 팍팍한 직장 생활 사이에 끼여 그는 몸도 마음도 녹초가 되어갔다.

아이가 아홉 살 되던 해, 지금의 아내를 처음 만났다. 가정교사 겸 파트타임 살림 도우미 일을 했는데, 뜻밖에 아이가 제법 따르는 눈치였다. 어느 날 그는 과로로 쓰러져 며칠간 입원 치료를 받았다. 그동안 그녀는 그의 아파트에 머물면서 아이를 돌봐주었고, 병원을 찾아와 그를 위해 세심하게 신경을 써주기까지 했다. 그녀가 가족도 없이 혼자 방을 얻어 지낸다는 말에, 그는 자신의 아파트로 들어와 종혁의 가정교사를 맡아달라고 어렵사리 부탁했다. 집엔 마침 방 하나가 비어 있었다. 그녀가 이사해 오면서부터 집 안 공기가 몰라보게 달라졌다. 아이는 차츰 안정을 찾아갔고, 그 역시 커다란 짐 하나를 벗은 기분이었다.

그러나 내면의 그는 변함없이 불행했다. 혜주의 죽음 이후 그는 시 쓰기를 완전히 포기했다. 혜주를, 혜주와의 시간들을 그는 도저히 잊을 수가 없었다. 그것은 그의 몸과 영혼을 1초도 쉬지 않고 누에처럼 사각사각 갉아먹어갔다. 차라리 그는 미친 듯 돈을 벌겠다고 결심했다. 그리고 짐승처럼 일만 했다. 자정 넘어 마지막 수업이 끝나면, 그는 새벽까지 폭음을 즐겼다. 학원가의 유명 강사가 되자 매달 적잖은 수입이 통장으로 입금되었지만, 그의 몸과 영혼은 끝없이 황폐해져갔다. 그러던 어느 겨울날, 만취한 그는 새벽녘에야 집을 찾아들었다. 벨을 누르기도 전에 현관문이 열리고, 그녀가 눈앞에 서 있었다. 별안간 엄청난 외로움이 그의 온몸으로 폭포처럼 쏟아져 내렸다. 현관문을 잠근 뒤 그녀가 자기 방으로 돌아가려는 순간, 그는 뒤에서 그녀를 와락 껴안았다. 그의 입에서 왈칵 울음이 터져 나왔다.

철커덩철커덩. 교량 위를 지나는 중인지, 바퀴 소리가 갑자기 커졌다. 그는 눈을 감은 채 결혼식 날 보았던 아내의 모습을 떠올린다. 연보랏빛 한복을 소박하게 차려입은 그녀는 눈이 부시도록 고왔다. 무슨 까닭인지 그녀는 결혼식을 예식장에서 갖는 것만은 한사코 거부했다. 결국 양평의 작은 산사에서 가족들만 지켜보는 가운데 극히 조촐하게 치렀다. 그날 신부 측 하객으로 참석한 사람은 큰댁 오빠 내외, 그리고 그녀의 대학 친구 두 명이 전부였다. 큰댁 오빠 내외라는 이들은 그날 이후 한 번도 만나보지 못했다.

미끄러지듯 기차가 멎었다. 양평역이다. 꽤 많은 승객이 일어나 통로 밖으로 빠져나간다. 서울까지 딱 한 시간 거리라서 평소

에도 왕래가 많은 지역이다. 휴가병인 듯한 사병 둘이 올라와 건
너편 좌석에 나란히 앉는다. 다시 기차가 출발했다. 이제부터는
완연한 농촌 풍경이다. 야산과 들판을 쿵쾅쿵쾅 지나고 개울과
마을을 따라 구불구불 돌아나가면서, 기차는 아기자기한 풍경
들을 열심히 펼쳐낸다. 야산 둔덕 간간이 숨은 작은 무덤들이 하
나같이 말쑥하다. 지난 추석의 벌초 덕분이겠지, 하고 생각하다
가 그는 또 가슴이 먹먹해진다.

"여보. 귤 좀 들어보실래요?"

아내가 배낭 안에서 귤 몇 알을 꺼내더니, 껍질을 벗겨 그에게
건넨다. 맛이 제법 달다. 문득 아내가 얼굴을 찡그리며 손으로
가슴을 쓸어내린다. 그는 덜컥 겁이 난다. 서둘러 손바닥으로 등
을 쓸어주며 아내의 얼굴을 들여다본다.

"왜 그래, 또 거기가 아픈 거야?"

"속이 조금 더부룩해서요. 아침에 약을 먹었으니 괜찮을 거예
요."

"거참! 괜찮기는 무슨."

그는 목으로 울컥 치솟는 덩어리를 내뱉지도 삼키지도 못한
다. 그건 분노와 절망감이다.

"염려 마세요. 이러다가도 금세 가라앉곤 하니까."

그녀는 귤을 도로 배낭 안에 집어넣는다. 핏기 없는 아내의 얼
굴을 바라보다가, 그는 자리에서 일어나 객실 밖으로 나온다. 화
장실에서 소변을 본 다음, 담배 한 대를 몰래 피우고 나온다. 그

래도 가슴은 여전히 무겁고 답답하다. 그는 승강구 계단에 아무렇게나 쭈그려 앉는다.

"이 친구야. 어쩌자고 부인을 이 지경이 될 때까지 놔뒀어?"

진료실에 들어서자마자 정 박사는 심각한 얼굴로 대뜸 화를 버럭 냈다. 영문을 몰라, 그는 고등학교 단짝 친구를 멀뚱하니 쳐다보았다.

"네 집사람…… 췌장암이야."

저게 무슨 말인가 하고, 그는 한순간 멍청히 서 있었다.

"이미 상당히 진행된 상태야. 속이 불편한 증세가 꽤 오래전부터 있었다면서, 그때 좀더 일찍 찾아왔어야지. 그랬으면 어떻게든 손을 써볼 수 있었을 거 아냐. 내 참."

비로소 그는 뭔가 끔찍하고 어처구니없는 일이 일어났음을 알았다. 아내는 진료실 밖 대기실 의자에 혼자 남아 있었다. 서너 달 전부터 배 속이 거북하고 소화가 잘 안 된다기에, 그는 아내의 고질병인 위염이 다시 도졌으리라고만 여겼다. 동네 개인병원에 다니며 약을 타 먹어도 그때뿐이라는 얘길 듣고는, 이참에 아내에게 종합검진까지 받게 할 요량으로 대학병원 내과의인 친구를 함께 찾았던 것이다. 그런데 뜻밖에 초음파 검사 중뭔가 이상을 발견한 눈치였다. 자기공명영상촬영이니 단층촬영이니 별의별 검사를 꼬박 한나절이나 받았다.

"그럴 리가 없어. 본인 말로는, 그간에 별다른 통증도 없었고

체중도 평소 그대로라고 했어. 만성 위염 증세야 이전부터 종종 도지곤 했던 거고. 그뿐이라구. 그런데 느닷없이 암이라니. 그럴 수도 있는 거냐? 혹 무슨 착오가 있는 건 아니고?"

"제발 그랬으면야 오죽 좋겠냐. 췌장암이란 게 원래 그렇다. 상당히 진행되어도 대부분은 별다른 증상이 없어. 발견했을 땐 이미 중기나 말기까지 진행된 뒤야."

"수술은? 수술하면 살 가능성은 얼마쯤이지?"

수술이라. 정 박사는 창 쪽을 바라보며 짧게 한숨을 쉬었다. 그러고는 고개를 천천히 가로저었다.

"안됐다만, 너무 늦었어."

"뭐라고? 설마."

"췌장암은 일단 발병하면 치명적이야. 5년 이상 생존할 확률은 1퍼센트도 안 돼. 초기 경우 수술로 일부를 제거할 수도 있지만, 그래봤자 완치는 불가능해. 수술을 받더라도, 대부분 1년을 넘기지 못해. 그런데, 네 안사람은 이미 중기로 접어든 상태라구."

정 박사의 음성은 무거웠다. 그는 허물어지듯 의자에 주저앉았다. 한동안 숨을 제대로 쉬기 힘들었다. 도대체 어째서 나한테만 이런 일이 벌어진단 말인가. 두 번씩이나. 세상에, 잠시 심호흡을 하고 나서 그는 간신히 입을 열었다.

"솔직히 대답해줄래? 저 사람, 앞으로 얼마나 살 수 있는 거냐."

"6개월 정도. 그보다 짧아질 수도 있고."

"수술은 안 되고?"

"의사이자 친구로서 얘기할게. 거의 가망이 없어. 당사자만 더 고통스럽게 할 뿐이야."

"이건 말도 안 돼…… 할 수 있는 게, 그러니까, 아무것도 없다는 거군."

"그래도 최대한 병의 진행을 늦출 수 있도록 손을 써봐야겠지. 일단 입원부터 해야 돼. 현재로썬 항암 주사와 방사선 치료를 병행해보는 방법 말고는 없어."

정 박사는 원무과로 전화를 걸어보더니, 4, 5일 후면 입원실이 나올 거라고 말했다.

"어떻게 할 거야?"

그는 잠시 생각하다가 말했다.

"사흘쯤, 내게 시간을 주면 안 될까. 어쨌건 저 사람하고 먼저 얘길 해야 할 테니까. 병원에 오래 있게 될지도 모르는데, 그 준비도 해야 하고."

"그렇겠지. 힘들겠지만 마음의 준비를 해둬라. 머잖아 견디기 힘든 시간이 닥쳐올 거야."

난 마침 학회 때문에 내일 일본에 갔다가 목요일 오후까진 돌아올 거야. 그때쯤 전화하기로 하자. 어쩌면 좋으냐. 뭐라고 해줄 말이 없구나. 정 박사가 그의 어깨를 두드려주며 우울하게 말했다. 그는 방을 나서기 전 황급히 표정을 수습했다. 정 박사가 복도까지 나와서 아내와 평소처럼 작별 인사를 나누었다.

"저어, 뭐라 하시던가요? 검사 결과 말예요."

병원 복도를 돌아 나올 때 아내가 조심스레 물었다. 그는 애써 웃어 보이며 대수롭지 않다는 듯 대답했다. 걱정하지 마. 위염 증상이 약간 심해진 거 말고는, 자세한 건 현재로썬 아직 알 수가 없대. 아직 알 수가 없다니요? 응, 다음 주에 병원에 다시 와 보라는군. 추가로 검사해볼 게 몇 가지 더 남았다지 뭐야.

그는 연신 무거운 한숨을 토해낸다. 어째서 나한테 이런 일이…… 두 번씩이나, 왜 나 혼자만. 이런, 개 같은. 불현듯 혜주의 얼굴과 아내의 얼굴이 번갈아 떠오른다. 지금쯤 학교에서 공부하고 있을 아들 종혁의 얼굴도. 철커덩, 철커덩. 그는 일어나서 가슴을 펴고 심호흡을 해본다. 마음의 준비를 해둬라. 머잖아 견디기 힘든 시간이 닥쳐올 거야. 친구의 음성이 귓전을 무겁게 울린다. 그렇구나. 아마도 오늘 이 여행이 둘이서 함께하는 마지막 여행이 되겠구나. 그러자 형언할 수 없는 감정이 칼날처럼 그의 가슴 복판을 가르고 지나간다.

그는 돌아와 자리에 앉는다. 창유리에 이마를 기댄 채 그녀는 조용하다. 자는가 싶었는데, 창밖 어딘가에 시선을 망연히 풀어놓고 있다.

"너무 아름다워요. 온 세상이…… 가을이라서 더 그런가."

아내의 중얼거림에, 그는 무심코 창밖을 내다본다. 과연 천지간에 온통 가을이 깊었다. 하늘은 맑다 못해 투명하고, 그 아래 들판은 햇살을 되받아 밝은 갈색으로 눈부시게 빛난다. 먼 산과 가까운 구릉들도 저마다 한껏 현란한 가을 색을 피워내고 있다. 기차는 이제 막 조그만 간이역 하나를 통과하고 있다. 삼각뿔 모양의 초록색 지붕을 가진 역사가 장난감 집처럼 작고 앙증맞다. 석불(石佛)역. 역사 외벽에 걸린 흰색 간판의 글씨가 눈에 잡힌다. 역 이름이 특이하다. 부근 어딘가에 미륵불상이 있는 것일까. 잠시 후 기차는 또 다른 간이역에서 1분간 정차한다. 구둔(九屯)역. 조그만 역사의 생 울타리 너머로 촌가 지붕들 몇이 옹기종기 모여 있다. 귀퉁이엔 아담한 초등학교 운동장도 보이고.

"내가 다녔던 초등학교도 꼭 저만큼 작고 아담했는데…… 붉은 벽돌로 지은 2층 건물이었어요. 운동장을 빙 둘러 키 큰 소나무들이 무성하게 에워싸고 있는 학교였지요. 역사가 꽤 깊어서, 아버지도 그 학교를 다니셨대요…… 마을에서 면 소재지 학교까지는 꽤 먼 거리여서, 매일 아침저녁으로 동네 아이들은 항상 둘로 패를 지어 뭉쳐 다녔어요. 남자는 남자끼리, 여자는 여자끼리 그렇게요. 아, 고구마 생각이 나네요. 학교 파하고 집으로 돌아올 무렵이면 누구나 배가 무척 고파 있거든요. 나도 아침에 집에서 나올 때, 어른들 몰래 날고구마 한두 개씩을 가방 속에 감춰 갖고 나오곤 했어요. 학교 가는 도중에 작은 개울이 나오는데, 거기다 고구마를 감춰놓으려고요."

"개울에다 고구마를 감춰?"

그가 물었다.

"먼저 주위에 사내아이들이 없는지 잘 살핀 다음, 신발을 벗고 얼른 개울로 들어가요. 그러고는 개울물 속 밑바닥을 파고서, 모래 속에 고구마를 묻어두고 재빨리 나오는 거예요. 오후에 돌아오는 길에 그걸 다시 파내서 깨물어 먹으면 정말이지 얼마나 맛있는지 몰라요. 개울물이랑 모래 덕분에, 냉장고에서 방금 꺼낸 것처럼 시원하고 사각사각한 맛이 나거든요. 하지만 극성맞은 사내아이들 등쌀에 그중 절반은 빼앗기고 말아요. 우리가 애써 숨겨둔 자리를 귀신같이 알아내서는, 한발 먼저 달려와서 훔쳐가버리곤 하니까요. 매번 우리는 새로운 자리에다 감추고, 사내아이들은 영락없이 그걸 찾아내 훔쳐가고. 그렇게 숨바꼭질하다 보면 어느새 여름방학이 찾아오는 거예요."

허허. 그는 모처럼 소리 내어 웃음을 터뜨린다. 그런 그를 보고 아내도 쿡쿡 웃는다. 문득 그의 눈앞에 논둑길을 걸어가는 한 무리의 시골 꼬맹이들 모습이 그려진다. 단발머리에 펑퍼짐한 치마, 손등과 귀밑엔 땟국이 낀 초등학교 계집아이들. 깔깔대며 개울 모래 바닥을 파헤치고 있는 그 아이들 속엔 어린 아내도 섞여 있다. 거참, 재밌는 얘기네. 맞아. 개울 모래 바닥에 묻어놓았으니, 고구마가 속까지 아주 시원해졌을 거야. 그는 짐짓 그렇게 한마디 맞장구를 쳐준다.

사실 지방의 도청 소재지에서 나고 자란 그는 농촌의 삶에 대해선 그다지 잘 알지 못한다. 그는 대체로 평범하고 무난한 가정 환경에서 성장했다. 하급 공무원인 아버지를 둔 덕에 부유하지도, 아주 가난하지도 않았다. 그를 비롯해 4남매 모두 우등생에

다가 부모 속을 썩여본 적도 없는 범생이들이었다. 특별한 불행이나 사고를 겪은 적도, 신체적 질병 혹은 잠시나마 사춘기의 정신적 방황으로 인해 탈선할 뻔했던 경험 따위도 없다. 서울에 올라와 대학을 졸업하고, 회사에 다니고, 혜주와 결혼 살림을 꾸렸던 시기까지만 따진다면 그는 큰 굴곡 없이, 말 그대로 지극히 평범한 인생을 살았던 셈이다.

'솔직히 난 이해가 잘 안 가. 자기처럼 밋밋하고 재미없는 생의 이력을 가진 사람이 어떻게 시를 쓸 수 있지?'

혜주는 가끔 고개를 갸웃거리곤 했었다. 그 역시 그 점을 부인하진 않았다. 당연히 젊은 날 그가 쓴 시들은 하나같이 사소하고, 잔잔하고, 극히 섬세했을 뿐, 그 흔한 열정도 격한 파동의 흔적도 부재했다. 자신의 시가 마침내 눈을 뜬 것은 혜주를 잃은 후, 그 끔찍한 고통과 혼란의 늪 속을 통과한 뒤부터였노라고, 그는 믿고 있다.

혜주를 잃고 난 뒤부터 그는 시를 완전히 포기했었다. 그에게 혜주는 시였고, 삶 전부였기 때문이다. 그런 그가 마침내 10년 만에 첫 시집을 펴냈다. 그 10년은 그에겐 지옥 같은 절망과 고통으로 채워진 늪의 시간이었다. 밑 모를 늪에서 허우적거리던 끝에 어쩌다가 재혼을 하게 되었고, 생활이 차츰 제자리를 찾아감에 따라 스스로 조금씩 늪에서 빠져나올 기력이 생겨났다. 마침내 가장자리에 닿았을 때, 돌연 그 늪에 대한 시를 쓰고 싶은 욕망이 그를 엄습했다. 어느 날부턴가 갑자기 미친 듯 시를 쓰기 시작했고, 마침내 첫 시집 『첫사랑』이 탄생했다. 그것은 처음부터 끝까지 오직 혜주만을, 혜주와 보낸 시간들만을 위해 바쳐진 엘레지였다. 뜻밖에도 시집은 단시간에 서점가의 베스트셀러로 부상했고, 그의 이름은 여성 독자들이 좋아하는 시인 가운데 한자리를 차지했다.

1년 후 두번째 시집 『마지막 사랑』이 이어졌고, 첫 시집만큼은 아니어도 그런대로 만족스러운 반응을 얻었다. 이번에도 역시 고스란히 혜주에게 바쳐진 시집이었다. 얼마 전 그는 과감하게 학원 강사직을 벗어던지고, 기어이 전업 시인의 길을 택했다. 요즘은 두 곳의 대학에서 시 강의를 맡고 있고, 간간이 초청 강연에 응하기도 하면서 나름대로 만족하게 지내고 있는 참이었다.

그런데, 이 끔찍한 일이 지금, 그에게 벌어진 것이다. 모든 것이 온전히 제자리를 찾았노라고, 긴 터널을 마침내 벗어났다고 확신했던 하필 바로 그 순간에. 그는 어금니를 악문다. 이건 함정이야. 비열하기 그지없는 함정. 물귀신처럼 불시에 튀어나와 내 발목을 잡아채려는 더러운 함정…… 그는 두 눈을 질끈 감아버린다.

쿵쾅쿵쾅, 기차는 꾸준하게 달린다. 10여 분 간격으로, 마치 염주를 꼼꼼히 꿰어나가듯, 그사이 여러 개의 역들이 차창 밖을 차례로 지나갔다. 매곡(梅谷), 양동(楊東), 간현(艮峴), 만종(萬鍾), 원주(原州), 치악(雉岳), 신림(神林), 구학(九鶴), 봉양(鳳

陽)…… 하나같이 아름다운 이름들이다. 그중엔 성냥갑만 한 미니 간이역도 있고 제법 큰 역도 골고루 섞여 있다. 규모가 큰 역에선 꼬박꼬박 정차하지만, 조그만 간이역의 경우는 잠깐 설 때도 있고 그냥 성큼성큼 건너뛰기도 한다. 원주를 지나면서는 객실이 훨씬 한산해졌다. 어느 사이 설핏 잠이 들었던 그는 퍼뜩 눈을 뜬다. 이내 옆자리의 아내를 확인해보고는 낮게 한숨을 내쉰다. 뭔가 불쾌한 꿈이라도 꾼 성싶다.

기차는 또 다른 시골 역 구내를 막 느린 속도로 지나치는 중이다. 그 역엔 아마 부지런한 역무원이 한 사람 있나 보다. 좁은 역사 마당 둘레가 온통 화단이다. 화단 안엔 철 지난 화초들이 선 채로 말라가고, 플랫폼을 따라 노랗고 흰 국화 분들이 보기 좋게 놓였다. 차단기가 내려진 무인 건널목에선 딸랑딸랑 경보음이 울려 나온다. 촌가 마당에서 빨래를 널던 여자가 무심히 이쪽을 돌아보았고, 황구 한 마리가 강아지와 함께 집 쪽으로 냅다 달아났다. 강이 나오고, 터널이 나오더니, 금세 또 강이 튀어나온다.

"당신 어머니 얘긴데…… 지금, 자고 있는 거 아니지?"

그가 입을 연다. 조금 가라앉은 음성이다.

"네."

"어디 계신지, 정말로 아직껏 영 모르고 있는 건가. 주소라든가 전화번호라도."

"왜 그런 얘길 하세요. 갑자기……"

"그냥, 문득 궁금해서. 요즘은 마음만 먹으면 얼마든지 찾을

수 있다고 하더군. 경찰서에 부탁해서 이름 조회만 해봐도 금방
나올 텐데."

무심한 척, 그는 묻고 있다. 늦기 전에 한 번은 서로 얼굴이라
도 봐야 하는 게 아닐까. 그는 혼자 생각한다. 못 들은 척, 그녀
는 눈을 감아버린다. 괜한 소릴 꺼냈나 싶어 그는 조금 불안해진
다. 모든 게 갈팡질팡이라니까. 그는 공연히 애꿎은 창밖을 노려
본다. 국도 변에 유난히 노랗게 물든 은행나무들이 2열 종대로
서 있다. 그 아름드리 수십 그루 덕분에 주변 들녘까지 노란색등
을 밝힌 듯 환하다.

"내가 열 살 때였어요. 어머니를 마지막으로 본 것은……"

불현듯, 그녀의 입이 열렸다. 그는 잠자코 기다린다. 혼잣말
처럼 나지막이 이어질, 아내의 그다음 얘기를.

그날은 읍내 장날이었어요. 추석이 얼마 남지 않은 무렵이었
어요. 아침상을 치우자마자 어머니는 솥에서 더운물을 담아 내
왔어요. 수챗가에 나를 앉히고는 머리를 감겨주더군요. 그날따
라 꽤 한참 동안, 전에 없이 꼼꼼하고 곱살스러운 손길로 내 얼
굴이며 목덜미까지 정성껏 문질러주었어요.

'며칠 있으면 추석인디, 계집아가 이쁘게 하고 있어야제. 이
구정물이 다 뭐라냐.'

어머니의 나직한 말소리가 어딘가 낯설고 이상하게만 느껴
졌어요. 만날 어머니의 꾸중과 거친 잔소리만 듣고 지냈으니까

요…… 장에 데리고 간다는 말에, 난 얼마나 좋아했는지 몰라요. 면 소재지의 오일장도 아니고, 읍내 장 구경은 난생처음이었거든요. 말끔한 옷차림에다 얼굴 화장까지 곱게 한 어머니는 날 앞세우고 집을 나섰어요. 면 소재지 마을까지 함께 걸어가, 거기서 다시 버스를 타고 읍내까지 갔지요. 가는 길 내내 어쩨선지 어머니는 입을 굳게 다문 채 말이 없었어요.

대목을 앞둔 큰 장이라서, 드넓은 장터가 온통 사람들로 북적였어요. 어머닌 그날따라 내 몫의 옷만 여러 벌을 샀어요. 두툼한 방한 잠바, 노란색 스웨터, 방울 달린 털모자, 보석 박힌 머리핀, 게다가 내가 그리도 갖고 싶었던 운동화까지요. 한데, 이상했어요. 그 느닷없는 행운에 더없이 좋아하면서도, 내 마음 한쪽은 까닭 모르게 점점 더 불안해지기만 하는 거예요. 장터 다리께 천막집에서 어머니는 팥죽과 부침개를 사줬어요. 자기 몫의 절반까지 내 그릇에 덜어주면서 문득 어머니가 그러더군요.

'미순아. 이거 다 묵은 담에, 엄니가 버스 태워줄 테니 너 먼저 집에 가서 기다리고 있거라. 나는 조금 더 있다가 요다음 버스로 뒤따라 갈란다. 알었지야?'

함께 가자고 떼를 썼지만, 어머닌 눈을 부릅뜬 채 안 된다고 했어요. 이따가 사촌 이모네 집에 들러서 뭔가 가져와야 할 게 있다더군요. 풀이 죽어 고개를 처박는데, 식탁 아래 얼핏 어머니의 구두가 눈에 들어왔어요. 전에 한 번도 본 적이 없는 새 구두였어요. 그런데 참, 지금 생각해도 도무지 모를 일이지요. 뾰족한 코에 앙증맞은 리본이 달린 그 구두를 보는 순간, 갑자기 눈물이 마구 쏟아지는 거예요. 왜 우느냐고, 어머니가 화를 냈지만 당최 눈물이 멈추질 않았어요. 난 어렴풋이 뭔가를 예감했던 거예요. 어쩌면 어머니가 어딘지 멀리 떠날지도 모른다는 걸…… 버스에 오르기 전, 장에서 산 옷 보퉁이를 어머니는 내게 한꺼번에 안겨주며 말했어요.

'미순아. 집에 들어가자마자 얼른 부엌 연탄부터 갈아야 한다이. 반 시간쯤 지나면 아궁이 환기 구멍 막는 거, 절대로 잊어먹지 말고. 그리고 안방 전기밥통에 밥 들었응께, 엄니가 혹 늦어지거든 너 먼저 저녁밥 차려 먹고. 내 말, 알아들었지야?'

어머니는 우두커니 땅바닥만 내려다보고 서 있더니, 차가 출발하려는 순간 먼저 몸을 돌려 핑 하니 정류소 안으로 사라졌어요…… 해가 성큼 기울도록 어머니는 돌아오지 않았어요. 연탄을 새걸로 바꿔 넣고, 아궁이 환기 구멍도 막아놓고, 기다리다 나 혼자 저녁밥을 차려 먹은 다음에도요. 나는 대문을 열고 나와 어둑어둑한 골목을 벗어나 마을 어귀로 나갔어요. 그런데 조금만 더 조금만 더 하다 보니, 신작로와 만나는 삼거리까지 한참 멀리 나온 거예요…… 길 아래쪽엔 작은 방죽이 하나 있었어요. 맞은편 산기슭엔 무덤들이랑 아주 낡은 제각까지 있어서, 그곳을 지날 때면 아이들은 대낮에도 달음질을 치곤했지요……

나는 방죽 둑가에 쪼그려 앉았어요. 금세 사위가 깜깜해지고 기온이 뚝 떨어졌어요. 귀가하는 어른들이 간간이 지나갔지만,

어둠 속이라 아무도 알아보지 못하더군요. 시간은 계속 흘러가고 솔밭에선 자꾸만 부엉이가 우는데, 어머니는 나타나지 않았어요. 나는 마냥 쭈그려 앉아 무작정 혼자 울기만 했어요. 끔찍하리만큼 춥고 무섬증이 들었지만, 그 자리에서 꼼짝도 하지 않았어요. 어머닌 돌아온다고, 반드시 오고 말 거라고, 꼭 그래야만 한다고. 그렇게 난 막무가내로 고집을 부렸던 거예요. 하늘엔 별들이 무수히 돋아나고, 귀퉁이가 이지러진 달도 성큼 떠올라 있었어요. 얼마나 흘렀을까. 혼자 그렇게 울다 그쳤다 하는 사이, 조금씩 온몸이 얼어붙기 시작하는 걸 느꼈어요. 첨엔 견딜 수 없도록 춥더니, 차츰 이상하게 몸이 노곤히 풀리면서 잠이 왔어요……

어느 결인지 까무룩, 의식을 놓았던가 봐요. 흐릿한 의식 속에서 어디선가 이상한 소리가 들려오는 것 같았어요. 처음엔 그것이 박새 소리라고 생각했어요. 수백 수천 마리의 박새들이 몰려와 날개를 파닥이며 일제히 지저귀고 있구나, 하고요. 귀청이 찢어질 것만 같은 그 소리 때문에 퍼뜩 의식이 돌아왔어요. 눈을 뜨고 나서도 소리는 그대로였어요. 주위를 두리번대는데, 언뜻 눈앞에서 헤아릴 수 없이 많은 발광체들이 출렁출렁 떠다니는 거예요. 반딧불처럼 한없이 작고 신비스러운 불빛들이 말예요. 바로 그것들이 박새 소리를 내고 있었어요. 찰랑찰랑, 너울너울. 춤추듯 파닥이는 광경을 넋을 잃고 들여다보고 있으려니, 소리는 이윽고 조용해졌어요. 그제야 난 그 불빛들이 수면 위에 비친 별들의 그림자라는 걸 깨달았어요. ……그날 밤, 둑 위에 쓰러져 반쯤 얼어 있는 나를 구해준 사람은 큰아버지였어요. 우리 집이 비어 있음을 알고, 부랴부랴 찾아 나섰던 거지요…… 그게 마지막이에요. 내가 어머니를 본 게요.

제천역에서 일단 숨 고르기를 마친 기차는 다시 출발한다. 이제부턴 본격적으로 강원도 땅을 달려야 한다. 청령포(淸泠浦), 연하(蓮下), 석항(石項), 예미(禮美), 조동(鳥洞), 자미원(紫味院)…… 거개가 고만고만한 간이역들이다. 기차는 어쩌다 멎기도 하지만, 대부분 그냥 덜컹덜컹 지나쳐버린다. 산세가 부쩍 험해지면서 철길도 덩달아 숨 가쁘게 구불구불해진다. 좁은 골짝 사이사이 따개비처럼 한두 채씩 들어앉은 촌가 마당엔 빨갛게 고추가 널렸다.

그동안에도 그녀는 드문드문 혼잣말처럼 이야기를 이어간다. 이상하다. 오늘 아내는 마치 온 생애의 기억을 한꺼번에 불러내려는 듯하다. 내내 가슴속에 묻어두었던 비밀스러운 시간들을 한자리에 그러모으려는 것도 같다. 그는 옆에 앉아 혼자 놀라워하며 가끔씩 아내를 돌아다보곤 한다. 도대체 이 여자의 몸속 어디에 이토록 많은 이야기가 숨어 있었을까 하고.

*

증산역이다.

몇 안 되는 승객을 플랫폼에 내려놓자마자 기차는 서둘러 달아난다. 쿵쾅대며 멀어지는 그것의 꽁무니를 바라보며 그는 얼른 담배부터 꺼내 입에 문다. 아, 저게 관광 열찬가 봐요. 아내가 바로 코앞에 서 있는 특이한 외양의 기차를 가리킨다. 기관차 한 량에 객차 한 량만 달린 까닭에, 사람들은 그걸 꼬마 열차라고 부른다던가. 알록달록 채색해놓은 외양부터가 관광 열차답다.

객차에 오르니, 유치원 꼬마들 한 무리가 먼저 자리를 잡고 앉아 신나게 조잘대고 있다. 모자부터 옷까지 노랑 일색이라, 흡사 병아리 떼 속에 파묻힌 느낌이다. 객차 내부는 카페식으로 제법 운치 있게 단장해놓았다. 차창과 마주 보도록 배치한 의자와 간이 테이블도 특이하다. 그는 출입문 가까운 자리에 아내와 나란히 앉는다. 평일이어선지 생각보다 승객이 그리 많지 않다. 사내아이 둘이 조르르 달려오더니, 그와 아내 사이를 함부로 비집고 들어온다. 차창에 나란히 들러붙어 깔깔대는 아이들을 아내가 우두커니 바라보고 있다. 그는 그런 아내를 슬쩍 훔쳐본다.

그들 사이엔 아직 아이가 없다. 솔직히 처음부터 그는 내심 새로운 아이 따원 원치 않았다. 그는 이미 50을 바라보는 나이였다. 어차피 그에겐 아들 종혁이 있지 않은가. 게다가 태어나기도 전 엄마와 함께 죽은 아일 떠올리면 마음이 착잡하고 두려워졌다. 물론 아내가 굳이 낳겠다고 한다면 막을 수는 없었다. 아무튼 그건 복잡 미묘하고 껄끄러운 문제였다. 그는 일단 아이 문제에 관해선 애써 모르는 척 지낸다는 전략을 유지했다. 불행인지 다행인지, 아이는 좀체 생기지 않았다. 묘하게도 아내 역시 그 말은 입 밖에 꺼내지 않았다. 뒤늦게야 그는 아내가 일방적으로 피임을 해왔다는 사실을 알게 되었다.

'난 정말 괜찮아요, 여보. 우리에겐 종혁이 하나만으로도 충분하잖아요. 당신 나이를 봐서라도, 너무 무책임한 일이고요. 억지로 무리해서까지 아일 갖고 싶은 생각은 조금도 없다니까요.'

아내의 해명은 너무 의외였다. 아무리 그래도 그럴 순 없는 거라고, 당신도 한 번은 진짜 어미가 되어봐야 하는 게 아니냐고, 그게 자연의 순리 아니냐고. 그렇게 그는 짐짓 화를 냈지만 내심으론 버거운 짐을 용케 벗은 듯 안도했다. 새삼 아내가 기특하고 고맙기까지 했다.

아내는 고개를 젖히고 벽에 붙은 정선군 관광 지도를 유심히 읽고 있다. 그는 해쓱한 아내의 얼굴에서 슬그머니 시선을 돌린다. 창 너머 단풍이 곱게 물든 산을 바라보며 생각한다. 일이 이리되고 보니, 그나마 불행 중 천만다행 아닌가 말이다. 만에 하나, 그사이 아이가 생겼더라면 어쨌을 뻔했는가. 이런 끔찍한 판국에…… 상상만으로도 그는 눈앞이 아뜩해온다. 그러다 문득 아내에겐 차마 못 할 소리구나 싶어, 그는 고개를 내젓는다.

승무원이 계단 위로 훌쩍 뛰어오르자 기다렸다는 듯 기차가 덜커덩 움직였다. 쇠락해가는 산간 소읍의 잿빛 전경이 서서히 뒤로 밀려난다. 낮고 허름한 슬레이트 지붕들, 오래된 굴뚝과 공장, 시커멓고 을씨년스러운 저탄장 따위가 좁은 분지 안에 어수선하게 뒤엉켜 있다. 석탄 산업이 활황을 누리던 시기의 영화는 이젠 흔적도 없다. 남은 것은 낙후된 탄광 도시의 전형적인 풍경뿐이다.

인솔 교사가 아이들 앞에 나와서 승무원 아저씨를 소개했다. 야아아. 꼬마들의 함성이 일제히 터져 나왔다. 이어서, 녹음된 차내 방송이 음악과 함께 흘러나온다. 기점인 증산에서 종점인 아우라지까지 걸리는 시간은 대략 한 시간. 도중에 모두 네 개의 역에서 잠깐씩 정차할 거라고 했다. 다소 긴 오르막 터널을 통과하자마자 기차는 첫번째 간이역에 도착한다. 별어곡(別於谷)역. '이별하는 골짜기'라는 의미인 모양이다. 역 이름치고는 꽤나 시적이라고, 그는 생각한다. 정차 시간은 5분. 그러나 흡사 도토리 깍지만 한 그 무인역에선 아예 타고 내리는 사람 하나 없다.

"저어, 아저씨. 선평역에서도 정차하나요?"

아내가 승무원에게 물었다.

"그렇습니다. 바로 다음 역이 선평인데, 하차하실 건가요?"

중년의 후덕한 얼굴을 한 승무원의 물음에, 아내는 왠지 긴장한 기색으로 가볍게 웃고 만다. 어느 결에 창밖 풍경이 급작스레 달라진 느낌이다. 가파른 산세, 좁고 깊은 협곡, 급커브를 이루며 거칠게 흘러내리는 작은 강줄기, 경사진 밭, 드문드문 눈에 띄는 산촌 가옥들. 모두 강원도 산간 지역 특유의 풍경들이다. 여기저기서 엉거주춤 일어나 찰칵찰칵 셔터를 눌러댄다. 억새 풀 우거진 강변을 따라 철길을 구불구불 달리던 꼬마 기차가 이윽고 속도를 늦춘다. 다음 역은 선평. 선평역입니다. 안내 방송이다. 기차가 멎고, 승무원이 무전기를 쥔 채 내려갔다. 그 순간 아내가 벌떡 일어났다.

"여보, 우리 여기서 내려야 해요."

"뭐, 아니 왜?"

얼결에 그는 아내 뒤를 쫓아 허둥지둥 내렸다.

"여기서 내리시려고요?"

승무원의 물음에 아내가 되묻는다.

"여기서 증산행 기차는 몇 시에 있나요?"

"이 관광 열차가 다시 돌아올 겁니다. 앞으로 두 시간 반 후, 15시 10분에요."

승무원이 훌쩍 뛰어오른다. 기차는 반대편 철길 모퉁이를 돌아 천천히 사라졌다.

부부는 잠시 어리둥절하다. 내린 사람은 그들 두 사람뿐. 텅 빈 역 구내는 거짓말처럼 고요하다. 갑자기 유리병 속 같은 진공 상태로 툭 내던져진 느낌이다. 눈앞에 흰 벽과 녹색 지붕의 아담한 집이 오도카니 서 있다. 단층 블록으로 지은 한 동짜리 역 건물이다. 교실 한 개 정도 면적을 대합실과 역무실로 나눈 전형적인 간이역 모습이다. 역무실은 창문마다 합판을 못질해 가려놓았다. 첫눈에도, 한참 전에 폐쇄된 역이다. 두 사람은 화단 옆 나무 벤치에 나란히 앉는다.

"왜 갑자기 여기서 내린 거지?"

"잠시만 쉬었다 갔으면 해서요. 이런 산골 역에 한번 와보고 싶었거든요. 좋지 않으세요? 이렇게 아늑하고 호젓한데."

"뭐야. 그럼 애초에 목적지가 여기였구만. 아우라지가 아니고."

"꼭 그랬던 건 아녜요. 그냥 지나가면서 차 안에서 한번 보기만 할 생각이었는데……"

"예전에 와본 적 있었던 게로군. 이 동네에 무슨 연고라도 있어?"

아내는 역사를 바라보며 잠자코 고개를 젓는다. 혼자서 어떤 생각의 꼬리를 간절히 붙들고 있는 듯한 눈빛이다. 선평(仙坪)이라. 담배를 피우며 그는 주위를 휘둘러본다. 이름만큼은 아니어도 주변 풍광이 그런대로 수려한 편이라고 그는 생각한다. 사방이 산으로 에워싸인 분지. 그래도 강 양쪽의 그리 넓지 않은 평지 덕분에 꽉 막힌 느낌은 덜하다. 마을 바로 앞을 흐르는 강줄기가 제법 빠르고 깊어 뵌다. 역은 마을 뒤편 언덕 위에 따로 위치한 셈이다.

"슬슬 배가 고파오는걸. 근처에 식당이 있는지, 한번 둘러보는 게 어때?"

그가 벤치에서 일어나 앞장선다. 마을로 가자면 어차피 역사를 통과해야 한다. 대합실 내부는 작은 휴지통 하나 없이 텅 비었다. 반대편 마당으로 나와보니, 언덕 아래 마을 전체가 한눈에 들어온다. 얼추 3, 40호 정도. 의외로 그리 크지 않은 마을이다. 역 앞쪽으로 장터였음 직한 공간이 있는 걸로 보아, 예전엔 제법 번성했던 모양이다.

동네를 대충 한 바퀴 돌았으나 식당은커녕 제대로 된 가게 하나 보이지 않았다. 하나같이 먼지에 전 낡고 허름한 집들뿐. 어찌 된 셈인지 인적조차 뜸했다. 두 사람은 역 입구 처음 그 위치로 되돌아온다. 할 수 없지 뭐. 가게라곤 그나마 딱 저거 하나밖에 없는 모양인데. 그가 맥 풀린 표정으로, 골목 맞은편의 간판도 없는 허름한 구멍가게를 눈짓으로 가리켰다.

한 시간 후.

부부는 선평역 구내의 나무 벤치 위에 나란히 앉아 있다. 아까 기차에서 내려 처음 앉았던 바로 그 벤치 위에. 홀연 빨간 이파리 하나가 팔랑팔랑 그의 발치에 내려앉았다. 그는 머리 위를 쳐다본다. 벤치를 가운데 두고 왼편엔 단풍나무, 오른편엔 은행나무가 나란히 서 있다. 불이라도 붙은 듯, 둘 다 단풍 물이 오를 대로 올랐다. 제법 큰 단풍나무는 온통 빨갛고, 그보다 갑절 큰 은행나무는 통째로 노랗다.

두 사람은 여전히 서로 말이 없다. 그는 맞은편 역사 처마에 걸린 간판의 글자 '선평역'을 공연히 노려본다. 아내는 손수건을 꺼내 쥐고 가끔 코를 푸는 시늉이다. 울고 있는지도 모른다. 그는 정신이 몹시 혼란스럽다. 지금쯤은 아내에게 그 사실을 통보해야 할 시점이다. 하지만 지금 아내는 전혀 다른 일로 상심하고 있는 것 같다. 물어도 말을 안 하니, 무엇 때문인지 그는 알 수가 없다.

조금 전, 그 허름한 구멍가게 안에서 그는 혼자만 라면으로 점심을 때웠다. 아내는 배낭 안에 싸 온 샌드위치와 우유를 먹었다. 가게 주인인 머리 희끗희끗한 아낙을 상대로 아내는 이런저런 얘기를 주고받았다.

"은행나무 집이라고, 혹시 모르세요? 2백 년도 훨씬 넘은 나무라, 마을 어디서도 금방 눈에 띈다고 하던데. 좀 전에 돌아다니면서 찾았는데도 안 뵈더라구요."

"아, 알지. 저쪽 다리 건너 오른쪽에 있던 장돌뱅이 집 말하나 보네. 그 집 안마당에 엄청 큰 은행나무가 있었지. 그런데 그거 지금은 없어."

"어머, 왜요?"

"어느 해 벼락을 맞아 중동만 남았던 것을, 재작년 큰길 공사하면서 아예 파내어 없애버렸거든."

"그럼 그 집은 어떻게 됐어요? 식구들은요?"

"아, 집은 그 훨씬 전에 벌써 없어졌지. 여름 홍수에 폭삭 주

저앉았거든. 식구들이나마나, 그 집안 완전히 망해가지고 나갔
어. 서울 나갔던 외아들 죽고 나서 얼마 있다가, 장돌뱅이 가장
이 기차에서 떨어져 죽었다니까. 정선 장날, 막차 타고 술 취해
서 돌아오다가."

"그럼…… 남은 식구들은…… 아무도 없나요?"

"그 집 여자하고 열댓 살 먹은 딸이 있었지 왜. 홍수로 집 무너
진 다음에 집이며 밭까지 죄다 처분하고 아예 떠났어. 모르지,
어디로 갔는지."

"그랬군요…… 그렇게 되었군요."

그 순간, 느닷없이 아내가 주르르 눈물을 쏟아냈던 것이다.
한데, 젊은 아줌마가 어떻게 그 은행나무 집을 알고 나한테 물어
본대요. 혹시 친척되는 사이인가. 아낙이 물었지만, 아내는 샌
드위치를 움켜쥔 채 소리 없이 눈물만 뚝뚝 떨어뜨리고 있었다.
그가 물어도, 그냥 이름 정도만 조금 아는 사람일 뿐이라고 대답
했다.

머리 위로 은행잎이 후르르 쏟아진다. 그는 한 잎을 주워 들고
물끄러미 들여다본다. 바람이 조금씩 일면서, 한기가 몸으로 느
껴진다. 돌아보니 뒤편 산 위로 해가 벌써 기울고 있다. 산이 가
까워서 그만큼 해도 빨리 넘어갈 터였다. 기차가 오려면 아직 한
참 더 남았다. 그는 자신의 트렌치코트를 벗어 아내의 몸을 덮어
준다.

"그 사람…… 여기가 자기 고향이랬어요. 난 전에 이쪽에 한

번도 와본 적 없어요. 아우라지라는 이름도, 그 사람한테 얼핏 들었을 뿐인데……"

아내가 입을 열었다. 다소 차분해진 음성이었다.

대학 시절, 그녀는 매 학기가 끝나면 휴학을 했다. 매번 새로 등록금을 모아야 해서였다. 그 청년을 만난 건 구로공단에서였다. 그 무렵 그녀는 골판지를 생산하는 중소업체의 임시직 경리 일을 다녔다. 어느 날 그녀는 버스 정류장 담벼락에서 '노동자 문학의 밤' 포스터를 보고 행사장을 찾아갔다. 순전히 호기심 때문이었는데, 그것이 계기가 되어 그녀는 시 창작 모임의 회원으로 가입했다. 매주 한 번 기성 시인의 지도로 시를 쓰고, 책도 읽었다. 거기서 그 청년을 처음 만났다. 그 역시 그녀처럼 말이 적었고, 숫기라곤 전혀 없어 보였다.

어느 일요일 오후 그녀는 집 근처 목욕탕 입구에서 청년과 우연히 마주쳤다. 그녀는 목욕을 마쳤고, 그는 시작하려는 참이었다. 서로 한동네에 살고 있었다는 사실에 그는 퍽이나 감격한 눈치였다. 그날 그녀는 청년이 한쪽 다리를 약간 전다는 걸 알았다. 가끔 밤늦게 모임이 끝나 함께 버스를 타고 돌아오면서 얘기를 나누긴 했으나, 특별한 일은 아니었다. 주로 그가 말했고, 그녀는 듣기만 했다. 그는 그녀보다 두 살 많았고, 카센터에서 보조 일을 막 시작한 상태였다. 시종 더듬거리면서, 그는 어김없이 고향 얘기만 했다. 은행나무, 마을 앞 개울, 작은 간이역, 장날,

기차 통학, 산짐승, 산천어, 탄광촌, 반딧불. 대부분 그녀 역시 알고 있는 것들이었지만, 그녀는 듣는 척만 했다. 기술을 다 배우면 고향으로 돌아가 농기구 수리점을 열겠다는 걸로, 그는 언제나 끝을 맺었다.

그녀의 자취방으로 언제부턴가 청년의 편지가 간간이 배달되기 시작했다. 대부분 유치한 수준의 시였다. 그녀는 단 한 번도 답장을 주지 않았다. 읽었다는 말조차도. 그럼에도 모임 후엔 대개 함께 버스를 타고 왔다. 그런 어느 날 저녁, 우연히 방 안에서 쪽창을 내다보니 누군가 가로등 밑에 말뚝처럼 서 있었다. 그녀는 오래 망설이다가, 늦가을 비가 부슬부슬 내리고 있는 골목으로 나가 청년에게 말했다. 사실 나는 가난한 대학생이다. 하지만 최소한 중졸의, 시골 농기구 수리점 남자와 결혼할 생각은 조금도 없다. 그 한마디만 남긴 채 그녀는 철제 대문을 쿵, 닫아걸고 방으로 들어와버렸다. 자정이 넘어도 청년은 돌아가지 않았다. 비는 밤새도록 쏟아졌다. 새벽녘엔 비가 눈으로 변했다. 그해의 첫눈이었다. 그때까지도 가로등 밑엔 눈사람 하나가 붙박여 있었다. 눈사람은 아침에야 사라졌다. 그날 오후, 그녀는 집주인에게 자취방을 복덕방에 내놓겠다고 말했다.

청년의 죽음을 알게 된 건 두어 달 뒤였다. 극장에서 우연히 마주친 모임 회원을 통해서였다. 아궁이 덮개를 활짝 열어놓고, 청년은 새우처럼 웅크린 채로 부엌 바닥에 엎드려 있었노라고 했다. 경찰은, 만취한 그가 연탄을 갈아 넣은 뒤 바닥에 쓰러져

자다가 가스에 중독된 걸로 판정을 내렸다. 첫눈치고는 기록적인 폭설이 쏟아져, 전국이 온통 난리를 치렀던 바로 그날이었다.

"난 알고 있었어요. 그게 사고가 아닐지도 모른다는 걸…… 그날 밤 난 일부러 그렇게 독한 말을 했었어요. 어떻게든 마음을 돌리게 만들어야 했으니까요. 하지만 그 말은 온전히 내 진심이기도 했어요. 그때 내 삶의 목적은 지긋지긋한 가난에서 탈출하는 것뿐이었으니까요. 선량하고 좋은 사람이긴 했어도, 내가 그를 사랑한 것도 아니었고요…… 충격을 받긴 했지만, 난 잊어버리기로 했어요. 단지 나는 내 진심을 말했을 뿐이라고. 그 불행한 죽음은 나와는 무관한 일이라고. 그러자 마음이 훨씬 홀가분해지더군요…… 그랬는데, 어젯밤 별안간 그 일이 떠올랐어요. 그리도 오랫동안 까맣게 잊고 있었는데……"

불현듯 한 줌 바람이 빠르게 스쳐 지나갔다. 노랗고 빨간 잎사귀들이 머리 위에서 후두두 쏟아져 내렸다. 벤치 주위 어디에나 낙엽이 수북하게 쌓였다. 그는 담배를 입에 물고 천천히 불을 댕긴다.

"그런데, 참 이상하지요. 밤새도록 생각해봐도, 그 사람 얼굴이 잘 기억나지 않는 거예요. 가로등 불빛 속에 말뚝처럼 서 있거나, 하얗게 눈사람으로 서 있는 모습 말고는요…… 왜 그럴까. 왜 얼굴이 없을까. 그러다 어느 순간 깨달았어요. 그 사람은 처음부터 내겐 얼굴 없는 사람으로만 존재했을 뿐이라는 것을요. 난 그 사람을 조금도 몰랐으니까요. 그 사람의 꿈을, 마음을…… 나는 끝내 알려고 하지 않았으니까요…… 아아, 그때 난 문을 열어주었어야 했어요. 그의 이야기에 잠시만이라도 귀를 기울였어야 했어요. 그런데도 난 방 안에서 문고리를 더욱 세게 그러쥐기만 했어요. 바로 문밖에선 누군가 꽁꽁 얼어 죽어가고 있었는데도요……"

흡. 그녀는 두 손으로 얼굴을 와락 감싸 쥔다.

그가 다가가 말없이 어깨를 껴안는다.

기어코 그녀에게서 격한 울음이 터져 나오기 시작한다. 마른 잎들이 머리 위로 자꾸만 쏟아져 내린다.

*

철커덩, 철커덩.

늦가을 저녁의 고즈넉한 산야를 지나 기차는 서울을 향해 꾸준히 달려간다. 해는 이미 한참 전에 졌다. 하늘 귀퉁이에 가까스로 희미하게 남았던 노을빛도 이젠 거의 지워졌다. 거기, 해가 사라진 쪽 어디쯤에 서울은 있을 것이다.

어두워가는 창밖을 그는 오래도록 응시한다. 아내는 그의 한쪽 어깨에 이마를 얹고 곤히 잠들어 있다. 지금 두 사람은 아침에 왔던 그 길을 고스란히 되밟아 가고 있는 것이다. 한 시간 뒤면 서울에 도착하리라. 잠든 아내의 얼굴은 피곤한 빛이 완연하다. 그는 조심스레 팔을 펴고 아내의 한 손을 가만히 잡아본다. 아이처럼 작고 여린 손이다. 그러고 보니, 이 손을 잡아본 게 참 오랜만이구나. 그는 불현듯 눈시울이 뜨거워진다.

병에 대해 먼저 얘기를 꺼낸 쪽은 아내였다. 그것이 암이라는 사실을, 그녀는 이미 알고 있었던 것이다. 노란 병아리들을 실은 꼬마 열차가 산모퉁이를 돌아 나타날 때까지, 그와 아내는 그 텅 빈 간이역 벤치 위에 하염없이 앉아 있었다.

이 짧은 기차 여행을 뜬금없이 왜 떠나자고 했느냐고요? 그러게 말예요. 나도 잘 모르겠어요. 아마도 당신에게 나라는 사람을 조금이나마 알게 해주고 싶었던 게지요…… 난, 당신을 사랑했어요. 처음 만난 그때부터요. 하지만 당신은 내 마음을 잘 모르는 것 같았어요. 그럴 수밖에요. 당신은 나를 모르니까요. 내가 누구인지, 내가 살아온 시간들이 어떤 것인지를 당신은 별로 알고 싶어 하지 않았으니까요…… 당신은 내겐 늘 옆모습 하나로만 남겨져 있을 뿐이지요. 지난 5년 동안 우린 함께 있었지만, 당신의 시선은 항상 먼 곳, 그분에게 가 있었고, 난 그런 당신을 늘 한걸음 비켜서서 바라봐야만 했으니까요. 난 조용히 기다리겠노라고 혼자 마음먹었어요. 우리 앞엔 아직 충분한 시간이 남아 있다고 믿었으니까요…… 정 박사님은, 내가 얼마쯤 더 살 수 있다던가요? 2, 3년? 아니면 1년? 설마, 더 짧은 건 아니겠지요? 미안해요. 사실은 다 알고 있었어요. 정밀검사를 받던 그날부터 말예요…… 그런데, 막상 떠날 준비를 해야 한다는 사실을 깨닫는 순간 갑자기 무서워졌어요. 문득 주위를 돌아보니, 이 넓은 세상에 내겐 아무도 없는 거예요. 부모, 형제, 친구조차도요. 아무도 나를 모른다면, 난 존재하지 않는 거나 마찬가지였어요. 이 지상에 잠시 왔다 간 흔적조차 없이 사라져야 한다고 생각하니, 견딜 수 없도록 외롭고 무서웠어요……

차창 유리에 얼굴을 가까이 대고 그는 바깥을 내다본다. 거뭇한 산등성이 위로 흰 조각달이 떠 있다. 저만치 강이 보인다. 양평을 막 지났으니, 남한강 하류 지점일 것이다. 건너편 강기슭을 따라서 어둠 속에 불빛들이 띄엄띄엄 눈에 잡힌다. 그 작고 영롱한 불빛 하나하나가 무수한 꽃송이들 같다.

그는 자신의 어깨에 기대어 잠든 아내의 얼굴을 물끄러미 들여다본다. 당신은 나를 모르잖아요. 내가 누구인지도 모르잖아요. 그는 긴 한숨을 내쉰다. 불현듯 푸석한 가랑잎 같은 아내의 얼굴 위로 누군가의 모습이 홀연 떠오른다. 아직 잠에 취한 어린 딸을 등에 업고 새벽 들판을 성큼성큼 걸어가는 한 사내가. 한밤중 방죽가에 홀로 주저앉아 울고 있는 계집아이가. 읍내 버스 정류소 마당에서 우두커니 땅바닥만 내려다보고 서 있는 한 여인이. 그리고 찬비를 맞으며 밤새도록 가로등 아래 붙박여 서 있는 산골 청년이……

그는 아프도록 입술을 깨문다. 아내의 말이 맞았다. 그의 시선은 늘 다른 먼 곳을 향해 고정되어 있었다. 혼자서 문을 단단히 닫아걸고 들어앉은 사람도, 오로지 자신만을 위해 노래하고, 슬퍼하고, 고통스러워했던 사람도 그였다. 그사이 문밖에선 한없이 외로운 영혼 하나가 소리 없이 시들고 있었다. 그는 고개를 숙인 채 아내의 잠든 얼굴을 오래도록 들여다본다. 그는 두렵다. 아내의 얼굴을 기억하지 못하게 될까 봐. 그래서 다시 들여다본다. 그런데, 아내의 얼굴이 자꾸만 흐려진다. 그는 연신 손등으로 눈물을 훔친다.

철커덩, 철커덩. 바퀴 소리가 조금씩 되살아난다. 그에겐 그 소리가 얼핏 '시간이, 없다, 시간이, 없다' 같게만 들린다. 그는 간절히 소망한다. 이 기차가 영원히 멈추지 않고 달렸으면. 제발 목적지에 영원히 가 닿지 않았으면. 그는 아내의 두 손을 자신의 두 손으로 가만히 감싸 쥔다. 눈물이 하염없이 쏟아진다. 철커덩, 철커덩, 철커덩…… 그에게 그것은 흡사 태초의 시침 소리 같다. 우주의 맨 끝에서 울려오는.

이야기 집
― 단추눈아 집

"결국 이렇게 지상에서 사라지고 마는구나. 작고 이름 없는 세계 하나가……"

사립 앞에 혼자 우두커니 서서, 당신은 문득 탄식하듯 중얼거린다. 작은 가방 하나만 든 채 좁고 가파른 골목을 막 올라온 참이다. 연극은 오래전 중단되고 비상등마저 꺼진 깜깜한 객석에 뒤늦게 혼자 도착한 느낌이다. 무슨 연유에선지 배우와 관객은 일시에 허겁지겁 빠져나가고, 무대 위엔 자잘한 세트와 소품 들만 고스란히 남아 있을 뿐.

항상 그러했듯이, 문짝 없는 사립 사이로 좁은 마당이 훤히 들여다보인다. 하지만 지금 눈앞 그 풍경은 당신에겐 한없이 낯설고 황량할 뿐이다. 마당은 온통 잔디와 잡초가 한데 엉켜 제멋대로 자라고 있다. 거미줄만 무성한 빈 빨랫줄, 장독대 앞에 나뒹

구는 헌 빗자루, 목 부러진 플라스틱 물뿌리개, 찢어진 세숫대
야. 그리고 헛간 맞은편 돌담은 모서리가 반쯤 허물어져 있다.
흡사 수년간 방치해둔 빈집처럼 을씨년스러운 풍경이다. 지난
번 집 매매 계약차 내려왔던 게 넉 달 전인데, 그새 이렇게 변해
버리다니. 가슴 한구석이 풀썩 허물어지는 기분이다. 새로 집주
인이 된 박 선생 부부도 그사이 왕래가 뜸했던 모양이다.

"생각보다 손봐야 할 곳이 엄청 많더군요. 무엇보다 집 바깥
화장실까지 매번 들락거려야 하는 게 불편해서, 내년 봄엔 본격
적으로 손을 볼 계획입니다. 그래도 방 보일러는 아직 쓸 만할
겁니다. 지난 주말 잠깐 들러보고 왔거든요."

남겨둔 당신 몫의 짐을 마저 챙겨 나오겠노라 엊그제 전화를
했을 때, 새 주인인 박 선생은 직장 일로 좀체 틈이 나지 않는다
며 겸연쩍은 듯 웃었다. 계약서를 주고받던 날, 그는 섬에 작은
집 하나 소유하는 게 오랜 꿈이었노라고, 이제부턴 주말마다 섬
에서 지낼 거라고 말했다. 목포 정도의 거리라면 충분히 그럴 만
했다. 목포에서 토말까지는 승용차로 한 시간 반, 다시 토말에서
카페리를 타고 섬으로 건너오는 데 한 시간 남짓 걸린다.

"작가님이 서울에서 오시는 것하곤 비교도 안 되지요. 아침에
출발하면 점심은 이 집에서 먹을 수 있으니까요."

고등학교 교사로 정년을 10여 년 남겨둔 그는 은퇴하면 섬에
내려와 지낼 거라며 사뭇 흡족한 표정이었다. 부인 역시 초등학
교 교사였는데, 내외가 다 순박한 사람 같아 보여 당신은 그나마

마음이 놓였다. 20여 년 동안 각별한 정을 쏟아온 집을 내던지듯 아무에게나 넘겨주고 싶진 않았던 것이다. 바다 밑에서 잠들어 있을 '단추눈 아짐'의 마음도 당연히 그러할 터였다.

　이윽고 당신은 마당 안으로 들어선다. 웃자란 잔디가 푸석하니 밟힌다. '아이고 놀래라. 사람 간 떨어지는 줄 알았네이. 기별도 없이 뭔 일이라요!' 당신은 수돗가 쪽을 짐짓 외면한 채 안채로 발길을 돌린다. 한 손에 바가지를 쥔 단추눈 아짐이 환히 웃으며 금방이라도 걸어 나올 것만 같다. 마루 밑에서 열쇠를 찾아내어 유리창 달린 덧문을 연다. 엎어놓은 사기그릇에 열쇠를 감춰놓기로 한 건 당신과 아짐 둘만의 오랜 약속이었는데, 새 주인 내외도 그대로 하고 있는 모양이다. 대충이나마 청소를 하고 갔는지, 집 내부는 깨끗한 편이다. 열세 평짜리인 한옥은 네 칸으로 나뉘어 있다. 방 두 개 그리고 입식 부엌과 욕실. 당연히 하나같이 규모가 작다. 맨 끝 방은 당신이, 그 옆 안방은 생전에 단추눈 아짐이 혼자 썼다.

　당신은 마루 끝에 엉덩이를 걸쳐 앉는다. 집 내부 그 어디에도 시선을 두고 싶지가 않다. 어째선지 모든 게 낯설고 거북하게만 느껴진다. '아이고, 정 선상님. 어디 갔다 인제사 오시요?' 텔레비전을 보다가 아짐이 방문을 덜컹 열고 내다볼 것만 같아, 선뜻 마루 위로 올라설 마음이 생기지 않는다. 당신은 담 너머 바다 쪽에 흐린 시선을 던진 채 애꿎은 담배 연기만 깊이 빨아들인다.

당신은 다시금 후회한다. 역시 여길 찾아오는 게 아니었다.

이미 남의 소유가 된 집 안에다 아직 물건들을 남겨두고 있는
건 분명 실례였다. 그럼에도 줄곧 미루어오다 오늘에야 이렇게
내려온 것이다. 그 잡동사니들만 아니라면 결코 돌아오지 않았
을 터이다. 당신은 두려워졌던 것이다. 이 집에 들어서는 순간
폭포처럼 쏟아져 내릴 온갖 기억과 상념과 목소리 들을 마주하
고 싶지 않았다. 한사코 어떻게든 그것들로부터 도망치고 싶었
다. 지난 20여 년 세월이 집 안팎 어디에나 빗살무늬처럼 새겨놓
은 그 무수한 추억과 시간의 흔적으로부터. 아니 그 무엇보다 고
인이 된 아짐의 기억으로부터 말이다. 그럼에도 달리 방법이 없
었다. 비록 하찮은 물건들이라 해도, 새 주인더러 대신 치워달라
고 할 수는 없는 일이었다.

집 안은 물속처럼 고요하다. 아짐의 방도 당신 방도 문이 닫혀
있다. 장지문의 빛바랜 창호지엔 군데군데 구멍이 숭숭 뚫려 있
다. 3년 전 아짐이 마지막으로 안산의 아들 집으로 떠나기 전까
지, 해마다 이맘때면 창호지를 갈아주었다. 아짐이 부엌에서 풀
을 쒀 내주면, 당신은 창호지를 규격대로 오려 문짝에 붙였다.
아짐은 곁에서 종이를 잡아주고 풀이 잘 먹도록 빗자루로 쓸어
주곤 했다. 게딱지만 한 집에 문짝은 유난히 많아, 그것도 꼬박
한나절 일이었다. 이젠 그 일 역시 새 주인의 몫이 될 터이다.

어느새 당신의 눈길은 천장이며 기둥, 벽의 작은 얼룩까지 새
삼스레 하나하나 더듬어가고 있다. 건물이 들어선 건 18년 전이

다. 아짐이 살던 헌 초가집을 매입한 지 3년째 되던 해였다. 물론 당신이 경비 전액을 대고, 손수 목수를 수소문해 불러와서 지었다. 등기부상의 주인도 당신이었고, 마을 사람 모두 당신을 집주인이라 불렀다. 하지만, 아니었다. 아짐이 세상을 뜨고 얼마 후, 처음 혼자 마당에 들어서는 순간 당신은 비로소 깨달았던 것이다. 이 집의 진짜 주인은 아짐이었다는 사실을. 당신에게 팔리기 전은 물론, 이후로도 내내 그녀가 유일한 주인이었던 것이다. 20여 년 동안 당신은 그녀의 집을 찾아든 육지의 나그네였을 뿐.

뒤란으로 나가서 난방용 보일러의 전원 스위치를 올리자, 시동 음이 우웅 하고 터져 나온다. 석유는 고개 너머 포구의 기름집에서 배달해준다. 하지만 골목이 좁아 진입이 불가능한 탓에 용달차는 매번 골목 어귀에 드럼통을 내려놓고 휭 달아나버렸다. 당신은 그때마다 작은 통에 기름을 퍼 혼자 집까지 나르느라 곤욕을 치르곤 했다.

방으로 들어서자마자 창문을 열어젖혀 환기를 시킨다. 창틀에 왕거미줄이 무성하다. 오래 불기 구경을 못한 방바닥은 차갑고 공기는 선뜩한 한기마저 감돈다. 이 집은 본디 추운 집이다. 산자락을 등진 동향집이라 오후 그늘이 유난히 빨리 찾아드는 탓이다. 적어도 두어 시간은 지나야 냉기가 다소 가실 것이다.

어차피 정리할 짐이라고 해봐야 얼마 되지 않을 터이다. 반달이 안에 든 옷가지들, 책 수십여 권이 전부다. 나머지 세간들 대부분은 그대로 두고 가기로 했다. 새 주인은 자질구레한 부엌살림이며 장롱, 아직 새것 같은 이불 몇 채는 자신들이 사용하겠노라고 했다. 안방에 있는 아짐의 물건들이 맘에 걸렸으나, 다행히 지난 한식에 아짐의 아들이 내려와 치워낸 모양이다. 당신은 내일 아침 일찍 섬을 떠날 작정이다. 방바닥을 대충 비로 쓸어내고 나서 당신은 다시 밖으로 나온다.

마당에 내려 쌓이는 가을 햇살이 새삼 따스하게 느껴진다. 이렇듯 볕 좋은 날, 아짐은 마당에 짚 깔개를 펴놓고 빨갛게 익은 고추를 말렸을 터이다. 돌담을 덮은 담쟁이 이파리에 그새 울긋불긋 단풍 물이 올라 있다. 어깨높이의 그 돌담을 쌓은 건 새집들어서고 그 이듬해였으리라. 집 앞쪽이 휑해서 늘 마음에 걸리던 차에, 때마침 이웃집에서 자기네 돌담을 뜯어 가라고 당신에게 선심을 써왔다. 그 집주인은 놀랍게도, 조상 때부터 내려온 고색창연한 돌담을 허물고 대신 시멘트 블록 담을 쌓는다고 했다. 때마침 마을에선 낡은 집을 헐고 새집을 짓느라 여기저기 야단들이었다. 덕택에 더없이 근사한 돌담을 거저 얻긴 했지만, 정작 그 집 흉물스러운 블록 담을 볼 때마다 당신은 공연히 미안해지곤 했다.

돌담에 기대서서 당신은 한동안 마을의 골목과 지붕 들을 내려다본다. 언덕 위에 새 둥지처럼 들어앉은 집이라, 마당에 서면 마을 전경과 앞바다가 고스란히 한눈에 들어온다. 이 집을 보고

212

마을 사람들은 더러 절집이라고 부르기도 한다. 건물이 들어선 위치도 그렇지만, 막다른 고샅이라 평소 찾아오는 이가 거의 없다시피 해서다.

오후 3시. 햇살이 차츰 사위어들고 있다. 멀리 맞은편 아스라이 소안도가 건너다보인다. 그 앞쪽에 점점이 떠 있는 자잘한 섬들은 모두 무인도다. 해변을 따라 길게 늘어선 방풍림 너머, 바다는 하오의 햇살 아래 고즈넉이 엎드려 있다. 수백 년 묵은 아름드리 소나무들로 이루어진 그 방풍림은 천연기념물로 지정되어 있다. 마을 앞 해변은 전국에서 아름답기로 손꼽힌다는 이름난 풍경이다. 하지만 어째서일까. 오늘 당신의 눈에는 모든 게 생기를 잃은 채 음울하게만 비친다.

부용도(芙蓉島). 이름만큼이나 아름다운 섬이었다. 대학 시절 친구들과 어울려 캠핑 여행을 와본 게 첫 인연이었다. 교통 사정이 극히 열악한 시절이었다. 아침 일찍 버스로 광주를 출발, 완도읍에서 다시 연락선으로 두 시간 반이나 걸려 황혼 녘에야 부용도 포구에 닿았다. 섬 끄트머리 막다른 동네인 해송리까지는 아직 버스 길조차 나 있지 않을 때였다. 이튿날 아침 꼬박 한 시간을 걸어 마침내 고갯마루 위에 올라서는 순간 당신은 숨이 턱 멎는 듯했다. 반달처럼 휘어져 나간 조약돌 해변, 원시림을 이룬 울창한 숲. 유리알같이 맑은 쪽빛 바다. 특히나 5,60호 되는 가옥들 태반이 초가인 데다가 흙벽과 돌담까지 고스란히 남아 있어, 흡사 타임머신에 실려 왕조시대 어디쯤으로 훌쩍 날아든 느낌이었다.

그 강렬한 기억 때문에, 결혼 이듬해에 혼자서 다시 섬을 찾았다. 그사이 초가집 숫자는 대폭 줄었지만 마을은 여전히 아름답고 신비로웠다. 마을에 하나뿐인 가게 뒷방에서 이틀을 묵은 뒤 당신은 무턱대고 이장 집을 찾아갔다.

진심으로 여기서 살고 싶다. 실은 나도 섬에서 태어난 사람이다. 어쩐지 이곳 부용도가 나한테는 진짜 고향처럼 느껴진다. (자네, 고향이 어딘디? 평일도입니다. 아, 그래애? 그러믄 피차 다 같은 고향 사람이구먼.) 지금은 이렇게 도시에서 떠돌고 있지만, 파도 소리 바람 소리 들으며 사는 것이 내 평생소원이고 꿈이다. 사실 내 직업이라는 것이, 직장이라 부를 만한 일터가 따로 없는 일종의 자유업이다. 생활비는 교사인 아내가 주로 버는 셈이다. 뭐 나도 벌이가 아주 없진 않지만, 아직까진 풋내기 소설가라서…… (소설가라, 그것이 무슨 일을 하는 직종인고? 환갑 줄에 접어든 이장이 고개를 갸웃하고 물었다. 아 예, 소설을 쓰는 일이죠. 소설책 말입니다. 그래도 여전히 눈만 껌벅껌벅하고 있기에, 당신은 재차 고쳐 말했다. 그러니까, 이야기책을 만드는 겁니다. 이야기? 아아 그 머시냐, 이야그채액? 그제야 대충 고개를 주억이더니, 이장은 새삼 다소 한심하다는 표정으로 당신의 얼굴을 훑어보았다.) 어쨌건 몸뚱이 하나 자유롭고, 특히 시간이 많다는 게 이 직업의 유일한 장점이다. 앞으로 마을에 거처가 정해지면, 광주 집과 이곳을 오가며 주로 혼자 지낼 터이다. 물론 이야기책 만드는 일에 전념하기 위해서다. 요컨대 해송리에 집 한 채를 마련하고 싶다. 작을수록, 특히 값이 적을수록 좋다. 헌 집도 좋고, 빈집이라면 더 말할 나위도 없겠다. 부디 기억해두셨다가 연락 주시기 바란다.

대충 그런 식으로 횡설수설 늘어놓은 다음, 당신은 담배 한 보루를 마루 끝에 슬그머니 내려놓고 일어섰다. 설마 했는데, 한 달 후 이장이 집으로 전화를 걸어왔다. 산자락 언덕배기의 조그만 초가집. 몇 해 전 영감을 병으로 떠나보내고 노인 혼자만 살고 있는 집. 그런데 특별한 조건 하나가 붙어 있었다. 집을 팔고 나서도 앞으로 최소한 3년 동안은 자신을 종래대로 그 집에서 지낼 수 있게 해주겠다는, 확실한 약속을 받아야 한다는 거였다. 그 정도야 무슨 문제겠는가. 그러마고 당신은 덜컥 약속부터 해버렸다. 그리고 아내를 본격적으로 꾀고 달래고 들볶아댄 끝에, 마침내 주말을 이용해 함께 섬으로 향했다.

단추눈 아짐을 처음으로 만나던 그날을 당신은 또렷이 기억한다. 날이 저물어서야 섬에 도착한 부부는 포구에서 일박하고, 다음 날 아침 일찍 해송리로 넘어갔다. 9월 중순인데도 한여름같이 더운 날씨였다. 이장이 알려준 대로 좁은 고샅을 걸어 올라 그 집 사립 앞에 섰을 때, 부부는 입을 떡 벌렸다. 꼬막 껍데기 같은 초가삼간은 말 그대로 폭삭 주저앉기 일보 직전이었다. 지붕 위엔 시커멓게 삭은 볏짚을 고랑 삼아 잡초가 무성하고, 어설픈 기둥마다 하나같이 수세미처럼 숭숭 좀 구멍이 뚫려 있는 꼴이 영락없는 전설 속의 흉가 딱 그대로였다.

"세상에! 요즘에도 이런 집이 다 있네."

"우리가 제대로 찾아오긴 한 건가."

둘이서 마당 안으로 주춤주춤 들어서는데, 부엌에서 누군가 불쑥 모습을 드러냈다.

"거그, 웬 사람들이요?"

흰 모시 치마저고리 차림을 하고 한 손엔 바가지를 쥔 육십대 여인이 대뜸 물었다. 막대기를 분지르는 것 같은 퉁명스러운 말투였다. 쭈뼛대며 사정을 말했더니 그제야 "오메, 그려요? 여그 조까 앉으시오들" 하는 대답이 돌아왔다. 말투는 다소 나아졌으나 무표정은 여전했다. 작달막한 키. 부스스한 파마머리. 약간 통통한 체형. 젊어서는 복스러웠을 법한 둥근형 얼굴. 하지만 유난히 작은 눈 때문인지, 속내를 얼른 읽어내기 힘들었다.

"어쩌까라우. 방으로 들어가시라고도 못 하겠고. 마침 오늘이 우리 영감님 제사요."

"죄송합니다. 그런 줄도 모르고, 하필……"

"괜찮허요. 집 꼬락서니가 더없이 행팬없소마는, 이왕 오셨응게 한번 둘러보고 내려들가시오."

그녀가 부엌으로 사라지자 부부는 마당을 대충 둘러보았다. 연극 무대 세트처럼 집도 작고 터도 좁았다. 그럼에도 손바닥만

한 텃밭과 헛간까지 붙어 있는 게 신기했다. 말로만 듣던 초가삼간은 가까이서 보니 당장 무너져 내릴 듯 더 위태로워 보였다. 아내는 시종 황당하다는 낯빛이었지만, 당신은 내심 결정을 내린 뒤였다. 토종 맨드라미꽃이 붉게 핀 마당, 그리고 담 너머 바다 풍경에 완전히 혼을 빼앗겼던 것이다. 훗날 아짐은 그때 일을 이렇게 털어놓았다.

"그날 아침에 정 선상님 내외가 사립으로 불쑥 들어서는디, 첫눈에 내 맘이 싸악 하니 편안해지더란 말이오. 오라, 우리 영감이 자기 제삿날, 이렇게 좋은 사람들을 나한테 보내주셨능갑다. 아, 퍼뜩 그런 생각이 들더랑께."

마침내 당신은 해송리 주민이 되었다. 당신 소유의 첫번째 집이 생긴 거였다. 우선 초가삼간에 당신의 방부터 마련해야 했다. 안방은 아짐의 차지였으니, 당신 몫의 공간이 없었다. 창고 방의 마루를 뜯어낸 다음 구들을 새로 깔고 연탄용 보일러 방으로 만들었다. 턱없이 비좁고 옹색해도 욕심을 부릴 만한 처지가 못 되었다. 어린 시절 고향 집의 기억을 떠올리면 그나마도 감지덕지였다. 광주 집에서 책, 이부자리, 간단한 취사용품을 가져와 어설프기 그지없는 자취 생활을 시작했다. 식사와 빨래 모두 손수 해결했다. 아짐이 불편해할까 봐 부엌 출입을 가급적 삼가고 밥도 방 안에서 휴대용 버너로 해 먹었다.

광주의 아파트와 섬을 오가는 생활에 당신도 가족도 차츰 익숙해져갔다. 한번 내려오면 짧게는 일주일, 길게는 한 달쯤 지내곤 했다. 아짐이 여전히 이쪽을 경계하며 지켜보고 있다는 걸 당신은 알고 있었다. 1년쯤 지나자 석고상처럼 굳어 있던 아짐의 표정이 차츰 누그러졌다. 뜻밖에도 그녀는 대단히 선량하고 상냥한 표정을 감춰놓고 있었다. 말수도 부쩍 많아져서, 전혀 딴사람이 된 것 같았다. 어느 날 아침, 늦잠에 빠져 있는 당신을 아짐이 밖에서 조심스러운 목소리로 깨웠다.

"정 선상님. 그만 일어나서 밥 드시요이. 그리고 앞으로는 따로 밥 차릴 필요 없어라우. 인자는 한집 식구나 마찬가징께, 안방으로 건너와서 함께 드십시다이."

그날부터 구차스럽던 자취 생활은 끝이 났다.

"혼자 밥해 묵는 거 빤히 보면서도, 실은 내가 지금까장 일부러 모르는 척하고 있었소. 그동안 나보고 독한 늙은이라고 속으로 욕 많이 했지라우?"

밥상 앞에 앉은 당신을 향해 아짐은 처음으로 환하게 웃어 보였다. 그리고 그동안 왜 경계하고 유심히 살폈는지, 이유를 털어놓았다. 멀쩡한 젊은 사람이 뭣할라고 이런 구석진 섬까지 내려와서 혼자 저 궁상으로 지내겄는가 말여. 보나 마나 죽을병에 든 폐 질환자 아니면 정신이 살짝 이상한 사람임에 틀림없당께. 만일 무슨 흉측한 전염병 같은 것이믄 큰일 아닌갑네…… 마을에 그런 소문이 나돌았다는 걸 당신만 모르고 있었다.

3년 후, 초가삼간은 정말로 폭삭 주저앉아버렸다. 7, 80년 묵은, 마을에서 가장 오래된 초가 흙집이었다. 애초에 부실한 골격임에도 그 나이까지 버텨온 게 참으로 용했다. 여름 내내 큰비가 유난히 잦았던 해였다. 때마침 당신은 광주에 올라와 있다가 전화를 받았다. 평소 가깝게 지내는 가겟집 노인이었다. 매사에 서툴고 어수룩한 당신을 위해 여러모로 신경을 써주는 어른이었다.

"어따메, 얼릉 내려와야 쓰겄네야. 간밤에 정 선상네 집이 주저앉아부렀단 말이시."

다음 날 억수 같은 장대비를 뚫고 허겁지겁 내려갔다. 마루에 쪼그려 앉아 있던 아짐은 당신을 보자마자 대성통곡을 했다. 아이고, 선상님. 이 일을 어째사 쓸까라우. 당신은 놀란 가슴을 쓸어내렸다. 부엌 지붕 절반이 통째로 내려앉아 하늘이 훤히 보였다. 한밤중에 벌어진 일이었다는데, 만일 그게 안방이었으면 어쩔 뻔했는가. 집은 수리가 아예 불가능한 상태였다. 섣불리 손을 댔다간 그나마도 완전히 주저앉고 말 판국이었다.

"그럼 이참에 아예 깨끗이 철거해버리는 거예요. 일단 터만 남겨놨다가, 훗날 당신 노후 생활을 위한 새집을 지으면 되잖아요."

매사에 현명한 아내다웠다. 당신도 제발 그러고 싶었다.

"그럼 아짐은 어떡하라고?"

"어떡하긴요. 경기도 안산에 아들이랑 딸이 살고 있다면서요? 애초 계약할 때도 그러셨잖아요. 3년 후엔 자식들 집으로 들어갈 거니까, 그때까지만 살게 해달라고."

백번 옳은 말이었지만 당신은 울상을 지었다. 그사이 상황이 변했던 것이다.

"아짐은 안 가시겠대. 아니, 갈 수가 없게 됐나 봐."

"아니, 어째서요?"

"아짐은 평생 아이를 한 번도 낳아본 적이 없어. 친자식들이 아니란 얘기야. 스물두 살 때부터 그 집에 후처로 들어와 살았대. 어쨌건, 아짐을 강제로 쫓아낼 수야 없잖아."

차라리 이참에 집을 새로 짓자는 말에, 아내는 거의 공황 상태에 빠졌다. 그때 당신 가족은 17평짜리 전세 아파트에 살고 있었다. 5년 후 내 집 마련을 목표로 아내는 주택적금을 붓고 있었다. 백수나 진배없는 주제에, 멀고 먼 섬 구석에다 집을 짓겠다니! 돈키호테. 과대망상 환자. 구제 불능의 자아도취…… 하지만 아내는 천성이 모질지 못했다. 온종일 이불 둘러쓰고 끙끙대더니, 결국 체념을 했다. 당신 앞에 적금 통장을 툭 던지며 아내는 말했다. 이거 다 가져가고 나면, 우리 집은 언제 마련할 거예요? 당신은 아내의 두 손을 덥석 잡으며 히죽히죽 웃었다.

"여보. 우리 집이 생기는 거야. 부용도 해송리에! 생각만 해도 기가 막히잖아?"

때마침 해송리 마을엔 외지에서 들어온 목수들이 개량 한옥 대여섯 채를 한꺼번에 짓는 중이었다. 농협에서 주민들을 위해

융자를 해주었다는데, 물론 당신에겐 자격이 없었다. 어쨌건 당신은 목수 한 사람과 공사 계약을 맺었다. 지독한 주정뱅이에다 성깔마저 고약한 목수였다. 온갖 우여곡절 끝에 8개월 만에야 공사가 끝났다.

공사 막바지엔 마을 사람들에게서 큰 도움을 받았다. 지붕에 시멘트 기와를 얹기 위해선 먼저 많은 양의 진흙을 바닥에 깔아야 했다. 섬엔 잡역부란 직업이 아예 존재하지 않아서, 수십 명이나 되는 인부를 구할 도리가 없었다. 다른 집들은 마을 공동 울력으로 간단히 해치웠지만, 외지에서 흘러들어 온 사람을 위해 주민들이 선선히 나서줄지 의문이었다. 작업을 하기로 한 날 아침, 이장이 서너 번이나 온 마을에 대고 방송을 했지만 오전 10시가 넘도록 아무도 나타나지 않았다. 이젠 틀렸구나 하고 혼자 아연해서 앉아 있으려니, 한심하게도 눈물이 절로 쏟아지기 시작했다. 대책 없이 애당초 내가 왜 이 짓을 시작했나. 새삼 모든 게 아짐 탓만 같아 당신은 못내 원망스러웠다.

한 시간쯤 지났을까. 돌연 남녀노소 수십 명이 한꺼번에 마당으로 몰려들어오는 거였다. 단추눈 아짐이 온 동네를 혼자 뛰어다니며 눈물 바람으로 이렇게 하소연을 한 덕분이었다.

"이보시오, 동네 사람드을! 얼릉 좀 도와주시요들! 시방 그 젊은 사람이 기가 맥혀 혼자 펑펑 울고 있단 말이요오!"

그렇게 새집이 생긴 이후, 당신과 아짐의 사이는 훨씬 가까워졌다. 코딱지만 한 집 짓는답시고 온갖 고생을 함께 겪으며 얻게 된 동지애 덕분이었다. 아짐은 무리하게 새집을 지을 수밖에 없게 된 게 자신 때문이라고 여겼다. 자존심 때문에 말은 안 해도, 그녀는 당신 부부에게 내심 고맙고 또 미안해하고 있었다.

아짐의 나이는 당신보다 무려 35년 위였다. 자신의 어머니보다 연세 많은 노인임에도, 당신은 한참 동안 그녀를 '아짐'이라고 불렀다. 당신의 장난기 탓도 있지만, 아짐 역시 우스갯소리 삼아 그렇게 불러주기를 원했으니까.

"오메, 할머니라니! 어디를 보드라도 내가 벌써 할머니 소리 듣게 생겼소? 아짐이라고 부르란 말이요."

일흔이 넘고 여든이 가까운 나이가 되었을 때까지도, 아짐은 그렇듯 장난기가 넘쳤다. 아짐에게 엉뚱하게도 '단추눈'이라는 별명을 붙여준 건 당신이었다.

"으마, 내가 딱 한 가지, 눈이 단춧구멍만 해서 그렇제, 각시 때는 이쁜 얼굴이라는 소리를 제법 많이 듣고 살았소. 진짜요. 내가 어째 요렇게 단춧구멍 눈이 된 줄 아시요? 우리 어매가 날 막 낳아놓고 디려다본께, 으마, 애기한테 눈이 없었등갑서. 어찌나 놀래가꼬, 다급한 참에 얼릉 손톱으로 줄만 두 개 죽죽 그어놓았든 모양이제. 어매도 참, 기왕 그릴라믄 제대로 해놓든가. 왜 그랬으까잉."

과연 아짐의 눈은 유난히 작았다. 게다가 눈두덩까지 두툼해서 눈동자가 밖으로는 거의 드러나 보이지 않았다. 실제로 당신 역시 아짐의 눈동자를 제대로 본 기억이 없다. 눈썹연필로 무성의하게 슬쩍 그어놓은 것 같은 가는 선만 떠오를 뿐이다. 사실 아짐은 평소 신장이 좋지 않아 얼굴이 항상 부석부석했다. 본디 눈이 작기도 했지만, 부기 탓에 더욱 작아 보였을 것이다. 당신이 단춧구멍 대신에 '단추눈'이란 별명을 붙인 건 그래서였다.

돌이켜 생각해보면, 신기하리만치 아짐과 당신은 죽이 잘 맞았다. 성격상 다른 면이 많았음에도 그럴 수 있었던 건 아마도 피차 타고난 장난기 때문이었으리라. 아짐은 천성적으로 장난기가 많은 사람이었다. 당신 또한 장난기로만 따지자면 가히 병적일 정도였다. 유소년기야 그렇다 쳐도, 부모가 된 나이에도 별로 나아진 게 없다. 조절기가 망가진 자동인형처럼 시도 때도 없이 도지는 장난기 때문에 곤란을 당한 경험이 부지기수이다. 그로 인해 언제부턴가 사람 많이 모이는 자리를 기피하는 버릇까지 생겼다.

아짐의 장난기도 만만치 않았다. 그렇다고 수다스럽거나 행동이 산만하진 않았다. 오히려 평소엔 조용하고 유달리 수줍음이 많았다. 무슨 얘길 하다가 금세 볼이 발개지며 수줍어하는 표정은 사춘기 계집아이 그대로였다. 칠순 노인의 주름진 얼굴에 아직 그런 표정이 남아 있다는 건 놀라운 일이었다.

아짐에겐 확실히 어린아이 같은 천진함이 남아 있었다. 장난기는 그 천진함의 발로였다. 그녀는 하찮고 사소한 것들에 호기심이 많았다. 벌레 하나 함부로 죽이지 못했고, 집을 찾아드는 고양이나 새한테까지도 잊지 않고 한마디씩 말을 건넸다. 꽃을 유난히 좋아해서 좁은 마당은 늘 꽃밭 같았다. 소박하고 욕심 없는 성품답게 일상의 작고 사소한 일에서도 만족과 즐거움을 찾아낼 줄을 알았다. 배운 거라곤 한글로 제 이름을 겨우 쓰는 정도였지만, 총명하고 감정이입 능력이 뛰어나 다른 이의 고통과 슬픔을 누구보다 잘 이해하고 공감할 수 있는 사람이었다.

섬 생활에 당신은 더없이 만족했다. 무엇보다 글쓰기에 최대한 몰입할 수 있어서 좋았다. 작업량이 부쩍 늘어나고, 규칙적인 생활 덕분에 건강도 한결 나아졌다. 주로 저녁에 글을 쓰고, 낮 시간엔 섬 곳곳을 한가롭게 돌아다녔다. 그런 한편으로, 피서 철이 끝나면 마을에서 연례행사로 실시되는 해변 공동 청소 작업 같은 행사엔 가급적 참여하려고 노력했다. 외지에서 들어온 처지인지라 아무래도 주민들 시선에 신경이 쓰일 수밖에 없었다.

또 틈틈이 섬사람들의 생활을 조금이나마 익히겠다는 기특한 마음에, 당신은 걸핏하면 사방으로 아짐의 뒤를 졸졸 쫓아다녔다. 섬엔 호기심과 장난기를 충족시켜줄 만한 재료들이 널려 있었다. 철 따라 진달래, 산딸기, 인동초 따위를 따다가 술을 담그고, 잿밤나무 열매를 주어다가 불에 볶아 먹겠다고 호미를 쥔 채 앞산 뒷산 골짜기를 누비기도 했다. 갯가에서 미역, 톳, 파래를 채취하고, 게, 해삼, 고둥도 잡아서 냄비에 넣고 삶아 먹었다. 닷새마다 돌아오는 장날이면 어김없이 이웃 섬 포구로 건너갔다. 아짐이 짜장면을 유독 좋아해서, 점심은 매번 장터 골목 중국집

'북경루'에서 해결했다. 각기 양손에 봉지를 올망졸망 나눠 들고 장터를 돌다 보면, 사람들은 곧잘 두 사람을 모자지간으로 여겼다.

툭, 떼구르르.

뒤란 지붕에서 뭔가 떨어져 구르는 소리가 났다. 장독대 뒤엔 감나무 한 그루가 있다. 수십 년 묵은 나무임에도 키도 수형도 영 볼품이 없다. 감알 크기라고 해봐야 고작 밤톨만 한데, 특이하게 도 씨가 들어 있지 않았다. 늦가을에 장대로 따서 대바구니에 담 아놓고 홍시를 만들어 먹으면 의외로 맛이 그럴싸했다. 뒤란으 로 돌아 나가 올려다보니, 발갛게 익은 감알들이 듬성듬성 달려 있다. 아짐이 없으니, 이젠 그걸 일일이 따 모을 손길도 없는 것 이다. 무심코 돌아서려던 당신은 한순간 소스라치게 놀란다.

뱀이다. 목 주위가 붉은 꽃뱀. 놈은 장독대 위, 옹기들 틈에서 반쯤 똬리를 틀고 엎드려 있다. 굵은 흑갈색 몸통에선 윤기가 흘 러내린다. 나른한 초가을 햇볕을 받으며 졸고 있는 것일까. 당신 은 이쪽을 쏘아보는 그것의 눈길을 감지한다. 이윽고 녀석이 느 릿느릿 움직이기 시작했다. 헛간 옆 돌담 속으로 놈이 모습을 마 저 감출 때까지, 당신은 숨을 죽인 채 지켜보았다.

어디서 온 것일까. 헛간 뒤편 덤불 속에 사는 놈인지도 모른 다. 문득 어린 시절 고향 집에서 본 커다란 구렁이가 떠오른다. 마당 앞 돌담 위를 구물대며 느릿느릿 이동하던 그 거대한 집 구

렁이. 오래된 초가지붕이나 돌담 속에 숨어 살면서 쥐, 박쥐, 개
구리 같은 걸 잡아먹는다고 했다. 그런 집 구렁이를 '업'이라고
부른다는 사실을 가르쳐준 사람은 당신의 조부이다.

"어느 집에건 대개 그런 업이 하나씩은 살고 있단다. 조상의
영이 그런 모습을 하고서 후손의 집을 지켜주는 거여. 평소엔 사
람 눈앞에 절대 모습을 보이지 않다가, 집안 운이 다하거나 액운
이 덮칠라 치면 업이 먼저 알아채고 그 집을 떠나는 법이여."

지잉지잉, 징 지잉.

문득 어디선가 희미한 소리가 들려온다. 징 소리, 장구 소리,
꽹과리 소리. 담 너머 고개를 빼고 내려다보니, 소리는 서쪽 갯
가 부근에서 나는 것 같다. 어느 집에서 굿을 하는 건가. 아니면
새 고깃배를 마련한 선주가 선착장에서 고사를 올리는 중인지
도 모른다. 당신은 마을 주변을 한 바퀴 돌아보기로 한다. 사립
을 막 나서려는데, 무심코 저만치 맞은편 산기슭에 시선이 가닿
는다. 밭 한쪽에 동그마니 들어앉은 무덤 하나. 바로 단추눈 아
짐의 남편 최 씨의 묘이다.

문짝 없는 사립 너머로 무덤은 마당 어디서든 빤히 올려다보
인다. 영감이 거기 묻힌 뒤부터 아짐은 한동안은 아침마다 토방
에 서서 그쪽을 향해 편히 주무셨느냐고 인사를 건네곤 했단다.
원래 멀쩡하게 달려 있던 사립문을 떼어낸 것도 죽은 남편 때문
이었다. 아짐은 비슷한 꿈을 몇 차례나 꿨다. 죽은 영감이 밖에

서 문짝을 쾅쾅쾅 두들기며 왜 문을 잠갔느냐고 불같이 화를 내는 꿈이었다. 점집을 찾아갔더니, 매부리코 노인은 대뜸 눈알을 부릅뜬 채 호통을 쳤다.

"이봐, 눈 작은 아지매. 솔직히 영감 따라 빨리 죽고 싶지 않거든, 내 말 잘 들어. 시방 당장 돌아가서 그놈의 문짝을 확 떼어내부랑께. 두 짝 다!"

간암으로 수년 앓다가 세상을 뜬 그 두번째 남편에 대한 얘기를 아짐은 이따금 꺼내곤 했다. 하지만 당신 생각엔, 열두 살 연상인 최 씨에게 아짐이 썩 각별한 정 따위를 지녔던 것 같진 않다. 깡마른 체구에 깐깐하고 불같은 성격인 그 늙은 남편은 나름대로 그녀를 꽤 배려해주었던 모양이다. 하긴 더없이 궁색한 데다 아이 둘까지 딸린 홀아비 처지에, 거저 얻어오다시피 한 젊은 후처를 함부로 대할 수도 없었을 터이다. 어쨌건 죽기 직전에 남편이 초가삼간을 자신의 명의로 이전해주고 떠났다는 사실에 대해 아짐은 내내 고마워했다.

"정 선상님. 나도 죽으믄 저그 영감님 옆에 묻힐 것이요. 가끔씩 마당에서 이쪽을 쳐다보면서, 우리 눈 큰 아짐이 저그 누워 있구나 하고 생각이라도 해주씨요이? 그래야 복 많이 받고 살지라우. 으흐흐."

아짐은 당연히 자신도 거기 묻힐 거라 믿고 있었다. 아마 눈을 감는 순간에도 그랬으리라. 하지만 지금 그녀는 한 줌 가루로 흩어진 채 바다 밑 어디쯤을 떠돌고 있었다.

양정님. 여. 전라남도 완도군 부용면 해송리 32번지. 1920년 3월 출생. 2004년 9월 사망. 이것은 이제 더는 세상에 없는 단추눈 아짐에 관한 유일한 공식적인 기록이다. 지난번 토지 관련 서류를 떼러 면사무소에 들른 길에 별생각 없이 서류를 열람해보니 그렇게 적혀 있었다. 머잖아 그 한 줄 기록조차 영영 지워지게 되리라. 하지만 당신 기억 속에 아짐은 수많은 모습과 음성과 이야기로 고스란히 남아 있다.

그녀의 고향은 인근의 섬, 소화도였다. 섬 안쪽에 위치한 조그만 마을에서 5남 3녀 중 둘째 딸로 태어났다. 논을 조금 가지고 있어서, 적지 않은 식구임에도 그런대로 배를 곯지는 않았다. 아비는 늦둥이인 그녀와 여동생을 퍽 귀여워했다. 아비가 매를 든 적은 꼭 한 번, 동네 야학에 다니겠다고 떼를 썼을 때였다. 고작 열흘도 채 안 다녔지만 그 덕에 그녀도 한글 구경은 했다.

그녀는 겨우 열여섯 살에 가까운 섬으로 시집을 갔다. 마을 하나, 등대 하나가 전부인 아주 작은 섬이었다. 홀어미를 둔 외동아들인 신랑 오 씨는 신부보다 일곱 살이나 많았다. 군사적 요충지인 그 등대의 직원 다섯 명은 전원 일본인이었다. 오 씨는 그 등대에 임시 고용된 유일한 조선인 잡역부였다. 목포에서 중학교를 나온 그는 마을에선 유일하게 월급을 받는 인텔리이자 신식 멋쟁이기도 했다.

나이 많은 신랑은 도시물까지 먹어 세상 물정에 환했다. 하이

칼라 머리에 흰 구두를 신고 나서면 도시 사람 같았다. 열여섯 살짜리 신부는 아직 코흘리개나 마찬가지였다. 첫날 저녁 신랑이 이불 속으로 기어들자 그녀는 무서워 울음을 터뜨렸다. 신랑은 어처구니없어 허허 웃기만 할 뿐 억지로 몸에 손을 대지는 않았다. 여러 날 지나서야 가까스로 첫 밤을 치르긴 했지만 신부는 두렵고 어리벙벙하기만 할 뿐이었다. 오 씨는 등대 전용선을 타고 빈번하게 목포를 들락거렸고, 그때마다 제 어미와 어린 신부에게 옷이며 단 과자 같은 걸 사다 주곤 했다.

오 씨는 쾌활하고 선량한 남자였다. 그는 신부를 마치 어린애 대하듯 귀여워해주었다. 술을 무척 좋아했지만 험하게 주사를 부린 적은 한 번도 없었다. 어린 그녀에게 오 씨는 남편이라기보다 삼촌이나 큰 오라비 같은 남자였다. 그런 남편에겐 이미 전부터 여자가 있었다. 한마을에서 딸 하나를 데리고 사는 과부 말례였다. 오 씨보다 두어 살 많은 그 해녀는 늘씬한 허리에 얼굴은 가무잡잡하고 웃음이 유별나게 헤펐다. 오 씨는 저녁을 먹은 후엔 거의 매일같이 말례네 집으로 건너가서 밤늦게야 돌아오곤 했다. 한동안은 남편의 말처럼 그저 어릴 때부터 함께 커온 사이니까 그럴 수 있겠지 여겼다. 그런데 두 해가 지나도 마찬가지였다. 몇 차례 시어머니 몰래 그 집 고샅까지 가보기도 했다. 대체 뭘 하고 노는가 싶어 궁금해서였는데, 담 밖에서 둘의 말소리와 웃음소리만 엿듣다가 그냥 돌아오곤 했다. 놔둬라. 사내라는 종자가 원래 다들 그런 거여. 저러다가 언제건 정이 떨어질 때가 되면 자연히 발길을 끊게 되겠지. 시어머니는 매양 똑같은 소리였다.

어느 해, 오 씨는 1년간 목포에서 출장 근무를 하게 되었다. 그녀는 시어머니와 단둘이 섬에 남았다. 오 씨는 간간이 한 번씩 집에 들를 때마다 선물을 사 왔고, 그녀를 평소처럼 귀여워해주었다. 그사이 말례는 온갖 핑계를 대며 부쩍 육지 나들이가 잦은 눈치였다. 목포 부둣가에 둘이서 아예 살림방을 얻어놓았다더라, 어쩌고 하는 소문을 그녀 혼자만 오랫동안 모르고 있었다. 1년간 출장 근무를 마치고 돌아온 뒤, 남편의 저녁 외출은 다시 시작되었다. 그렇게 5년이 흘러갔다. 어째선지 그때까지도 그녀에겐 아이가 들어서지 않았다. 애도 낳지 못하는 여잘 어디에 쓰겠느냐는 소리를 시어머니는 입에 달고 살았다.

마침내 어느 이른 아침, 그녀는 옷 보퉁이 하나만 껴안고 사립을 빠져나왔다. 남편은 육지 출장 중이었고, 시어머니는 어두운 방 안에서 짐짓 모르는 척 곰방대만 물고 앉아 있었다. 그녀는 곧장 선착장으로 내려가 연락선을 타고 친정으로 돌아왔다. 그 후로 등대섬엔 두 번 다시 발을 딛지 않았다. 몇 달 뒤, 남편 오 씨가 딱 한 번 그녀를 찾아왔다. 지금 옆 마을에 와서 기다리고 있으니 건너오라는 전갈을 받았지만, 그녀는 나가지 않았다.

"눈매도 서글서글허니, 늘 싱글싱글 웃는 인상이었소. 허우대 좋고, 걸걸헌 목소리에 참말로 남자답게 생겼어라우. 나한테도 그렇게 잘 대해주고…… 그랬었는디, 내가 그때는 왜 그랬었등가 몰라. 소화도에 있는 의원 따위가 뭣을 알겠소? 목포 어디 큰 병원에 찾아가서 자세히 알아보고 그랬으믄, 애도 밸 수 있게끔 치료도 받고 그랬을 텐디. 내가 어쩌다 이런 섬 구석에 태어났등 고! 시방까장 한이 된당께, 참말로……"

첫 남편 오 씨에 대해 얘기할 때, 아짐은 한 번도 원망을 늘어 놓지 않았다. 되레 각별한 정과 함께 묵은 미련과 회한이 목소리와 눈빛에 절절히 묻어났다. 그럼 말예요, 아짐이 만약 이 세상에 다시 태어나서 그 아저씰 또 만난다고 하면 그땐 어쩌실 겁니까? 언젠가 내가 일부러 그리 물어본 적이 있다. 순간 그녀는 불현듯 눈을 빛내며 이렇게 대답했다.

"다음 세상에 다시 태어난다믄이라우? 아, 그야 당연히 그 사람한테 가야지요. 그때는 아그들도 여럿 낳아가꼬, 둘이서 진짜로 알콩달콩 살아봐야지라우."

그녀는 첫 남편 오 씨를 평생 가슴에 담아둔 채 살았으리라. 등대섬을 떠나온 그날 이후 내내 아짐은 그를 보지 못했다. 그러다 무려 45년이 흐르고 나서야 오 씨를 다시 만났다.

여러 해 전이었다. 당신이 광주 집에서 한동안 지내다가 내려오니, 아짐이 자리에 몸져누워 있었다. 어디가 특별히 아픈 건 아니고 힘이 없을 뿐이라고 했다. 식사도 잘 안 하고 한껏 어두운 얼굴로 한 이틀 그러고 있더니, 저녁에 문득 당신을 불러다가 앞에 앉힌 다음 큰 한숨부터 내쉬었다.

"내 아무헌티도 말 안 할라고 했는디…… 그 사람, 죽었다고 합디다. 엊그저께요."

그 반년 전쯤, 재 너머 마을 사람 하나가 조용히 집으로 찾아왔다고 했다. 오 씨의 사촌 조카라는 이였다. 오 씨가 오랜만에 자기 고향 등대섬에 들렀다 돌아가는 길에 그녀를 꼭 한 번 보고 가겠노라고, 지금 자신의 집에서 기다린다는 거였다. 그녀는 두 말 않고 그를 냉랭하게 돌려보냈다. 과연 그날 저녁 오 씨가 직접 전화를 해왔다. 말투가 예전 그대로였다.

이튿날 오전 그녀는 버스를 타고 포구로 나갔다. 오 씨는 완전한 백발이었다. 마르고 수척하긴 했으나, 팔순 중반치고는 허리도 곧고 말도 그리 어눌하지 않았다. 식당에서 매운탕과 회를 먹고는 다방에 들어가 한 시간쯤 더 마주 앉아 있었다. 주로 오 씨가 얘기했고 그녀는 듣기만 했다. 오래전 등대섬을 떠나, 그간 부산에서 줄곧 살았다는 것. 그곳 여자 하나를 만나서 아들 셋 딸 하나를 두었고, 아이들은 결혼해 각자 앞가림은 할 정도라는 것. 현재 작은 아파트에서 두 내외만 사는데, 아내가 관절염으로 거동이 다소 불편하다는 등의 얘기였다. 이윽고 다방을 나와서 헤어지려 할 때, 오 씨는 그녀의 손을 덥석 부여잡더니 혼자 한참을 흐느꼈다. 그때는 미안했노라고, 내가 잘못했었노라고 그는 말했다. 그녀는 작은 두 눈으로 말없이 바다만 바라보며 우두커니 서 있었다.

그렇게 잠깐 만나고 헤어진 게 다였다. 그랬는데, 바로 며칠 전 장터에서 지난번 집으로 찾아왔던 이를 통해, 오 씨가 엊그제 세상을 떴음을 전해 들었다. 알고 보니, 지난번 고향을 마지막으로 찾았을 때는 이미 폐암 판정을 받은 상태였다고 했다.

"그런 일이 있었군요. 아짐 혼자 그동안 많이 우셨겠네요."

"아니라우. 내가 뭣이 아쉬워서 울겠소? 인자는 그 사람한티 아무런 생각도 감정도 남은 것이 없는디, 무신 눈물이 새삼스럽게 나오겠소."

아짐은 애써 태연한 척, 특유의 무표정한 얼굴로 내게 말했다.

소박맞다시피 해서 친정으로 돌아온 그녀는 한동안은 나들이도 못 하고 숫제 감옥살이하듯 지냈다. 부모에게도 형제들에게도 그녀는 짐이 될 뿐이었다. 두 차례 선을 보았으나 도시 마땅치 않았다. 한쪽은 다리를 절고, 다른 쪽은 마흔 줄 접어든 중늙은이였다. 세번째 들어온 게 해송리 최 씨네 후처 자리였다. 아비가 일부러 그 남자를 집 안으로 불러들여 마루에 마주 앉아 얘기를 나눌 때, 그녀는 방 안에서 문틈으로 훔쳐보았다.

자그마치 열두 살이나 많은 홀아비는 첫눈에도 그녀의 눈에 차지 않았다. 더구나 전처가 낳은 아이가 둘이나 딸려 있다고 했다. 그럼에도 어째선지 그녀는 부모 앞에서 대뜸 해송리로 가겠노라고 대답했다. 그녀는 첫번째 결혼의 실패 원인을 전적으로 자신의 불임 탓으로 돌렸다. 아이를 생산할 수 없는 여자. 그게 타고난 운명이라면 다른 도리가 없다고 생각했던 것이다.

어미와 작은오빠가 그녀를 해송리까지 데려다주었다. 언덕배기의 게딱지만 한 초가삼간이며 그지없이 궁색한 살림살이 꼴을 보자마자, 기가 막힌 어미는 당장에 딸의 팔을 움켜잡고 되돌아가자고 했다. 하지만 그녀는 한사코 그 집에 남았다. 어미는 슬피 울면서 소화도로 건너갔다. 사흘 후 작은오빠가 또다시 데리러 왔으나 그녀는 고집을 꺾지 않았다. 그때 일을 아짐은 이렇게 말했다.

"처음 이 집에 와서 보니, 아그들 꼴이 거지 중에도 상거지입디다. 딸이 여섯 살, 아들은 두 살인디, 어미도 없이 홀아비 손에서 크니 오죽했을랍디까. 그 꼴을 보니 차마 발이 안 떨어져서, 오늘 하루만 지내보고 내일 아침엔 꼭 돌아갈란다 하고 마음을 먹었제라우. 그날 저녁에 아그들하고만 따로 안방에서 누워 자는디, 두 살 난 어린애가 자꾸 내 품으로 들어와 잠결에 가슴을 막 더듬더란 말이요. 오메, 이 어린것이 어미 품이 얼매나 그리웠으면 이럴까 싶어, 불쌍해서 눈물이 납디다. 그래저래 하다가 결국 영 주저앉고 만 것이제."

마침 골목 입구에서 아랫집 순자네 아주머니와 마주쳤다. 그녀는 자식들 모두 도시로 내보내고 혼자서 살고 있다. 당신이 처음 왔을 땐 아직 중년이던 그녀도 이젠 반백의 육십대 중반이다.

"길목에 승용차가 서 있기에 누군고 했드니, 이참엔 진짜 오랜만에 오셨네요."

"아무래도 학교 일 때문에 좀체 틈을 내기가 쉽지 않아서요."

"서울로 이사를 가셨으니, 한 번씩 내려오실라고 해도 어디 보통 일이었어요? 그래도 자주 좀 내려오시믄 좋겠네요. 가끔씩 올려다보면, 꼭 버려둔 집같이 비어 있는 것이 영 맘에 안 좋아라우."

당신은 순자네와 몇 마디 주고받은 뒤 골목을 나선다. 마을 사람들은 집이 팔린 사실을 아직까진 모르고 있을 터이다. 사실 그동안 당신과 가깝게 지내던 이들은 대부분 세상을 떠났다. 가겟집 노인은 폐암으로, 골목 초입의 미정이네 할머니는 위암으로, 옛날 이장 아저씨는 심장병으로. 그래도 어차피 이웃한 몇몇 집들은 직접 찾아가 작별 인사라도 하고 떠날 생각이다. 하지만 왠지 그 생각만 하면 갑자기 마음이 무겁고 불편해지고 만다. 우스꽝스럽게도, 당신은 이미 뻔히 정해진 사실마저 인정하기를 두려워하고 있는 것이다. 마치 당신 입으로 그 말을 꺼내는 순간, 이곳을 떠난다는 것이 비로소 명백한 사실로 굳어지기라도 하는 것처럼.

어디로 갈까. 골목 끝에서 당신은 잠시 망설인다. 결국 마을 안쪽과는 반대편인 후미진 언덕을 택한다. 실개울을 따라 뒷산 기슭으로 이어진 오솔길이다. 이내 눈앞에 당 숲이 나타난다. 오래된 수백 종의 난대 수목들이 한데 뒤섞여 울창한 숲을 이루고 있다. 숲 가운데 우뚝 서 있는 수령 5백 년의 거대한 잿밤나무가 바로 당목이다. 오래전, 허공에 드리운 다섯 가닥의 검고 우람한

가지 앞에 맨 처음 섰던 순간을 당신은 기억한다. 신령함. 대지의 혼. 그런 말들이 뇌리를 스쳤다. 한 그루 나무 앞에서 그렇듯 섬뜩한 두려움과 경이감에 압도된 적은 난생처음이었다. 이 마을 당목은 할머니에 해당하고, 섬 반대쪽 마을엔 할아버지 당목이 있다고 한다.

당 숲 가장자리로 내려온 당신은 허리를 굽혀 우물 안을 들여다본다. 탁한 물속에 마른 나뭇잎만 가득히 떠 있다. 지표면에서 곧바로 솟아나는 용천수인 그 우물은 수백 년 동안 마을의 젖줄 같은 공동 우물이었다. 그러나 집집마다 자동 펌프로 지하수를 뽑아 올리면서부터 사람들은 우물을 잊어버렸다. 우물 위쪽의 작은 당집은 오래 돌보지 않아 낡고 추레해 보인다. 10여 년 전까지만 해도, 정월 대보름이면 이곳에선 마을 당제가 올려지고, 농악패가 한바탕 신나게 풍물을 울리곤 했다. 그 또한 이제는 기억에만 남아 있을 뿐이다.

당 숲 앞을 지나 언덕길로 올라서자마자 금세 숨이 가빠온다. 이 길은 뒷산 재를 넘어 이웃 마을로 통하는 오래된 산길이다. 섬에 하나뿐인 초등학교가 재 너머 마을에 있어, 예전엔 아이들 등하교 길이었다. 하지만 섬 일주 도로가 생긴 뒤로는 발길이 완전히 끊어져, 고갯길은 겨우 흔적만 남았다. 한때 당신은 아짐과 함께 무던히도 이 길을 오르내렸다. 나물도 뜯고 산딸기, 상수리, 잿밤나무 열매 따위를 주우러 다녔다. 산란이랑 산국을 캐다가 마당에 옮겨심기도 했다. 언젠가는 커다란 흑염소 한 마리를 사서, 아짐과 함께 그것을 몰고 이 고개를 넘어온 적이 있다. 섬 안에선 용달차 한 대 빌릴 수가 없는 탓에, 섬 반대쪽 맨 끄트머리 동네에서부터 집까지 둘이서 꼬박 온종일을 걸어왔다.

이윽고 언덕 위에 도착한 당신은 바위에 주저앉아 숨을 몰아쉰다. 산책길이면 종종 찾아와 한참씩 시간을 보내곤 하던 곳이다. 그 자리에선 집 마당의 전경과는 비교할 수 없을 만치 시야가 한껏 넓어진다. 마을을 둥글게 에워싼 산과 골짜기들, 맞은편 크고 작은 섬들, 때로는 수평선 서남쪽으로 제주도 한라산이 금방 손에 잡힐 듯 또렷이 건너다보이기도 한다.

징 지잉 지잉 징……

한동안 그쳤던 소리가 아까보다 훨씬 더 또렷하게 들려온다. 역시 선착장 부근인 성싶다. 언덕 아래 평화롭게 엎디어 있는 마을의 전경을 당신은 한동안 조용히 응시한다. 모두 하나같이 눈에 익은 모습들이다. 빨강, 주황, 파랑, 하늘색 페인트로 알록달록 단장한 어촌의 지붕들. 실뿌리처럼 뻗어나간 수많은 골목들. 초록 혹은 연두색 작물을 품 안에다 키우며 도란도란 모여 앉은 그만그만한 크기의 밭뙈기들…… 그것들을 하나하나 짚어가는 당신의 눈빛은 어느새 물그림자처럼 아련하게 가라앉고 있다.

당신은 이젠 알고 있다. 언덕 아래 저 작은 마을 하나에도 얼마나 많은 이야기가 감추어져 있는지를. 저 오밀조밀한 지붕, 골목, 돌담, 밭 들 하나하나 마다 각기 저만의 이야기를 간직하고 있다는 사실을. 심지어 저 평범한 골짜기, 숲, 해변, 모래밭, 웅덩이, 개울, 고목나무, 우물 하나에도 저마다의 이름과 이야기가 오롯이 새겨져 있다는 것을. 그리고 뒷산 동백나무 숲속 초분 터, 고갯길 아래 옹기종기 누운 무덤들 역시 마찬가지라는 것을…… 그래서 당신은 아짐의 집과 이 마을을 '이야기 집' 그리고 '이야기 섬'이라 부른다.

물론 당신이 알고 있는 이야기는 대부분 단추눈 아짐이 준 선물이다. 지난 세월 아짐과 당신은 참으로 많은 이야기를 나누었다. 아니, 피차의 역할은 달랐다. 마르지 않는 샘처럼 무수한 이야기의 실 가닥을 아짐이 솔솔 풀어내면, 당신은 그 가닥을 실꾸리에 열심히 감고 또 감았다. 그녀의 이야기는 언제 어디서건 막힘이 없었다. 방 안, 부엌, 마당, 산길, 우물터, 바닷가, 밥상 앞, 북경루, 장터, 버스 안, 선착장, 하다못해 당신 집 재래식 변소의 오물을 바가지로 사이좋게 퍼내는 동안에도 계속되었으니까. 그중 몇 가닥을 풀어서 당신은 장편소설 한 권을 써내기도 했다. 그중엔 당신 유년 시절 이야기도 들어 있긴 하나, 대부분은 아짐이 준 선물이었다.

그녀는 타고난 이야기꾼, 탁월한 기억력의 소유자였다. 동일한 이야기인데도 매번 다시 풀어낼 때마다 새롭고 감칠맛이 났다. 물론 그녀 역시 자신의 고정된 역할을 꽤나 즐기고 있었음에 분명하다. 그녀의 기억 창고에 저장된 목록은 실로 다채롭고 무궁무진했다. 자신의 생애는 물론이고 이웃들, 사돈네 팔촌 친척, 심지어 오다가다 잠시 스쳐 간 이들의 사소한 흔적들까지도 고스란히 저장되어 있었다.

지금 당신이 앉아 있는 바위 옆엔 해묵은 무덤이 하나 있다. 언뜻 보면 그저 도톰한 흙무더기 같아 보이기도 한다. 송장 넝쿨 무성한 그 해묵은 무덤엔 비석도 상석도 아예 없다. 그러나 당신은 거기 묻힌 이의 이름과 내력을 알고 있다. 황을룡. 1950년 초가을 어느 날, 나이 스물셋에 생을 마감한 청년의 이름이다.

청년은 면 지서에 갓 들어온 초임 순경이었고, 결혼한 지 반년밖에 안 된 새신랑이었다. 색시는 면사무소 급사로 일하다가 청년을 처음 만났다. 신방은 시댁 바깥채에 차려졌다. 지금도 마을회관 왼쪽 골목에 있는 바로 그 낡은 함석지붕 집이다. 신랑은 매일 아침저녁 고갯길을 넘어 포구에 있는 지서까지 출퇴근을 했다. 젊은 부부는 더없이 행복해 보였다. 마을 사람들은 그들의 얼굴만 봐도 절로 기분이 좋아지는 것 같았다.

청년을 죽인 자들은 인민군을 따라 이웃 섬에서 건너온 몽둥이패였다. 급습에 놀란 동료 경찰들은 배를 타고 다급하게 섬을 빠져나갔지만, 청년은 하필 다른 마을에 있다가 혼자 뒤처지고 말았다. 청년이 자기 집 마루 밑에 숨어 있을 때, 한밤중 몽둥이패가 급습해 왔다. 뒷담을 뛰어넘어 산으로 도망치려던 청년은 붙잡혀, 자기네 밭 한가운데서 맞아 죽고 말았다. 눈매 부리부리 허니 참 총기 있게 생겼어라우. 우스갯소리도 곧잘 허고. 아짐은 청년을 그렇게 기억했다. 새색시는 그 후 어찌 되었을까.

"그야 모르지요. 그담엔 영영 본 적이 없응께. 아마도 육지 어디로 나가 새로 시집을 갔겠지라우."

당신은 무덤 앞으로 다가가 잠시 주변을 둘러본다. 처음 여기 왔을 때만 해도 묘 꼴이 이렇진 않았다. 봉분도 그런대로 멀쩡하고 주위엔 제법 잔디도 있었다. 이 마을에 사는 형이 묘를 돌보는 덕분이었다. 하지만 몇 해 전 청년의 형은 세상을 떴고, 얼마 뒤엔 가족이 모두 도시로 떴다는 얘길 들은 기억이 난다. 이 무덤도 머잖아 흔적조차 남지 않게 되겠지.

주위가 부쩍 어두워진 것 같은 느낌이다. 어느덧 해는 산등성이 너머로 사라지고 산 그림자가 길게 드리워져 있다. 당신은 언덕길을 따라 마을 쪽으로 천천히 걸음을 옮긴다. 키 큰 해송들 늘어선 언덕을 돌아서자 제법 규모 있는 기와집이 눈앞에 나타난다. 안채와 바깥채로 이루어진 고색창연한 한옥이다. 마을 사람들은 요즘도 그 집을 주조장집이라 부른다. 한때는 섬 안에서 제법 떵떵거리던 부잣집이었다는데, 이제 그 흔적은 삭아빠진 기왓장이며 담벼락에만 희미하게 묻어 있을 뿐이다. 주인인 천 노인은 몇 해 전에 세상을 떴다. 두 아들은 일찌감치 도시에 자리를 잡았고, 지금 저 커다란 집엔 아마도 노모하고 딸 보화 두 사람만 남아 있을 것이다.

천 노인의 외동딸 보화가 누구인지 당신도 알고 있다. 당신 집과 천 씨의 밭이 나란히 붙어 있는 까닭에, 밭에서 일하는 그녀를 자주 볼 수 있었다. 당신보다 두어 살 많은 보화는 실성한 여자다. 그녀는 종종 당신 방 창문이나 마루를 향해 콩알만 한 돌들을 툭툭 집어 던지곤 했다. 당신이 문을 열고 나가보면, 부스스한 머리, 땟국에 전 얼굴로 으히히히 웃음을 터뜨리며 후다닥 숨어버리곤 했다. 밭일을 마치고 내려오는 길에 고샅에서 우연히 당신과 마주치기라도 하면, 느닷없이 풋고추 한 움큼 혹은 탐스러운 가지 두어 개를 당신 손에 덥석 쥐여주고는 깔깔대며 횡달아나기도 했다. 그걸 보고 아짐은 안쓰러운 듯 혀를 챘다.

"쯔쯧, 불쌍한 것이 제 깐에는 선상님이 맘에 들어서 그러는 갑소. 저래 뵈도, 얼굴이 참 이뻤어라우. 목이랑 허리도 야릿야릿허고, 눈매며 콧날까장 어디 한 군데 빠진 데가 없었제. 그런 고운 사람을 저 모양으로 만든 게 다 누구겠소? 모두 즈이 애비, 그 고집 때문이제라우."

열여덟 살 보화는 사랑에 빠졌다. 한동네 한 살 더 많은 청년이었다. 아비 천 씨는 격노했다. 눈에 넣어도 아프지 않을 외동딸, 접시꽃처럼 예쁜 우리 아이가 연애질을 하다니! 그것도 하필이면, 이 집 저 집 머슴질로 입에 풀칠도 제대로 못 하는 천한 작자의 아들놈이라잖은가. 읍내 중학교까지 보내주었더니, 고작 초등학교 나온 녀석하고!

눈이 뒤집힌 아비는 딸을 골방에 가두었다. 청년은 육지로 떠났다. 그렇게 끝난 줄 알았는데, 딸이 덜컥 가출해버렸다. 녀석

과 동거 중인 딸을 아비는 석 달 만에 목포에서 간신히 잡아왔
다. 두번째 가출은 더 오래갔다. 백방으로 찾아다니다가 1년 만
에 여수에서 둘을 붙잡았다. 우격다짐 끝에 청년을 그길로 군에
입대시키고, 딸만 섬으로 끌고 내려왔다. 이번엔 절대 도망치지
못하도록 머리채를 싹둑싹둑 잘라버리고 아예 방문에 못을 쾅
쾅 박아버렸다. 하루 세끼 밥하고 물만 넣어주었다. 보름 후, 못
을 뽑아내고 방문을 열어본 아비의 눈앞엔 완전히 실성한 딸이
물귀신 꼴을 하고 앉아 있었다. 그날 이후, 그 바깥채 골방은 보
화만의 보금자리가 되었다.

여러 해 전, 당신은 뜻밖에 천 노인이 눈물 흘리는 모습을 우
연히 본 적이 있다. 면사무소에서 발급받은 토지대장을 쥐고 직
접 기와집을 찾아간 날이었다. 자신의 밭 일부가 당신 집 마당에
포함되었노라고, 노인이 전부터 자꾸만 근거 없는 억지소리를
했던 것이다. 도면을 눈앞에 펼쳐 보였더니, 의외로 노인은 그
문제에 관해선 더는 언급하지 않았다. 맞은편 바깥채 구석진 방
마루 위아래가 온통 쓰레기장 꼴이었다. 그 희한한 잡동사니를
어디선가 끊임없이 주워 오는 이가 누구일지는 물어보지 않아
도 뻔했다. 당신이 무심코 그쪽에 시선을 주고 있자니, 천 노인
은 문득 흐린 눈에 물기를 머금고 탄식처럼 뇌까렸다.

"후유. 저 인간 저리된 게 내 평생 한이라오. 한순간 잘못 판
단한 죄로……"

당신은 아무 말도 해줄 수 없었다. 저만치 굳게 닫힌 바깥채

골방은 무덤처럼 고요했다.

　오솔길을 벗어나자마자 어귀에 작은 교회당이 나타났다. 거기서부턴 콘크리트로 포장된 골목길이다. 교회당 안에서 아이들 음성이 흘러나오고 있다. 마을의 유일한 교회인데, 요즘은 유아원을 겸하고 있는 모양이다.

　교회 맞은편 낮은 함석지붕 처마 밑에선 마침 노인 셋이 평상을 내놓고 앉아 있다. 둘은 장기를 두고, 남은 한 사람은 입을 헤벌린 채 허공을 바라보고 있다. 당신이 고개를 꾸벅 숙여 보였으나 노인은 초점 잃은 시선으로 멍하니 이쪽을 바라볼 뿐이다. 당신은 말없이 그 앞을 지나친다. 그 노인을 당신은 알고 있다. 몇해 전까지만 해도 꼿꼿한 허리에 걸음걸이도 무척 가벼웠다. 단추눈 아짐에게 프러포즈를 했다는 바로 그 노인이다.

　"아, 그 미친 영감이 뜬금없이 내 손을 잡더니만, 아짐, 나랑 우리 집에서 같이 삽시다, 그러드랑께요."

　십수 년 전의 일이다. 장을 보고 돌아오는 버스에서, 옆에 앉은 그가 슬그머니 아짐 손을 그러잡더라고 했다. 미친 소리 작작 좀 하시요이. 모질게 쏘아붙여주고 내렸는데, 그날 밤 자정 무렵 누가 안방 문을 달각달각 흔들어대는 거였다.

　"나요, 아짐. 윗마을 윤성구란 말이요. 문 좀 열어보시요. 내 긴히 할 말이 있소."

　사뭇 간절한 애원조였다.

"오메, 어째사 쓸꼬. 당장 돌아가시요. 만에 하나 누가 보기라도 하면 피차 무슨 망신이요, 이 미친 영감아."

그녀는 이웃이 들을까 무서워 고함도 못 지르고 문고리만 죽어라 움켜쥔 채 버티었다.

"아짐, 내가 가버린 뒤에 후회하지 마시요. 그쪽 맘은 홀아비인 내가 젤로 잘 압니다. 나, 진짜로 시방 갑니다이."

한참이나 실랑이를 벌이던 끝에 결국 영감은 그 말을 남기고 돌아갔다. 거참, 아짐도 왜 그러셨어요. 그 양반, 인상도 괜찮아 보이시던데. 다시 한 번 생각해보지 그러세요. 당신의 짐짓 떠보는 소리에 아짐은 발끈하더니 이랬다.

"원, 끔찍한 소리 마시요. 그 영감탱이 나이가 일흔둘이요. 남의 집안 송장이나 치워주라고, 시방 나보고 시집을 가라고요?"

그때의 표정이 떠올라 당신은 혼자 빙긋이 웃는다.

징, 지잉지잉…… 선착장에 가까워질수록 징과 꽹과리 소리가 한층 커졌다. 당신은 소리가 나는 쪽을 좇아 천천히 걸음을 옮긴다. 다시마 가공 공장 뒷길로 빠져나오니, 맞은편 골목 어귀에 한 무리의 사람들이 웅성웅성 모여 있다. 거개가 부녀자와 아이들이다. 소리는 바로 담 너머 함석지붕집 안마당에서 울려 나오고 있다. 당신은 사람들의 어깨너머로 마당을 들여다본다.

널찍한 마당 한가운데 굿청을 들여놓고 한참 굿판이 이어지는 참이다. 머리 위로 높다랗게 흰 차일이 드리워지고, 삼면을 포장으로 막은 천막 안엔 대형 병풍이 섰다. 굿상 차림새가 보기 드물게 그들먹하다. 소복 차림의 늙은 단골은 양손에 지전을 쥐고 흔들면서 구슬픈 목청으로 사설을 풀어내고, 옆에선 박수 두 사람이 앉아서 징과 북을, 젊은 단골은 장구를 신명 나게 두드린다. 큰 단골에 새끼 단골과 박수 각각 둘씩이니 도합 다섯 명이다. 그 정도면 이런 시골 마을 굿판치고는 규모가 제법 큰 편이다.

"오메, 선생님 오랜만에 오셨네요."

옆에서 구경하던 젊은 여자가 알은체를 해온다. 가겟집 막내 며느리다. 당신은 웃으며 다른 두어 사람과도 짧은 인사를 주고 받았다.

"소설 쓰는 양반이라, 원래 이런 것에 관심이 많으시지라우? 제대로 구경을 하실라믄 이쪽으로 오시요이."

구레나룻 텁수룩한 사내가 당신의 팔을 잡더니, 다짜고짜 대문 안으로 이끌고 들어간다. 나이 마흔 넘은 노총각인 그와는 전에 몇 차례 술자리를 같이했었다. 정작 진짜 구경꾼들은 마당 안에 모여 있다. 일찌감치 멍석 위에 자리 잡고 앉은 스무 명가량의 구경꾼들 틈에 당신도 슬그머니 끼여 앉았다.

"아까 선착장에서 혼 건져내는 장면을 꼭 보셨어야 하는디, 아섭네요. 손주며느리가 댓가지를 잡았는디, 혼이 들어오니께 무섭게 와들와들 떨기 시작합디다. 진짜 꼭 무슨 발작 일으킨 사람 같더라고요."

당신은 구레나룻이 건네준 종이컵에 막걸리를 받아 마신다. 오늘 굿판은 물에 빠져 죽은 이를 위한 씻김굿이라고 한다. 아까 물가에서 먼저 넋 건지기 굿을 한바탕 치르고 나서, 조금 전 자리를 옮겨 온 모양이다. 이제부턴 집 안으로 영혼을 모셔와 밤늦은 시각까지 본격적인 굿판을 벌이게 될 터이다. 당신은 굿상 앞에 펼쳐진 돗자리를 주시한다. 돗자리 위엔 남자용 흰 두루마기 두 벌이 단정히 접힌 채 놓였다. 그렇다면 오늘 밤 넋 씻김을 받고 저승으로 떠나게 될 망자가 둘이나 되는 셈이다. 가만있자. 그렇다면 혹시 이 집이? 당신은 새삼 고개를 세우고 집과 주변을 휘둘러본다. 맞았어. 그 집이로구나. 무화과나무집 할머니.

당신은 그제야 굿상 가까운 안쪽 자리에 홀로 오도카니 앉아 있는 노파의 모습을 겨우 알아본다. 원래도 작았던 체구가 몇 해 사이 절반이나 졸아든 것 같다. 완전한 백발에 흰 치마저고리 차림이다. 한쪽 무릎을 세운 채 공처럼 동그랗게 몸을 말고 앉은 노파의 모습. 당신은 문득 물가에 서 있는 한 마리 늙은 해오라기를 떠올린다.

"저 할머니가 올해로 딱 90세가 되신답니다. 원래는 아들이 큰 잔치를 계획했었는데, 할머니가 그것 대신에 굿을 해달라고 한사코 고집을 피웠다네요."

"그게 가슴속에 평생 한이 되었던갑제. 해방되고 이듬해라면, 아이고 그게 언제 적 일이여! 자그마치 60년 전이구만."

246

"돈 많은 효자 아들 덕분에 그나마 원풀이라도 하시게 되었네 그려."

"단골 불러다 굿해준다고, 죽은 사람들이 뭘 알겠나. 이러는 거, 죄다 미신이고 쓸데없는 일이여."

"이 집 아들이라고 어디 그걸 몰라서 이러겠소? 여생 얼마 안 남은 노모 위해서, 효심으로 이러는 것이지."

동네 사람들이 한마디씩 던진다. 굿청 한쪽에 허깨비처럼 앉아 있는 저 노파를 당신은 기억한다. 예전에 몇 차례 당신은 아짐과 함께 그 노파와 얘기를 나누곤 했었다. 아들의 소유인 다시마 가공 공장 앞, 소나무 아래 노파는 늘 혼자 오도카니 앉아 있었다. 주름투성이 얼굴엔 아무 표정도 없이, 시선은 항상 앞바다 건너 어딘가를 하염없이 더듬고 있었다.

무화과나무집 할머니. 그녀는 눈앞에서 두 아들을 한꺼번에 잃었다. 큰아이가 열아홉, 동생은 한 살 아래였다. 해방되고 나서 바로 이듬해 가을이었다. 남편은 꼭두새벽에 두 아들과 함께 자신의 목선을 끌고 육지로 떠났다. 초가지붕을 이을 새 볏짚을 구해 오기 위해서였다. 육지 농가에선 해마다 지붕의 이엉을 갈아줄 수가 있지만, 섬 집들은 잘해야 해 걸러 한 번씩이었다. 논이 귀한 섬이라 볏짚 구하기가 어려워서였다. 세 남자는 저녁 무렵에야 돌아올 터였다. 그녀의 친정이 있는 해남 남창까지, 작은 목선을 타고 노를 저어 왕복하려면 열 시간이 족히 걸렸다. 돌아올 때는 돛을 달 수 없었다. 볏짚을 사람 키 높이의 서너 배까지도 쌓아 올려 싣기 때문이었다.

그녀는 일찌감치 저녁 준비를 마쳐놓고 해변에서 식구들을 기다렸다. 다른 사람들도 해변에 나와 있었다. 똑같은 날, 몇 집이 함께 길을 나섰던 것이다. 다행히 바람도 없고 맑은 날씨였지만, 멀고 험한 뱃길이라 마음을 놓지 못했다. 해가 뒷산을 넘어가고 노을이 깔릴 무렵, 배들이 하나둘 돌아왔다. 하지만 남편의 목선은 좀체 보이지 않았다. 다른 이들은 모두 집으로 돌아가고, 수평선이 홍시 빛으로 물들 즈음에야 남편의 배는 모습을 드러냈다.

작은 점이 점점 커져 이윽고 목선의 윤곽이 시야에 잡히는 순간, 그녀는 가슴이 덜컥 내려앉았다. 뱃짐 부피가 너무나 크고 높았다. 볏짚은 가벼워서 많이 실을 수 있는 대신, 그만큼 부피가 커 균형 잡기가 쉽지 않았다. 작은 채취선은 기우뚱대며 바위섬 앞을 막 지나고 있었다. 배 양쪽에서 노를 잡은 두 아들이 어미를 향해 손을 흔들었다. 그 순간, 배가 돌연 빙글 도는가 싶더니 옆으로 벌렁 엎어졌다. 물살이 엄청나게 급하고 큰 소용돌이가 불시에 튀어나오곤 해서, 평시에도 위험천만한 구역이었다. 그녀는 마을로 달려가 미친 듯 고함을 쳐댔다. 돌아와보니, 저만치 누군가 한 사람이 엎어진 배 위로 기어오르고 있었다. 남편이었다. 천수야. 만수야아. 목이 터져라 그녀는 두 아들의 이름을 불렀다. 만수야. 천수야아. 엎어진 배 밑창에 올라탄 남편도 울부짖었다. 갯가로 달려 나온 동네 남자들이 황급히 배를 풀어 그쪽으로 저어 갔다. 두 아들의 대답은 영영 들리지 않았다.

그렇게 60년 세월이 흘러갔다. 두 아들의 시신은 영영 찾지 못했다. 그사이 남편도 아내보다 한발 앞서 세상을 떠났다. 지금 그날의 어미는 저 천막 한쪽 구석에 허깨비 같은 모습으로 홀로 앉아 있다. 노파의 얼굴은 시종 가면처럼 무표정하다. 아무런 감정도 사념도 없는 듯한, 초점 없는 시선으로 단골의 움직임만 좇는다. 불현듯 당신은 노파가 한없이 외로워 보인다. 거기 모인 모두에게, 심지어 단골들에게까지 노파는 완전히 잊혀버린 존재처럼 보인다. 당신은 조용히 일어나 그 자리를 빠져나온다.

왜 그녀는 그토록 완강히 굿을 해달라고 아들에게 고집을 부렸던 것일까. 그 긴 세월 어미는 두 아들의 기억을 가슴에 묻고 살아왔다. 어미는 그들의 눈빛과 웃음, 체온과 숨결을 이 세상에서 기억하는 유일한 존재였다. 이제 죽음은 그녀의 코앞에 와 있다. 그녀의 숨이 멎는 순간, 두 아들이 이 세상에 머물렀던 흔적도 함께 영원히 사라지리라. 노파는 그것이 못내 서럽고 억울했던 것일까. 아니면 눈을 감기 전, 이승에서의 마지막 작별을 그들과 나누고 싶었는지도 모른다. 불현듯 당신은 가슴이 먹먹해옴을 느낀다. 어찌하랴. 어차피 고통은 오로지 기억하는 자의 몫인 것을……

마을 앞 해변은 텅 비어 있다. 이미 사위엔 짙은 어둠이 내려

앉았다. 바다는 놀랍도록 잔잔하고, 간간이 부드러운 미풍이 스칠 뿐이다. 당신은 바다를 마주한 채 혼자 자갈밭에 앉아 맥주를 홀짝인다. 건너편 섬의 산등성이 너머 하늘이 점차 희부옇게 밝아오기 시작한다. 곧 달이 떠오르리라. 둥글게 휘어든 해안선의 윤곽이 어렴풋이 눈에 잡힌다. 왼쪽 산기슭에서 부엉새가 운다. 초분 터가 있던 동백나무 숲 부근인 성싶다. 사철 그늘이 드리운 그 골짜기 안쪽엔 10여 년 전까지도 초분이 서너 개나 남아 있었다. 언젠가 당신은 동백 숲을 헤치고 들어가 그 마지막 남은 초분을 눈여겨본 기억이 있다. 이젠 마을 아이들조차도 얼마 전까지 거기 무엇이 있었는지 전혀 알지 못한다.

당신은 발 앞에서 하얗게 부서지는 파도를 오래도록 들여다본다. '좌르르, 좌르르르.' 파도가 기슭을 훑으며 오르내릴 때마다 자잘한 자갈들이 쓸리며 일제히 맑은 소리를 낸다. 온 해변이 그 부드럽고도 청량한 음악으로 가득 차 있다. 당신은 이 아름다운 해변에 맨 처음 발을 디뎠을 사람들을 떠올려본다. 이 마을에 사람이 살기 시작한 것은 불과 3, 4백 년 전이라고 한다. 맨 첫번째 정착민은 세 가족. 김씨 성을 가진 형제와 천 씨. 마을에선 지금도 그들을 입도조(入島祖)라고 부른다.

그들은 두 척의 배에 보잘것없는 살림살이를 싣고 육지를 떠나 이 섬으로 흘러들었으리라. 그날 그들의 눈에 비친 이 해안은 얼마나 신비롭고 아름다웠을까. 울창한 밀림이었을 산과 언덕, 골짜기와 실개울은 또 얼마나 경이로웠을까. 샘을 파고, 나무를 잘라 움막을 짓고, 화전을 일구느라 분주히 움직이는 그들의 모습을 당신은 눈앞에 그려본다. 그들의 아이가 태어나고, 그 아이들이 또 다른 아이들을 낳고…… 그렇게 마을은 이곳에 존재해왔다. 그 많은 사람들은 이제 모두 어디로 사라졌을까.

단추눈 아짐의 치매 증상을 처음 알게 된 건 5년 전이다. 여름방학 두 달 동안 내려와 함께 지내면서, 당신의 의심은 점차 확신으로 굳어졌다. 여든한 살. 오히려 늦게 찾아온 셈이었다. 이웃 사람들 입을 통해 그 증상이 시작된 건 한참 전부터였음을 뒤늦게 알았다. 아직은 그런대로 일상생활은 할 수 있었으나, 증세는 분명 빠르게 진행 중이었다.

아짐은 지난 여러 해 동안 그 집에 혼자 남겨져 있었다. 당신이 광주를 떠나 서울로 이사하게 되면서부터였다. 급작스럽게 수도권의 한 대학에서 자리를 얻게 된 당신은 방학 기간 외엔 좀체 내려올 기회가 없었다. 첫 2, 3년은 두 달에 한 번꼴로 내려왔으나, 종내에는 방학 기간에만 지내다 가곤 했다. 몸은 직장에 매여 있었고 길은 너무 멀었다. 아침에 출발하면 토말 포구에서 가까스로 당일 마지막 배를 탈 수 있었다. 그 5년 사이에 아짐이 급격히 늙어가고 있었다는 사실을 당신은 미처 눈치채지 못했던 것이다.

어느 날, 자정 넘은 시각인데 안방에 불이 켜져 있었다. 문을 열어보니, 아짐이 방바닥에 옷가지를 펴놓고 홀로 우두커니 앉아 있었다.

"이거, 수의요. 나 죽으면 마지막 입고 갈 옷 말이요. 곰팡이
피지 않도록 자주자주 통풍을 시켜줘야 해라우."

인천에 사는 딸이 마련해준 것이라며, 아무렇지 않게 당신을
향해 웃어 보였다. 당신은 아무 말도 못한 채 방문을 닫고 나왔
다. 그 후에도 종종 아짐은 수의를 펴놓고 그렇게 혼자 앉아 있
곤 했다.

결국 이듬해 겨울, 당신은 아짐의 아들에게 전화를 걸었다. 아
짐이 손수 키워냈다는, 전처소생의 아들이었다. 아짐의 상태는
심각했다. 곧 개학일인데, 더는 혼자 남겨둘 수가 없었다. 손수
취사도 쉽지 않은 데다가 언제 무슨 사고가 날지 모를 일이었다.
당신이 서울로 올라오고 얼마 후, 아짐은 아들의 차를 타고 안산
으로 옮겨졌다.

몇 달 뒤 당신 부부는 아짐을 만나러 갔다. 안산 전철역에서
멀지 않은 큰길가의 3층 건물이었다. 아들 내외는 수산 시장에
서 작은 활어 좌판을 벌이고 있다는데, 사는 모습이 그런대로 여
유가 있는 눈치였다. 1층과 2층은 가게로 만들어 세를 내주고,
3층은 자신들의 살림집이었다. 뜻밖에 아짐은 전보다 훨씬 건강
하고 밝아 보였다. 아침 일찍 아들 내외가 현관문을 잠가놓고 일
터로 나가면, 저녁때까지 혼자 집 안에서 지낸다고 했다. 그 점
이 다소 마음에 걸리긴 했지만, 아짐이 만족해하는 기색이어서
당신은 안심을 했다. 그리고 반년 후, 아짐은 마침내 세상을 떠

났다. 뇌졸중으로 혼수상태인 아짐을 당신 부부가 두번째로 찾아보고 돌아온 며칠 후였다.

"장지는 따로 없습니다. 화장해서 바다에 뿌리기로 했소."

병원 지하실의 장례식장을 찾았을 때, 아들 최 씨는 무덤덤하게 말했다. 당연히 섬으로 모셔 가는 줄로 알았으므로 당신은 많이 놀랐다.

"가족들이 상의한 끝에 내린 결론입니다."

그는 다시 말했다. 그건 너무한 처사가 아니냐, 라는 말이 목구멍까지 올라왔지만, 당신은 애써 입을 다물었다. 어차피 그건 유가족의 권한이었고, 당신은 타인일 뿐이었다. 아버지의 옆자리에 굳이 시신을 묻지 않겠다는 건, 결국 아짐을 자신의 어머니로는 인정할 수 없다는 의미일 터였다.

그날 밤 집에 돌아온 당신은 늦도록 잠들지 못했다. 불과 스물두 살에 후처로 들어와, 전처소생인 어린 남매를 어떻게 키워냈는지를 당신은 아짐에게서 누차 들어 잘 알고 있었다.

그 집에 들어온 지 몇 해 만에 남편 최 씨가 징용으로 일본에 끌려 나갔다. 때마침 흉년이 연거푸 두 해나 이어졌고, 굶주리다 못한 젊은 아낙은 미역이며 멸치를 보따리에 싸 들고 육지로 나갔다. 목포와 해남, 강진의 농촌과 산간 마을을 돌아다니며 그녀는 그것들을 보리나 잡곡하고 바꾸어 모았다. 그렇게 사나흘 혹은 대엿새씩 돌다가 섬으로 돌아오자마자 부랴부랴 죽을 쑤고

밥을 지어 아이들을 먹였다.

온갖 고생 끝에 일본에서 돌아온 남편은 그녀를 부둥켜안고 엉엉 울음을 터뜨렸다. 고맙고 감사하다고. 임자가 우리 가족을 모두 살려주었노라고…… 그렇게 어렵사리 살면서 마침내 남매를 각기 결혼시켜 도시로 떠나보냈다. 지난 십수 년 동안에도 고춧가루, 참기름, 된장, 잡곡 따윌 바리바리 싸 들고, 매년 봄 가을마다 해남에서 목포를 거쳐 호남선 열차를 타고 안산으로, 인천으로 찾아가곤 하던 아짐의 모습을 당신은 차마 잊을 수가 없었다.

다음 날 수원시 외곽의 화장장에서 아짐은 한 줌 가루로 변했다. 화장장 주차장에서 당신 부부는 아짐과 작별을 고했다. 아짐을 실은 봉고차가 눈앞을 지나가는 순간, 아내가 먼저 왁 울음을 터뜨렸다. 끝내 당신도 돌아서서 참았던 울음을 한꺼번에 쏟고 말았다. 이틀 후, 유골은 오이도 근처 바다에 배를 타고 나가서 잘 뿌려드렸노라는, 아들 최 씨의 짤막한 전화를 받았다.

달이 두둥실 떠올랐다. 한 귀퉁이를 조금 베어 먹힌 달이다. 달빛은 바다 위로 은어 떼처럼 하얗게 쏟아진다. 맞은편 섬마을의 불빛들이 꿈속처럼 아스라이 흔들리고 있다. 당신은 은빛으로 빛나는 바다를 오랫동안 꼼짝하지 않고 응시한다. 그러다가 당신은 불현듯 작게 키득키득 웃는다. 예전 기억 하나가 갑자기 떠올라서다. 며칠째 밤낮없이 원고에 매달려 있을 무렵이었다.

새벽 가까운 시각까지 책상에 앉아 씨름을 하고 있는데, 아짐이 측간에 다녀오다가 방문 밖에서 조심스레 당신을 불렀다.

"오메, 어째사 쓸까이. 날마다 밤새도록 그렇게 골을 굴리다 가는 몸이 어찌 견뎌나겠소?"

더없이 안쓰럽고 측은하다는 표정이었다. 며칠 후 당신이 그녀가 좋아하는 군것질거리 따윌 장에서 사가지고 왔더니, 그녀는 대뜸 나무라는 투로 말했다.

"뭣 할라고 이런 걸 또 사 왔소. 그렇게 밤낮없이 힘들게 골을 굴려서 번, 귀하디귀한 돈으로."

그 기억을 떠올리며, 당신은 아짐의 말투를 흉내 내어 묻는다. 아짐, 인자는 거기 바닷속에서 사니까 참말로 좋지요? 세상 어디든 맘대로 돌아다니면서 구경할 수 있으니께요. 내 말이 맞지라우? 당신은 눈을 감고 잠시 기다린다. 하지만 바다에선 아무 대답이 없다. 당신은 다시 묻는다.

"아짐. 아무리 열심히 골을 굴려봐도, 어째선지 내 책은 영 팔리지가 않네요. 아짐이 나를 좀 많이 도와주셔야겠소."

그러자 이번엔 금방 대답이 돌아온다.

"그러고말고라우! 우리 정 선상님 잘되시라고, 내가 여그 와서도 날마다 열심히 빌고 있단 말이요."

당신은 이지러진 달을 올려다보며 혼자 바보처럼 빙긋이 웃는다. 달빛이 아까보다 부쩍 환해졌다.

남생이

그 여자를 처음 본 것은 키 큰 목련나무 아래 벤치에서였다. 토요일 오후, 그는 서울 시내의 한 종합병원을 찾기 위해 막 집을 나선 참이었다. 대학 동기 하나가 부친상을 당했던 것이다. 아파트 산책로 입구, 화단 모퉁이의 목조 벤치에 웬 중년 여자 혼자 넋 놓고 우두커니 앉아 있었다. 10월의 초입, 산책로에 늘어선 단풍나무들이 잎사귀에 고운 물빛을 선연히 떠올리기 시작할 무렵이었다. 그 여자는 허리를 곧추세우고 앉아, 가지런히 모은 자신의 발끝만 뚫어져라 내려다보고 있었다. 상복 같은 검정색 원피스 차림에, 꼼짝도 하지 않고 마네킹처럼 딱딱하게 굳어 있는 모습이 첫눈에도 기이하고 부자연스러웠다. 앞을 지나치면서 그는 무심코 여자의 얼굴을 재빨리 훔쳐보았다. 고개를 앞으로 숙이고 있어서 이마만 보였는데, 얼핏 팥알 크기의 점 하나가 눈에 들어왔다.

　며칠 후 그는 또다시 그녀와 우연히 마주쳤다. 아파트 뒤편 산 책로에서였다. 지방대학 시간강사인 그에게 목요일은 강의가 없는 날이었다. 아내와 딸은 아침 일찍 직장과 학교에 갔고, 그는 정오가 다 되어서야 침대에서 일어났다. 혼자서 아침 겸 점심을 대충 때운 뒤 그는 모처럼 바람을 쐬러 집을 나섰다. 그가 사는 아파트 바로 뒤로는 산기슭으로 이어지는 좁은 산책로가 나 있었다. 그 길은 등산로 초입이기도 해서, 평일에도 등산객들이 삼삼오오 오르내렸다. 길 양쪽에 울창하게 늘어선 단풍나무들을 올려다보며 무심히 걸음을 옮기던 그는 어느 순간 우뚝 멈춰 섰다.

　한 여자가 맞은편에서 다가오고 있었다. 철 이른 트렌치코트 차림에 모자, 바지, 구두까지 온통 검정 일색인 여자. 때마침 단풍나무 그늘이 울창하게 드리운 그 텅 빈 산책로엔 여자와 그, 두 사람뿐이었다. 처음에 그는 여자를 미처 알아보지 못했다. 그 여자가 눈앞을 아주 천천히 그림자처럼 지나가고 나서야 퍼뜩 기억이 떠올랐던 것이다. 지난번 벤치에 마네킹처럼 우두커니 앉아 있던 바로 그 여자. 그는 멀어져가는 여자의 뒷모습을 바라보며 한참을 멍하니 서 있었다. 조금 전 여자와 불쑥 맞닥뜨렸을 때 자신이 왜 그렇듯 소스라치게 놀랐는지, 스스로도 이해할 수 없었다. 불가사의한, 어떤 본능적인 두려움 같은 거였다.

　얼핏 그녀는 그림자나 허깨비 같았다. 대낮에 검은 옷을 걸치고 거리를 배회하는 유령 같기도 했다. 필시 그 기이하고 희한한 걸음걸이 때문이었을 것이다. 목과 등뼈를 기둥처럼 곧추세우고 양팔은 시체처럼 늘어뜨린 채, 그녀는 경사진 길을 제자리걸음 하듯이 느릿느릿 움직이고 있었다. 무릎과 발목조차 거의 굽히지 않고, 좁은 보폭으로 두 발바닥을 번갈아 밀어내는 식의 기묘한 걸음걸이. 흡사 지뢰밭이나 살얼음 깔린 강물 위를 잔뜩 긴장한 채 조마조마 건너는 모습이었다. 그는 여자의 뒷모습에서 영문 모를 불길함을 언뜻 읽어냈다. 빛 한 줌 들지 않는 지하 동굴의 괴괴한 어둠, 그 한없이 눅눅하고 음산한 분위기. 공연히 등이 서늘해오는 듯해서 그는 얼른 돌아섰다.

등산로를 걸어 오르면서도 그는 내내 그 꺼림칙한 느낌이 쉬 가시지 않았다. 그 여자와 마주치던 순간의 그 섬뜩함은 무엇이었을까. 산 중턱 약수터에서 찬물 한 모금을 마시고 났을 때, 그것이 혹시 죽음의 냄새 같은 게 아닐까 하는 엉뚱한 생각이 스쳤다. 명확히 설명할 순 없지만, 육감이 그랬다. 그러자 그는 조금 전 자신이 진짜로 그 여자의 등에 들러붙은 어떤 죽음의 검은 그림자를 본 것 같은 기분이었다.

그날 저녁 식사를 하면서 그는 아내에게 넌지시 물어보았다.

"옳아, 항상 칙칙한 검정색 옷만 입고 다니는 그 여자? 맞은편 305동 3층에 사는 여자예요. 당신 보기에도 그 여자, 어딘가 좀 이상하죠?"

"글쎄. 교통사고로 다리를 다친 건가. 걷는 모습이 좀 불편해 뵈던데."

"다친 게 아니라, 원래 걸음걸이가 그래요. 꼭 넋 나간 사람처럼 혼자 그렇게 동네를 유령처럼 돌아다닌다니까. 심한 우울증 환자라잖아요."

"우울증?"

그는 신문을 집어 들며 무심한 척 되물었다. 아내는 실내 수영장에서 그 얘기를 들었다고 했다. 같은 새벽반 회원인 은주 엄마가 그 여자와 같은 동에 살았다. 그 이상한 여자는 1년 전 전세를 얻어 이사해 왔는데, 정작 사람들 눈에 띄기 시작한 건 몇 달이 지나서였다. 그사이 입원 중이었다고 한다. 식구라고는 단 두 사람. 남편은 육십대 중반, 여자는 그보다 열대여섯 살이나 적다. 상처한 남자의 재취로 들어왔다고도 하고, 파출부로 드나들던 여자를 늙은 남자가 붙들어서 아예 주저앉혔다는 얘기도 있다. 철도 공무원으로 정년퇴직한 남자는 현재 건물 관리 용역업체에 임시직으로 취업해서, 서너 블록 떨어진 동의 경비를 맡고 있다. 남자는 나이에 비해 건강하고 붙임성도 있는 성격인데, 쉬는 날마다 배낭을 메고 혼자서 등산을 다닌다. 반면에 여자는 벌써 바위 이끼처럼 푸석하니 마르고 찌든 몰골이어서, 되레 남편보다도 더 나이 들어 보일 지경이다. 처음 한동안 여자는 집 안에 혼자 들어박혀 꼼짝하지 않는 눈치더니, 요즘엔 주로 사람들 출입이 뜸한 오후나 밤 시간에 나와, 단지 주변을 홀로 돌아다니

262

다 들어가곤 한다는 것이다.

"첨에 나는 웬 치매 앓는 노파가 새로 이사를 왔나 보다 했죠. 근데 알고 보니, 우리랑 비슷한 나이라잖아요. 그냥 걸음걸이며 행색만 봐선 누가 사십대 후반이라고 여기겠어요? 찬찬히 뜯어보면 폭삭 늙은 얼굴은 아니던데, 왜 그리 턱없이 나이 들어 보이는지 몰라."

"표정이 지나치게 어둡긴 하더군."

"우울증이 무섭다고들 하더니, 진짜 그런가 봐요. 그 여자, 벌써 몇 차례 자살을 기도한 이력이 있대요. 그나마 요즘은 상태가 엄청 좋아진 셈이어서, 최근에야 혼자 외출도 할 수 있게 된 거래요."

"당신이 어떻게 그런 거까지 훤히 꿰뚫고 있지?"

"오죽하면 은주 엄마 별명이 변호사일까. 은주 엄마 말로는, 얼마 전부터 그 여자 남편이 성당에 나오기 시작했대요. 부부가 다 신자라면서 왜 매번 혼자냐고 물으니까, 집사람은 그럴 형편이 못 된다면서, 그 아저씨가 이러더래요. 이웃 사람들이 자기 아내를 이상하게 생각하고 있다는 걸 자기도 잘 안다고. 사실 알고 보면, 집사람만큼 불행한 인생을 살아온 사람도 드물 거라고, 그러니 모쪼록 따뜻한 마음으로 이해해주셨으면 한다고 말예요. 그 여자는 특히나 자신을 쳐다보는 사람들의 시선을 가장 무서워한대나 어쩐다나."

"대인공포증이 심각한가 보군."

"그 아저씨가 은주 엄마한테 간곡히 이런 부탁까지 하더래요. 앞으로 엘리베이터나 통로에서 자기 집사람과 마주치거든 그냥 한 번쯤 웃음 띤 얼굴로 가볍게 목례라도 해주면 고맙겠다고."

식사를 마치고 나서 그는 잠시 아내와 함께 텔레비전을 보았다. 뉴스가 끝나고 일일연속극이 시작되자 그는 먼저 일어나 자신의 서재로 들어갔다. 여태 미뤄두었던 학생들 중간고사 답안지 채점을 마저 끝내야 했다.

그는 두툼한 시험지 묶음을 책상 위에 펼쳐놓고, 양미간을 찌푸린 채 한 장씩 읽어나갔다. 역시 예상대로였다. 시험에 출제될 문항을 그가 한 주일 전 수업 시간에 숫제 고스란히 알려주다시피 했음에도 불구하고, 절반 이상은 형편없는 엉터리 답안이었다. 그가 맡은 '교양 국사'의 수강 인원은 150명이 넘었다. 아침 시간에 편성된 탓에 수강생 중 절반은 한 시간이 끝나서야 강의실로 어정어정 찾아들었다. 수도권 외곽에 위치한 그 사립대학은 서울에서 통학 시간만도 두 시간 남짓 걸렸다. 학생들 대부분은 진작부터 공부와는 담을 쌓은 처지였고, 학교 재단은 오로지 정원을 채우는 일에만 신경을 쏟았다. 무관심과 나태함으로 완전무장한 학생들을 상대로 진행해야 하는 수업은 가르치는 사람으로서는 실로 고역이었다. 학습 의욕은커녕 숫제 반응조차 확인할 수 없는 두 시간짜리 수업을 마치고 강의실을 나설 때면 그는 매번 지독한 자괴감과 참담함에 빠져 허우적거렸다. 그런 한심하고 무의미한 생활이 벌써 십수 년째였다.

끝내 그는 볼펜을 책상 위에 내던지고 자리에서 일어났다. 창문을 반쯤 열어둔 채 담배 한 개비를 피워 물었다. 창밖 단풍나무 가지들 사이로 가로등이 노랗게 빛나고 있었다. 3층인 그의 방에선 등산로 입구로 이어진 좁은 산책로가 훤히 내려다보였다. 자정 가까운 시각, 주위는 인적이 드물었다. 술 취한 남자들, 심야 학원에서 지친 모습으로 귀가하는 고교생들만 간간이 지나갔다.

그는 창유리에 이마를 기댄 채 가로등 불빛을 물끄러미 내려다보았다.

"실패해버렸어. 나는…… 내 인생은 완전히 실패한 거야."

자조하듯 그는 중얼거렸다. 그도 한때 주변의 부러움을 한 몸에 받은 적이 있었다. 모교에서 그해 서울의 명문 대학에 합격한 유일한 인물이 그였다. 졸업식장에서 교장은 일부러 그를 단상으로 불러내어 학부모와 학생 들의 박수를 받도록 했다. 대학원에 진학했을 때, 고향 사람들은 그가 이미 대학교수가 되기라도 한 양 칭찬을 했다. 나이 서른셋에 일간지 신춘문예에 시가 당선되자, 그가 졸업한 고등학교의 교문 앞엔 '경축! 본교 제34회 졸업생 양우식 신춘문예 당선!'이라는 거창한 현수막이 나부끼기도 했다.

하지만 그에게 할당된 행운의 몫은 정확히 거기까지였다. 5년 만에 박사학위를 받았지만, 마흔 후반인 현재까지도 그는 변함

없는 보따리장수 신세를 면치 못했다. 그나마도 서울이 아닌, 주로 수도권과 지방의 알려지지 않은 대학들을, 자신보다 앞서 전임 자리를 딴 선배와 동기 들의 눈칫밥을 얻어먹으며 전전하고 있었다. 다행히 우체국 직원인 아내 덕분에 세 식구의 생계는 그런대로 꾸려왔지만, 그는 언제부턴가 자신이 잉여 인간처럼 느껴지곤 했다.

무엇보다 그에게 가장 큰 좌절감을 안겨준 것은 시였다. 동기들은 말할 나위도 없고 한참 아래 후배들까지 버젓이 전임 교수 임용을 받는 걸 지켜보면서도, 최소한 마지막 자존심만은 포기하지 않을 수 있었던 건 '시인'이라는, 그 잘난 허영심 덕분이었다. 한때 그는 세상 사람들이 자신을 대학교수가 아닌 시인으로 불러주는 것을 자랑스러워했다. 시를 위해서라면 현실적인 그 무엇이라도 기꺼이 포기할 수 있을 것 같았다. 그래서 시인에게 가난은 부끄러움 아닌 훈장이라는 따위, 사춘기 문학소년다운 다소 유치찬란한 신념을 그는 꽤 늦은 나이까지도 버리지 않았다.

문단에 나온 지 3년 만에 그는 시집 두 권을 냈다. 신인치고는 드물게 성공한 예였다. 작품에 대한 문단의 평도 대체로 좋은 편이었다. '현실과 환상의 절묘한 변주'라느니, '자본주의의 추악한 덫과 욕망을 까발리는 신예의 예리하고 통렬한 감각' 어쩌고 하는 식의. 그러나 딱 거기까지였다. 어쩌다 그리되었는지, 그는 오랫동안 시를 거의 쓰지 못했다. 7, 8년 전, 여기저기 흩어져 있던 시들을 흡사 누더기 기워내듯 그러모아 출간한 세번째 시집은 소리 소문 없이 묻혀버리고 말았다. 어느 누구도 더는 그의 이름을 기억해주지 않았다. 그 후부터 그는 시를 쓰지 않았다. 그가 시를 버린 게 아니었다. 시가 더 이상 그를 찾아오지 않았다. 어쩌면 죽는 날까지 그럴지도 모른다고 그는 자조했다. 그러면서도 그는 또 내심 기다리고 있었다. 메말랐던 시혼이 불꽃처럼 찬연히 되살아나기를. 더 늦기 전에, 싱싱한 감각의 시어들이 화산처럼 뜨겁게 용솟음치기 시작하는 그 순간을…… 특히나 요즘 들어 그는 한층 절박하게 쫓기고 있었다. 심한 불면증은 이미 고질이 되어 있었다. 그는 알고 있었다. 지금 그의 가슴속에서 무엇인가가 소리 없이 죽어가고 있었다. 그것은 바로 시의 혼, 그 자신의 영혼이었다. 그 아뜩한 절망의 늪 한가운데서 그는 가망 없이 허우적대고 있을 뿐이었다.

하던 일을 대충 마무리한 그는 의자에서 몸을 일으켰다. 새벽 1시 반이었다. 수업 때문에 아침 일찍 집을 나서야 할 터여서, 그는 거실로 나가 수면보조제 두 알을 입안에 털어 넣었다. 서재로 돌아와 창문을 닫으려던 그는 문득 손을 멈추었다. 누군가 창밖 산책로를 지나가고 있었다. 가로등 불빛 아래 헐렁한 검정색 트렌치코트와 모자가 보였다. 두 팔을 축 늘어뜨리고 상체는 꼿꼿이 세운 자세로, 마치 수면 위를 떠내려가듯 느리게 이동하는 그 기이한 걸음걸이. 바로 그 여자였다.

그는 숨을 죽인 채 여자의 모습을 주시했다. 이런 시각에 혼자 어디를 다녀오는 것일까. 바로 그때였다. 여자가 걸음을 멈추더니, 잠시 그 자리에 말뚝처럼 붙박인 채 가만히 서 있었다. 그러다 여자가 이쪽으로 휙 고개를 돌렸고, 그는 흠칫 놀라 벽 뒤로 재빨리 몸을 감추었다. 여자는 가로등 불빛을 찬찬히 바라보고 있는 눈치였다. 하필 그의 서재는 정확히 가로등 뒤쪽에 위치해 있었다. 가만, 혹시 저 여자가 지금 내 방을 올려다보고 있는 건 아닐까. 그는 그런 엉뚱한 생각마저 언뜻 떠올렸다. 이윽고 여자는 몸을 돌려 걸음을 옮기기 시작했다. 나무들 사이로 여자의 모습이 사라지고 나서야 그는 창문을 닫고 전등을 껐다.

그는 안방으로 돌아와, 곤히 잠들어 있는 아내 곁에 누웠다. 이날따라 집엔 그와 아내 둘뿐이었다. 수학여행을 떠난 중학생 딸은 이틀 후 돌아올 거였다. 오랫동안 뒤척이다가 그는 가까스로 얕은 잠에 들었다. 꿈을 꾸었다. 꿈속에서 그는 엉뚱하게도 그 여자와 마주쳤다. 현실에서와 똑같이 집 뒤편 산책로에서였다. 망토인지 차도르인지 모를, 검은 천으로 여자는 온몸을 가리고 있었다. 어쩌다가 마주치게 된 것인지는 모르지만, 그와 여자는 전부터 잘 아는 사이인 양 서로 마주 보고 서 있었다. 꿈속의 그에겐 무언가 꼭 해야 할 말이 있었다. 그런데도 왠지 말문이 금방 터지지 않았다. 가슴이 답답해진 그는 입안에서만 연신 웅얼대며 여자를 향해 절박하게 손짓 발짓을 보냈다. 그런데 이상한 일이었다. 정작 여자의 얼굴은 전혀 보이지 않았다. 차도르를 걸쳤어도 두 눈은 보일 텐데, 어째선지 여자의 얼굴은 온통 밀가루 반죽처럼 희멀겋게 문드러져 보일 뿐이었다.

눈을 떠보니 새벽이었다. 다시 잠이 올 것 같지는 않았다. 그는 아내가 깨지 않도록 조용히 일어나 거실로 나왔다. 냉수 한 컵을 단숨에 마시고 나서, 그는 소파에 앉아 그 고약한 꿈을 새삼스레 더듬어보았다. 뜬금없이 왜 그 여자가 꿈에 비쳤을까. 개꿈이라고 그저 웃어넘기기엔 어딘가 꺼림칙했다. 꿈속에서 그는 마치 그 여자를 예전부터 알고 있었고, 뭔가 꼭 털어놓아야 할 어떤 절박한 얘기가 있는 것 같은 느낌이었다. 목구멍까지 차올랐던 그 말, 끝내 토해내지 못한 그 말은 대체 무엇이었을까.

뭔가에 홀린 것 같은 찜찜한 기분에 사로잡힌 채, 그는 소파 옆 어항을 멍하니 들여다보았다. 조명등이 환히 켜진 네모난 어항 속 세상을 깨알만 한 열대어들이 느릿느릿 떠다니고 있었다. 꿈속 여자의 기이한 얼굴이 뇌리에 여전히 남아 있었다. 윤곽도 형태도 문드러져버린, 희멀건 밀가루 반죽 같은 얼굴. 그는 현실에서 보았던 여자의 얼굴을 기억해내려고 했다. 그런데 마찬가지였다. 어찌 된 영문인지 전혀 기억이 나지 않았다. 이상한 일이었다. 분명 어제 낮에 산책로에서 마주쳤을 때 여자의 얼굴을 비교적 자세히 보았었다. 무심코 시선이 마주치는 순간 그는 내심 흠칫 놀랐었고, 최소한 여자는 2, 3초 동안이나, 다소 무례하다 싶도록 그를 빤히 바라보다가 시선을 돌렸던 것이다. 그랬는데, 여자의 얼굴을 기억해낼 수가 없다니, 그는 어리둥절했다.

며칠 후 그는 다시금 여자와 마주쳤다. 수업 두 과목을 마치고 학교에서 집으로 돌아오는 길이었다. 전철역에 내리자마자 그는 슈퍼마켓 식품점에 들러 식료품 몇 가지를 샀다. 수업이 일찍 끝나는 날이면, 그는 가끔 아내 대신 간단한 장을 봐 오곤 했다. 비닐봉지를 들고 아파트 진입로로 들어서는데, 예의 그 목련나무 아래 벤치에 여자 혼자 앉아 있었다. 순간 저도 모르게 가슴이 철렁했다. 그는 고개를 약간 숙인 채 서둘러 걸음을 옮겼다. 그러다가 어느 순간 여자의 시선과 딱 마주치고 말았다. 당황한 그는 도망치듯 황급히 지나쳤다. 엘리베이터를 기다리는 사이 그는 몇 번이나 뒤를 돌아보았다. 이마에 땀이 돋아나 있었다.

현관문을 닫아걸자마자 그는 욕실로 들어갔다. 목욕물을 콸콸 틀어놓고 욕조에 들어앉았는데, 갑자기 머리가 지끈대고 심장이 불안하게 뛰어올랐다. 머리를 물속에 집어넣고 두 눈을 감았다. 여자의 얼굴이 또렷이 떠올랐다. 이쪽을 꼼짝없이 응시하던 여자의 두 눈. 눈망울이 유난히 크고 깊었다. 너무 깊어서, 마치 검푸른 우물 같았다.

'분명히 낯익은 얼굴이야. 누구일까. 누구였더라……'

물에서 머리를 빼내자마자 푸우, 하고 막혔던 숨을 다급하게 토해냈다. 바로 그 순간, 여자의 왼쪽 이마에 난 점이 홀연 눈앞에 떠올랐다. 팥알 크기의 자주색 점. 그리고 그 크고 검은 두 눈. 길고 가는 목…… 아, 그랬구나! 그는 두 손으로 머리를 감싸 쥐고 신음하듯 낮게 부르짖었다.

"그래. 미화, 추미화…… 그 아이가 틀림없어."

*

1968년. 전라남도 K시 서쪽 변두리 마을.

사내아이 하나가 있었다. 키 작고 얼굴이 유별나게 새까만 그 초등학교 5학년짜리 아이의 별명은 '촌놈'이었다. 아이네 가족은 1년 전, 남해안의 소읍에서 그곳으로 이사해 왔던 것이다. 식구는 자그마치 아홉 명이었다. 할아버지와 할머니, 아버지와 어머니, 누나 둘과 형, 그리고 아이와 막냇동생까지.

아이의 집은 동네 맨 가장자리에 붙어 있었다. 담장 너머로 곧장 논밭이 펼쳐지고, 맞은편엔 저만치 공동묘지가 지붕처럼 빤히 건너다보였다. 야트막하고 펑퍼짐한 야산의 거의 전체를 차지한 그 공동묘지는 보기 드물게 큰 규모였다. 거개 찢어지게 가난한 이들만 혈육을 묻는 시립 묘지여서인지, 명절에조차 성묘객을 보기 힘들었다. 사흘에 한 번꼴로 새 무덤이 생긴다는 말이 돌 정도로, 무수한 봉분들이 온 산에 빽빽이 들어차 있었다.

아이는 천성적으로 겁이 많고 숫기도 없었다. 낯선 환경에 좀처럼 적응하지 못한 까닭에, 학교에서도 동네에서도 금세 외톨이가 되었다. 아이는 공부도 운동도 이야기도 잘하지 못했다. 미술 시간이면 늘 바다, 배, 갈매기 따위만 그려댔다. 성적은 꼴찌

를 맴돌았다. 머저리. 촌놈. 고구마. 깡통. 같은 반 아이들은 걸
핏하면 아이를 놀려댔다. 가난하고 내세울 것 하나 없는 전학생
아이는 응당 선생님의 관심 밖이었다. 아이는 학교 가기가 점점
싫어졌다. 밤마다 꿈속에선 바닷가 고향 마을 아이들이 보였다.

그래도 아이는 도시가 좋았다. 눈에 비치는 모든 것들이 그저
놀랍고 신기하기만 했다. 거리를 쿵쾅쿵쾅 달리는 자동차들, 커
다란 간판이 내걸린 극장, 와글와글 붐비는 시장, 가게에 진열된
알록달록한 물건들, 동네 만화방, 학교 앞 찐빵집과 문방구점,
냉차 장수, 아이스케키집…… 그 무엇이건 구경하는 것만으로
도 아이는 마냥 즐거웠다. 그중에서도, 엄청난 속도로 칙폭칙폭
건널목을 지나 달려가는 기차를 아이는 가장 좋아했다. 하지만
그것들은 모두 아이의 집에서 멀리 떨어진 시내에만 있었다.

아이의 동네는 시 외곽의 가난한 농촌이었다. 시 변두리에 위
치한 초등학교까지는 들판 길을 따라서 족히 한 시간 잰걸음을
쳐야 했다. 동네 아이들은 매일같이 무리를 지어 등하교를 했다.
하지만 아이는 늘 혼자 저만치 뒤처져서 다녔다. 아이는 지각을
자주 했고, 그때마다 어김없이 벌을 받았다. 혼자서만 오가는 학
교 길은 그래도 마음이 편했다. 가끔은 왠지 외롭고 슬퍼져서,
혼자 노래를 부르며 걷다가 눈물이 핑 돌기도 했지만.

그런데, 그 길로 혼자 다니는 또 다른 아이가 있었다. 추미화.
그 여자아이의 이름이었다. 같은 반인 미화는 아이보다 두 살이
나 많았다. 그즈음엔 늦은 나이에 입학한 경우가 종종 있어서 특

별히 이상한 일은 아니었다. 미화는 겉보기엔 되레 다른 아이들보다 더 허약해 보였다. 깡마른 체구에 키만 대빗자루처럼 껑정하니 커서, 손으로 슬쩍 밀기만 해도 뒤로 나동그라질 것 같았다. 미화는 그해 봄, 개학하고 한 달쯤 지나서 전학을 왔다. 선생님 등 뒤로, 목과 허리를 엉거주춤 구부린 채 교실로 들어서는 미화를 보자마자 아이들은 일제히 웃음을 터뜨렸다. 생김새도 차림도 볼품없고 우스꽝스러웠다. 귀 위쪽 높이에서 싹둑 잘라낸 단발머리, 어른들 헌 옷을 줄여 만든 게 틀림없는 치마저고리, 등 뒤에 한사코 감춘 먹 고무신, 누르께한 낯빛이며 얼굴 가득히 핀 마른버짐까지.

"이 녀석 보게. 동무들한테 자기소개를 하라니까, 어째 말을 안 하는 거야. 너, 벙어리냐?"

선생님이 화를 내며 다그쳤지만, 미화는 끝까지 얼굴을 들지 않았다. 머리를 가슴에 푹 숙인 채 묵묵부답이었다. 선생님은 맨 뒷줄에 하나 남은 책상을 미화에게 주었다. 하도 낡고 지저분해서 화분 받침으로 쓰던 책상이었다. 그날부터 미화의 별명은 '벙어리'가 되었다. 진짜 벙어리처럼 미화는 누구에게 말을 걸지도 대꾸하지도 않았다. 출석을 부를 때면, 미화는 얼굴을 처박고 모기같이 작은 소리로 간신히 대답할 뿐이었다.

미화는 맨 뒷자리에서 숨도 안 쉬는 양 온종일 그림자처럼 앉아 있었다. 그 애는 애당초 존재하지 않는 듯했다. 교실에서건 운동장에서건 선생님 역시 미화에게 말을 시키는 법이 없었다.

호기심도 잠깐, 반 아이들은 미화에게 더는 관심을 갖지 않았다. 놀리거나 괴롭히지도 않았다. 미화는 완벽하게 혼자였다. 그래도 미화는 한 번도 결석하는 법이 없었다.

등하교 길에서 아이는 미화의 모습을 본 적이 거의 없었다. 분명 둘 다 똑같은 길로 다닐 터인데도, 이상한 일이었다. 한참 뒤에야 알게 되었지만, 미화는 매일 아침 누구보다도 일찍 등교하고, 방과 후엔 맨 나중에야 돌아오곤 했던 것이다.

아이는 미화의 집이 어디인지 알지 못했다. 다만 아이의 마을 앞을 지나서, 들길로 다시 한참을 더 가야 한다는 정도만 알았다. 아이의 마을 앞엔 공동묘지가 있고, 그 언덕 아래로 군용 작전 도로가 나 있었다. 군용차량들만 간간이 오갈 뿐인 그 신작로를 따라, 저만치 고개를 넘어가는 미화의 뒷모습을 아이는 두어 번 본 적이 있다. 미화가 사는 동네는 그 고개 너머 어디쯤에 있을 터였다.

초여름으로 들어선 어느 날이었다. 아이는 하굣길에 우연히 미화와 마주쳤다. 토요일이었고, 아이는 점심을 쫄쫄 굶은 채였다. 오전 수업이 끝나자마자 아이는 시장 입구 공터를 향해 내달렸다. 엊그제부터 순회 악극단이 찾아와, 커다란 천막을 쳐놓고 무료 공연을 하는 중이었다. 매일 한 작품씩 바꿔가며 펼쳐지는 춘향전, 심청전, 흥부전, 장화홍련전이 사람들을 불러 모으고 있었다. 화려하게 분장한 악극 배우들이 가설무대 위에서 구슬픈 목청으로 창을 뽑아내고 쿵닥쿵닥 북 장구를 울려대는 동안, 나머지 단원들은 천막 안을 돌며 구경꾼들에게 온갖 종류의 만병통치약을 팔았다. 넋을 빼놓은 채 구경하느라고 아이는 배고픈 줄도 몰랐다. 이윽고 오후 3시가 되어서야 아이는 천막을 빠져나와, 혼자 터벅터벅 집으로 향했다. 배가 고파 걸음을 옮기기조차 힘들었다.

집으로 가다 보면 도중에 개울이 나온다. 들판을 가로질러 흐르는 그 맑은 개울엔 작은 콘크리트 다리 하나가 서 있었다. 하도 낡아서 콘크리트 난간 군데군데가 부스러진 그 다리 위에 미화는 혼자였다. 난간에 허리를 기대고 머리를 앞으로 내민 채, 다리 아래를 열심히 살피는 중이었다. 발치엔 때 묻은 책가방이 뒹굴고 있었다. 아이는 그냥 모르는 척 지나쳤다.

"어머, 저것 좀 봐."

아이는 주춤, 걸음을 멈추었다. 미화가 말을 하다니. 게다가 그건 분명 서울 사람들이나 쓰는 말씨였다.

"애, 너 양우식이지? 이리 와, 저것 좀 보라니까."

미화가 손짓을 했다. 아이는 엉거주춤 다가가 난간에 허리를 기댔다. 개울물 한가운데 도톰하게 솟아나와 있는 바위. 그 한쪽 귀퉁이에 뭔가 작고 동그란 게 납작 엎디어 있었다.

"거북이다, 거북이!"

아이는 탄성을 질렀다. 진짜로 난생처음 보는 거북이였다.

"저건 남생이야. 거북이가 아니고."

"나, 남생이?"

"응, 생물도감에 나와 있어."

미화가 싱긋 웃으며 말했다. 아이는 또 한 번 놀랐다. 미화가 웃을 줄도 알다니. 둘은 나란히 개울로 시선을 돌렸다. 남생이는 꼼짝도 하지 않고 엎드려 있었다. 물밑에서 모처럼 햇볕을 쬐러 나온 듯했다.

"혹시 죽어뿌린 거 아니까?"

"안 돼. 그러지 마. 지금 잠들어 있는 거야."

돌멩이를 집으려는 아이의 손을 미화의 손이 얼른 그러잡았다. 미화의 손은 따뜻하고 말랑말랑했다. 아이는 얼굴이 후끈 달아올랐다. 미화가 쪼그려 앉아 책가방을 뒤적이더니 뭔가를 꺼냈다. 손수건으로 둘둘 말아서 싼, 볶은 콩 한 줌이었다.

"손 벌려봐. 절반씩 나눠 먹자. 우리 엄마가 싸주신 거야."

아이의 손바닥에 콩을 부어주면서 미화는 말했다. 고소하게 볶아진 콩알은 꿀맛이었다. 둘은 나란히 서서 한동안 잠자코 콩을 씹어 먹었다. 인기척을 알아챘는지, 남생이가 물속으로 슬그머니 모습을 감추어버렸다.

두 아이는 책가방을 들고 집을 향해 걷기 시작했다. 초여름 들판 저편에서 이따금 싱그러운 바람이 불어왔다. 그때마다 성큼 자란 벼들이 일제히 몸을 흔들어, 논 위에다 부챗살 같은 무늬를 끊임없이 그려내곤 했다. 얼마쯤 걸었을까. 어째선지 미화는 내내 말이 없었다. 평소처럼 고개를 푹 꺾은 채 발끝을 내려다보며 걷기만 했다. 찡그린 이마, 꾹 다문 입술 표정이 화가 잔뜩 난 듯했다. 방금 전 다리에서 보던 모습과는 전혀 딴판이었다. 언제 그런 일이 있었는가 싶게, 미화는 생판 모르는 사람 시늉을 했다. 영문을 몰라서 아이는 조금씩 뒤로 처졌다. 그때 미화의 걸음이 별안간 빨라졌다. 그러더니 이내 앞만 보고 혼자 쌩하니 뛰어가기 시작하는 거였다. 아이는 어안이 벙벙해서 멍하니 서 있었다.

그날 이후, 미화는 전혀 알은척조차 하지 않았다. 예전과 똑같은 벙어리 미화로 돌아가 있었다. 여름방학을 앞둔 어느 날, 아이는 하굣길에서 미화와 오랜만에 마주쳤다. 미화는 다리 난간에 위태롭게 걸터앉아 있었다.

"얘, 양우식. 너, 이거 안 먹을래?"

모르는 척하고 얼른 지나치려는데, 미화가 뒤에서 불렀다. 미화가 준 삶은 감자는 맛이 있었다. 묻지도 않았는데, 그날 미화는 종알종알 자기 이야기를 늘어놓았다. 이사 오기 전까지 자기 가족은 경기도 안성에서 살았고, 아이의 짐작대로 지금은 고개 너머 마을에 살고 있다는 것. 그 집은 원래 큰아버지 댁이고, 당분간은 사랑채에서 엄마랑 오빠랑 그렇게 셋이서 지내고 있지만, 외국으로 돈 벌러 떠난 아버지가 돌아오시기만 하면 곧 다시 안성으로 돌아갈 계획이라는 것. 예전 살던 양옥집엔 피아노가 있었고, 자기는 훗날 음악 선생님이 될 터이고, 이곳 학교에선 선생님도 아이들도 하나같이 마음에 들지 않는다는 것. 대충 그런 얘기였다.

"외국으로 돈 벌러 가셨다고? 거기가 어떤 나라여?"

아버지랑 큰오빠 얘기를 물었을 때, 어째선지 미화의 낯빛이 금방 어두워지는 듯했다.

"미국에 가셨어. 뉴욕에. 너, 뉴욕이 어딘지 알아? 자유의 여신상이 있는 곳……"

그러더니, 별안간 미화는 얼굴을 찡그린 채 저 혼자 앞으로 핑 가버렸다. 지난번과 똑같았다. 아이는 화도 나고 어이가 없었다. 이젠 절대로 미화 따윈 상대하지 않겠다고 결심했다.

여름방학이 돌아왔다. 유난히도 그해 여름은 가뭄이 심했고, 더위는 더욱 견디기 힘들었다. 개울이 아예 말라붙어 물놀이는 꿈도 못 꾸었다. 아이는 저녁이면 어른들을 따라 '둠벙새암'으로 목욕을 하러 가곤 했다. 공동묘지 아래쪽 들판에 있는 '둠벙새암'은 지표면 바닥에서 곧장 물이 퐁퐁 솟구쳐 나오는 특별한 우물이었다. 물이 맑고 맛도 좋았다. 한여름에도 물이 얼음처럼 차가워서, 매일 저녁 동네 사람들이 삼삼오오 찾아와 등물도 하고 목욕도 했다.

"늬덜, 소문 들었냐?"

"뭘?"

"저기 언덕 위에 판잣집들 있잖냐. 거기 요새 나병 환자들이 들어와 산다더라."

어느 날 아이는 저녁밥을 먹자마자 큰형을 따라나섰다. 껌껌

한 어둠 속에서 바가지로 물을 퍼 몸에 끼얹으며 형의 친구들은 왁자지껄 주고받았다.

"에이 설마. 거기는 죄다 빈집뿐일 터인디?"

"진짜여 인마. 반장 아저씨한테 직접 들었다니까. 남자만 두 사람인디, 서로 부자지간이라여. 아버지와 아들이 함께 문둥이라니, 진짜 희한하지 않냐?"

"어, 그런데 저거 좀 봐라. 누가 들어와 산다면, 어째서 불빛 하나 없이 저렇게 깜깜하겠냐? 빈집 같지 않어?"

형이 언덕 위 미루나무가 서 있는 지점을 가리키며 말했다. 그곳은 공동묘지의 맨 가장자리로, 그 오른쪽은 모두가 밭이었다. 그 경사진 밭 모서리, 미루나무 몇 그루가 서 있는 언저리에 판잣집 서너 채가 모여 있었다. 맨 위에 떨어진 한 채는 상엿집이었고, 나머지는 오래전에 떠돌이 피난민들이 살다 떠난, 다 허물어진 집들이었다.

"얀마. 문둥이 여기 있소, 하고 전깃불 훤히 켜놓고 앉아 있겠냐?"

"거, 문둥이 집 아래서 목욕을 하려니까는 기분이 영 찜찜하네."

"이거 봐, 청년들. 그런 쓸데없는 걱정은 안 해도 될 거여. 그 사람들은 음성 나환자라네. 겉보기에 조끔 흉해서 그렇지, 병은 벌써 다 나은 사람들이라고."

그때 저쪽에서 웬 어른 음성이 툭 튀어나왔다. 뜻밖에 반장 아저씨였다. 반장의 얘기에 아이는 귀를 쫑긋했다. 내가 그 사람들을 직접 한번 만나본 적이 있다. 그쪽에서 먼저 인사차 찾아왔더라. 치료를 받아 병이 나았다고는 해도, 얼굴에 흔적이 남아 있고 손가락 발가락이 망가져서 보기에 흉한 건 사실이더라. 그렇더라도 이미 병이 나은 사람이고, 저 집터랑 밭도 자기 형님네 소유라는데, 타인들이 나서서 뭐라고 왈가불가할 수는 없지 않는가. 몹쓸 병이 걸려서 그리되었지, 참 아까운 사람이더라. 아비 되는 이는 전직 중학교 선생까지 했다더라. 아들은 얼굴만 봐선 병자인지 잘 모를 정도인데, 정신이 약간 온전치 않은 눈치더라. 둘 다 선량한 사람들 같으니, 염려하지 않아도 좋을 것 같다. 함부로 마을 출입도 안 할 터이고, 이곳에서 딱 3년만 살다가 떠날 생각이니까 너그러이 양해해주십사고 하소연을 하더라. 사정이 하도 딱해서, 동네서도 일단 별문제 삼지 말자고 얘기들을 나눴으니, 젊은 사람들도 그리 알고 있으면 좋겠다. 반장의 설명은 대충 그러했다.

여름 내내 동네 조무래기들은 공동묘지 옆 판잣집 얘기뿐이었다. 문둥이는 갓난아이를 몰래 훔쳐다가 약으로 잡아먹는다더라. 개도 잡아다가 산 채로 간을 빼 먹는다더라. 쥐도 잡아먹고, 뱀 두꺼비 지렁이 까마귀도 잡아먹는다더라. 별의별 끔찍스럽고 무시무시한 소문이 아이들 사이에서 돌아다녔다. 아이들은 공동묘지 근처엔 절대로 가까이 가지 않으려 했다. 판잣집 있는 곳을 바라보기만 해도 눈알이 곪는다는 소문에, 꼬맹이들은 잔뜩 겁을 먹었다. 아이는 그런 소문을 곧이듣진 않았지만, 아무래도 무섭고 꺼림칙한 느낌은 어쩔 수 없었다.

여름방학이 끝나고, 곧 가을이 찾아들었다.

일요일 오후, 아이는 혼자 마을 외곽에 있는 유리 공장으로 놀러 갔다. 유리 공장은 언제나 굉장한 구경거리였다. 때마침 높다란 함석지붕 아래서는 인부 10여 명이 분주히 일하고 있었다. 웃통을 다 드러낸 사내들의 몸에선 흥건한 땀이 기름처럼 번들거렸다. 그들은 모두 전구 알과 각종 유리병을 만들어내는 숙련공이었다. 커다란 가마 속엔 시뻘건 유리 용액이 부글부글 끓고 있었다. 그 가마 속으로 철봉 모양의 길고 가느다란 금속 대롱을 푹 찔러 넣었다가 빼면, 대롱 끝엔 정확한 양의 유리 용액이 묻어 나왔다. 그 대롱 반대쪽 끝을 입안에 넣고 사내들은 힘껏 바람을 불어넣었다. 순간 대롱 끝에서 시뻘건 유리 풍선이 확 부풀어 올랐고, 미리 찬물에 식혀둔 금속 형틀에 그 풍선을 재빨리 집어넣었다가 빼내면 순식간에 얇고 투명한 전구와 유리병 들이 만들어지곤 했다.

그런 광경을 한 시간쯤 구경하고 나서, 아이는 무심코 오솔길을 따라 언덕을 걸어 오르기 시작했다. 아직 한 번도 가본 적이 없는 길이었다. 탱자나무 울타리를 지나 한참을 걷다 보니, 미루나무들 사이로 웬 판잣집 하나가 나타났다. 허름한 문짝 틈새로 안을 들여다보니, 울긋불긋한 상여가 보였다. 그것은 상엿집이었다. 아이는 소스라치게 놀라 얼른 그곳을 벗어났다. 언덕 왼쪽은 공동묘지였고, 저만치 맞은편으로 아이의 마을이 보였다. 아이는 허둥지둥 언덕을 내려오기 시작했다.

미루나무들 가까이 왔을 때, 아이는 저도 모르게 나무 뒤에 쭈그려 앉아버렸다. 눈앞에 판잣집 두 채가 서 있었다. 집 외양은 의외로 깨끗해 보였다. 지붕의 함석이며 처마 차양도 새것 같았다. 크, 큰일 났다. 무, 문둥이들 사는 집이구나. 아이는 눈앞이 캄캄했다. 얼른 일어나 도망쳐야 했지만, 무릎이 후들거려 움직일 수가 없었다. 그때였다. 맞은편 집에서 누군가 방문을 열고 마당으로 나왔다. 순간 아이는 두 눈을 의심했다. 대빗자루처럼 마르고 키만 껑정한 여자아이. 추미화, 바로 그 아이였다.

미화의 가슴엔 큼직한 양은 세숫대야가 안겨 있었다. 방 안에서 걸걸한 사내 음성이 들렸다.

"애야. 물은 마당에 버리지 말고, 배추밭에다 부어주거라."

"알았어요, 아빠."

미화가 대답하더니, 대야를 안고 이편 마당가로 돌아 나왔다. 미화가 바로 서너 걸음 앞까지 다가왔다. 순간 아이는 발딱 일어섰다. 그리고 몸을 돌려 언덕을 후다닥 뛰어오르기 시작했다. 한참 달리다 뒤를 돌아보니, 미화는 아직 대야를 안은 채로 배추밭 가에 혼자 말뚝처럼 서 있었다.

*

　운동복을 걸쳐 입고 그는 현관을 나섰다. 아내는 곤히 잠들어 있었다. 새벽 5시. 하늘 한쪽만 약간 희붐하게 비칠 뿐, 바깥은 여전히 어두웠다. 아파트 마당을 지나 그는 산책로 쪽으로 향했다. 껑충하니 서 있는 목련나무 아래 벤치는 비어 있었다. 그는 짐짓 그쪽을 외면한 채 총총히 지나쳤다. 의외로 산책로엔 행인들이 더러 눈에 띄었다. 새벽 기도를 나가거나, 출근 전 짧게 운동을 하러 나온 이들일 터였다.

　등산로 입구에서 그는 잠시 망설였다. 처음엔 산 중턱 약수터까지 다녀올 생각이었지만, 문득 맘이 내키지 않았다. 그는 반대편 계곡으로 발길을 돌렸다. 산기슭을 잠시 거슬러 오르다가 그는 개울가의 평평한 바위에 주저앉았다. 개울 바닥으로 물이 쫄쫄 흘러갔다. 평소에도 수량이 많지 않은 편이었다. 그는 담배를 꺼내 입에 물었다. 담배 맛이 유난히 썼다. 너, 아무한테도 그 말 안 했지? 그렇지? 미화의 떨리는 음성이 귓전을 울렸다. 그는 눈을 감았다.

　한참 후에야 알게 된 사실이지만, 그 공동묘지 옆 판잣집은 미화 아빠와 큰오빠의 임시 거처였다. 고개 너머 동네의 큰아버지 집엔 나머지 식구 셋이 방을 얻어 살고 있었다. 아마도 그날 미

화는 청소며 잔심부름을 해주러 거기 들렀을 터이다. 행여 아이
들 눈에 띌까 가슴을 졸이면서.

　판잣집에서 미화를 본 그날 밤, 온갖 흉하고 무서운 생각과 상
상으로 그는 잠을 이루지 못했다. 나환자가 흔하던 시절이었다.
지팡이를 짚고 동네를 돌며 구걸하러 다니는 이들을 그는 자주
보았다. 수건을 쓴 이도 있고, 흉측한 얼굴을 드러낸 채 막무가
내인 이도 있었다. 더러 무리 지어 다니면서 반 위협조로 돈을
뜯어 가는 이들도 있었다. 찬밥을 달라고도 하고, 김치, 된장, 보
리쌀 혹은 담배를 얻어 갔다. 그들은 하나같이 소록도에서 왔거
나, 소록도를 찾아가는 길이라고 말했다.

　그는 밤새 이불 속에서 몸을 뒤척였다. 더러운 천으로 둘둘 감
은, 손가락 없는 손. 절룩이는 걸음걸이. 썩은 냄새 풍기는 옷차
림. 문드러져 움푹 파인 코. 짜부라든 눈…… 그런 온갖 상상이
다 떠올랐다. 어쩌면 미화도 문둥이일지 몰라. 미화와 나누어 먹
었던 볶은 콩, 오이, 감자, 시루떡에도 병균이 묻어 있지 않았을
까. 왜 내가 거지처럼 그런 걸 얻어먹었나. 그럴 수만 있다면, 당
장 그 끔찍한 음식들을 왁왁 토해내고 싶었다. 실제로 마당가에
쪼그려 앉아서 입을 벌리고 헛구역질을 해보기도 했다. 혹시 내
몸 안에 벌써 병균이 들어와 있는 건 아닐까. 아아, 이러다 나도
문둥이로 변하는 게 아닐까.

　이튿날은 월요일이었다. 미화는 둘째 시간이 끝나서야 교실
에 나타났다. 선생님은 빤히 알 텐데도, 모르는 척하는 눈치였

다. 점심시간에 급식 빵을 먹으면서 슬쩍 돌아보니, 미화는 빵은 입에 대지도 않는 듯했다. 종례를 마치자마자 그는 가장 먼저 교실을 나왔다. 그리고 후문을 나서자마자 혼자 집을 향해 달음박질쳤다. 다행히 다리 위엔 아무도 없었다. 하지만, 아니었다. 마을로 막 들어서는데, 예배당 골목에서 미화가 불쑥 튀어나왔다. 그는 두 발이 딱 얼어붙어버렸다. 미화는 성큼성큼 다가오더니, 그를 뚫어져라 노려보았다.

"너, 아무한테도 말 안 했지?"

대답해. 그렇지? 미화가 재차 다그쳤다. 으응. 안 했어. 그는 두려움에 질려 고개를 끄덕였다. 미화는 예배당 지붕을 눈짓으로 가리키며 다시 말했다.

"좋아. 그럼 약속해. 저 십자가를 걸고 약속하란 말이야. 절대로 비밀을 지키겠다고. 약속할 수 있어?"

"알았어. 약속할 거여."

그제야 돌처럼 굳어 있던 미화의 표정이 조금 누그러진 듯했다. 미화는 잠시 고개를 숙이고 발끝만 내려다보더니, 조용히 말했다.

"절대로, 아무한테도 말하면 안 돼. 부탁이야. 이젠 더 이사 갈 데도 없어. 전번 학교도 겨우 두 달밖에 못 다녔어. 안 그랬으면 진작 졸업했을 텐데…… 우리 아빠랑 오빠는 병이 다 나았어. 이젠 나병 환자 아니야. 진짜야. 우리 아빤 시를 쓰신단다. 너 시인이 뭔지 아니? 아빠는, 우리 아빠는…… 나, 갈게."

미화가 고개를 들어 그를 똑바로 쳐다보았다. 놀랍게도 미화는 울고 있었다. 닭똥 같은 눈물이 뚝뚝 떨어졌다. 이내 미화는 휙 돌아서더니 빠른 걸음으로 골목을 빠져나가버렸다. 그는 무너지듯 땅바닥에 주저앉았다. 눈앞이 아뜩해왔다. 그건 거짓말이었다. 비밀 따윈 벌써 사라지고 없었다. 또 한 사람이 이미 알고 있었다. 바로 전날, 판잣집에서 정신없이 도망쳐 오다가, 그는 하필이면 옆집 병우하고 집 앞에서 딱 마주쳤던 것이다.

다른 아그들한테는 절대로 말하면 안 된다이. 너만 알고 있어야 돼. 저그 상엿집 아래 판잣집에서 말이다…… 목구멍이 컥 막혔다. 그는 다급하게 숨을 몰아쉬었다. 병우는 바로 그의 옆반이었다. 소문은 이미 퍼지고 있을 터였다.

예감은 적중했다. 일주일 후, 미화는 학교를 그만두었다. 학급 조회를 하고 있는데, 엄마들 서넛이 찾아와 선생님을 불러냈다. 아이들의 시선이 일제히 맨 뒷줄에 혼자 앉은 미화에게로 쏟아졌다. 미화의 낯빛은 이미 종잇장처럼 하얗게 변해 있었다. 고개를 빳빳이 쳐들고, 미화는 무서운 눈으로 아이들을 하나하나 쏘아보았다. 아이들이 슬금슬금 고개를 돌렸다. 가방에 책을 주섬주섬 담더니 미화가 조용히 자리에서 일어났다. 저도 모르게 그는 뒤를 돌아보았다. 교실 뒷문을 열고 막 나가려던 미화와 한순간 눈길이 마주쳤다. 곧 문이 닫히고, 미화의 발소리가 멀어졌다.

그것이 마지막으로 본 미화의 모습이었다. 그는 아직도 또렷하게 기억하고 있었다. 교실 문을 나서기 직전, 말없이 자신을 쏘아보던 그 아이의 눈빛을. 그 큰 눈망울은 깊고 검었다. 너무 깊어서, 까마득히 가라앉은 우물처럼 보였다. 그 깊고 어두운 심연 속, 퍼렇게 타는 불덩이 하나를 그는 얼핏 보았다. 어쩌면 환각이었는지도 모른다. 하지만 그 작고 푸른 발광체는 그의 영혼 가장 깊숙한 어둠 속에, 이 순간에도 또렷하게 박혀 있었다.

그 후 미화는 그의 기억 속에서 까맣게 지워져 있었다. 한데, 지금 그 여자가 느닷없이 눈앞에 나타난 것이다. 유령처럼, 아무런 예고도 기척도 없이 말이다. 그는 담뱃갑을 호주머니에 집어넣고 일어섰다. 그리고 계곡 길을 되돌아 내려와 집을 향해 걷기 시작했다. 산책로에 들어서자 돌연 마음이 조급해졌다. 미화를 만나야 한다는 생각이 들었다. 그건 스스로도 전혀 예상치 못했던 생각이었다. 어쩌면 그 여자가 지금쯤 벤치에 홀로 앉아 있을지도 모른다. 걸음이 빨라졌다. 그러나 이내 그는 주춤 멈춰 섰다. 만나겠다니. 만나서, 무엇을 어떻게 하겠다는 건가. 이제 와서, 무슨 얘길 할 수 있단 말인가. 이런, 제기랄…… 그의 걸음이 더욱 느려졌다. 마치 그림자밟기 놀이를 하는 사람처럼 그는 힘없이 발바닥을 밀며 느릿느릿 걷고 있었다.

이윽고 아파트 후문으로 들어섰다. 저만치 목련나무가 보였다. 벤치는 비어 있었다. 그는 조용히 벤치 위에 앉았다. "개새끼! 넌 개새끼야!" 독기에 찬 미화의 음성이 되살아났다. 교실

문을 나서기 전, 그 짧은 순간에 물론 미화는 아무 말도 하지 않았다. 하지만 그는 언제부터인가 미화에게서 그 말을 분명히 들었노라 믿었다. 차라리 그랬더라면 좋았을 터이다. 그런 무시무시한 저주라도 퍼붓고 떠나주었더라면……

그 후 미화네 가족의 행방에 대해선 전혀 들은 것이 없다. 이듬해, 그 판잣집 역시 흔적도 없이 사라져버렸다. 바람이 몹시 불던 초봄 어느 날 산불이 났던 것이다. 처음 공동묘지에서 시작된 불길은 강한 바람을 타고 순식간에 번져나갔다. 묘지 전체는 물론이고 상엿집과 판잣집들, 그리고 인근 과수원 창고까지 완전히 타버렸다. 판잣집 안에서 불탄 시체가 나왔다는 뜬소문이 한동안 조무래기들 사이에 돌기도 했다.

그는 고개를 젖히고 맞은편 305동 건물을 올려다보았다. 닭장처럼 촘촘히 들어찬 집들 거개가 불이 들어와 있었다. 3층에서 불 꺼진 집은 딱 한 채였다. 그는 왠지 여자의 집은 유일하게 남은 그 검은 창문일 거라는 생각이 들었다. 돌연 머리가 참을 수 없게 지끈거렸다. 그는 잠시 눈을 감고 심호흡을 했다.

그래. 당분간은 아무 생각도 하지 말자. 아직 시간이 남아 있잖은가. 그는 벤치에서 천천히 몸을 일으켰다. 지금쯤 아내는 일어나서 아침을 준비하고 있을 터였다. 그는 집을 향해 걷기 시작했다. 하늘이 점차 부옇게 밝아오고 있었다.

물 위의 생

– 길

1998년 4월. 강원도 정선읍 외곽의 42번 국도.

C는 자신의 중고 밴을 몰고 혼자 북쪽을 향해 가고 있다. 읍
내를 벗어나자 국도는 줄곧 강변을 따라 구불구불 이어진다. 목
적지 여량이 가까워올수록 그의 마음도 조금씩 무거워진다. 아
무래도 공연한 짓을 벌인 게 아닐까. C는 새삼 부질없는 조바심
을 되새김질한다. 아우라지의 뗏사공이라니. 십중팔구 요즘 독
자들에겐 케케묵은 민담이나 전설 속 인물쯤으로 여겨질 게 뻔
하다. 하지만 이내 C는 고개를 내젓는다. 어차피 이제 와서 누구
탓을 할 수도 없다. 애당초 이번 여름부터 시작될 특집 기획에 뗏
목 이야기를 포함시키자는 아이디어를 낸 게 바로 자신 아닌가.

바로 얼마 전까지 그는 뗏목에 관해선 전혀 무지한 사람이었다. 불과 30여 년 전만 해도 뗏목이 한강의 수면 위로 숱하게 떠다녔다는 사실조차 아예 몰랐으니까. 그럼에도 일이 이렇게 된 것은 순전히 그 해묵은 신문 조각 때문이다. 죽은 수희의 짐을 정리하다가 책갈피에서 우연히 찾아낸, 가위로 오려진 그 짤막한 일간지 기사. 국장의 서슬 퍼런 독촉에 머리를 쥐어짜고 있는데, 하필 그 기사 생각이 퍼뜩 떠올랐던 것이다. 그 종이쪽은 지금 그의 가방 안에 들어 있다.

다리 바로 앞에서 갑자기 도로 표지판 하나가 불쑥 튀어나온다. 그는 얼른 속도를 줄이며 표지판을 훑는다. 표시대로라면 아우라지는 왼쪽, 여량은 직진 방향이다. 한순간 그는 혼란스럽다. 그의 기억대로라면, 여량과 아우라지는 분명 동일한 지명이어야 한다. 빠빠앙. 뒤에서 대형 화물 트럭이 미친 듯 경적을 울린다. 그는 급히 가속기를 밟아 다리로 들어선다. 낡은 콘크리트 다리 아래 강물이 느리게 흐르고 있다. 물빛은 암청색이다.

다리를 건너자마자 금세 여량 마을이다. 낮고 허름한 지붕들이 길 양쪽에 오종종 엎디어 있다. 면사무소를 지나자 교실 두 칸 크기의 아주 작고 오래된 역 건물이 나타난다. 그는 역사 입구에 차를 세우고, 운전석에 앉은 채 담배를 입에 문다. 벌써 오후 2시. 뒷목이 뻐근하다. 서울에서부터 혼자 꼬박 네 시간을 달려온 셈이다. 주위는 거짓말처럼 인적이 뜸하다. 눈앞의 시골 역사조차 텅 비어 있는 듯하다.

문득 그의 시선이 역 마당의 낡은 벤치에 멎는다. 싹이 막 돋기 시작하는 버드나무 고목 아래 웬 여자가 혼자 앉아 있다. 어딘가 낯익은 모습이다. 어깨까지 찰랑찰랑 내려오는 긴 생머리. 한 손으로 이마에 해 가리개를 만든 채 여자가 이쪽을 바라본다. '수희!' 그는 낮게 부르짖으며 황급히 손등으로 눈을 문지른다. 여자도, 벤치도 감쪽같이 사라지고 없다. 다시 보니 벤치가 아니라 우중충한 콘크리트 화분대다. 그는 두 눈을 감고 한동안 우두커니 앉아 있다.

눈앞 허름한 단층 슬래브 집 처마에 간판 '강원다방'이 걸려 있다. 간판이 아니었다면 구멍가게로 여겼을 것이다. C는 차에서 내린다. 아직도 다방이란 게 남아 있었구나. 그는 내심 신기해하며 흙먼지에 찌든, 고색창연한 나무 문짝을 밀고 들어선다. 좁은 실내의 집기며 액자 따위가 온통 구식이긴 해도, 제법 깔끔하고 아늑한 분위기다. 노인들과 함께 앉아 있던 중년 여인이 물 잔을 쟁반에 받쳐 들고 다가온다. 펑퍼짐한 용모의 그 여자는 예전식으로 부르자면 마담이다.

"어머, 그 마을은 바로 저쪽 강 건너편이래요. 다리 건너기 전에 좌회전 표시를 못 보셨나 봐."

"아우라지라고 적혀 있던데요?"

"거길 그렇게도 부르거든요. 사진 찍으러 다니시는 분인가 봐요."

C의 가방을 보고 마담이 미소를 짓는다. 그는 휴대폰을 꺼내

송 노인의 집 번호를 누른다. 역시 응답이 없다. 아침에 서울에서 출발할 때부터 줄곧 그렇다. 이거 혹시 헛걸음하는 거 아닌지 모르겠군. 그는 은근히 불안해진다. 하지만 어제 오전에 분명 송 노인의 부인과 통화를 했었다. 커피 맛은 끔찍할 정도로 달다. 그는 절반가량 남긴 채 일어난다. 잔돈을 거슬러 받으면서 혹시나 하고 여자에게 물어본다.

"송필구 할아버지요? 우리 다방 단골이신데, 요즘은 어디 편찮으신지 좀 뜸하시네요. 신문사에서 오셨어요? 그분 찾는 서울 손님들이 간간이 계시거든요."

마담은 친절하게도 메모지에 약도까지 그려준다. 그 송 씨 영감 말이군. 언젠가 신문에 얼굴이 한번 나오더니, 제법 유명 인사가 되었다니까. 그러게 말이야. 뗏사공 했던 영감들이 송 씨 말고도 인근에 아직 몇 사람 더 살아 있지 않나? 글쎄. 모르긴 해도, 대부분 늙어서 세상을 떴을걸. 자리에 앉은 세 노인이 그를 돌아다보며 주고받는다.

다시 차에 오른 C는 방금 왔던 길을 되밟아 간다. 다리를 건너는 순간, 그는 불현듯 시간을 거슬러 과거의 어느 지점으로 회귀하고 있는 것 같은 기이한 느낌에 사로잡힌다. 아까와는 다르게, 다리 아래 물빛은 연초록색으로 변해 있다. 이내 3, 40호가량의 작고 아늑한 마을 하나가 눈앞에 나타난다. 좁은 골목을 따라 조금 내려가자 널찍한 강변이 기다리고 있다.

'어서 오십시오. 정선 아리랑의 숨결이 깃든 아우라지입니다.'

턱없이 큰 안내판이 자갈밭 한쪽에 서 있다. C의 발 앞으로 강물이 느리게 흘러가고 있다. 동강의 최상류인 셈이다. 두 개의 물줄기, 골지천과 송천이 하나로 합쳐지는 지점. 아우라지는 바로 그 넓은 여울을 가리키는 지명이라는 사실을 그는 뒤늦게 기억해낸다. 두 물이 어우러진다는 뜻에서 지어진 이름이라던가. 여울 조금 아래쪽에 어설픈 모양의 작은 나룻배 한 척이 매어져 있다. 강변 양쪽으로 이어진 밧줄을 잡고 오가는 모양인데, 사공도 손님도 보이지 않는다. 그는 근처 구멍가게에서 담배 한 보루와 소주 그리고 감귤 한 꾸러미를 산다.

"맞아요. 저기가 그 노인 집이래요."

가게 주인 남자가 맞은편을 가리키며 무뚝뚝하게 말한다. 중년의 남자는 생뚱맞게도 색 바랜 '시카고 컵스' 야구 모자를 쓰고 있다. 저만치 강변 언덕배기 한쪽에 외따로 박혀 있는 작고 허름한 슬레이트 지붕 하나. 그는 잠시 우두커니 서서 그 집을 바라본다.

*

안마당 툇마루 앞에 의자를 내다 놓고 앉아, 노인은 점심나절부터 혼자 햇볕을 쬐고 있다. 검정색 인조가죽 커버가 군데군데 해진 그 1인용 소파는 여러 해 전, 아들이 서울로 이사 가면서 남겨둔 것이다. 마른 몸을 등받이에 깊숙이 묻은 채, 그는 자는 듯

깬 듯 눈을 감고 벌써 두 시간째 그렇게 앉아 있다. 사위는 한껏 무르익은 봄기운이 가득하다. 축축이 젖은 흙냄새. 막 움터 오르는 풀과 나무 들의 냄새. 지천으로 피어나는 온갖 꽃의 향기.

문득 한 줌 바람이 강 쪽에서 소리 없이 불어온다. 나른한 햇살의 온기와 함께, 바람은 솜털 같은 여린 손길로 그의 주름진 얼굴과 목덜미를 가만가만 더듬고 지나간다. 바람결에 언뜻언뜻 묻어오는 비릿한 물냄새. 그때마다 불현듯 그의 메마른 몸뚱이가 팽팽히 바람을 안고 날아오르는 연의 실처럼 자르르 떨려온다. 그는 입을 반쯤 벌리고 숨을 천천히 들이마신다. 공기 속엔 너무나 친숙한 것들이 스며들어 있다. 겨우내 얼었던 강물의 비리고 텁텁한 냄새. 한없이 부드럽고 매끄러운 수면의 감촉. 그와 함께 여울을 돌아 흐르는 아련한 강물 소리가 문득 꿈결처럼 그의 귓전으로 밀려들어 온다.

자르르 차르르르르……

물이 내쉬는 숨소리. 강이 저 혼자 몸을 풀어내는 소리…… 그리고 이내 누군가의 목소리도 두런두런 들려온다.

'어이, 떼 타러들 가세나.'

'옳거니! 이젠 슬슬 아우라지로 나가봐야지.'

'여보게 필구. 우리도 그만 나서보자고! 강변에서 목상이 사공들을 부른다잖어.'

노인은 퍼뜩 눈을 뜬다. 아직 귓전을 맴돌고 있는 귀에 익은 음성들. 노인은 어쩔 수 없는 그리움에 울컥 목이 멘다. 그는 햇살 때문에 캄캄해진 두 눈으로 한동안 주위를 두리번거린다. 병아리 솜털 같은 햇볕이 노랗게 내려 쌓이고 있는 안마당이 차츰 시야에 들어온다. 주위엔 아무도 없다. 바람이 콧등을 날렵하게 스치고 지나간다. 아암…… 그렇겠지. 나 말고 누가 더 남아 있을 것인가. 모두들 떠난 지 오래인걸. 노인은 흐린 눈을 들어 강 건너 여량 쪽을 망연히 바라본다.

'그래, 해마다 바로 이즈음이었어. 춘삼월, 얼음이 풀리고 강물이 부쩍 불어날 즈음이면 마을은 별안간 수런수런 활기를 띠었지. 누가 말하지 않아도 모두들 알고 있었거든. 떼를 맬 시기가 코앞에 다가왔다는 것을. 채 덜 녹은 얼음덩이들이 강물 위를 둥둥 떠내려가고, 그 위로 한 사나흘 고마운 봄비가 추적추적 내리기 시작하면, 사내들은 너나없이 가슴이 일제히 두근거리기 시작했지. 목상(木商)들은 벌써 떼를 묶어 강물에 띄워 서울로 내려 보낼 꿈에 젖어 있고, 근동 여기저기서 숙련된 뗏사공들이 아우라지 강변으로 삼삼오오 모여들기 시작했어. 어어이, 떼 타러 가세. 아암! 물이 불었으니 슬슬 떼 타러 나가봐야지. 정말이지 그 소리가 얼마나 반가웠는지 몰라. 고샅 어디선가 동료를 불러 모으는 걸걸한 목소리들이 합창하듯 들려올 때면, 나는 벌써 고무신을 발에 꿰어 신고 나루터로 내달리고 있었지……'

노인의 흐린 눈자위에 어느새 물기가 어린다. 저만치 둑 너머로 강물이 햇살을 반사하며 하얗게 일렁이고 있다. 눈부시게 빛나는 수면 전체가 흡사 거대한 거울 같다. 깍, 까악, 깍. 새소리에 노인은 고개를 들어 마당 앞 밭둑가에 선 키 큰 물푸레나무를 올려다본다. 아스라한 우듬지 바로 아래쪽에 까치 한 쌍이 아침나절부터 부지런히 집을 짓고 있다. 두 놈이 번갈아가며 들락날락 잔 나뭇가지를 부리로 모아들이더니, 어느덧 둥지 꼴이 제법 만들어져가는 눈치다.

깍, 깍, 깍깍깍. 새들이 별안간 불안하게 퍼덕이며 다급한 소리를 질러댄다. 노인은 무심코 마당 건너 밭둑 쪽으로 시선을 돌린다. 노인의 집은 울타리와 대문이 따로 없다. 강변에서 밭둑길을 따라 올라오면 곧장 집으로 이어진다. 얼핏 간밤 꿈 생각이 머릿속을 스친다. 가만있자. 누군가 꿈속에서 나를 찾아왔던 것도 같은데…… 그게 누구였을까. 노인은 자꾸만 흐려지는 눈을 끔벅이며 앞을 바라보려 애쓴다. 지금 그 밭둑 위로 누군가 걸어오고 있는 것도 같은데, 꿈속인지 현실인지 몽롱하기만 하다. '이보게, 육손이. 소식 못 들었나. 얼른 떼 타러 나가야지. 게서 뭘 하고 있는 거야.' 노인은 누군가 자신의 이름을 부르고 있다고 생각한다. 하지만 잠이 온다. 폭포처럼 쏟아져 내리는 졸음 때문에 눈을 뜰 수가 없다. 노인은 모래처럼 무거운 잠 속으로 금세 까무룩 가라앉는다.

*

    C는 마당가에서 걸음을 멈추고, 허리를 숙여 노인의 얼굴을 살펴본다. 노인은 곤히 잠들어 있다. 저어, 할아버지. 잠시 망설이다 낮은 소리로 불렀지만 반응이 없다. C는 난감한 표정으로 마당 가운데 엉거주춤 서 있다. 어차피 잠을 깰 때까지 기다리는 수밖에 없다. C는 노인의 얼굴을 유심히 살핀다. 작은 얼굴에 두드러진 광대뼈, 처진 눈꼬리, 약간 낮은 콧날. 그런 노인의 얼굴 위에 C는 무심코 수희의 얼굴을 겹쳐 그려본다. 역시 공연한 추측이었나. 수희와 닮은 점이라곤 별로 없는 듯하다. 노인의 입성은 추레하다. 꾀죄죄한 겨울 점퍼와 검정 바지. 흙투성이 구두 한 짝은 앞 밑창이 들떠 있다. 의외로 왜소해 뵈는 체구여서 C는 내심 놀란다. 젊은 시절 뗏사공을 했을 정도면 꽤 건장한 사람이리라 예상했었다. 고치처럼 잔뜩 웅크리고 잠든 모습이 얼핏 조그만 아이 같아 보인다. 그 주름진 얼굴에서 C는 노인이 헤쳐왔을 힘겹고 외로운 생애를 짐작한다.

    C는 노인의 등 뒤를 돌아 툇마루로 다가간다. 송판 조각을 대충 잇대어 짠 툇마루는 폭이 고작 1미터 남짓하다. C는 좀이 잔뜩 슨 마루 끝에 엉덩이를 걸친다. 이마의 땀을 손수건으로 찍어내며 집 안팎을 두리번거린다. 부엌 하나에 방이 둘 딸린, 무척 작고 누추한 농가 주택이다. 엉성하게 쌓아 올린 블록 벽이며

지붕, 문짝과 마루가 똑같이 거무칙칙하니 삭아 내리는 중이다. 아마 1970년대 새마을운동 시기에 지어진 집일 것이다. C는 빠끔 열린 안방 문 사이로 고개를 들이민다. 좁고 어두운 방엔 퀴퀴한 냄새가 가득 고여 있다. 싸구려 장롱 하나와 거울, 구형 텔레비전, 벽에 걸린 옷들, 흰 사기요강. 그리고 윗목의 벽엔 송 노인 부부의 초상화 두 개가 나란히 걸려 있다. 연필로 그린, 첫눈에도 서툰 솜씨의 그림이다. C는 가방에서 카메라를 꺼내 들고 조용히 마당으로 내려선다. 노인을 마주하고 서서 앵글을 잡으려다 말고 다시 몇 발짝 물러선다. 셔터 소리에 노인이 깰지도 모른다. C는 렌즈를 통해 노인의 얼굴을 새삼 뜯어본다. 헐겁게 반쯤 벌어진 입. 이마와 입 주위의 굵고 깊게 팬 주름. 듬성한 머리. 목덜미의 검버섯들…… 지금, 하나의 생애가 저기 앉아 있다. 아무도 모르는, 오직 그 혼자만의 시간들이 저 망가진 소파 위에 고여 있다. 문득 C의 뇌리에 그런 생각이 밑도 끝도 없이 불쑥 떠오른다. 어째선지 C는 차마 셔터를 누르지 못한다.

"나를 이토록 잠시도 멈추지 않고 몰아대고 있는 건, 바람이야…… 나도 어떻게 할 수가 없어. 그 바람이 나를 미치게 해! 내 말, 그래도 모르겠어요?"

C는 카메라를 거두고 조용히 일어선다. 수희의 목쉰 음성이, 거친 호흡 소리와 함께 또렷이 되살아난다. 날 붙잡으려고 하지 말아요. 제발 그래선 안 돼. 결국 선배만 불행하게 되고 말 테니까. C는 마당을 벗어나 밭둑길을 따라 천천히 발을 옮긴다. 파종

을 기다리는 밭고랑은 가지런히 손질되어 있고, 좁은 둑길엔 쑥, 민들레, 제비꽃, 비비추 따위가 파랗게 돋아나 있다.

밭 가장자리, 늘어선 물푸레나무 그늘 아래서 C는 담배를 피워 문다. 연기를 길게 토해내는데, 핑 가벼운 현기증이 인다. 바로 발아래로 아우라지 강변이 내려다보인다. 갈수기인 탓인가. 수량은 강바닥이 절반이나 드러나 보이도록 빈약하다. 자료에 따르면, 이곳은 동강과 남한강을 거쳐 서울로 향하던 뗏목의 최초 출발점이었다. 아름드리 소나무들은 먼저 저 널찍한 자갈밭에서 뗏목으로 엮인 다음, 뗏사공들에 의해 이 아우라지 강변에서 첫 여행을 시작했다고 한다. 고작 저 정도 수량으로, 물 위에 뗏목을 띄우는 게 가능했을까. C는 얼른 믿어지지가 않는다.

깍깍 깍깍깍. 새소리에 놀라 흠칫, C는 머리 위를 올려다본다. 가슴과 깃에 흰 띠를 두른 까치들이다. 연녹색 새잎이 돋기 시작하는 물푸레나무 꼭대기에 두 놈이 나란히 앉아 부리로 깃털을 고르고 있다. 반쯤 짓다 만, 작고 엉성한 둥지가 C의 눈에 들어온다. 바야흐로 산란의 계절이다. 둥지가 완성되면 암컷은 곧 둥지에 알을 품고 들어앉을 것이다.

"저 새들, 공원 건너편 단지에 살던 녀석들이에요. 둥지가 옥상에 있었는데, 엊그제 아파트가 철거되는 바람에 집이 없어졌어요. 그래서 여기까지 날아온 거예요."

어느 여름날 오후, 아파트 놀이터로 둘이서 바람을 쐬러 나왔을 때 수희가 말했다. 빵 부스러기를 던져 올리는 유아원 조무래기들 주위로 참새 떼가 호르르 날아다녔다. 그걸 어떻게 아느냐고 C는 물었다.

"그냥 알 수 있어요. 우리 집안의 내력이 그래요."

"집안 내력이라니?"

"할머니는 새의 말을 알아듣는 분이었어요. 아홉 살 때였대요. 누가 가르쳐준 것도 아닌데, 어느 날 문득 새들이 하는 말이 귀에 들어오더래요. 그 뒤부터 외갓집 넓은 뜰엔 항상 수많은 새들이 찾아들었고, 동네 사람들은 외가를 새집이라고 불렀다더군요. 귀청이 따갑도록 지저귀는 새들을 집안 어른들은 절대로 쫓지 않았어요. 할머니 말로는, 그것들은 모두 죽은 조상들이 새가 되어 돌아온 것이었으니까요."

자신이 태어나기 훨씬 전에 돌아가셨다는 할머니 얘기를 수희는 마치 오랫동안 함께 살았던 것처럼 말했다. C는 동화 같은 얘기라고 생각했다.

"할머니께선 시인이셨군. 굉장한 상상력이잖아."

"상상력이 아녜요. 엄마도 예외는 아니었으니까. 하지만 엄마는 정작 그런 특별한 능력을 가졌다는 사실을 끔찍하게 싫어해서, 사람들 앞에선 결코 그 얘기를 꺼내지 않았어요. 엄마는 늘 내게 말했어요. 넌 절대 그걸 배우지 마라. 그래봤자 결국 점쟁이 노릇밖엔 할 게 없을 테니까."

"그럼 수희한테도 그런 능력이 있겠군. 저 참새들도 좀 전에 그렇게 얘길 했던 거야?"

"모르겠어요. 그냥 나도 모르게 그런 생각이 들었을 뿐예요. 절에서 지내던 때도 그랬거든요. 예불 시간에 염불을 외는 중에도, 법당 바깥에서 들리는 새소리에 만날 넋을 빼앗기곤 했어요. 그랬으니 스님 노릇을 제대로 할 수 있었겠어요? 이년아. 너는 어차피 바람과 같은 팔자다. 먼지처럼 떠돌지 않으면 한시도 견딜 수 없도록 태어났으니, 그 업보를 인력으로 어찌하겠느냐. 그게 내 은사 스님이 나를 절 밖으로 내쫓으시면서 하신 말씀이에요."

수희는 작게 웃었고, C도 덩달아 웃었다. 그때 C는 조금 당혹스러웠다. 수희의 얘기는 단순한 우스갯소리가 아닌 듯했다. 그러고 나서 몇 달 후, 수희는 죽었다. 그녀 나이 서른다섯이었다.

*

C가 수희를 처음 본 건 국문학과 신입생 환영회 자리에서였다. 3학년이던 C는 학회장직을 맡고 있었다. 그녀는 별로 눈에 띄지 않는 타입이었다. 그날 사람들 틈에서 조용히 술만 홀짝이던 그녀는 어느 사이 흔적 없이 자리를 떴다. 그 후의 학교생활도 비슷했을 터이다. 친구도 없이 혼자 강의실과 도서관 사이만 오가며 보낸 눈치였다. 교내 시위가 빈번한 5공화국 시절이었지만, 시위 현장에서 그녀를 본 적은 한 번도 없었다. 그녀는 세상과는 담을 쌓은 채 책만 들여다보는 속칭 '도서관파'였다. 대학

시절 C는 그녀에겐 거의 관심이 없었다. 유난히 희고 작은 얼굴에 눈빛이 퍽 특별하다는 정도만 기억했다. 안경 속에 숨은 그녀의 눈은 크고 어두웠다. 어딘가 허공을 떠도는 가랑잎 같은, 기이한 쓸쓸함과 스산함이 담긴 눈빛이었다. 꼭 한 번 그녀가 사람들의 화제에 오른 적이 있긴 했다. '강원도 집' 딸. 혹은 과붓집 딸. 누군가 방학 때 수원의 K대학에 놀러 갔다가, 후문 앞 술집에서 그녀와 딱 마주친 모양이었다. 그녀는 앞치마를 두른 채 주방에서 돼지머리를 삶고 있었다. 그녀는 K대 학생들 사이에선 '과붓집'으로 통한다는 그 막걸릿집 주인아줌마의 딸이었다.

C는 졸업하자마자 입대했다. 제대 후엔 몇 군데 직장을 거쳐 지금의 잡지사에 자리를 잡았다. 한 여자와 짧고 뜨거운 연애 끝에 결혼했으나, 아이가 생기기도 전 헤어졌다. 애초에 전혀 맞지 않는 커플이었다. 수희를 다시 만난 건 엉뚱하게도 시위 현장에서였다. 6월 항쟁이 절정일 즈음, 서울역 앞으로 취재를 나갔던 C는 최루탄에 쫓겨 헐레벌떡 골목으로 도망쳤다. 눈물 콧물 범벅인 채 콜록대는 사람들 중 얼핏 한 여승의 얼굴이 눈에 띄었다. 혜련 스님, 아니 수희였다. 그날 처음으로 북창동 청국장집에서 둘은 마주 앉았다. 그녀는 서해안의 한 암자에서 승려 생활 3년째를 맞고 있었고, 그날 조계사에 들렀다가 다시 암자로 돌아가는 길이었다. 예전과 달리 그녀의 표정은 무척 밝아 보였다. C는 오랜만에 만난 후배가 반가웠다. 전철역에서 헤어질 때, C는 명함을 건네주며 다시 만나기를 바란다고 말했다.

그러고 나서 몇 년 후, 전철 안에서 그녀와 다시 우연히 마주쳤다. 승복이 아닌, 짧은 커트머리에 투피스 차림이었다. 입시학원에서 국어를 가르친다고 했다. 두 사람은 같은 역에서 내렸다. 뜻밖에 그녀는 C의 바로 이웃 아파트에 살고 있었다. 그날 둘은 아파트 상가 호프집에서 함께 약간의 술을 마시고 헤어졌다. 그리고 두어 달 지난 늦가을 어느 날이었다. 비가 억수같이 쏟아지는 한밤중, 벨 소리에 C가 현관문을 열어보니 그녀가 서 있었다. 놀랍게도 온몸이 완전히 젖은 채, 그녀는 바들바들 떨고 있었다. 그냥 누군가 옆에 있어줬으면 한다고, 혼자 있으면 죽고 싶어질까 봐 두렵다고, 그녀는 흐느끼며 말했다. 그날 밤 C는 불덩이처럼 뜨거운 그녀의 몸을 처음으로 안았다. 자신이 그녀에겐 첫 남자라는 걸 C는 알 수 있었다. 그녀의 몸은 믿어지지 않을 만큼 아름다웠고, 숨 막히도록 뜨거웠다. C는 얼마 후에야 알았다. 그날 그녀는 혼자 어머니의 골분을 바다에 뿌려주고 돌아온 길이었다는 것을.

*

우리는, 수희와 난 정확히 어떤 관계였을까. C는 혼자서 가끔 그런 의문을 떠올릴 때가 있다. 그 질문의 답을 그는 아직 찾아내지 못했다. 아마 영원히 그럴지도 모른다. 수희가 죽은 건 3년 전이다. 죽기 전까지, 정확히 341일 동안 그녀는 C의 소유인 방

두 개짜리 아파트로 옮겨 와 함께 지냈다. 방은 각자 따로 썼다. C가 한사코 마다했음에도 그녀는 자신의 방 값을 반년 치씩 선불로 치렀다. 그리고 평균 하루 한 번꼴로 단둘이 마주 앉아 식사를 하고, 매주 이틀 정도씩은 섹스를 했다. 섹스는 주로 그녀의 방에서였다. 그러면서도 피차 결혼 얘기는커녕 그 비슷한 말조차 꺼내지 않았다. 둘의 관계는 주인과 세입자일 수도, 내밀한 동거인일 수도, 혹은 특별한 친구 사이일 수도 있었다. 하지만 연인 사이였느냐고 만약 누가 묻는다면, C는 왠지 대답할 자신이 없다.

C는 그녀를 사랑했다. 진심으로. 그러나 그녀도 역시 자신을 사랑했었는지, C는 확신이 서지 않는다. 그렇다고 그것이 순전히 C 혼자만의 일방적인 감정이었다거나, 그녀가 자신의 감정을 속이려 했다는 얘기는 아니다. 적어도 그녀의 우울증이 심해지기 전까지는 그들은 사소한 말다툼 따위도 없었고, 섹스는 대체로 만족스러웠으며, 함께 있을 때 그녀는 종종 행복한 표정을 감추지 않았다. 하지만 그녀는 결코 어느 거리 이상은 가까이 오지 않았다. 그녀는 물 위에 뜬 가랑잎처럼 홀로 끊임없이 서성이고 흔들리면서, C의 눈앞으로 저만치 흘러가고 있을 뿐이었다.

평온하면서도 불안한 시간들. 좁혀지지 않는 그 거리 때문에 C는 항상 조급하고 안타까웠다. 그러던 어느 날 갑자기 그녀는 죽었고, C의 손에 의해 한 줌 뼛가루가 되어 바람 속으로 흩어졌다. 3년이 지난 지금, C에게 남겨진 것은 황량하고 헐벗은 시간과 기억들뿐이다. 우리들의 관계는 대체 무엇이었을까. C는 여전히 스스로에게 던지는 그 질문의 답을 모른다. 다만 한 가지는 C도 이젠 알 것 같다. 그 모호한 관계가 자신에겐 얼마나 치명적이었는가를.

사고가 나기 두 달 전, 그녀는 느닷없이 따로 방을 얻어 나가겠노라고 통보했다. 점점 심각해져가는 자신의 우울증 때문에 C마저 힘들게 만들고 싶지 않다고 했다. C는 절박한 심정으로 만류했다. 그녀는 낭떠러지 끝에 혼자 서 있었다. 누군가 지켜봐줄 사람이 필요했다. 항상 신경이 바늘처럼 곤두서 있는 그녀 때문에 자신 역시 많이 지쳐 있었으나, C는 진심으로 그녀를 지켜주고 싶었다. 왜냐고. 난 너를 사랑하니까, 수희야. 마침내 C는 오랜 금기였던 그 말을 털어놓았고, 순간 그녀는 어째선지 발작하듯 C에게 온갖 험악한 말들을 무섭게 퍼부어댔다. 그러고는 바로 다음 날 짐을 싸서 나가버렸다.

"선배가 날 안다고요? 억지 부리지 말아요. 나조차도 나를, 내가 누구인지를 전혀 모르는걸요. 내 안에 웅크리고 들어앉은 이것이, 그 정체가 대체 무엇인지 나도 몰라요. 그게 나예요. 이 끔찍스러운 괴물이 바로 나라고요!"

C는 숨을 헐떡이며 표독스레 내뱉던 그녀의 말을 떠올린다. 결국 그녀가 옳았다. 형사와 함께 영안실로 들어가 수희의 얼굴을 확인하는 순간, C는 그녀에 대해 정작 자신이 알고 있는 것이

거의 없다는 사실을 깨달았다. 이 여자는 누구인가. 내가 아는 수희, 또 내가 모르는 수희는 누구인가. 잠든 듯 고요히 누운 그녀 앞에서 C는 중얼거렸다. 믿어지지 않을 만큼 평화로운 얼굴이었다. 그녀는 마침내 강을 건너 저편 기슭에 가 있었다. 이젠 영영 닿을 수 없는, 그 아득한 거리에 C는 절망했다.

"아아, 또 가슴을 콕콕 쪼아대고 있어. 새가! 빨간 부리를 가진 작은 새가, 나를, 기어코 죽이고 말 거야."

우울증이 극도로 심해졌을 때, 수희는 가슴을 부둥켜안고 절박하게 고함을 질러댔다. 그녀는 자신의 몸속에 새가 살고 있다고 믿고 있었다. 여기 내 몸 안에 한 놈이 들어 있어. 그놈이 날마다 내 심장을 쪼아 먹어. 머리 안에도 한 마리가 들어 있나 봐. 그놈 때문에 한순간도 잠을 잘 수가 없어. 난 새장이야. 언젠가는 내 몸뚱이 전체가 새 둥지로 변하고 말 거야…… 그 순간 그녀는 완전히 공포에 질려 있었다. 온몸을 파들파들 떨고 있는 그녀는 영락없이 병든 새였다. 대체 그녀는 무엇을 그토록 두려워했던 것일까.

수희가 죽은 그날, 횡단보도 끝에서 사람들은 신호가 바뀌기를 기다리며 서 있었다. 한여름 땡볕이 포도 위로 칼날처럼 내리꽂히는 오후 2시였다. 그녀는 근처 대형 연쇄점의 로고가 찍힌 노란색 비닐봉지를 한 손에 쥔 채 행인들 틈에 조용히 서 있었다. 바로 곁에 서 있었다는 여고생은, 처음엔 이상한 낌새 따위 전혀 없었다고 경찰관에게 말했다. 그런데 그녀가 문득 고개를 젖혀 하늘을 올려다보며 뭐라고 혼자 중얼거리더라고 했다. 새가, 새가…… 바로 그 순간, 여고생은 횡단보도 안으로 갑자기 성큼성큼 걸어 들어가는 그녀를 보았다. 뭔가에 홀린 듯 맞은편 붉은 점멸등을 마주 보면서 태연히 나아가더라고 했다. 그녀의 작은 몸은 새처럼 가볍게 붕 날아올랐다. 맹렬히 달려오던 13번 버스는 뒤늦게 멈춰 섰다. 그녀의 아파트 베란다가 빤히 올려다보이는 6차선 횡단보도에서였다.

그는 수희의 골분을 혼자서 손수 바다에 뿌려주었다. 자신의 어머니를 평소 유언대로 화장한 다음 서해에 뿌려드렸다고 하던 수희의 말이 떠올랐다. 수희에겐 연락할 만한 유족이 전혀 없었으므로 장례식도 불가능했다. 병원비며 화장 절차까지 일체 그가 도맡아 할 수밖에 없었다. 짐작은 했지만, 이 정도로 고독한 처지였구나 싶어 가슴이 아팠다. 동창생 서넛과 함께 영안실 한편에 모여 추모 기도로 대신했다. 억지로 불려 나온 그들조차 망자의 얼굴과 이름만 간신히 기억했다.

*

노인은 미처 잠이 덜 깬 표정으로 한참이나 눈을 끔벅인다. 그러다 비로소 생각이 난 모양이다. 맞아, 참. 어제 마누라가 가면서 뭐라고 했던 거 같구먼. 누가 찾아올 거라기에 그런가 보다 했지만, 그게 오늘인 줄은 미처 몰랐지. 노인은 겸연쩍은 듯 비

시시 웃는다. C는 속으로 가슴을 쓸어내린다. 전화로 찾아뵙기로 했던 사람이라고 C가 인사를 했는데, 노인은 처음엔 전혀 영문을 모른다는 거였다. C는 툇마루에 앉아 인터뷰 준비를 한다.

"할머니께선 어디 나가신 모양이네요?"

"어제 오후 서울 아들 집에 혼자 올라갔지. 손자 놈 보고 싶다는 핑계로 걸핏하면 올라간다오. 지난겨울에 아들이 이사 했는데, 아파트엔 더운물이 항상 나온다고 마누라가 퍽도 부러워하는 눈치야."

"혼자 계시면, 식사는 어떻게 하시고요."

"마누라가 먹을 걸 준비해서 냉장고에 잔뜩 넣어놓고 떠났지. 밥이야 전기밥통이 있으니 걱정 없고. 서운하기는, 무슨. 할망구 잔소리 듣지 않아도 되니, 속이 다 시원한걸. 허허."

노인은 가지런한 의치를 드러내며 웃어 보인다. 무척 순박하고 너그러운 인상이다. C는 마음이 한결 놓인다. 다행히 별 어려움 없이 인터뷰를 마칠 수 있을 듯싶다. 묻지도 않았는데, 노인은 가족 얘기부터 술술 늘어놓는다. 늙은 내외만 단둘이 지내면서 얻은 외로움 탓일 것이다. 늦은 나이에야 달랑 하나 얻은 아들은 구로동에서 우체국 집배원으로 일하고 있고, 손자는 둘을 두었고…… C는 슬그머니 휴대용 녹음기를 작동시켜 마루 끝에 올려놓는다.

그런데, 이쪽을 그윽이 바라보는 노인의 눈빛이 불현듯 C의 가슴을 서늘하게 만든다. 어딘가 물 위를 떠도는 가랑잎 같은,

그 알 수 없는 쓸쓸함과 스산함. 수희의 눈빛과 영락없이 닮았다. 역시 이 노인이 수희의 감춰진 생부인지도 몰라. 엉뚱하긴 하지만 전혀 가능성이 없진 않다고, 재차 C는 생각한다. 물론 그건 순전히 C의 불확실한 직감일 뿐이다. 편집회의 때 한사코 뗏목 이야기를 넣자고 고집한 것도, 실은 송 노인을 만나기 위해서였다. 결국 모든 것이 수희 때문이다. 그녀가 자신을 이곳까지 끌고 온 것임을 C는 알고 있다.

그것은 그녀의 책갈피 속에 들어 있었다. 보들레르의 시집 『악의 꽃』. 왜 그 책이 C의 책장 구석에 꽂혀 있었을까. 겉장을 펼치자 뭔가 툭 비어져 나왔다. 가위로 오려낸, 한참 전의 기사였다. 송필구 노인. 동강에서 한강까지 뗏목을 나르던 이 시대 마지막 뗏사공. 담배를 피워 문 사진 속 노인의 얼굴을 보자 C는 비로소 기억이 났다.

"이분, 내가 아는 사람이에요. 한 번도 만나본 적은 없지만."

무슨 기사냐고 묻자, 가위로 신문을 오려내며 그녀는 대답했었다. 어딘가 상기된 표정이었다.

"돌아가시기 바로 얼마 전, 엄마한테 이분 성함을 들은 적이 있어요. 아주 오래전에 신세를 많이 졌던, 먼 친척 되는 고마운 오빠라고. 내가 아는 한, 엄마의 입에서 그런 식으로 불린 사람은 이분이 세상에서 유일했어요. 친척은커녕 엄마한테 가깝게 지낸 사람이 있다는 얘기조차 한 번도 들어본 적이 없었으니까. 항암 치료를 받고 돌아오자마자 자리에 누우시더니, 나한테 그러시더군요. 죽기 전에 그분 얼굴이나 한번 봤으면 좋겠다고. 아마도 꿈에 보였나 봐요. 엄마가 눈물을 흘리는 걸 본 것도 난생처음이었어요. 그때가."

노인이 아직도 살고 있는 마을은 그녀의 어머니가 어린 시절을 보낸 동네라고 했다. 수희가 언제건 송 노인을 한 번쯤 찾아볼 생각을 했었는지는, 물론 알 수 없다. 하지만 오려진 기사를 무심히 읽어가다가, C는 느닷없이 엉뚱한 호기심에 사로잡혔다. 사진 속의 이 노인이 혹시 수희의 진짜 아버지가 아닐까. 그가 알기로, 수희는 자신의 생부가 누구인지 전혀 알지 못했다. 딸의 출생에 관한 한, 어머니는 그녀에게 아무것도 가르쳐주지 않았다. 눈을 감는 그 마지막 순간까지도. 수희는 생부의 성조차도 물려받지 못했다. 오래전 어머니가 재취로 들어간 적이 있어, 한씨 성을 그때 얻은 것뿐이라 했다.

C는 봉지에서 귤을 꺼내 노인의 무릎 위에 올려준다. 껍질을 벗기는 노인의 손은 체구에 비해 크다. 뭉툭해진 손톱이며 굵은 마디에서 C는 그의 힘겨웠을 생을 짐작한다. 노인의 왼쪽 엄지 아래 흉터가 눈에 띈다. 가지를 잘라내고 남은 옹이처럼 깊은 흉터다.

"저, 혹시 최귀례라는 분을 알고 계십니까?"

기어코 C는 주저하던 말을 꺼낸다.

"누, 누구라고?"

"최, 귀, 례 씨요."

순간 귤을 쥔 노인의 두 손이 바르르 떤다. 뭔가에 얻어맞은 사람처럼 노인은 잠시 C의 얼굴만 바라본다.

"그 이름을, 그쪽이 대체 어찌 알기에……"

"제 친구 어머님이십니다. 친구 얘기로는, 그분께서 생전에 어르신 말씀을 하셨다고 하더군요."

노인의 눈길이 어느새 땅바닥에 가 있다. 한동안 C는 아무 말도 꺼내지 못한다.

"그랬군. 세상을 떴구먼, 귀례가…… 그게 언제였소?"

5년 전, 간암이었다고 C는 대답한다. 벗기다 만 귤을 무릎에 내려놓더니, 노인은 두 눈을 감은 채 한참을 조용히 앉아 있다. 손끝이 아직 가늘게 떨고 있다. 이윽고 눈을 뜬 노인은 맞은편 강 쪽을 오래도록 망연히 바라보기만 한다. 강물이 거울처럼 하얗게 빛나고 있다.

"그 딸아이는, 지금 어디서 살고?"

역시 세상을 떴다고, 3년 전, 교통사고였다고 C는 대답한다.

"허어, 어찌 그리 이른 나이에…… 그 또한 내림인 게지. 그 집안 여자들 모두 명이 짧은 것이."

노인의 입에서 탄식이 낮게 흘러나온다. 마당 끝, 고목이 다 된 벚나무가 마지막 남은 꽃잎 한 줌을 마저 호르르 털어내고 있다. 발 앞까지 날려 온 연분홍 꽃잎을 노인은 물끄러미 내려다본다.

– 강

　귀례. 그 이름을 어떻게 잊을 수 있겠는가. 갸름하고 하얀 얼굴과 크고 까만 눈. 고사리처럼 유난히 가늘고 긴 목이 노인의 눈앞에 또렷이 떠오른다. 곱고 섬약한 모습이 고라니 같은 아이였다. 그 아이와 마지막 헤어진 게 바로 어제 일 같은데, 세상에, 어느 사이 그 많은 세월이 흘러갔다니…… 노인의 가슴속으로 차르르르, 강물이 흘러간다.

　송필구. 사람들은 그를 흔히 육손이라고 불렀다. 오른손 엄지엔 손가락 하나가 더 붙어 있었다. 쓸데없이 덧붙어 나온 그것은 닭발 모양으로 작고 흉물스러웠다. 그는 늘 자신의 생이 바로 그 쓸모없는 열한번째 손가락 같다고 여겼다. 훗날 늙어서야 그것을 수술해 떼어냈지만, 그는 아직도 사람들 앞에선 무심코 손을 감추곤 한다.

　그는 원래 여량 사람이 아니었다. 평창 진부에서 열두 살 때 이곳으로 흘러들어 왔다. 부모가 소작을 부쳐먹느라 죽도록 일했어도, 살림은 내내 찢어지게 가난했다. 그래도 진부에선 네 식구가 한데 모여 오붓하게 살았었다. 모든 불행은 어머니의 죽음과 함께 시작되었다. 늘 숨이 가쁘고 입술이 파랬던 어머니는 어느 날 밤, 잠자리에 든 채로 영영 눈을 감았다. 땅에 묻히기 전날, 어린 그는 한밤중에 혼자 일어나 안방으로 몰래 스며들어 갔다. 이불로 둘둘 말린 채 윗목에 눕혀진 어머니의 뺨과 이마와 목덜미를 한참이나 손바닥으로 가만가만 쓸어본 다음, 그는 조용히 밖으로 나왔다. 마당엔 송이눈이 펑펑 쏟아지고 있었다. 그날 밤 손끝에 전해지던, 그 차갑게 식은 어머니의 살과 메마른 뼈의 감촉을 그는 평생토록 기억했다.

이듬해 봄, 아버지는 문짝마다 못을 쾅쾅 박아 넣은 다음 그의 손을 잡고 집을 나섰다. 두 살 아래인 여동생은 며칠 전 양양의 친척집으로 보내진 뒤였다. 산길을 종일토록 걸어 여량에 도착하자, 아버지는 제법 규모가 있어 뵈는 어느 집으로 그를 데리고 갔다. 그 집 주인은 아버지의 팔촌뻘인 최만수였고, 그는 그 집에 소 키우는 아이로 맡겨졌다. 몸집도 목소리도 유난히 큰 주인은 첫눈에 대뜸 "이제부턴 나를 당숙이라 불러라" 하고 말했다. 제천으로 간다며 아버지는 그길로 떠나버렸다. 어른들 말씀 잘 듣고, 여기서 일 잘하고 있어라. 돈 벌어서 널 꼭 다시 데리러 오마. 대문간에서 아버지는 어째선지 전에 없이 퉁명스레 말하고 떠났지만, 그 후 영영 나타나지 않았다. 오랜 시간이 지난 뒤에야, 징용으로 끌려가 북해도인가 어디서 죽었을 거라는 소문만 들었을 뿐이다. 양양으로 간 여동생 역시 두 번 다시 보지 못했다. 전쟁 통에 그 집 식구들을 따라 이북으로 갔다는 소문이었다.

열두 살 나이에 시작한 꼴머슴 생활은 힘들었다. 새벽부터 일어나 소를 돌보고, 들에 나가 꼴을 뱄다. 서툰 낫질에 손가락은 아물 새가 없었다. 산에 올라 땔나무를 해오고, 물도 길어야 하고, 군불도 넣어야 했다. 할머니에다 딸 셋, 아들 하나를 합쳐 일곱이나 되는 주인집 식구들의 잔심부름도 모두 그의 몫이었다. 잠시도 쉬지 못하고 허둥대는데도, 걸핏하면 얻어맞거나 욕지거리를 들어야 했다. 그는 누구보다 그 집 외아들 칠두를 두려워했다. 그보다 다섯 살 많은 칠두는 읍내 소학교를 나온 뒤, 집에서 건들거리면서 그를 심심풀이 삼아 걸핏하면 괴롭혔다. 저만보면 짖는다고, 쥐약을 놓아 이웃집 개 세 마리를 감쪽같이 해치운 적도 있는 칠두였다.

*

귀례를 처음 만난 건 그가 열여섯 살 되던 해였다. 귀례는 최만수의 첩 남원댁에게서 난 아이였다. 최만수는 동네에선 제법 부자 소리를 들었다. 한때 잡역부로 면사무소를 출입한 적도 있어서, 사람들은 그를 최 주사라고 불렀다. 큰 덩치만큼 허풍과 주량도 센 최 씨는 미곡 장사를 한다고 연중 바깥출입이 잦았다. 실은 대부분 영월 시앗집이 목적지였다. 중절모에 양복을 빼입고 나가면 열흘씩은 보통이었다. 젊디젊은 시앗 년한테 돈을 몽땅 털어 바친다고, 남은 가족은 하나같이 입에 거품을 물었다. 그런데, 최만수가 첩과 딸을 이끌고 아예 집 안으로 들어온다는 바람에 한바탕 난리가 났다. 결국 모녀는 최만수가 구해준, 강

맞은편 마을 초가에서 따로 살게 되었다.

접시꽃같이 예쁜 얼굴에 새점을 보는 젊은 아낙. 근동엔 남원
댁에 관한 신비스러운 소문이 구름처럼 퍼졌다. 그녀는 새를 움
직여 점을 치고, 새와 소통을 하고, 새들의 말을 알아듣는 놀라
운 신통력을 가진 여자였다. 남쪽 지리산 근처가 고향인 그녀는,
마찬가지로 똑같은 신통력을 갖고 태어난 어미를 따라 오래전
영월로 흘러들었다. 신통한 새점으로 이름났던 어미는 이미 죽
었고, 이젠 딸 남원댁의 명성이 영월은 물론 제천, 원주까지 나
있다고 했다.

귀례 모녀를 처음 보던 날을 그는 잊지 못한다. 주인집 노모의
칠순 잔칫날 저녁이었다. 마을에 들어온 지 두어 달이 지나도록
얼씬도 못 했던 남원댁이 그날 처음으로 그 집에 모습을 드러냈
다. 예기치 못했던 방문이었다. 외인들을 위한 잔치는 낮에 치렀
고, 저녁은 식구들만의 자리였다. 그는 마당가에 내건 솥단지 앞
에 쪼그려 앉아 장작불을 지피던 참이었다. 솥단지 가득 허연 사
골국이 펄펄 끓고 있었다. 문득 대문을 열고 사뿐히 들어서는 모
녀의 모습이 보였다. 해 질 녘 마당 안이 돌연 만개한 목화밭처
럼 환해졌다. 눈같이 흰 저고리에 검정 치마, 정갈하게 쪽 찐 머
리의 남원댁. 그리고 그녀의 한쪽 치맛자락에 몸을 반쯤 묻고 겁
먹은 얼굴로 서 있는 열두 살 계집아이. 한순간 그는 부지깽이를
쥔 채 숨이 막힐 듯했다. 두 마리의 학이 눈앞에 서 있었다. 새끼
를 데리고 물가에 나온 어미 학. 그토록 고운 사람들을 그는 여

태 본 적이 없었다.

밥상을 차리던 식구들의 동작이 한순간 딱 정지했다. 주인 최
만수까지도 입을 떡 벌린 채 굳어 있었다. 그 고요함 속에서, 모
녀는 사뿐사뿐 마당을 걸어 들어왔다. 뒤늦게 최만수가 허둥지
둥 둘을 맞아 방 안으로 들였다. 노모에게 큰절을 하고 나서, 남
원댁이 보자기를 풀어내며 말했다. 어머님 드리려고 손수 지은
명주 치마저고리입니다. 형님께 드릴 것도 여기 마련했습니다.
부디…… 바로 그 순간이었다. 본처가 갑자기 달려와 그를 아궁
이 옆으로 확 밀쳐냈다. 펄펄 끓는 솥단지를 맨손으로 번쩍 들고
마당 가운데로 우르르 달려나간 그녀는 솥단지를 허공으로 힘
껏 내던졌다. 우당탕, 솥단지가 엎어지며 허연 사골국이 땅바닥
을 뒤덮었다. 더러운 년놈들. 당장 내 집에서 나가!

본처가 숨넘어가듯 악을 썼고, 다음은 외아들 최칠두 차례였
다. 칠두는 외양간으로 쏜살같이 달려가더니, 곡괭이로 황소를
미친 듯 두들겨 패기 시작했다. 개 같은 년들! 쥑여버릴 거여. 내
손으로 다 쥑여버릴 거여. 최만수가 뛰어나와 아들을 주먹으로
패고, 본처와 딸들이 남원댁을 덮치고, 놀란 황소가 우리를 뛰쳐
나와 길길이 날뛰기 시작했다. 마루 끝에서 파랗게 질려 숨이 반
쯤 넘어가는 계집아이를 부둥켜안고, 그는 황급히 대문을 빠져
나왔다. 나루터 자갈밭에 아이를 내려놓았지만, 놀란 아이는 그
를 놓아주지 않았다. 악착같이 품에 들러붙은 채 억억, 숨넘어
가듯 울기만 했다. 품에 안긴 아이의 몸은 새처럼 가볍고 가냘팠

다. 가엾은 아이의 엷은 체온이 자꾸만 죽은 어머니를 생각나게 했다. 끝내 그는 열두 살 귀례를 껴안고 함께 울었다.

그 이후, 모녀는 두 번 다시 본댁엔 발걸음을 하지 못했다. 심지어 훗날 최만수의 장례 때조차도 그러했다. 하지만 최만수의 심부름 때문에 그만은 모녀를 자주 볼 수 있었다. 남원댁은 친절했고, 어린 귀례는 그를 무척 따랐다. 오빠야. 오빠야. 그 무렵 그는 꿈속에서도 귀례의 목소리를 종종 들었다. 그 저녁 품 안에서 두려움에 떨며 서럽게 울던 아이를 떠올리면 어째선지 피잉 눈물이 솟곤 했다. 그는 평생 학교 문턱을 밟아보지 못했다. 진부에서 야학을 몇 달 다닐 때 어설프게 배우다 만 게 전부였다. 그런 그에게 어린 귀례는 틈틈이 언문을 가르쳐주었다.

어느 봄날 오후였다. 그는 우연히 새점 치는 광경을 처음 목격했다. 최만수가 몰래 전해주라며 건네준 돼지고기 두 근을 가지고 갔을 때였다. 귀례와 둘이서 툇마루에 앉아 있는데, 안방 미닫이문이 조용히 열렸다. 두 아낙과 마주 앉은 남원댁의 모습이 보였다. 흰 명주 치마저고리에 곱게 화장을 한, 날아갈 듯 우아한 차림이었다. 그녀 앞엔 하얀 쌀이 가득 담긴 나무 함지가 놓여 있었다. 그녀는 반가부좌로 고요히 앉아, 창밖 뜨락의 오리나무에 시선을 한동안 고정했다. 이내 어디선가 새 한 쌍이 호르르 나타나 가지 끝에 앉았다. 할미새였다. 휘이잇. 문득 남원댁의 입에서 기이한 소리가 새어 나오자마자 한 마리가 창을 넘어

방 안으로 호르르 날아들더니 나무 함지 위로 가볍게 내려앉았다. 새는 꼬리를 몇 번 쫑긋대고는 이내 다시 호르르 밖으로 나왔다. 쌀 위에 남겨진 흔적을 자세히 들여다보고 나서 남원댁은 말했다.

"돌아가신 남편께선 아무래도 괜찮노라고 하십니다. 아주머니가 원한다면, 언제라도 새 출발을 하시라네요. 지금 말이 오가고 있다는 그 남자, 속이 그런대로 무던한 사람이랍니다."

이번엔 다른 아낙 차례인 듯했다. 휘이잇. 남원댁이 부르자 또다른 할미새가 호르르 날아 방 안으로 들어가더니, 함지에 앉았다가 곧 다시 나왔다. 새들은 이내 어디론가 날아가버렸다.

"아주머니, 더는 걱정하지 않아도 되겠어요. 둘째 아들은 아직 살아 있습니다. 배를 타고 아주 멀리 가 있는데, 내년이 가기 전에 돌아온답니다."

남원댁이 말했다. 두 아낙은 몇 번씩 고맙다는 인사를 남기고 사립을 빠져나갔다. 신비하고 놀라운 광경에 어리벙벙해 있는 그를 보고 귀례가 깔깔 웃었다. 오빠야. 그까짓 게 뭐가 이상하다고 그래. 우리 엄만 새하고 만날 함께 얘기도 하는데.

*

이듬해, 해방이 찾아왔다. 주재소의 일본인 경찰들은 가족을 이끌고 한밤중에 소리 소문 없이 사라졌다. 그리고 불과 며칠 후

최만수가 돌연 세상을 떴다. 제천으로 가는 버스가 고개에서 몇 바퀴를 굴렀다고 했다. 장례가 끝나자마자 사방에서 빚쟁이들이 한꺼번에 들이닥쳤다. 망자가 생전에 욕심 많게 벌여놓은 일이 한두 건이 아니었다. 이제 가장은 칠두였다. 칠두는 대부분의 전답과 야산을 팔아야 했고, 가세는 완전히 기울고 말았다. 거의 빈털터리가 된 가족들은 넋이 반쯤 달아난 꼴이었다. 누구보다 남원댁은 제정신이 아니었다. 최만수의 장례 행렬이 동구 밖을 나설 때, 상여에 매달리는 그녀를 상주인 칠두가 발길로 걷어찼다. 땅바닥에 엎어진 채 그녀는 상여를 향해 울부짖었다.

뒤이어 들이닥친 남원댁의 죽음은 충격적이었다. 최만수의 사십구일재를 마친 바로 이튿날이었다. 그동안 내내 그녀는 사립문을 굳게 닫아걸고, 아무도 보려 하지 않았다. 그날 남원댁은 마지막으로 외출했다. 반쪽이 된 모습으로 아우라지 나루터에 나와 앉아, 그녀는 강 건너 최만수의 집을 오래도록 바라보았다. 나룻배는 다니지 않았다. 여러 날 큰비가 왔던 터라, 강물이 엄청나게 불어나 있었다. 그때 그는 마침 뗏목을 손보고 있는 칠두를 만나러 강변 야적장에 나왔다가, 반대쪽 기슭에 앉아 있는 남원댁을 발견했다. 얼굴은 자세히 보이지 않았지만, 넋을 놓고 앉은 모습이 왠지 가슴을 철렁하게 했다. 그러던 어느 순간, 남원댁이 몸을 벌떡 일으키더니 물을 향해 성큼성큼 내려갔다.

"아, 안 돼!"

그가 비명을 질렀으나, 남원댁의 몸은 순식간에 강물에 휩쓸려 떠내려가기 시작했다. 강가 평지에 모여 있던 뗏사공들이 한 꺼번에 뛰어나왔다. 그들 중엔 칠두도 있었다. 사람 살리라고, 물에 떠내려간다고, 너도나도 고함을 질렀다. 물살은 엄청난 속 도로 내달리며 남원댁의 몸을 간단히 삼켜버렸다. 지서에 신고 는 했지만, 그녀의 시신은 끝내 어디서도 나타나지 않았다.

칠두는 결국 혼자 남은 귀례를 그들의 집으로 데려오게 했다. 아이 어미의 죽음에 놀란 식구들은 차마 귀례를 모질게 대하지 는 못했다. 오랫동안 귀례는 충격에서 헤어나지 못했다. 밥도 먹지 않고 울기만 했다. 어느 날 한밤중에 한바탕 소란이 일었 다. 딸들과 함께 자던 귀례가 없어졌다. 그는 남포등을 켜 들고 나루터로 뛰어갔다. 아이는 캄캄한 강변 자갈밭에 엎드려 울고 있었다.

"오빠야. 엄마가 저기서 자꾸만 나를 불러. 어서 엄마한테 오 라고. 새들이 찾아와서 그랬어. 지금 엄마가 날 기다린다고. 강 물 속에서, 내가 보고 싶어서 울고 있다고……"

가엾게도 온몸을 바들바들 떨며 아이는 헛소리를 하고 있었 다. 그는 아이를 부둥켜안고 한참을 달랬다. 등에 업고 돌아오는 데, 귀례가 그의 목을 두 팔로 꼭 끌어안고 울먹였다. 필구 오빠 야. 나 엄마한테 데려다줘. 목과 뺨에 와 닿는 그 아이의 작고 따 뜻한 손 때문에, 그는 콧등이 시큰해왔다. 헤어진 여동생 연이 얼굴도 떠올랐다. 오빠야. 나 큰어머니 집엔 안 갈래. 식구들이 무서워. 칠두 오빠가 너무 무서워. 하지만 필구 오빠는 좋아……
녹초가 된 아이는 잠이 쏟아지는 듯, 등 뒤에서 중얼거렸다.

"귀례야. 내가 앞으로 널 지켜줄게. 아무도 널 괴롭히지 못하
게 지켜줄 테야."

"오빠야 정말이지? 약속한 거지?"

"암, 정말이고말고. 그러니까 이젠 울지 마."

그는 저도 모르게 어금니를 힘껏 악물었다. 그렇게 말하고 보
니, 정말 귀례를 지켜줄 수 있을 것 같았다. 아니, 무슨 일이 있
어도 꼭 그럴 터였다.

*

해방 직후, 세상이 어수선한 시기였지만 산골 마을은 그런대
로 평화로웠다. 목재 사업 경기는 갑절 활발해진 눈치였다. 사방
에서 굵직굵직한 산판이 벌어졌고, 야적장엔 아름드리 소나무
들이 산처럼 쌓였다. 뗏목을 만드는 인부들의 망치 소리와 고함
소리, 뗏사공들을 불러 모으는 목재 상인들의 목소리로 아우라
지 나루터 일대는 항상 떠들썩했다.

그는 종종 나루터 한쪽에 쪼그려 앉아, 그 분주하고 왁자지껄
한 풍경을 부러운 시선으로 지켜보았다. 근동 젊은 사내들 중 힘
깨나 쓰는 자는 대부분 뗏사공 일에 나섰다. 목숨을 걸어야 하는
일이긴 해도, 농사 벌이보다 백번 나았다. 한번 타면 목돈을 쥘

수 있었다. 오죽하면 떼돈 벌었다는 말이 나왔을까. 칠두는 이미
그 일대에선 솜씨 좋은 뗏사공으로 불렸다. 칠두는 건장한 체구
에 힘이 장사였다. 목상들은 노임을 조금 더 주더라도 칠두에게
일을 맡기려 했다. 그는 칠두가 부러웠다. 그도 뗏목을 타고 싶
었다. 돈을 모으면 이곳을 뜰 수 있었다. 하지만 그를 뗏사공으
로 써줄 사람은 아무도 없을 터였다. 그의 체구는 왜소했고, 동
네에선 육손이라는 이름의 놀림감이었다.

 그도 어느덧 스무 살이었다. 주인집은 최만수도 죽고 노모도
죽었다. 최만수의 딸 둘은 시집을 갔다. 이제 그 집엔 홀로된 최
만수의 처, 칠두 내외 그리고 귀례뿐이었다. 그는 진즉 그 집을
떠났어야 했다. 그의 처지는 애매했다. 최만수 내외를 당숙 숙모
라고 부르고, 칠두 내외를 형님 형수라고 부르지만, 실은 한참
먼 친척일 뿐이다. 그렇다고 제대로 새경을 받는 머슴도 아니었
다. 물론 덕분에 지금껏 먹고 자면서 살아오긴 했다. 그러나 더
이상 머물러 있는다는 건 어리석은 짓이었다. 그런데도 그는 자
꾸만 망설이고 있었다. 선뜻 대처로 나서기엔 손에 쥔 돈이 없기
도 했다. 하지만 꼭 그래서만도 아니었다. 떠나자니, 어쩔 수 없
이 귀례가 눈에 밟혔다. 그러나 바로 그해, 정작 먼저 집을 뛰쳐
나간 사람은 귀례였다.

 4월 중순. 뒷산 기슭 묵정밭에 감자를 심는 날이었다. 숙모, 귀
례 그리고 그. 일손은 셋뿐이었다. 칠두는 엊그제 떼 타러 나갔

고, 만삭인 칠두 처는 이웃 마을인 나전의 친정집에 몸을 풀러 가 있었다. 점심을 가지러 집으로 간 귀례가 왠지 늦어졌다. 배탈기가 도진 그는 서둘러 집으로 향했다. 뒷간으로 가다가, 뜻밖에 사랑채 창고에서 바지춤을 추켜올리며 나오는 칠두와 덜컥 마주쳤다. 영월에서 이제 막 돌아온 듯했다. 칠두의 텁석부리 얼굴이 술기운으로 벌겠다. 울음소리에 놀라 그는 창고 안을 들여다보았다. 반쯤 열린 문 사이, 머리를 산발한 반벌거숭이 여자아이가 마룻바닥에 쓰러져 있었다. 귀례였다. 그는 눈앞이 노래졌다.

"병신 육손이 새끼! 넌 상관 마. 이건 내 집안일이니까."

히죽이 웃으며 사립문을 나서는 칠두를 그는 멍하니 바라보았다. 창고 안의 울음소리가 커졌다. 놈의 짓이 이번이 처음이 아닐 거라는 생각이 퍼뜩 뇌리를 스쳤다. 그가 기억하기에, 몇 번의 수상쩍은 순간들이 더 있었다. 차마 믿어지지가 않았다. 이복 오빠란 작자가 어린 여동생을, 이럴 수가. 저 짐승 같은 놈. 그는 몸을 부들부들 떨었다. 눈앞에서 뭔가 한꺼번에 와르르 무너져 내리고 있었다.

사흘 후 귀례는 밤사이 집을 나가버렸다. 아무도 눈치채지 못한 일이었다. 아침에 눈이 홱 뒤집힌 칠두는 그길로 귀례를 붙잡으러 뛰어나갔다. 놔둬라. 그런 못된 년을 일부러 찾아서 뭘할라고. 어미가 막았지만, 칠두는 듣지 않았다. 사나흘 지나서야 칠두는 허깨비 같은 몰골이 되어 혼자 돌아왔다. 정선과 영월 두 읍내를 샅샅이 뒤졌지만 흔적도 없더라고 했다.

귀례가 사라진 뒤, 그는 만사가 다 싫었다. 이기지 못하는 술을 한껏 퍼마시고 여러 날 끙끙 앓았다. 이번에야말로 그는 떠날 결심을 했다. 귀례가 없는 집은 황량하고 끔찍했다. 집을 뜨기로 한 바로 그 전날 저녁이었다. 불쑥 그의 방을 찾아온 칠두는 싱글싱글 웃으며 말했다.

"육손이 너, 떼 타고 싶은 생각 없냐. 내가 가르쳐주마. 서너 번만 타면 배울 수 있을 거다. 어때?"

그는 놀랐다. 구레나룻 무성한 칠두의 얼굴을 노려보았다. 그는 칠두를 증오하고 혐오했다. 칠두의 속셈을 알 수가 없었다.

"형님이 왜 나한테……"

"그동안 정도 들었고, 빈손으로 나간다니까 걱정되어 그런다. 몇 년만 떼를 타면, 너 살림 차릴 돈은 생겨. 대신 그때까진 우리 집 농사일 좀 거들어다오. 어때?"

그는 망설였다. 돈을 벌어야 한다. 어디로든 떠나려면, 그리고 귀례를 찾으려면 무조건 돈이 있어야 한다. 그는 고개를 끄덕여주었다. 흡족한 듯 칠두는 이를 드러내며 낄낄 웃었다. 그렇게 하여 그는 뗏사공이 되었다. 1948년, 나이 스물이었다.

*

긴긴 강원도의 겨울, 가난한 강변 마을 사내들은 누구보다 더 봄을 기다렸다. 우수 경칩 지나 슬슬 눈이 녹고 강 얼음이 풀리기 시작하면, 그들은 가벼운 바람결에도 귀를 쫑긋거렸다. 바야흐로 떼 타는 계절이 다가온 거였다. 아무개 목상이 서울서 내려왔다더라. 누구누구 목상이 떼를 띄운다더라. 마침내 반가운 소식이 예서 제서 들려오면, 사내들은 농사일 따위 식구들에게 떠맡기고 아우라지 나루를 향해 다투어 내달았다. 떼 한번 타면 온 식구 양식이 해결된다. 주막집 색시와 술값도. 굽이굽이 동강 줄기 따라 오종종 매달린 수많은 마을에서 모여든 뗏사공이 수백 명이었다. 스무 살도 안 된 신출내기, 쉰 살 넘은 노련한 고수들도 많았다. 아우라지 말고도 그 아래 나전과 가수리 나루에서도 떼가 출발했다.

아우라지 나루터가 바글거리면, 여량의 주막집과 여관 들도 동시에 들썩였다. 아우라지에서 영월에 이르는 동강의 여러 나루터와 주막집 들 역시 마찬가지였다. 떼가 뜨면, 손님이 뜨고 돈이 떴다. 떼돈을 기다리는 건 집에 남은 식구들만이 아니었다. 뗏사공의 떼돈은 주막집 과부와 색시 들, 밥집과 여관 주인들의 가슴을 두둥실 부풀리고, 장터 온갖 장사치들의 콧구멍에도 흥타령을 불어넣었다. 어디 동강 언저리의 작은 마을들뿐이랴. 영월에서 단양, 제천, 충주, 탑돌, 목계, 여주, 양평, 양수에 이르는 남한강의 크고 작은 나루들. 그리고 팔당, 덕소를 지나 광나루, 뚝섬, 서빙고, 노량진, 마포에 이르는 한강의 큰 나루들 역시 마찬가지였다. 그 수많은 나루터와 마을에 자리를 잡고 앉아서 술, 색시, 밥, 잠자리 등등을 파는 수많은 사람들이 하나같이 강물 위에 떼 뜨는 봄날을 목 늘여 빼고 기다렸다. 아니, 뗏사공들의 눈먼 떼돈을 기다렸다.

떼는 동강의 여러 나루에서만 출발하는 게 아니었다. 평창에서 맨 떼는 서강을 따라 영월로 내려와 남한강에서 동강 떼와 합류했다. 멀리 인제와 화천 쪽 떼는 춘천을 거쳐 북한강을 따라 내려왔다. 남한강 북한강 뗏목들은 마침내 양평 양수리에서 한데 합쳐졌다. 수백 개의 떼가 드넓은 한강의 강폭을 가득 메운 채, 팔당을 지나 서울을 향해 새까맣게 떠내려가는 광경은 참으로 장관이었다. 매년 봄부터 가을까지, 강원도 산골짜기 수많은 나루터들에서 시작해 서울의 광나루, 송파, 노량진, 마포에 이르는 그 강은 그냥 강물이 아니었다. 돈이 흘러오는 강, 뗏사공들의 구성진 노랫가락이 흘러오는 강이었다.

*

난생처음 뗏사공 일을 시작하는 날이었다. 칠두를 따라 그는 강변 야적장으로 나갔다. 이보게, 최칠두. 자네 동생이라더니, 이 친구는 어째 이리 약골이야. 목상이 그를 한눈에 훑더니 대뜸 눈살을 찌푸렸다. 어이, 칠두. 육손이가 어려서 어디 힘이나 제대로 쓸 수 있겠나. 나이 든 떼꾼이 이죽거리자 칠두가 대꾸했다.

"흥, 손가락이 남보다 많으니, 그만큼 더 쓸모가 있겠지요."

두 사람이 해야 할 첫번째 작업은 뗏목을 매는 일이었다. 야적장엔 나무가 산더미처럼 쌓여 있었다. 대부분 소나무였다. 질 좋기로 소문난 정선 소나무는 서울에 가면 높은 값을 받았다. 벌목은 주로 늦가을과 겨울에 했다. 베어진 나무들은 일단 가까운 개울에 모아진 다음, 물에 띄운 채로 아우라지 야적장으로 옮겨졌다. 목상들은 나무마다 검은 도장을 찍어, 자기 소유임을 표시했다. 목도꾼들이 나무들을 다시 강변까지 옮겨놓으면, 사공들은 그걸로 자신이 타고 갈 떼를 직접 매야 했다.

칠두가 뗏목 만드는 법을 가르쳐주었다. 구부러진 대못을 망치로 박아 나무들을 단단히 연결했다. 열두 자짜리 나무 열서너 개를 묶은 게 한 동가리. 열두 동가리를 길게 연결하면 한 떼였다. 그것을 뗏사공 둘이서 영월까지 타고 가야 했다. 영월에선 다시 거기에 서너 곱절의 떼를 더 이어 붙인 다음, 서울까지 줄곧 내려갔다. 이때는 전체 길이가 최소 4, 50미터, 더러 1백 미터 넘는 떼도 있었다. 그래선지 사공의 명칭도 두 가지로 구분했다. 동강 물길을 따라 아우라지에서 영월까지 가는 뗏사공은 '골안떼', 영월에서 남한강과 한강을 타고 서울까지 가는 뗏사공은 '강떼'였다. 평생을 골안떼만 타는 사공도 많았다. 강떼까지 겸하는 사공들은 그만큼 더 노련했다. 칠두도 그중 하나였다. 이틀 만에 엮기를 마친 두 사람은 마침내 떼를 물 위에 띄웠다.*

다음 날 아침, 출발 직전 목상은 돼지머리를 차려놓고 제를 올렸다. 뗏목에 목상의 재산과 사공들 목숨이 걸려 있었다. 주변엔 구경꾼들이 별로 없었다. 부정을 탄다고, 특히 여자들은 얼씬조차 못 했다. 그는 칠두와 함께 떼에 올랐다. 다른 떼 둘과 함께 모여서 이동할 참이었다. 그래야 떼가 바닥에 걸리거나 처박힐 경우, 서로 도울 수가 있다. 목상의 축문이 끝났다. 자아, 가보세. 어어이. 어여차. 힘찬 고함 소리와 함께 떼가 차례대로 출발했다. 여어, 육손아. 뒷사공 일 잘해봐라. 강둑 위에서 누군가 소리를 질렀다.

여름의 끝 무렵이었다. 장마 그친 뒤 한동안 비 구경을 못 한 탓에 물이 썩 많지는 않았다. 떼 타기에는 큰비가 내려 강물이 그득하고 풍성할 때가 최고였다. 떼꾼들은 그것을 '꽃물'이라고 불렀다. 사공에겐 짐 따윈 없었다. 입고 있는 광목 바지저고리 그대로, 맨발로 올랐다. 칠두가 미리 일러주었다. 옷은 아무 때나 빨아 입고, 나루터에선 게다를 빌려 신으면 돼. 출렁, 그들이 탄 떼가 드디어 출발했다. 생각보다 물살이 빠르게 느껴졌다. 다리가 후들거리고 진땀이 후끈 솟았다. 육손아 새꺄. 줄 풀린다, 잡아! 칠두의 고함에 그는 두 손으로 버렛줄을 꽉 움켜쥐었다.

"홍. 이 정도 물이면, 사흘 동안 부지런히 가야겠는걸. 너, 고생 좀 하겠구나."

앞에서 칠두가 돌아보며 말했다. 앞사공은 물길을 잘 아는 숙련자라야 한다. 험한 강물 위에 길을 내고, '이리로 틀어라. 저리로 박아라.' 지시를 내린다. 뒷사공은 눈치가 빨라야 한다. 앞사공의 지시대로 날렵하게 떼 꼬리를 틀어 바위를 피하기도 하고, 굽이를 돌 때는 좌우 회전을 시켜야 한다. 신출내기인 그는 당연히 뒷사공이었다.

아우라지에서 영월까지, 물이 좋으면 이틀 혹은 사흘이었다. 대개는 네댓새쯤 걸렸다. 굽이굽이 먼 길인 데다가, 험한 여울이 도처에 깔려 있었다. 돌과 바위가 많아 물살이 급하고 사나운 지점이 여울이다. 영월에 닿기까지 큰 여울은 서른 개, 작은 여울은 백 군데도 넘었다. 골안떼는 매번 목숨을 걸어야 했다. 해마다 어김없이 몇 명씩은 죽었다. 그 수만큼 강변 마을들엔 떼과부가 생겨났다. 영업집 주인들은 아침에 뗏사공한테는 잘 다녀오라는 인사를 절대 하지 않는다. 뗏사공에겐 '아침밥이 사잣밥'이란 말이 있다. 그것은 대단히 재수 없는 인사였다.

아우라지를 벗어나자마자 첫번째 여울을 만났다. 물살 세고 험하기로 소문난 상투베루였다. 송곳 같은 바위들이 수면 위로 무수히 깔려 있어서 자칫하면 떼가 부서지고 만다. 앞선 떼는 이미 무사히 통과했다. 칠두가 물속 바위들을 피하기 위해 얕은 쪽으로 떼를 유도하는 사이, 그는 물로 뛰어내려 강변으로 올라갔다. 그리고 떼에 묶은 긴 밧줄을 힘껏 잡아당기며 둑을 따라 내려갔다. 육손이 너, 생각보다 힘이 세구나. 넌 영리하니까 금방 배우게 될 거다. 뗏사공은 힘만 세다고 되는 게 아니야. 헤엄을 쳐서 간신히 뗏목으로 기어 올라온 그에게 칠두가 말했다. 그는 기분이 좋았다. 하지만 겨우 큰 여울 하나를 지났을 뿐이다.

골안떼 사공은 서른 개가 넘는 그 험한 여울들의 위치와 이름과 특징을 꿰뚫고 있어야 했다. 강의 물길에 존재하는 여울, 바위, 굽이, 벼랑 하나하나마다 저만의 이름을 가지고 있었다. 그 모두는 사공의 목숨을 위협하는 것들이었다. 거기엔 죽음의 그림자가 깃들어 있었다. 그 불길한 그림자에 걸려들지 않기 위해, 사공들은 일일이 이름을 지어 붙이고, 또 기억했다. 바귀미여울, 범여울, 새범여울, 왕바우서리, 옷바우, 열두절, 황새여울, 된꼬까리, 상산암, 제남문…… 각 여울마다 특징도 천차만별이었다. 물길이 돌연 치솟는 여울, 쑥 가라앉는 여울, 오르내리기를 열두 번 하는 여울도 있었다. 바위도 마찬가지였다. 물을 빨아들이는 바위, 뱉어내는 바위, 소용돌이치는 바위, 물길이 역류하는 바위도 있었다.

*

광하리에서 점심을 먹고 다시 출발했다. 수미, 가탄을 지나면서 그는 점점 더 불안해졌다. 어라연(魚羅淵)이 가까워오고 있었다. '물고기가 비단결처럼 수면으로 떠오르는 연못'이라는 아름다운 이름을 지닌 계곡. 거기엔 동강에서 가장 악명 높은 황새여울과 된꼬까리여울이 도사리고 있었다. 숱한 사공들이 목숨을 잃거나 불구가 된 자리. 사공들은 그 두 여울을 영월 정양에 위치한 발전소 수문 다음으로 가장 두려워했다. 평생 수없이 오르내린 사공조차도 다가가면 벌써 오금이 저린다고 했다.

"겁먹지 마, 새꺄. 이 형님만 믿고, 시키는 대로만 하면 돼."

그렇게 말하는 칠두도 잔뜩 긴장해 있었다. 황새여울은 물길 한가운데를 거대한 바위가 가로막고 서 있었다. 물길 중심에 휩쓸리면 순식간에 바위에 처박혔다. 거길 지나면 곧 된꼬까리여울이었다. 물살이 엄청나게 급하고, 송곳 같은 바위들이 바닥 곳곳에 깔려 있었다. 한번 끌려들었다 하면 단번에 떼가 산산조각이 나버렸다. 마침내 눈앞에 황새여울과 된꼬까리여울이 다가왔다. 아찔한 순간들이 한꺼번에 닥쳐왔다. 정신 차려, 새꺄! 눈알만 뜨고 있으면 절대 안 죽어! 그때마다 칠두는 다급하게 고함을 질렀다. 물살은 믿을 수 없도록 빠르고 거셌다. 요동치는 떼 위에 필사적으로 버티고 서서, 전후좌우를 살피느라 눈알이 핑핑 돌았다. 떼가 아니었다. 미쳐 날뛰는 말 잔등에 안장도 없이 올라탄 것만 같았다. 한번 물에 빠지면 끝장이었다. '박아라!' '좌로 틀어라!' '우로 대라!' 그는 칠두의 고함 소리만 따라서 정신없이 움직였다.

미친 듯 날뛰던 떼가 돌연 잠잠해졌다. 물길이 평탄해져 있었다. 마침내 빠져나온 것이다. 두 눈에서 눈물이 핑 돌았다. 육손아. 정신 좀 드냐? 너, 하마터면 저승 구경할 뻔했다. 오늘 본 물길을 잘 기억해둬. 그러면 앞으론 걱정 없을 테니까. 칠두가 큰 소리로 낄낄낄 웃었다. 그는 슬며시 눈물을 훔쳐냈다. 갑자기 칠두가 더없이 위대해 보였다.

해가 지고 있었다. 강물 속으로 노을이 흘러들었다. 하늘과 강이 다 붉었다. 병풍처럼 에워싼 절벽들이 황금빛으로 빛났다. 새들이 둥지를 찾아들고 있었다. 이윽고 저만치 산굽이에 초가지붕 한 채가 눈에 띄었다. 굴뚝 위로 밥 짓는 연기가 모락모락 피어오르고 있었다. 만지 나루터의 주막집이었다. 칠두가 뗏목 위에 벌렁 드러눕더니, 아라리 한 가락을 뽑아 올리기 시작했다.

에에 나비 없는 강산에 꽃은 피어 무엇하며
당신 없는 요 세상에 단장하여 무엇하리

에 황새여울 된꼬까리야 떼 무사히 지웠네에
만지산 전산옥이야 술판 차려놓아라

아리랑 아리랑 아라리요. 아리랑 고개고개로 나를 넘겨주게. 장단을 넣듯, 강물이 찰박찰박 떼 밑바닥을 부드럽게 두드리며 흘러갔다. 고요하고 어둑어둑한 골짜기를 따라 구슬픈 노랫소리는 꿈결처럼 아득히 퍼져 나갔다.

칠두의 아라리는 참으로 절창이었다. 여량리 최고의 초성이라고 누구나 입을 모았다. 건장한 상체가 뛰어난 울림통 역할을 해, 칠두의 소리는 구성지면서도 맑았다. 특히나 아라리의 유장하고 애조 띤 가락에 더없이 절묘하게 어울렸다. 그는 칠두의 소리를 누구보다 좋아했다. 그러나 칠두의 소리엔 알 수 없는 슬픔과 애절함이 마치 핏물처럼 흥건히 배어 있었다. 때로는 가슴을 찢는 듯한 그 애통함과 처연함 때문에 섬뜩해지기까지 할 정도였다. 대체 그 맑은 미성에 어떻게 그토록 뼈를 에이는 한과 슬픔이 한데 섞일 수 있는 것일까. 그는 늘 궁금했다.

그도 함께 후렴을 따라 부르기 시작했다. 아리랑 아리랑 아라리요. 그때 어디선가 난데없는 여자의 간드러진 목청이 끼어들더니, 칠두의 소리를 받아 목청을 뽑기 시작했다. 에 놀다 가세요 자다 가세요 그믐 초승달이 뜨도록 놀다가 가세요오. 아리랑 아리랑 아라리요오. 고개를 들어보니, 나루터 언덕배기에서 아낙 하나가 팔을 휘저으며 내려오고 있었다.

"아이고, 이거 우리 여량 아재들 아니래요. 안 그래도 칠두 아재 노랠 듣고 싶어서 이제나저제나 기다렸다오. 얼른 올라들오시구랴."

아낙은 호들갑스레 두 팔을 벌리고 사공들을 맞았다. 서른 중반 수수한 용모의 그 아낙이 바로 유명한 만지산 주막집의 주인 전산옥이었다. 사공들이 언제부턴가 곧잘 그녀의 이름을 넣어 아라리를 부르곤 해서, 정선 사람치고 만지나루 전산옥을 모르는 이가 없었다. 사공들은 으레 그 주막에서 첫번째 밤을 묵곤 했다.

떼를 기슭에 단단히 묶어놓고 나서, 모두들 주막으로 올라갔다. 앞서 온 다른 패거리가 방 하나를 차지하고 있었다. 아담한 초가였지만, 방은 올망졸망 여러 개였다. 금세 밥상이 차려지고, 술병이 올라왔다. 그날 밤늦게까지 술판이 벌어졌다. 사내들과 아낙이 젓가락 장단을 넣어가며 번갈아 목청을 뽑았다.

술 몇 잔에 취기가 오른 그는 혼자 슬며시 빠져나와 강으로 내려갔다. 떼 바닥에 대자로 벌렁 누우니, 더없이 선선했다. 밤하늘 가득 어마어마하게 많은 별들이 돋아나 있었다. 서늘한 바람이 불어 지날 때마다 별들이 눈앞에서 좌르르좌르르 쏟아져 내렸다. 그는 깜짝 놀라서 엎드린 채 강물을 오래오래 들여다보았다. 거기, 먼지 같은 수면 위엔 모래알처럼 많은 별들이 가득히 떠 있었다. 한여름 밤, 동강은 아예 별들의 강이었다. 하늘과 강이 온통 별들의 세상이었다. 그는 별빛 환한 그 강물 위에서 잠이 들었다.

*

이튿날 아침 다시 출발했다. 몇 군데 위험한 여울과 바위를 제외하면, 물길은 전날보다 훨씬 평탄했다. 하늘은 맑고 해는 이글거렸다. 서늘한 강바람을 맞으며 떼는 평화롭게 떠갔다. 깎아지른 절벽에서 이따금 새들이 푸드덕 날아올랐고, 햇살은 수면 위에서 은어 떼처럼 눈부시게 튀어 올랐다. 칠두는 벌렁 누워 짧은 낮잠 중이었다. 더없이 평화로운 순간이었다. 그 돌연히 찾아든 고요와 평온함에 그는 왠지 눈물이 솟았다. 강 양쪽 기슭과 골짜기로 외딴 가옥들이 드문드문 지나갔다. 손바닥만 한 비탈밭에 엎드려 김을 매는 아낙네들도 보였다. 늙은 앞사공이 아낙들을 향해 목청을 한껏 높여 농을 건넨다.

"어허 참, 그 아지매 방구판 한번 실하네. 누군지 몰라도, 서
방님이 참 복도 많구먼."

와그르르, 강에서 사내들의 웃음이 터졌다. 고랑 틈에서 아낙
이 벌떡 일어나더니, 호미를 흔들며 고함을 지른다.

"에끼! 순 못된 떼강아지들 같으니! 그 말 다시 한 번 해보시
래유!"

그러자 대답 대신, 늙은 사공의 입에선 아라리가 흘러나온다.
에에 삼사월 긴긴 해에 점심을 굶고 살면 살았지, 동지섣달 긴긴
밤에 나는 혼자 못 자겠네. 떼 위의 사공들도 껄껄껄 웃고, 비탈
밭 아낙들도 덩달아 까르르 웃고 만다. 작년에 마누라가 집을 나
가버린 뒤, 그 늙은 사공은 혼자 지낸다 했다.

저녁 무렵 영월 덕포 나루에 도착했다. 딱 이틀 걸렸으니, 놀
랍게 빨리 온 셈이었다. 덕포는 무척 크고 번화했다. 나루터와
장터를 중심으로 술집, 밥집, 여관 들이 줄줄이 늘어서 있었다.
밥집에 들어서니, 목상이 먼저 와서 기다리고 있었다. 덕포에서
밤을 지내고, 다음 날 아침 그는 칠두와 헤어질 터였다. 골안떼
뒷사공들은 다시 아우라지로 되돌아가야 했다. 반면 앞사공 중
노련한 떼꾼들은 두 사람씩 짝을 지어, 다시 서울까지 계속 내려
가는 '강떼'를 타게 된다. 저녁 식사 후, 목상은 품삯을 나눠 주
었다. 골안떼 사공의 품삯은 서울까지 가는 강떼의 품삯 절반에
도 미치지 못했다. 그래도 난생처음 큰돈을 받아본 그는 감격했
다. 쌀 두어 가마 값. 그것이 목숨을 건 대가였다.

그날 밤, 칠두는 축하주를 마시자며 그를 색싯집으로 끌고 갔다. 첫번째 시험을 무사히 통과했다는 기쁨에, 그는 색시가 채워주는 잔을 연거푸 비웠다. 어느 결에 곯아떨어졌는지, 얼핏 눈을 떠보니 색시와 함께 잠자리에 들어 있었다. 색시는 귀례와 엇비슷한 나이였다. 그는 색시를 부둥켜안고 눈을 감았다. 자꾸만 귀례의 모습이 어른거려 콧등이 시큰해져왔다. 아침에 눈을 떴을 때, 칠두는 이미 강떼를 타고 떠난 뒤였다. 골뱅이해장국을 사먹고 나니, 그의 수중엔 돈이 절반밖에 남아 있지 않았다. 간밤 술값으로 쌀 한 가마가 훌쩍 날아가버린 거였다.

− 노래

그해 늦여름부터 가을까지, 그는 떼를 네 번이나 탔다. 칠두가 항상 그를 데리러 왔다. 앞사공은 함께 일할 뒷사공을 선택할 수 있었다. 그 이듬해도 대부분 칠두와 함께였다. 칠두는 의외로 물 위에서만은 자상하고 다감해서, 세세한 부분까지 일일이 가르쳐주었다. 차츰 그는 칠두가 속 깊은 정을 가진 위인임을 느꼈다. 말과 행동이 거칠긴 해도, 내면엔 부드럽고 따뜻한 구석도 있었다. 그런 그가 귀례를 왜 그렇게 했는지 모를 일이었다. 하지만 그는 그 일에 관해선 입도 벙긋할 수 없었다. 언젠가 얼핏 얘기를 꺼냈을 때, 칠두는 마치 광기에 사로잡힌 사람 같았다.

3년째부터는 각자 따로 떼를 타는 경우가 많아졌다. 칠두와 달리 그는 3년 동안 줄곧 골안떼만 탔다. 아우라지에서 영월까지의 물길이라면, 그는 이젠 누구보다도 자신이 있었다.

때마침 전쟁이 터졌다. 초반과 종반 한동안 군인들이 오르락내리락했지만, 여량은 산골 마을치고는 피해가 적은 편이었다. 스물여덟 살 나이에 칠두는 군에 징집되었다. 떠나던 날, 칠두는 식구들을 돌봐달라며 그 앞에서 눈시울을 붉혔다. 그는 얼마 전부터 옆 마을에 방을 얻어 혼자 지내기 시작한 참이었다. 그는 소집 영장을 받지 못했다. 열한번째 손가락 덕분이었다. 전선이 거의 굳어지면서, 뜸하긴 해도 뗏목 일이 다시 시작되었다. 전쟁 탓으로 뗏사공 숫자도 꽤 줄어들었다. 그러다가 휴전 무렵엔 얼추 예전의 경기를 회복했다. 이즈음 그는 서울까지 내려가는 강떼도 타기 시작했다. 전쟁이 끝나고, 칠두는 팔뚝에 총상을 입은 채 돌아왔다. 칠두는 변해 있었다. 술이 엄청나게 늘고, 훨씬 더 난폭해졌다. 걸핏하면 주먹을 휘둘러대는 탓에 면 지서를 자주 들락거렸다.

칠두 역시 다시 떼를 타기 시작했다. 팔뚝이 온전치는 않았으나, 목상들은 여전히 그를 찾았다. 칠두만큼 노련한 강떼 사공도 드물었다. 이제 그는 칠두와 떼를 함께 타지 않았다. 그 역시 어느덧 솜씨 좋은 앞사공의 하나여서, 그럴 필요도 없었다. 오히려 칠두가 언제부턴가 그를 피하는 눈치였다. 마주치면 까닭 없이 적의를 드러내곤 하는 칠두를 그 역시 피하게 되었다. 그렇게 몇 년이 갔다. 목재 사업은 매년 대호황이었다. 전국 어디나 전쟁 직후의 복구 사업이 한창이었다. 아우라지 강변은 온통 나무와 사람들 차지였다. 이웃한 마을들까지 사방에 야적장이 들어섰다. 목재 상인의 숫자도 늘고, 뗏사공도 늘고, 덩달아 술집, 밥집, 여관 그리고 색시 들 숫자도 늘어났다.

그 역시 정신없이 바빴다. 그를 찾는 목상들이 부쩍 늘었다. 한 차례 마치고 돌아오기가 무섭게 다음 일이 기다리고 있었다. 한 해에 보통 예닐곱 차례, 많을 땐 여덟 번까지 탔다. 아우라지에서 서울까지는 물 사정에 따라 보통 스무 날이 걸렸다. 한 해 여덟 차례라면, 실로 굉장했다.

그 무렵 칠두에 관한 소문이 이따금 들려왔다. 한번 떼를 타고 떠나면 두어 달 만에야 집에 돌아온다고 했다. 어딘가에 색시를 얻어 살림을 차렸다고도 하고, 가끔씩 정신이 오락가락해져서 사방을 떠돌다 오는 것이라고도 했다. 그런저런 말들이 나돌았지만, 그는 그때만 해도 상상조차 못 했다. 그것이 설마 귀례 때문이었으리라고는.

*

그는 마침내 귀례를 만났다. 8년 만이었다. 하지만 차라리 없었어야 할 만남이었다. 사공 하나가 그 아일 우연히 봤다고 말했을 때, 그는 귀를 의심했다. 남한강 목계 장터 부근에서 빨랫감을 이고 가는 옆모습이 분명 귀례였다고 했다. 얼마 후 서울 가는 길에, 그는 일부러 장날을 택해서 목계 나루에 떼를 댔다. 너른 장터를 반나절 헤매던 끝에 결국 귀례를 찾아냈다. 등에 아이를 업은 채 귀례는 솥에서 죽을 푸고 있었다. 그를 보자마자 낯빛이 하얘진 채 한참을 말뚝처럼 서 있었다. 그는 자리에 앉아 팥죽 한 그릇을 아무 맛도 모르고 아주 느릿느릿 먹었다.

칠두의 손에 붙들려 목계로 온 지 3년째라 했다. 처음에 집을 나와 전전하다가 마포의 한 밥집에서 식모살이를 하고 있었는데, 어찌 알았는지 칠두가 들이닥쳤다. 그동안 칠두는 줄곧 그녀 뒤를 쫓고 있었던 것이다. 그녀를 목계로 끌고 온 칠두는 장터 한 귀퉁이 판잣집 한 칸을 월세로 얻어주었다. 등에 업은 아이는 갓 돌 지난 사내아이였다. 생김새며 두상이 빼다 박은 칠두였다. 작고 비좁은 가게였다. 목도 그리 좋진 않아 보였으나, 그런대로 먹고살 만큼은 될 듯싶었다.

"술만 마시지 않으면, 칠두 오빠도 그리 나쁜 사람만은 아니에요. 아이 생기면서부턴 두 달에 한 번씩은 들러요. 떼 타서 받은 돈을 아꼈다가 건네주기도 하고…… 몇 번 도망치려고도 했지만, 지금은 그냥 내 팔자려니 하고 살아요. 이 아이까지 생겼으니, 난 그 사람 없으면 이제는 오도 가도 못 해요. 설사 잠시 도망쳐보았자, 어차피 거기 손에 묶인 목숨인데요 뭐."

귀례는 그만 돌아가라고 말했다. 혹시라도 여기 왔었다는 사실을 알게 하면 절대로 안 된다고, 이렇게 사는 꼴 아예 못 본 것으로 치고 속히 돌아가라고 말했다. 그동안에도 내내 귀례는 한 번도 그와 눈을 마주치지 않았다. 행복하라고, 건강하게 잘 살아야 한다고 그는 신파극 배우처럼 말했다. 장터를 완전히 빠져나올 때까지 그는 한 번도 뒤돌아보지 않았다. 다리가 허방을 짚는 듯 허둥거렸다. 그의 나이 스물여덟이었다. 나루에서 떼를 풀고 서울을 향해 출발하는데, 그제야 헉 하고 목울음이 터져 나왔다. 눈물이 줄줄 쏟아졌다. 어딜 다녀왔느냐고 뒷사공이 잔뜩 볼멘소리로 물었지만, 그는 팥죽을 잘못 먹고 배가 아파서 그런다고 대답했다.

아우라지로 돌아온 그는 여러 달 떼를 타지 않았다. 아픈 데도 없이 오래 시름시름 앓았다. 그는 혼자 방에 들어박혀 많은 시간을 보냈다. 수많은 생각들을 떠올렸다 지우기를 끝없이 되풀이했다. 그동안 너무 오래 허망한 꿈을 꾸고 있었을 뿐이라고, 그는 고쳐 생각했다. 헛된 꿈은 어차피 이룰 수도 없고, 또 이뤄져서도 안 된다. 마침내 그렇게 답이 내려지자 그는 벌떡 일어나 집을 나섰다. 그리고 오래전부터 중매를 서주겠노라고 졸라대던 이웃 아낙을 찾아갔다. 그해 겨울, 그는 아내를 얻었다. 예쁜 얼굴은 아니어도, 수수하고 심성 고운 여자였다. 1년 후, 아내는 첫딸을 낳아 그의 팔에 안겨주었다. 그는 얼떨떨했지만, 입이 저절로 벌어졌다.

그는 부지런히 떼를 탔다. 마을 뒤편 비탈진 밭 한 마지기를 사서 옥수수도 심었다. 떼를 탈 때마다 목돈을 쥐긴 했지만, 길에서 뿌리는 돈이 절반 이상이었다. 그 무렵 칠두가 죽을 뻔했다는 소문을 들었다. 영월 정양 발전소 수문을 통과하다가 뒤집혔다고 했다. 떼는 박살이 나고, 목숨은 겨우 건졌으나 다리를 다쳐서 이젠 떼를 타긴 영영 글렀다고도 했다. 얼마 후 또 다른 얘기도 들렸다. 칠두가 서울 투전꾼들한테 당해서 집하고 전답을 몽땅 날렸다더라. 완전히 아편쟁이가 되었는데, 사는 형편이며 사람 꼴이 말이 아니라더라. 그는 그런 소문을 애써 못 들은 척했다. 어차피 서로 동네가 달라 칠두와 마주칠 일도 거의 없었다.

얼마 후, 칠두가 집을 나가서 해가 넘도록 행방이 묘연하다는 소문이 그의 귀에 흘러들었다. 칠두의 처와 가족들은 그를 아예 죽은 사람으로 여기고, 기다리지도 않는다고 했다. 필시 아편쟁이답게 어디 길바닥에서 얼어 죽었을 게 틀림없다고, 사공들은 말했다. 그는 칠두가 어디에 있을지, 쉽게 짐작했다. 두 사람은 이제 여느 부부처럼 그 팥죽집 지붕 아래서 함께 아이를 키우며 살고 있으리라. 귀례로서도 차라리 잘된 일일 거라고, 그는 생각했다. 그날 이후 그는 목계 나루엔 두 번 다시 떼를 대지 않았다.

*

그는 스무 살부터 서른일곱 살 적까지 떼를 탔다. 17년은 짧다면 짧고 길다고 하면 긴 시간이다. 환갑이 넘도록 3, 40년씩 떼를 탄 사공도 많았다. 그 무수한 뗏사공들은 대부분 평생 가난하게 살았다. 목숨을 걸고 떼에 올라 서울까지만 무사히 가면 목돈을 쥘 순 있었다. 하지만 그 돈의 주인은 그들이 아니었다. 나루터마다 기다리고 있는 주막집과 색시 들 그리고 투전판에 쏟아붓고 나면, 으레 도로 빈털터리였다.

그들은 언제나 아우라지로 되돌아왔다. 물론 물길에 휩쓸려 죽은 이들은 제외하고. 강에서 죽은 시신은 부근 야산이나 공동묘지에 대충 묻히고 마는 게 다반사였다. 빈손이 되어 아우라지로 돌아온 사공들은 금방 또다시 떼를 타고 아우라지 나루를 떠났다. 그리고 이내 역시 빈손으로 돌아왔다. 뗏사공 일은 마약 같았다. 한번 떼 위에 오르면 누구건 좀처럼 내려오지 못했다. 쳇바퀴 돌듯 강물 위에서 그렇게 평생 떠돌다가, 그들은 어느 날 홀연 강물 속으로 사라지거나, 늙고 병들어 숨을 거두었다. 그 역시 다른 이들과 엇비슷한 생을 걸어왔다. 숱하게 많은 떼를 탔고, 매번 적잖은 액수의 품삯을 손에 쥐었지만, 늘 빈손인 채 아우라지로 돌아왔다. 가끔은 그런 의문이 들 때도 있었다. 돈을 벌기 위해서가 아니라, 빈손이 되려고 떼를 타는 게 아닌가 하는.

떼만 타면 그는 마냥 좋았다. 아내의 핀잔처럼, 그는 떼 타는 일에 중독된 사람 같았다. 한 달 만에 집에 돌아오자마자, 다음 날이면 금방 다시 떠날 생각을 했다. 눈을 감아도 온통 푸른 강물만 보였다. 설핏 잠에서 깨면, 뗏목 위인지 방바닥인지 헷갈렸다. 길을 걷거나 밭을 갈 때도 발밑이 끊임없이 출렁거렸다. 땅이 낯설고, 사람의 집이 왠지 생경했다. 움직이지 않는 땅과 집을, 막힌 담과 바람벽과 고샅을 그는 견디기 어려워했다. 멀쩡하다가도 어느 순간 갑자기 더운 숨이 목까지 훅 하고 차올랐다. 가슴속의 불덩이를 잠재우지 않으면 미칠 것 같았다. 그는 늘 어디론가 흘러야 했다. 끝없이 출렁이고 흔들리며 흘러가야만 살수 있었다.

　어느덧 그는 아우라지에서 서울까지, 그 모든 물길을 훤히 꿰뚫게 되었다. 바위, 여울, 소용돌이 하나하나까지 손바닥 보듯외웠다. 진짜 뗏사공이라면 보이지 않는 강바닥까지도 속속들이 읽어낼 수 있어야 한다. 바닥 지형이 수면의 흐름을 만들어내는 까닭이다. 그는 아우라지의 몇 안 되는 진짜 사공이었다. 서울까지의 여정은 대중없었다. 가뭄 땐 한 달 넘게 가기도 하고, 여름 꽃물엔 쏜살같이 7, 8일 만에도 닿았다. 남한강과 한강은크고 넓었다. 비가 오면, 물 가운데서 온몸으로 장대비를 맞았다. 바람과 안개, 천둥 번개, 폭풍우와 더불어 흘렀다. 힘든 순간들도 많았다. 구름밭 같은 안개 속에서 깜박 길을 잃기도 했다. 가뭄으로 물이 졸아들어, 메마른 모래 둔덕에 떼가 걸려서 오도가도 못 한 일, 도중에 강물이 얼어붙는 바람에 서울 코앞에서포기한 적도 있었다.

　목숨을 잃을 뻔한 순간들 역시 숱하게 겪었다. 꼭 한 차례, 진짜로 지옥의 문턱을 넘었던 적이 있다. 영월 정양 발전소 부근에서였다. 모두가 두려워하는 지옥의 수문이 바로 거기 있었다. 숱한 목숨이 죽어간, 뗏사공들의 무덤이었다. 화력발전소 앞의 댐. 터빈 가동에 필요한 물을 공급하려고 만든 댐이었다. 그 댐 한쪽에 작은 수문 하나가 열려 있었다. 뗏사공은 그 좁은 수문의 엄청난 유속과 댐의 낙차, 그리고 수문 아래의 소용돌이를 모두 통과해야만 했다. 댐 양쪽 산 위엔 항상 구경꾼들이 무리 지어 있었다. 그곳엔 생과 사의 생생한 드라마가 언제든지 공짜로 준비되어 있었기 때문이다. 수십 개의 떼가 집결하고 나면, 이윽고 하나씩 차례로 빠져나간다. 수문을 지나는 순간, 벼랑 끝에서 추락하듯 뗏목은 찰나에 물속으로 콱 처박히고, 사공은 한순간 시야에서 완전히 사라졌다가 떼 앞머리와 함께 홀연 수면으로 불쑥 치솟는다. 그러면 사공은 살아난 것이다.

그 지옥의 수문을 그 역시 숱하게 통과했었다. 떼 위에 서서 차례를 기다리며, 그는 속으로 매번 하느님을 불렀다. 그날도 역시 그랬다. 죽고 사는 것은 하늘의 뜻이었다. 쏜살처럼 물속으로 거꾸로 처박히는 순간, 그는 그만 떼에서 굴러떨어지고 말았다. 거대한 소용돌이 속에서 그는 까무룩 의식을 잃었다. 다시 눈을 떴을 때, 그의 몸은 뭍으로 끌어 올려져 있었다. 하늘이 도왔다고, 조상님이 살렸다고, 사람들이 흥분해서 떠들었다. 모래밭에 눕혀진 채, 그는 어렴풋한 기억을 더듬었다. 그 까마득한 물 소용돌이 속에서 점점 가라앉기 시작했을 때였다. 물 밑바닥에서 무엇인가 눈앞으로 천천히 떠올라 오더니, 그의 어깨를 억센 힘으로 붙잡았다. 눈처럼 희고 가느다란 손, 얼음처럼 차갑고 끈적끈적한 그 손의 감촉이 선명하게 되살아났다. 수초처럼 흐늘거리는 긴 머리채와 밀랍같이 허연 얼굴을 얼핏 본 듯도 했다. 그게 누구였을까. 그러다 한순간, 그는 기절할 듯 놀랐다. 그 얼굴은 분명 남원댁이었다.

*

목계 장터에서 팥죽을 먹고 돌아온 후, 그는 이제야말로 귀례를 영영 잊을 수 있으리라 여겼다. 정말 한동안은 귀례 생각을 잊고 살았다. 애당초 귀례의 운명이 그리 정해져 있었던 거라고, 칠두와 그 자신 또한 마찬가지일 거라고, 그렇게 믿기로 했다. 그러자 마음이 한결 편안해졌다. 정말이지 그랬더라면, 저마다의 생 또한 그렇게 다른 물길을 따라 흔적 없이 흘러갈 수 있었더라면 얼마나 좋았을 것인가.

1961년, 그의 나이 서른셋이었다. 칠두에 대한 어떤 소문도 더는 들리지 않았다. 동네에선, 칠두는 오래전 죽은 사람이었다. 목재 경기는 변함없이 호황이었고, 오랜 단골 목상들은 여전히 그에게 일감을 맡겨왔다. 그러나 사공들의 표정은 하나같이 불안하고 어두웠다. 떼 타는 일도 머잖아 마지막이 될 것이라는 얘기가 나돌고 있었다. 내년이면 제천에서 영월을 잇는 철도가 완공된다. 머잖아 정선읍까지도 기차가 들어올 예정이라더라. 철길이 놓이면, 정선 소나무들은 기차에 실려 단숨에 서울까지 내처 달릴 것이다. 결국 동강과 한강의 떼도, 뗏사공도 영영 사라져버릴 수밖에 없다. 아, 이제 좋은 시절도 영영 마지막이구나. 죽을 날 받아놓은 사람처럼 사공들은 풀이 죽었다.

그는 누구보다도 우울하고 서글펐다. 하지만 이미 오래전부터 예상했던 일이었다. 철도뿐만 아니었다. 갈수록 여기저기 새로운 다리와 철교가 세워지고 있었다. 머잖아 크고 작은 댐과 수많은 보까지 계속 생겨나 물길을 완전히 토막 내어놓을 터였다.

그러던 어느 날, 해괴한 소문을 들었다. 난데없이 누군가 귀례를 팔당에서 보았다고 했다. 팔당 나루터에서 들병이 몇이 떼에 올라와 한바탕 놀다 갔는데, 그중 하나가 분명 귀례였다고 했다. 그녀를 보았다는 자가 또 있었다. 역시 팔당 할매집 주막에서 하룻밤을 함께 질펀하게 어우러졌는데, 아침에 이불 속에서 다시 보니 귀례였다는 것이다.

"거, 그 계집아이 기억 안 나? 제 어미가 새점을 봤었지, 왜. 딸년이 어밀 빼닮아서, 어릴 적에도 벌써 야들야들하고 이목구비가 또렷하니 이뻤다니까. 하, 근데 고년이 어쩌다 거기까지 굴러가 몸을 팔게 되었나 몰라. 지금도 얼굴이 제법 반반해서, 사내놈들깨나 후리게 생겼더라고."

만지나루 주막에서 사공 한 놈이 낄낄대며 그렇게 떠들어댔을 때, 그는 냅다 술판을 들어 엎어버렸다. 그는 미친놈들이 지어낸 한낱 헛소리일 뿐이라고 믿고 싶었다. 지금쯤 목계 장터에서 팥죽을 끓이고 있을 귀례가 왜 팔당에 있겠는가. 게다가 몸 파는 작부에다가 들병이라니. 하지만 귀례를 보았다는 이가 한둘이 아니었다. 그는 철저히 무시하려고 애썼다. 설사 그게 사실이라고 한들, 이제 와서 어쩔 것인가. 그건 그네들의 운명이고, 나와는 더 이상 무관한 일이잖은가. 그는 애써 소문에 귀를 닫고, 마음까지 닫아버렸다. 여전히 강뗏목을 타고 서울을 오르내렸지만, 그는 팔당 나루엔 절대로 뗏목을 대지 않았다. 하지만 운명은 또 한 번 그를 그냥 지나치지 않았다.

*

그해 초가을, 그는 여느 때처럼 강뗏목을 타고 내려갔다. 산들이 차츰 단풍 때깔을 드리우기 시작할 무렵이었다. 때마침 물길은 좋았다. 꽃물이었다. 양평 두물머리를 지나 팔당 부근에 이르렀을 때, 돌연 강한 서풍을 만났다. 강폭이 해협처럼 드넓어 평소에도 바람이 잦은 곳이었다. 그날 바람은 더욱 유난스러웠다. 물살을 거슬러 맞받아치는 굉장한 강풍에 밀려, 뗏목은 전혀 앞으로 나아가질 못했다. 아침에 양평 나루를 출발했는데, 어스름이 깔리도록 여태 팔당 부근이었다.

"필구 형님 속을 난 알다가도 모르겠수. 어째 팔당 나루엔 매번 한사코 뗏목를 안 대려고 하는 게요. 색시들도 많고, 놀 만한 집

도 수두룩하게 널린 곳이 팔당인데. 제발 오늘 밤은 저기서 묵어
갑시다. 몸이 얼어붙어서, 난 당장 죽을 지경이란 말유."

뒷사공이 눈앞의 팔당 나루를 건너다보며 연신 볼멘소리를
했다. 그 역시 추위에 떨면서도, 덕소까지만 더 가자고 고집을
부렸다. 그는 팔당 나루에 내려서기가 두려웠다. 뭔가 불길하고
끔찍한 일이 기다리고 있는 것만 같았다. 그걸 피하고 싶었다.
도망쳐야만 했다. 하지만 날이 이미 저물고 있었다. 어쩔 도리
없이 그는 나루에 떼를 대었다.

한강의 수많은 나루 중에서도 영업집이 가장 번성한 두 곳이
팔당과 덕소였다. 술집도 많았지만, 몸 파는 색시들과 들병이들
이 특히 많았다. 목적지 서울이 눈앞인 곳이라, 마지막 밤을 묵
어가는 사공들의 씀씀이도 당연히 헤펐다. 덕분에 나루터를 중
심으로 기슭에 즐비한 영업집들은 봄부터 가을까지 밤낮없이
흥청거렸다. 주막집에 들어앉아 색시들과 밤새워 놀기도 했지
만, 골방마다 벌어지는 투전판 또한 컸다. 그러나 뭐니 해도 팔
당 나루의 명물은 들병이였다. 영업집에 고용된 색시들이 술과
안주와 돗자리까지 안고 강으로 찾아 내려와서는, 넓은 떼판에
서 밤새도록 한바탕 질펀하게 어울려 놀았다. 더러는 호기롭게
도 아예 들병이들을 떼에 태운 채 서울까지 함께 내려가는 사공
들도 있었다.

그는 뒷사공을 데리고 언덕배기 허름한 포장집으로 들어섰
다. 선짓국밥을 막 뜨려는데, 어디선가 귀에 익은 아라리 가락이

흘러나왔다. 비가 올라나 눈이 올라나 억수장마 질라나아. 그는 숟가락을 쥔 채 귀를 기울였다.

"저누무 한심한 인간이 또 여기까장 와서 청승 지랄이구마이. 제 젊은 여편네는 작부집에 처넣어놓고서는, 몸 팔아 벌어온 그 돈으로 아편까지 한다지 뭐라요. 꼴에 소리는 타고나서, 아라리 하나는 참말로 절창이라요."

포장집 아낙이 칼로 순대를 뚝뚝 썰면서 구시렁거렸다. 술 두 병을 비울 때까지도 사내의 아라리는 끊어졌다 또 이어지곤 했다. 동료를 남겨둔 채 그는 말없이 밖으로 나왔다. 나루터로 가는 길모퉁이, 술 취한 사내 하나가 퍼질러 앉아 아라리를 부르고 있었다. 목쉰 소리였지만, 구성지면서도 애절한 가락은 여전했다. 아니, 전에 없던 지독스러운 처절함은 어떤 광기마저 품고 있었다. 그는 사내 앞으로 조용히 다가갔다. 사내가 문득 고개를 쳐들었다. 두 사람의 시선이 마주쳤고, 한동안 누구도 입을 열지 않았다.

"자네로구먼, 필구."

"칠두 형님. 여기서 만나게 될 줄은 몰랐소."

"술, 한잔만 사주게."

칠두가 지팡이를 찾아 쥐고 비칠거리며 일어났다. 한쪽 다리를 심하게 끌며 걸었다. 그는 칠두를 따라 어느 주막으로 들어갔다. 겉은 허름했지만, 제법 널찍하고 손님이 많았다. 칠두의 몰골에 그는 새삼 놀랐다. 폐인이 다 되어 있었다. 그 건장하던 체구는 어디 가고, 벌써 병든 중늙은이 꼴이었다. 두 사람은 마주 앉아 술을 마셨다. 이런저런 얘기를 나누었다. 대부분 함께 떼 타던 시절에 관한 거였다. 정작 궁금한 얘긴 피차 철저히 말을 아꼈다. 주막을 나섰을 때, 둘은 잔뜩 취해 있었다.

어쩌다가 칠두의 집까지 따라가게 된 것인지, 그는 기억이 없다. 개울가 벼랑 밑에 새 둥지처럼 들어앉은 그 단칸집은 마당도 사립문도 없었다. 석유등에 불을 댕기고 나서, 칠두는 그를 안으로 불러들였다. 방 안엔 두 살짜리 계집아이 혼자 잠들어 있었다. 첫아이는 그사이 돌림병으로 잃고 말았다고 했다. 사 들고 온 술을 칠두가 꺼내놓았지만, 그는 이미 술 생각이 사라진 뒤였다. 어둡고 좁은 방은 더없이 초라했다. 잠시 우두커니 앉았는데, 발소리와 함께 앙칼진 목소리가 들렸다.

"한심한 인간 같으니라고. 아까운 기름 다 닳구마는, 여태까지 불 켜놓고 무슨 지랄하는 거여. 또 혼자 술 처먹고 자빠져 있는 게지."

방문을 덜컥 열고 들어오려던 귀례는 멈칫하더니, 그만 툇마루에 털썩 주저앉아버렸다. 이게 누구래요. 세상에, 필구 오빠가…… 쪽 찐 머리. 허옇게 분칠한 얼굴. 연분홍 치마저고리. 영락없는 어미 남원댁의 모습이었다. 귀례 역시 취한 상태였다. 방바닥에 앉자마자 귀례는 발에서 버선을 쑥쑥 뽑아냈다.

"흥, 보나 마나 저 술 귀신이 오빠를 집구석까지 끌고 왔겠지. 미안해요, 필구 오빠. 이리 거렁뱅이같이 사는 꼴을 보여드려서."

귀례는 몰라보게 변해 있었다. 볼에 살집이 도톰히 오르고, 곱던 목소리도 쉰 듯 크고 걸걸했다. 사납고 거친 말투에, 상스러운 말들이 거침없이 튀어나왔다. 전과 달리 그녀는 그의 시선을 피하지 않았다. 그녀의 크고 검은 눈에서, 그는 전에 못 보던 기이한 광채 같은 것을 느꼈다. 그건 벼랑 끝에 몰린 들짐승의 어떤 독기 같은 거였다. 세 사람은 어두운 방 안에 한참을 말없이 앉아 있었다. 집 앞 실개울의 물 흘러가는 소리만 들렸다.

"모두가 저년 때문이야. 저년 때문에, 내가, 요 모양 요 꼴이 되어버렸다고……"

문득 칠두가 격한 숨을 내뱉으며 씨근덕거렸다. 귀례가 무서운 눈으로 칠두를 잠자코 노려보았다. 그들이 뿜어내는 독한 술냄새와 씩씩대는 숨소리가 방 안에 가득 찼다.

"짐승보다 못한 놈. 악귀 같은 놈."

귀례가 신음하듯 으르렁거렸을 때, 그는 마침내 벌떡 일어나 문을 열고 밖으로 나와버렸다. 어흐윽. 등 뒤에서 귀례의 격렬한 울음소리가 터져 나왔다. 이내 짧은 비명과 고함 소리가 들렸으나, 그는 뒤도 돌아보지 않고 집을 빠져나왔다. 강변 언덕길을 내려오는데, 칠두가 절뚝절뚝 따라오며 그를 불렀다. 그는 걸음을 멈추고 돌아섰다. 칠두는 그의 눈앞에서 털썩 주저앉더니, 꺽꺽 울기 시작했다.

"야, 병신 육손이 새꺄. 네 눈엔 내가 개 돼지 새끼로 뵈지? 오냐. 난 짐승보다 못한 놈이다. 천벌을 받아도 싸고말고. 그렇지만, 어쩌면 좋으냐. 저년이 없으면, 나는 도저히 살 수가 없단 말이다. 나도, 어쩌다 여기까지 오게 됐는지, 알 수가 없어. 필시 미쳤던 게지…… 처음 본 순간부터 그랬다. 저년을 첫눈에 딱 보는 순간, 난 알았다. 내 몸속에, 끔찍한, 어흐으, 짐승의 피가, 흐르고 있다는 사실을……"

그는 잠자코 등을 돌려 언덕길을 터벅터벅 내려왔다. 강변엔 아무도 없었다. 떼 위에 오르자마자 그는 뗏판 바닥에 벌렁 드러누웠다. 뒷사공은 이미 어느 영업집에 들었을 터였다. 기슭 모래밭에서 무슨 울음소리 같은 게 희미하게 들려왔다. 칠두일지도 모른다는 생각이 언뜻 들었지만, 금방 잊어버렸다. 하늘에 가득한 별들이 눈앞에서 일제히 울렁거리고 있었다. 이내 별들이 한꺼번에 와르르 쏟아져 내리기 시작했다. 그는 눈을 질끈 감았다. 강의 숨소리가 들려왔다. 한 마리 거대한 육식동물처럼, 강이 조용히 숨을 쉬고 있었다. 그것의 거대한 아가미가 천천히 오르내릴 때마다 뗏목은 물 위에서 출렁출렁 따라 흔들렸다. 취기가 한꺼번에 몰려왔다. 그는 잠이 들었다.

― 새

깍깍 까까 깍.

한동안 잠잠하던 까치 소리가 다시 들려온다. 노인은 오래도

354

록 말이 없다. 흐린 시선은 맞은편 물푸레나무 위에 망연히 걸려 있다. C도 고개를 돌려 나무를 바라본다. 둥지가 아까보다 조금 더 커진 듯싶다. 힘든 노동을 잠시 접고 휴식을 취하는 중인가. 둥지 옆에 두 놈이 나란히 올라앉아, 까만 꼬리를 깐닥이며 번갈아 깍깍대고 있다. C는 마루 끝에 놓인 소형 녹음기를 돌아다본다. 테이프가 얼마 남지 않았을 것이다.

"그날 밤이 마지막이었군요. 두 분을 보신 것이."

C가 침묵을 깨고 묻는다.

"그리된 셈이지."

"그 후론 무슨 소식을 듣지 못하셨나요? 뜬소문 같은 거라도."

"없었어. 아무것도."

"그럼 최칠두 씨는 고향에도 영영 발길을 끊어버리신 거군요."

노인은 잠시 침묵한다. 얼핏 표정이 어두워지는 것을 C는 지켜본다.

"그 사람은, 오래전 죽었어. 그날 밤, 팔당 나루 강물에 빠져서."

"네에? 두 사람을 마지막 본 바로 그날 밤 말씀이십니까?"

"맞소. 그날 밤이오."

노인은 다시 입을 다문 채 강 쪽으로 시선을 던지고 있다. 얼굴에선 거의 표정을 읽을 수 없다. 가늘게 떨리고 있는 노인의 마른 입술을 C는 긴장하며 주시한다.

팔당을 떠나 서울에 닿은 지 나흘 후였다. 노량진 나루터의 한

여관방에서 투전판을 구경하고 있는데, 누군가 그를 찾아왔다. 형사는 대뜸 그의 두 손에 수갑을 채웠다. 그는 경찰서 유치장에 갇혔다. 칠두의 시신이 뚝섬 앞에 쳐놓은 물고기 그물에 걸려 올라왔다고 했다. 익사 시점으로 추정되는 날 밤, 칠두와 그가 언덕길에서 다투는 광경을 목격했노라고 포장집 아낙은 증언했다. 나는 칠두와 절대로 싸운 적이 없다. 당시 만취한 상태여서, 떼에 오르자마자 곯아떨어졌다. 여기 잡혀 오고 나서야 그 사고에 대해 처음 알았다. 계속되는 형사들의 폭행과 폭언에도 불구하고, 그는 일관되게 그 사실을 주장했다. 결국 경찰은 단순 사고사로 결론을 내렸고, 그는 꼬박 달포 만에 풀려날 수 있었다. 그는 그길로 팔당 귀례의 집을 찾아갔다. 개울가 벼랑 아래 그 작은 집은 비어 있었다. 얼마 전 이삿짐을 꾸려 서울로 간다며 아이를 등에 업고 나루를 떴다고 했다.

"그게 영영 마지막이었소."

노인이 떨리는 음성으로 뇌까린다.

딸각. 녹음기가 작동을 멈춘다. 강 쪽에서 부드러운 바람이 불어온다. 노인도 C도 더는 말이 없다. 긴 이야기 하나가 마침내 끝을 맺었다. C는 오랜 여행을 마치고 난 느낌이다. 수많은 인물들과 함께, 다양한 공간과 풍경 속을 헤매다 이제 막 돌아온 것만 같은. C는 노인의 주름진 얼굴을 새삼 응시한다. 불현듯 마주 앉은 노인의 모습이 하나의 형상이 아닌, 어떤 신비로운 시간의 덩어리처럼 느껴진다. 결코 움켜쥘 수 없는 물, 그리고 오직 끝없는 흐름으로서만 존재하는 강과 같은 시간. 그 투명한 시간의 덩어리 하나가 지금 여기 내 앞에 고여 있다,라고 C는 생각한다.

"마지막으로 떼를 타신 게 언제였습니까?"

"그 사고 이후 강떼는 두 번 다시 타지 않았소. 골안떼를 한 2, 3년 더 타긴 했지만, 워낙 드문드문해서 다 합해봐야 몇 차례 안 될 거요. 그나마도 그걸로 영영 그만이었지."

C는 수첩에 메모한다. 노인이 마지막 떼를 탄 건 1964년 무렵인 듯하다. 함백선 개통과 함께 기차가 영월에 등장한 게 1962년, 정선선 개통은 훨씬 뒤인 1974년이다. 시계를 확인해보고 C는 놀란다. 오후 5시. 어느 사이 세 시간이 훌쩍 지났다. 노인의 얼굴이 많이 지쳐 보인다. 너무 고생을 시켜드린 것 같아, C는 뒤늦게 마음이 송구해진다. 녹음기를 챙겨 가방에 넣고 나서 C는 일어나 공손히 허리를 굽힌다. 언제 아우라지에 오면 다시 찾아뵙겠노라고, 모쪼록 건강하게 지내시라고, 재차 인사를 드린 다음 그는 돌아선다.

"참, 이름이 뭐라고 했소? 그 아이 말이오."

마당을 걸어 나오는데, 뒤에서 노인이 말한다. C는 천천히 되돌아선다. 노인이 의자에서 일어나 엉거주춤 서 있다.

"수희. 한수희였습니다."

C가 대답한다.

"그 아이는…… 어떤 아이였소?"

"뭐랄까요. 한 마리 새 같았습니다. 늘 어딘가로 자유롭게 훌훌 날아가고 싶어 했어요. 유독 외로움을 많이 타긴 했지만, 아마도 이제는 행복하게 지내고 있을 터이지요. 그럼."

C는 등을 돌려 밭둑길을 천천히 걸어 내려온다. 내리막길로 접어들기 전 뒤를 돌아보니, 노인은 의자에 처음처럼 그대로 앉아 있다. C는 강변의 널찍한 몽돌 밭에 멈춰 선다. 주위엔 아무도 없다. 여기가 그, 아우라졌구나. 그는 텅 빈 강변을 눈으로 천천히 둘러본다. 문득 귓전으로 두런두런 목소리들이 되살아난다. 떼꾼들의 망치 소리. 목상의 고함 소리. 어영차 어여여차, 나무를 나르는 목도꾼들의 힘찬 노랫소리……

C는 물가로 다가간다. 하오의 햇살을 수면에 띄운 채 강물은 나른하게 흘러간다. 오래전 이곳 강변에서 떼를 타고 서울을 향해 무리 지어 차례로 떠나곤 했을, 이름 모를 무수한 사공들의 모습을 C는 떠올려본다. 수십 수백 번 떠났다가도 끝끝내 되돌아올 수밖에 없었던 사람들. 그럼에도 매번 다시 떠나기를 꿈꾸었던 그 가난한 산골 사내들. 그들은 지금 모두 어디로 사라져버린 것일까.

C는 가방을 내려놓고, 자갈밭에 앉아 담배를 피워 문다. 그리고 하염없는 물살을 물끄러미 응시한다. 이 물은 동강, 남한강, 한강을 지나 이윽고 서해에 닿을 것이다. 수희는 어머니 귀례를 바다에서 만났을까. 끝내 찾지 못했다는 남원댁의 시신도 바다로 흘러갔을까. 그러고 보니 남원댁, 귀례, 수희 그 삼대의 여자

들은 지금쯤 바닷속을 함께 떠돌고 있을지도 모른다.

"아아. 밤에 혼자 드러누워 눈을 감으면, 눈앞에 커다란 구멍이 보여. 후우이 후우이. 그 구멍 속에서 불어오는 바람 소리가 들려……"

수희의 쓸쓸한 음성이 귓전을 맴돌다 사라진다. 자갈 하나를 집어 C는 강물에 내던진다. 퐁.

*

젊은이의 모습은 이제 밭둑 너머로 완전히 지워졌다. 내내 그쪽을 응시하고 있던 노인의 입에서 깊은 한숨이 흘러나온다. 마음이 더없이 무겁고 혼란스럽다. 괜한 얘기를 늘어놓고 말았지 뭔가. 귀례의 딸, 수희라고 했지. 필시 그 아이의 친구라는 말에 그만 맘이 약해졌던 거겠지. 평생 누구한테도 하지 않았던 얘기까지 털어놓다니. 하긴 꼭 그래서만도 아니다. 젊은이의 이마에 드리워져 있던 그 어둡고 헛헛한 그늘. 그 젊은이 역시 운명적으로 망각에 서툰 사람이라는 사실을 노인은 첫눈에 알아보았던 것이다. 하지만, 노인은 젊은이한테 자꾸만 죄를 지은 기분이다. 노인은 어쩔 수 없이 젊은이에게 거짓말을 했던 것이다. 딱한 가지, 그 마지막 밤의 마지막 부분을.

그날 밤. 그는 홀로 떼 위에 올라가 드러누웠지만 좀처럼 잠들지 못했다. 한 시간쯤 지났을까. 자갈을 밟는 어지러운 발소리가 들렸다.

"필구야. 나, 나하고 얘기 좀 하자. 껵."

그는 잠든 척 꼼짝도 하지 않았다. 밧줄을 잡아당기느라 한동안 끙끙대던 칠두가 용케 간신히 뗏목에 올랐다. 별빛이 유난히도 밝은 밤이었다. 그는 그대로 누운 채, 비틀비틀 다가오는 칠두의 모습을 빤히 지켜보고만 있었다. 만취한 칠두는 몸을 전혀 가누지 못하는 상태였다. 야, 병신 육손이 새꺄. 이, 일어나! 내 말이, 말 같잖냐? 너한테 할 말이 있단 말이다. 병신 새꺄, 나는 다 안다. 네놈이, 저 화냥년한테, 욕심이 있어서, 어어억! 그 순간, 풍덩 소리와 함께 칠두가 눈앞에서 사라졌다. 그는 눈을 질끈 감아버렸다. 어억, 사, 사람 살려, 헉, 필구, 사, 어헉…… 다급한 외침과 미친 듯이 첨벙대는 물소리. 그는 바닥에 바짝 엎드렸다. 뗏판에 얼굴을 묻고, 두 손으로 귀를 힘껏 틀어막았다.

얼마나 지났을까. 눈을 떴다. 사위가 너무도 고요했다. 일어나 앉아 주위를 살펴보았다. 뗏목 위에도 수면 위에도, 칠두는 없었다. 비로소 온몸이 무섭게 와들와들 떨려오기 시작했다. 혹시라도 누가 보지 않았을까. 엉거주춤 일어나 기슭 쪽을 돌아보는 순간, 그는 헉 하고 숨이 멎었다. 물가 자갈밭에 누군가 우뚝 서 있었다.

"귀, 귀례야."

그가 다급하게 불렀지만, 그림자는 벌써 언덕을 향해 쏜살같이 달아나고 있었다.

경찰서에서 풀려나자마자, 그는 팔당 나루로 향했다. 어둡기를 기다렸다가, 남몰래 귀례의 집을 찾아갔다. 귀례는 한없이 울기만 했다. 귀례는 고백했다. 그때 난 몰래 거기까지 그 사람 뒤를 밟았었다. 필구 오빠에게 꼭 무슨 짓을 저지를 것만 같아서. 그리고 그 모든 것을 눈앞에서 빤히 지켜보았다. 처음부터 끝까지, 또렷하게. 그런데도 난 끝끝내 소리치지 못했다. 사람 살리라고, 물에 빠졌다고……

그랬다. 그도 역시 알고 있었다. 자신들은 공범이었다. 그날 밤, 둘이서 함께 칠두를 죽게 만든 거였다. 하지만 그는 귀례를 설득했다. 아니다. 그 사람은 순전히 저 혼자, 제 실수로 죽었을 뿐이다. 그는 천벌을 받은 것이다. 우선 이곳을 떠나서 평창이나 진부로 가자. 너희 두 식구가 지낼 수 있을 만한 집을 내 어떻게든 찾아보마. 내가 아우라지 집에 금방 다녀올 때까지, 여기서 꼼짝 말고 기다려다오. 그는 설득하고 또 달랬다. 그때 귀례는 분명히 고개를 끄덕여 보였다. 그러나 며칠 후, 그가 진부읍에 쪽방 하나를 얻어놓고서 서둘러 찾아갔을 때, 귀례는 이미 어디론가 종적을 감추어버린 뒤였다. 그것이 영영 마지막이었다.

휘잇, 휘이잇.

새소리에 노인은 눈을 뜬다. 어디서 날아왔을까. 툇마루 끝에 작은 새 하나가 얌전히 앉아 있다. 한 번도 본 적이 없는, 온몸이 눈처럼 하얀 새다. '아아, 너로구나. 네가 날 찾아왔구나.' 노인은 환히 웃음을 머금은 채, 힘없이 두 눈을 감는다. 휘이잇, 휘잇. '오빠. 우린 다시 만나선 안 돼요. 서로 얼굴만 보고 있어도, 괴로워서 한순간도 견딜 수가 없을 테니까. 아니요. 오빠는 그럴 수 있을지 몰라도, 나는 살 수가 없어요. 예전에 아우라지 강변에서 나랑 약속했잖아요. 항상 나를 지켜주겠다고. 제발, 지금 그 약속을 지켜주세요……'

호르르. 새가 날아가는 기척을 들으면서도, 노인은 눈을 뜨지 못한다.

자르르, 차르르르.

눈앞으로 푸르디푸른 강물이 그득히 넘실대며 흘러가고 있다. 꽃물이다. 눈이 올라나 비가 올라나 억수장마 질라나. 저만치 나루터에서 아라리 가락이 아스라이 들려온다. 장단을 맞추듯, 노인은 혼자 가만가만 고개를 젓는다.

어이, 필구. 뭐하고 있어. 떼 타러 가세나.

누군가 사립문 밖에서 그를 부르고 있다. 자르르르. 노인의 가슴속으로 강물이 흘러든다. 그의 온몸이 물 위로 떠올라 천천히 흐르기 시작한다. 어느새 강물이 된다, 그는.

* 동강의 뗏목과 뗏사공에 관한 자료는 주로 『대라, 틀어라, 박아라! ─아우라지 뗏사공 송문옥의 한평생』(민중자서전 13, 뿌리깊은나무, 1991)에서 많은 도움을 받았다. 소설 주인공은 실존 인물과 전혀 무관함을 밝힌다.

임철우, 사도 바울

김형중
(문학평론가)

1

회고적인 말이겠지만 임철우의 출세작 「아버지의 땅」(1984)
의 화자가 유해 발굴자였단 사실은 여러모로 예기(豫期)적인 데
가 있었다. 이후 임철우의 모든 소설 쓰기가 일종의 유해 발굴
작업과 같았기 때문이다. 그는 끈질기게도 오래전 묻힌 시신들
을 지상으로 데려오는 일에만 관심을 보였다. 게다가 휴전선 인
근에서 시작된 그의 발굴 작업은 광주(『봄날』, 1997), 제주(『백
년여관』, 2004), 강원(『황천기담』, 2014)을 거쳐, 태평양 전쟁기
일본군 주둔지(『이별하는 골짜기』, 2010), 베트남의 전장(「연대
기, 괴물」) 등으로 그 지역과 시간대를 넓혀갔는데, 발굴 작업에
서 돌아오는 그의 손엔 매번 차마 입에 담지 못할 형체의 유해들
이 들려 있었다. 그랬으니, 그의 문장들을 읽고 난 밤이면 나는

종종 악몽을 꾸었다. 보이느니 시신들뿐이고 들리느니 신음과 비명뿐이었다. 자주 울었다. 나는 꿈속에서 그 주검들에 대해 책임이 있었고, 그 사실을 알면서도 은폐하느라 바빴고, 쫓겼고, 발각되었다 싶을 즈음 땀에 젖은 채로 깨어나곤 했다. 나는 그것이 윤리적인 체험이었다고 생각하는데, 임철우 덕분이었다. 그는 한국 현대사의 가장 참혹한 시간들을 현재 순간으로 되불러오는 자, '기억의 발굴자'였다.

2

그런데 발굴이라니…… 임철우가 발굴한 기억들은 대체로 이런 모습이었다.

점차 더 많은 시신들이 물결을 따라 떠내려왔다. 총 맞은 시신도 있었고 멀쩡한 시신도 있었다. 철사나 밧줄로 양손을 묶인 채 굴비처럼 한 두름이 되어 서너 명씩 나란히 떠내려오기도 했다. 젊은 남자들만은 아니었다. 노인과 여자 들도 있었다. 머리에 총을 맞았거나 내장이 쏟아져 나온 시신, 상처 하나 없이 말끔한 경우도 있었다. 여자들의 치렁한 머리채가 수면에 풀어져 해파리처럼 흐늘거렸다. 시간이 갈수록 퉁퉁 불어터지고 물고기에 참혹하게 뜯겨나간 시신들이 늘어났다. 밤사이 개펄 바닥으로 떠밀려 온 시신엔

뻘게 떼와 고둥들이 새까맣게 구물구물 들러붙어 있었다. (「연대기, 괴물」, p. 62)

발굴이란 항상 발굴되어야 할 대상과 발굴하고자 하는 주체의 의지를 상정하는바, 꿈속에서마저 견디기 힘든 저 참혹한 주검들을 자신의 의지로 발굴하려는 자가 있을 리 없다. 쾌락원칙은 기억에도 작동하기 마련이어서, 불쾌한 기억은 매장 상태로 내버려두는 편을 택하는 것이 일반적인 인간의 심리다. 그렇다면 기억은 '어떤 경우'(그러니까 불쾌를 자극하는 성질을 가진 경우, 그럼에도 불구하고 회귀하는 경우), '나'에 의해 발굴되어야 할 '대상'이라기보다는 스스로 망각으로부터 걸어 나오려는 속성을 가진 '주체'라고 말하는 편이 맞을 듯하다. 참사나 재난, 고통과 파국에 관련된 사건을 환기할 때, 기억은 대상이 아니라 주체다. 『기억, 서사』(김병구 옮김, 소명출판, 2004)의 저자 오카 마리는 이런 사태를 다음과 같이 묘사한다.

기억은―또는 기억이 매개하는 사건은―'나'의 의사와는 관계없이 나에게 찾아온다. 여기에서 주체는 바로 '기억'이다. 그리고 '기억'이 이와 같이 갑자기 도래하는 것에 대해 '나'는 철저하게 무력하며 수동적이게 된다. 바꿔 말하면 '기억'이란 때때로 나에게는 통제 불가능한 것으로, 나의 의사와는 관계없이 나의 신체에 습격해 오는 것이기도 하다는 점이다. 그리고 사건은 기억 속에서 여전히 생생하게 현재를 살아간다. 그렇다면 기억의 회귀란 근원적인 폭력성을 숨기고 있는 게 된다. (『기억, 서사』, p. 49)

오카 마리에 따르면 '사건적' 기억은 주체 그 자체다. 그것이 폭력적으로 회귀할 때 '나'는 철저하게 무력화되고 주체의 자리를 기억이 점령한다. 주체에 의해 '발굴되는' 것이 아니라 기억이 스스로 '도래한다'. 기억을 회피하려는 '나'보다, 기억이 더 주체적이 되는 순간이 있는 셈이다. 그 순간은 강압적이고 외상적이어서 누구나 피하려 하지만, 피할 수 없는 그런 절체절명의 순간이다.

'고통의 사제'라 불려 마땅하다지만, 임철우라고 해서 예외는 아닐 것이다. 「흔적」의 첫 문장은 이렇게 시작한다. "죽은 아내가 다시 집으로 돌아왔다"(p. 11). 「연대기, 괴물」의 주인공이 괴물의 환시를 경험할 때마다 반복적으로 내뱉는 말은 이렇다. "그놈이다! 놈이 또 나타났어!"(p. 52). 유사하게 유년기 문둥이촌에 살던 친구의 기억도(「남생이」), 죽은 아내나 연인에 대한 죄책감의 기억도(「간이역」「물 위의 생」) 모두 부지불식간에 '도래'할 뿐, 의지에 따라 '발굴'되지 않는다. 임철우의 소설들 속에서 기억은 항상 나타남, 돌아옴, 침입, 즉 '억압된 것의 회귀'와 관련된다. 그리고 그 회귀가 얼마나 커다란 고통을 동반하건, 임철우가 그것을 회피하는 법은 없다.

3

'임철우는 한국 문학사를 통틀어 가장 윤리적인 작가(들 중 하나)다'라는 단언은, 따라서 참이다. 사건적인 기억의 침입('실재와의 대면' '고통스러운 반복' '외상적 순간', 그것을 어떻게 부르건 상관없다) 앞에서 그는 도망가는 법이 없다. 그는 '사건에 대해 무조건적으로 충실한' 작가다. 그리고 알다시피 알랭 바디우가 사도 바울 같은 '윤리적 주체'(진리의 주체)에 대해 필요충분조건으로 제시하는 덕목이 바로 그것이기도 하다.

> 분명히 길 위에서의 우연한 만남은 정초적 사건과 닮았다. 부활이 전혀 예상할 수 없는 것이며, 바로 그것으로부터 시작해야 하는 것이듯 바울의 믿음은 바로 그가 주체로서 출발하는 지점으로, 어떤 것도 그를 그러한 지점으로 이끌고 가지 않았다. 이 사건—길이라는 익명성 안에서 순수하고 단순하게 '도래한'—은 그리스도의 부활이라는 엄밀한 의미에서의 사건의 주체적 신호이다. 이 사건은 바울 본인 안에서 일어난 주체의 (다시)일어남〔(부)활(ré)surrection〕이다. (『사도 바울』, 현성환 옮김, 새물결, 2008, p. 40)

바울은 어느 날 길 위에서 부활한 예수를 만났(다고 주장한)다. 그 '우연한' 만남, 의도되거나 기획되지 않은 채 순수하게

'도래한' 만남이야말로 바울에게는 '정초적 사건'이다. 그 사건 이후로 바울은 '주체'가 된다. 아니, 되지 않을 도리가 없다.

물론 이는 쉬운 일이 아니다. 실은 거의 불가능하다. 사건에 대한 무조건적 충실성은 상징적으로나 물리적으로나 두루 죽음을 감당해야 하는 일이기 때문이다. 게다가 (주관적으로만 증명할 수 있는 말이지만, 적지 않은 대담들, 인상과 행동거지, 말투와 표정 등으로 미루어 볼 때) 임철우는 한없이 여린 사람이다. 따라서 임철우의 육성처럼 들리는 다음과 같은 발언들을 과장으로 읽어서는 곤란하다.

당시의 상황을 재현해내는 작업 자체가 참으로 고통스러운 반복 체험에 다름아니었다. 지난 10년 동안 나는 내내 5월 그 열흘의 시간을 수없이 다시 체험해야만 했고, 수많은 원혼들과 함께 잠들고 먹고 지내야 했다. 그러는 동안 가끔은 정서적으로나 정신적으로 몰라보게 피폐되어가는 듯한 내 자신을 깨닫고 깜짝깜짝 놀라기도 했다. 고통스러운 기억의 반복 체험이란 것이 얼마나 사람을 소모시키는 것인지, 처음으로 알았다. (「책을 내면서」, 『봄날 1』, 문학과지성사, 1997)

빚진 게 없다고? 문득 소설을 쓰고 싶은 강렬한 충동에 휩싸여, 당신은 책상 앞에 앉았다. 쓰자. 써야 한다. 지옥의 시간에 결박당한 사람들의 이야기. 삶과 죽음을 한꺼번에 보듬고서 저주 같은 이

지상의 시간을 견뎌내야만 하는 사람들의 이야기를. 당신은 숨을 몰아쉬었다. 그것은 성욕처럼 격렬하고 절박한 욕구였다. 환청이 들려온 것은 바로 그때였다.

"시간이 없어! 시간이!"

(『백년여관』. 한겨레신문사, 2004, pp. 22~23)

주체 임철우가 "고통스러운 기억의 반복 체험이란 것이 얼마나 사람을 소모시키는 것인지, 처음으로 알았다"고 말했다면 그 말은 곧이곧대로 받아들여져야 한다. 『봄날』을 쓰는 10년 동안 원혼들과 함께 잠들고 먹고 지내야만 했던 작가가, 끔찍한 환청과 환시의 고통 속에서도 "지옥의 시간에 결박당한 사람들의 이야기" "삶과 죽음을 한꺼번에 보듬고서 저주 같은 이 지상의 시간을 견뎌내야만 하는 사람들의 이야기"를 반드시 써야 한다며, "시간이 없어! 시간이!"란 말을 끊임없이 되뇌이고 있다면, 우리는 그 말을 믿어야 한다. 그리고 그 단순하고 확고한 '믿음'이 임철우의 소설을 읽는 유력한 독법이다.

가령 그가 "끊임없이 떠돌지 않으면 견디지 못했다. 내면의 무서운 혼란은 종종 그를 지옥으로 끌고 들어갔다. 잠시라도 틈새를 열어주면 수많은 시신들이 당장 눈앞을 까맣게 막아섰다. 밤낮없이 피와 비명, 총성과 폭음이 고막을 갉아먹었다. 그때마다 술을 마시고 수면제와 안정제를 삼켜야 했다"(「연대기, 괴물」, p. 88)라고 썼다면 이 문장들은 고스란히 작가 자신의 불면

증과 불안의 경험에서 나온 것이다. 또 그가 "고통과 후회로 뼈가 녹아내리는 것 같은 시간들. 때론 숨도 제대로 쉬지 못하고 가슴을 부둥켜안은 채 방바닥을 데굴데굴 굴러다녔다. 한밤중에 오두막에 앉아 미친놈처럼 밤새도록 물레를 돌리기도 했다. 그런 순간마다 그의 손끝으로부터 새가 한 마리씩 태어났다. 아직 유약을 칠하지 않은 맨 옹기의 밑동이나 주둥이 안쪽 오목한 홈 같은, 쉽사리 눈에 띄지 않는 자리에 그 작은 새들은 은밀한 부적처럼 숨어들었다"(「세상의 모든 저녁」, p. 137)라고 썼다면, 이 문장들을 고스란히 작가 자신의 문학관으로 읽는 것이 옳은 독법이다. 아마도 그는 저 노인이 옹기를 빚을 때처럼 참을 수 없는 고통 속에서 방바닥을 데굴데굴 구르며 소설을 썼을 것이고, 그 고통의 극점에서 문장들 안에 종종 새들이 몇 마리 날아들기도 했을 것이다.

감당할 수 없는 형태로 '나'에게 '도래한' 사건을 받아들이고, 그에 대해 충실함으로써 주체가 된 자가 사도 바울이었다면 임철우는 한국 문학의 사도 바울이다. 한국 현대사의 가장 처참했던 사건들에 대한 충실성, 이 윤리에 관한 한 임철우를 따라갈 작가는 없다. 그 어떤 형체의 유골이 지상으로 되돌아가겠노라고, 내 몫을 요구하겠노라고, 그러니 나의 사연을 지상에 전하라고 자신을 소환해도 묵묵히 이에 응하는 발굴자의 자리에 임철우가 있다. 그는 사건들의 기록자다.

4

그런데 사건을 기록하다니…… '말할 수 없음'이 유력한 정의
인 '사건'을 말로 기록해야 한다는 이와 같은 역설은 많은 논란
거리를 낳는다. 다시 오카 마리의 말이다.

'사건'이 언어로 재현된다면, 반드시 재현된 '현실' 외부에 누락
된 '사건'의 잉여가 있다는 것, '사건'이란 항상 그와 같은 어떤 과
잉됨을 잉태하고 있으며, 그 과잉됨이야말로 '사건'을 '사건'답게
만들고 있는 것일 터이다. 그리고 '사건'의 폭력을 현재형으로 하
여 살아가고 있는 사람들은 그러한 이유로 그 사건에 대해 이야기
하는 말을 지닐 수 없는 것은 아닐까.

그러나 그렇다 하더라도 지금 — 아니 바로 그러하기 때문에 —
말할 수 없는 '사건'은 말해지지 않으면 안 된다. '사건'의 기억을
타자와 공유하기 위해서. 그리고 그것을 위해서 '사건'의 기억은
타자에 의해서 말하여지지 않으면 안 된다. 스스로 말할 수 없는
그 사람들을 대신해서 말이다. (『기억, 서사』, p. 148)

사건이란 항상 언어적 상징질서 바깥(너머, 곁, 틈)의 것이 침
입할 때 발생한다. 게다가 주체의 의지와 무관하게 도래하는 것
이 또한 사건이다. 그럴 때 언어의 주인은 사건 앞에서 말을 잃

는다. 차마 말로 할 수 없는 것이 곧 사건이기 때문이다. 따라서 언어로 재현된, 혹은 서사화된 사건은 항상 누락된 '잉여'(신음, 비명, 울음, 침묵)를 남긴다. 그리고 실은 바로 그 잉여가 사건성의 처소일 것이다. 인용문의 첫번째 문단의 의미는 그렇다. 그러나 두번째 문단은 역설적으로 '그럼에도 불구하고'("아니 바로 그러하기 때문에") 누군가는 사건을 언어로 재현해야 함을 주장한다. "사건은 말하여지지 않으면 안 된다." 왜냐하면 사건은 타인과 나누어 가져야 하고, 사건을 겪은(는) 사람들은 그 사건에 대해 스스로 말할 수 없기 때문이다. 요컨대 작가는 기필코 언어화할 수 없는 사건을 언어화하려고 사력을 다해야만 한다. 사건의 존속 가능성은 이야기를 통해서만 유지되기 때문이다.

사건과 언어 간의 이 모순적인 관계를 두고 양극단의 입장이 있을 수 있겠다. 소위 '재현 불가능성'의 담론('아우슈비츠 이후에도 서정시를 쓰는 일이 가능한가'라고 물었던 아도르노)과 '리얼리즘적 욕망'(「라이언 일병 구하기」의 스필버그, 그리고 약간 다른 의미에서 '재현 불가능한 것은 없다'라고 말한 랑시에르)의 담론. 전자는 사건의 재현을 포기하게 만든다. 언어와 서사가 그토록 폭력적이고 무능력하다면 사건은 결코 온전히 재현될 수 없기 때문이다. 후자는 최대한의 기술과 기교를 동원해 사건을 '있는 그대로', 그리고 '총체적으로'(랑시에르의 경우 몽타주적으로) 묘사하려 한다. 그러나 양자 모두 죄를 범하기는 마찬가지인데, 전자는 무책임의 죄를, 후자는 "기억의 횡령" 혹은 "서사의 횡령"(『기억, 서사』, p. 135) 죄를 범한다. 그렇다면 이 두 죄를 모두 범하지 않으면서 사건을 재현하는 서사적 가능성은 없는 것인가. 오카 마리는 그 제3의 방식을 이렇게 제안한다.

말로는 이야기할 수 없을 것이 분명한 그 '사건'에 대해 말하려고 하는 우리가 '말할 수 있는 자'로서 행동하려고 한다면, 그 순간 우리는 '사건'을 배반하게 될 것이다. 표상 불가능한 '사건'을 표상하는 것, 말할 수 없는 '사건'에 대해 말하는 것, 그것은 무엇보다도 '사건'의 말할 수 없음 자체를 증언하는 것이 되어야만 하지 않을까. (『기억, 서사』, p. 149)

사건 앞에서 우리는 재현을 포기할 것이 아니라, '말할 수 있는 자'로서 행동(다시 강조하자면 이는 목숨을 건 행동이다)해야 한다. 그러나 말이 사건을 잉여 없이 '총체적으로' 재현하는 것이 아니라, 사건의 '말할 수 없음 자체를 증언'하게 해야 한다. 말하자면 사건과 언어 사이의 괴리, 언어의 실패, 언어의 무능력, 언어를 초과하는 사건의 위력이 균열의 형태로 텍스트 내에 각인되어야만 한다.

따라서 사건과 관련해 말할 때 훌륭한 이야기는 항상 '최선을 다해 실패한 이야기'일 수밖에 없다. 주체로서의 작가는 사건의 재현을 위해 사력을 다해야 할 것이다, 임철우처럼…… 그러나 그 노고의 끝에서 이야기는 결국 실패할 수밖에 없어야 할 것이다. 임철우의 소설들처럼(탁월한 역사의식을 소유한 작가임에도 불구하고 출중한 리얼리스트의 계보에 편입되지 못하는 불운은 감수해야겠지만)…… 그 실패 속에 사건들의 처소가 마련되기 때문이다. 임철우 소설들에서 자주 출몰하는 저 두렵고 불안하고 모호하면서도 선연한 구멍, 저수지, 우물, 그림자, 눈빛 들처럼……

5

구멍, 그림자, 괴물, 유령, 눈빛, 어둠, 밤…… 그 모든 것들을 상기시키는 '그것'을 어떻게 불러야 할까? 등단작 「개도둑」("산소 용접기의 푸른 불꽃처럼 이글이글 타오르는 두 눈으로" "창밖에서 나를 쏘아보고 있"던 "파랗게 빛나는 두 개의 점") 때부터 지금까지 임철우 소설의 가장 섬뜩한 위치에서 전혀 예기치 않은 방식으로, 나타나고 돌아오고 침입하던 '그것'을 그냥 '그것'이라고 부르는 도리 외에는 없을 듯하다. '그것'은 『연대기, 괴물』에서도 여전히 곳곳에서 출현한다.

놈의 꼬리를 이번처럼 또렷하게 목격한 건 처음이었다. […] 그 거대한 꼬리는 끝이 뭉툭했고 검은 털이 부숭숭하게 박혀 있었다. 갑자기 가슴이 답답해오고 목덜미에 식은땀이 돋았다. 눈앞이 깜깜해지면서 광장 바닥과 건물들이 일시에 와르르 가라앉았다. 그는 두 눈을 질끈 감고 땅바닥에 주저앉았다. 그놈과 마주칠 때마다 어김없이 경험하는 증상이었다. 눈앞으로 점점 다가오는 동굴의 검은 입구를 지켜보며 그는 숨을 헐떡였다. 그 검은 구멍은 어느새 괴물의 거대한 아가리로 변했다. (「연대기, 괴물」, p. 53)

그는 아직도 또렷하게 기억하고 있었다. 교실 문을 나서기 직전, 말없이 자신을 쏘아보던 그 아이의 눈빛을. 그 큰 눈망울은 깊고 검었다. 너무 깊어서, 까마득히 가라앉은 우물처럼 보였다. 그 깊고 어두운 심연 속, 퍼렇게 타는 불덩이 하나를 그는 얼핏 보았다. 어쩌면 환각이었는지도 모른다. 하지만 그 작고 푸른 발광체는 그의 영혼 가장 깊숙한 어둠 속에, 이 순간에도 또렷하게 박혀 있었다. (「남생이」, pp. 286~87)

「연대기, 괴물」에서 인용한 구절로 미루어 보건대, 괴물의 형태로 출현한 '그것'은 역사적 트라우마들과 관련이 있다. 작중 송달규 노인은 일생 동안 저 괴물을 여러 차례 목격하는데, 서북청년단 단원들에 의해 마을 사람들이 학살당했을 때, 자신이 베트남전에서 양민을 학살했을 때, 그리고 세월호 시민 집회에서 자신의 부친이자 원수인 김종확을 만났을 때 등이다. 즉 자신이 경험했으나 차마 말로 할 수 없는 외상적 기억이 회귀할 때는 어김없이 저 뭐라 이름 붙일 수 없는 '그것'이 괴물의 모습으로 등장한다. 큰 아가리를 가져서 지상에 존재하는 무엇이든 삼켜버릴 것 같은 저 괴물은 그러므로 언어적 재현을 초과하는 지점에서 '도래한다'. '그것'에 어떤 이름도 부여할 수 없으므로 사건들의 연대기는 '괴물'이 된다.

「남생이」에서 '그것'은 추미화(문둥이집 소녀)의 눈빛으로 등장한다. 그녀의 눈 역시 언어적 재현을 초과하는 어두운 심연 속에서 환각처럼 빛난다. 그 눈빛 앞에서 주인공을 사로잡는 정념은 죄책감이다. 그가 상처를 주었으나 그 상처의 깊이를 감히 짐작할 수조차 없을 때, 그 눈은 이제 "서사 밑바닥을 향하여 입을 크게 떡 벌리고 있는 개구부, 말할 수 없는 '사건'의 잉여를 향하여 연결되어 있는 동굴 ── 황천으로 향해 가는 길 ── 을 영원히 막아버린 봉인"(『기억, 서사』, p. 162)이 된다.

물론 괴물의 정체는 끝내 알 수 없고, 소녀는 단 한 번도 고통스럽다고 말하지 않는다. 그러나 "운명적으로 망각에 서툰 사람"(「물 위의 생」, p. 359)인 임철우는 사건을 재현하고 고통을 전달하고자 필사의 노력을 다한 끝에 뭐라고 이름 지을 수 없는 저 괴물의 어둠과 소녀의 눈빛을 독자에게 제시한다. 거기는 지각의 한계 지점이자 인식의 한계 지점이다. 말하자면 재현이 실패하는 지점이다. 그러나 고통의 전이는 그 실패 속에서 일어난다. 말로 할 수 없는 고통, 언어를 초과하는 사건이 있었음을 독자들은 이제 이해하게 된다. 그리고 그런 방식으로 이야기를 통해 사건의 사건성과 그것을 겪은 당사자의 말할 수 없는 고통이 재현되고 전이될 수 있는 것이라면, 그런 기적은 저 괴물과 소녀의 눈빛에서 우리가 발견하게 되는 고통의 개구부(開口部) 덕분일 것이다. 임철우의 소설을 읽고 우리가 악몽을 꾸게 되는 밤은 그렇게 찾아온다.

6

악몽을 꾸게 하는 임철우의 소설들…… 이 말은 곧 임철우의 '마술적 리얼리즘 시기'가 끝났음을 의미하기도 한다. 직전 작들인 『백년여관』과 『이별하는 골짜기』, 그리고 『황천기담』에서 임철우가 마련했던 마술적이고 신화적인 공간이 『연대기, 괴물』에서는 전혀 등장하지 않는다. 수백 년 넘은 왕벚나무도 없고, 그 꽃그늘 아래에서 불운한 남자들에게 젖을 먹이던 대모신도 없다. 위안부 소녀 유령의 머리 위로 나비는 날지 않고, 무지갯빛 칠선녀주에 취한 보름밤의 축제도 끝났다. 그러므로 이제부터 우리를 기다리는 꿈에는 그 어떤 해원도, 위안도 없을 것이다. 대신 '지금, 여기'에 우리와 나란히 사는 이들의 차마 말로 못 할 고통만이 우리를 기다리고 있다.

나는 『연대기, 괴물』을 읽은 후 독자들이 꾸게 될 꿈의 내용을 얼핏 짐작할 수도 있을 듯하다. 구멍, 그림자, 괴물, 유령, 눈빛, 어둠, 밤…… 소리 소문 없이 죽고 썩어가는 독거노인들…… 지하철에 뛰어들거나 독약을 들이켜는 실직자와 노숙자 들……
그리고 물에 잠겨 죽어간 세월호의 아이들…… 특히 세월호 참
사(「연대기, 괴물」)는 그간 임철우가 발굴한 모든 '그것'들이 총
집결해서 폭발 직전에까지 이르는 임계점으로 그려진다. 한국
전쟁과 보도연맹 사건과 베트남 전쟁과 5·18과 세월호가 모두
등장하는 꿈을 상상해보라. 그것들이 내용이라면 아마도 꿈은
지독한 악몽이 되겠지, 다시는 꾸고 싶지 않을 그런 악몽……

그러나 꿈은 악몽일수록 거짓말하지 않는 법이다. 지젝의 말
마따나 내 아이를 불태우고 싶어 했던 욕망의 주인이 바로 나였
음을 나 자신에게 폭로하기도 하는 것이 꿈 본연의 윤리적 기능
이다. 꿈속의 아이가 묻는다. '아버지 제가 불타고 있는 것이 보
이지 않으세요?' 아주 드물게 일어나는 일이기는 하지만 소설
도 그런 일을 해낼 때가 있다. 임철우의 소설을 읽을 때는 그런
일이 유독 자주 일어날 수 있음을 항상 유념해야 하고 또 기대해
야 한다. 그가 마술 대신 새로 붙든 '연대기 형식'(「흔적」「연대
기, 괴물」「세상의 모든 저녁」「이야기 집」「물 위의 생」이 모두 연
대기적인 형식을 취하고 있다)으로 우리에게 전할 사건들의 소식
이 더없이 흉흉하고 더없이 고통스럽기를(그러나 작가의 심신이
그 고통으로 인해 피폐해지지는 않기를) 바라는 심사는, 그러므로
전혀 악의적인 것이 아니다.

　무척 오랜만에 소설집을 펴낸다. 여러 해에 걸쳐 간간이 발표
했던 중·단편들을 추려 모았다. 막상 한데 모아놓고 보니, 의외
로 어떤 공통점 같은 게 드러나는 성싶다. 주인공들 역시 나와
함께 나이를 먹어가는 것, 대부분이 이를테면 '기억과 죽음에 관
한 사유'라고 불러도 좋을 주제를 다루고 있는 것. 그러다 보니
어쩔 수 없이 이야기들은 또 쓸쓸하고 어두워졌다.

　왜 늘 기억이니 상처니 하는 무거운 이야기만 하느냐 혹시 누
가 물어온다면, 나로서는 그저 어떤 피치 못할 절실함 때문이라
는 것 말고는 달리 대답할 게 없다. 그런데 정작 그 절실함의 이
유야말로 나도 잘 모르겠다. 아픔에 과도하게 예민하면서도, 망
각엔 또 너무 서툰 탓인가. 아니면 애초에 세상의 어둠과 난폭함
을 유독 견뎌내지 못하는 허약 체질로 태어난 탓인가. 마침 수전
손택의 『타인의 고통』(이재원 옮김, 이후, 2004)을 읽다가 이런
대목을 찾아냈다.

"기억한다는 것은 일종의 윤리적 행위이며, 그 안에 자체만의 윤리적 가치를 안고 있다. 기억은 이미 죽은 이들과 우리가 공유할 수 있는 가슴 시리고도 유일한 관계이다."

귀한 해설을 흔쾌히 맡아주신 김형중 형에게 각별한 감사의 마음을 전한다.

책이 나오기까지 애써주신 문학과지성사의 이근혜, 최지인, 그리고 김필균 님께도 두루 감사드린다. 망고네 식구들, 그리고 '둥탁'의 제자들에게도 이참에 고마움을 전한다.

2017년 3월
임철우

수록 작품 발표 지면

흔적 『문예중앙』 2014년 봄호

연대기, 괴물 『실천문학』 2015년 봄호

세상의 모든 저녁 『문학과사회』 2012년 겨울호

간이역 『실천문학』 2007년 겨울호

이야기 집 『문학들』 2011년 겨울호

남생이 『대산문화』 2011년 봄호

물 위의 생 『문학수첩』 2008년 여름호